古典文獻研究輯刊

三十編

第18冊

明代佛教文學研究
（第二冊）

趙 偉 著

國家圖書館出版品預行編目資料

明代佛教文學研究（第二冊）／趙偉 著 -- 初版 -- 新北市：
花木蘭文化事業有限公司，2024〔民 113〕
目 2+222 面；19×26 公分
（古典文學研究輯刊 三十編；第 18 冊）
ISBN 978-626-344-917-6（精裝）
1.CST：佛教文學 2.CST：明代
820.8   113009670

ISBN-978-626-344-917-6

古典文學研究輯刊
三十編 第十八冊   ISBN：978-626-344-917-6

明代佛教文學研究
（第二冊）

作　　者　趙偉
總 編 輯　杜潔祥
副總編輯　楊嘉樂
編輯主任　許郁翎
編　　輯　潘玟靜、蔡正宣　美術編輯　陳逸婷
出　　版　花木蘭文化事業有限公司
發 行 人　高小娟
聯絡地址　235 新北市中和區中安街七二號十三樓
　　　　　電話：02-2923-1455／傳真：02-2923-1452
網　　址　http://www.huamulan.tw 信箱 service@huamulans.com
印　　刷　普羅文化出版廣告事業
初　　版　2024 年 9 月
定　　價　三十編 20 冊（精裝）新台幣 50,000 元　版權所有‧請勿翻印

明代佛教文學研究
（第二冊）

趙偉　著

目

次

第五章　生活詩、社會政治詩與
道教化詩

　　作為佛教僧徒，作品中大量描寫僧徒們的生活，包括日常生活、修持生活與交遊等，自然是題中應有之義，這部分作品可以稱之為僧徒生活詩。值得注意的是，明代僧徒們在盡情描寫日常僧徒生活之外，有著出世者身份的他們，卻在一定程度上積極關注與敘寫著塵世的生活。對塵世的敘寫，包括兩個方面：一方面是部分高僧大德受到朝廷徵召或者任命，積極參與朝廷政務，他們參與朝廷政務事宜，在下一章中將會看到；另一方面，行腳不停的僧徒們，看到基層社會民眾的苦難，積極為民眾發聲，這部分作品有杜甫之詩風，儘管作品的水準有差距，但內容的敘寫上則可以相提而論。正視社會生活與民眾苦難是明代僧徒寫作中不容忽視的一個方面，僧徒們在與文人一般頌揚朝廷的同時，也批判著社會現實。就頌揚皇帝與朝廷的作品來看，僧徒們身上體現出與文人士大夫一樣的政治文化。批判社會，書寫現實生活與民眾苦難，頌揚皇帝與朝廷等，這部分作品可以稱之為社會政治詩。修持生活與對社會的批判，看上去正好是事物的兩端，但在僧徒的作品中，二者很好地結合在一起，看上去諧致而不衝突。如同前文所言，受到朱元璋佛道二教陰翊王度的政策，以及三教合一觀念與實踐的影響，僧徒們的作品中體現出大量的道教化因素、及明顯的道教化色彩，這部分作品可以稱之為道教化詩。本章敘述明代佛教文學中的生活詩、社會政治詩與道教化詩，三個標題同樣只是大致的概括，實際上並不完全恰切，是為了書寫的便利而勉強加以命名。

一

　　歷代僧徒們在詩文中都描寫他們的生活，明代僧徒同樣如此。曾參與修撰《永樂大典》的大同，有《懷友》詩云：「谷風淒已厲，習習吹我襟。微煙襲芳樹，細雨沾高林。雖有一尊酒，對此誰共酙。迢遙故人遠，矧隔瑤華音。安得駕黃鵠，往論古與今。緬懷思方續，白日苦西沉。」詩中寫到對友人的緬懷和思念，與懷友之意相比，詩中對僧徒自身生活的超越的描寫引起朱彝尊的注意，《靜志居詩話》評價本詩云「妙止詩格未高，然已脫蔬筍氣」。所謂的「已脫蔬筍氣」，可能是指大同並不是一味的寫脫離塵世之味，如《江邨夕照圖》詩云：「江村水國幽，雲樹半含秋。落日曬漁網，涼風吹客舟。香秔黃早刈，碩果熟先收。官稅供輸外，民歌樂未休。」〔註1〕兩首詩非如宋初九僧一樣一味描寫山林之景致，更多的是充滿了塵世之味，如「迢遙故人遠」是對友朋的懷念，「官稅供輸外，民歌樂未休」是對現實生活的寫照；「安得駕黃鵠，往論古與今」有對歷史的關懷，更有對歷史與時間的超越。本詩所描寫，確實不與宋代九僧等詩中的「蔬筍氣」相同。

　　與大同在本詩中描寫現實生活相對的「蔬筍氣」，實際上是僧徒們對自身居於林下生活的寫照。「蔬筍氣」一般被認為出自蘇軾對參寥詩歌的評論，宋魏慶之《詩人玉屑》、胡仔《漁隱叢話》、阮閱《詩話總龜》等，皆援引《西清詩話》「無蔬筍氣」，云：「東坡言僧詩要無蔬筍氣，固詩人龜鑑，今時誤解，便作世網中語，殊不知本分家風，水邊林下，氣象蓋不可無。若盡洗去清拔之韻，使與俗同科，又何足尚。齊已云『春深遊寺客，花落閉門僧』，惠崇云『曉風飄磬遠，暮雪入廊深』之句，華實相副，顧非佳句耶。天聖間，閩僧可士有《送僧》詩云：『一鉢即生涯，隨緣度歲華。是山皆有寺，何處不為家。笠重吳天雪，鞋香楚地花。他年訪禪室，寧憚路岐賒。』亦非肉食者能到也。」〔註2〕這段話中可知疏筍之氣，實際上就是僧徒對自己生活以及生活環境的描寫。蔬筍氣之作，往往「非肉食者能到」，只有熟悉僧徒生活者及有超塵之心境者方能創作出來。

　　《詩人玉屑》的評論表明，蔬筍氣往往是和描寫世俗生活的作品、言理的作品相對，所謂詩文中之蔬筍氣，就是僧徒們描寫清淨的林下生活的「清拔之韻」，而不涉及世俗中事（即不「與俗同科」）。南宋歐陽守道言僧詩不應有蔬

〔註1〕朱彝尊：《明詩綜》卷九十一，第4320～4321頁。
〔註2〕魏慶之：《詩人玉屑》卷三十，《四庫全書》本。

筍氣之說出自於歐陽修，《贈福上人序》中說：「福上人以《竹房吟》卷示予，而問曰『予從士大夫遊，多言僧詩宜脫去蔬筍氣，君以為何如』，予曰：『此評出於吾家六一翁，雖然，前為惠勤一人言也。勤舍孤山西湖，遠遊京師，久之其風味固應有此，亦不謂僧皆當如此。』」〔註3〕歐陽守道認為蔬筍氣是僧詩所固有之味，疏筍氣之語或許最早出自歐陽修，卻是蘇軾以之評論參寥詩歌之後而更深入到文人之中。

上述評論可看出，對僧詩是否應有疏筍氣有不同的看法，一方認為僧徒作品中的蔬筍氣正是僧徒作品的本色，一方認為作品應擺脫蔬筍氣而更應該書寫社會生活。自宋以來，關於僧詩應有蔬筍氣還是應除蔬筍氣，有眾多的看法與議論。眾多文人呼應了蘇軾的說法，宋歐陽澈《瓊上人留意學詩惑於多岐未明厥趣作四韻寤之了此一話則能詩三昧不出個中矣》詩云：「襟懷磊落富詩情，琢句端明法頌聲。格健要除蔬筍氣，語工須帶雪霜清。碧雲矜式存風雅，黃卷沉潛學老成。鍛鍊更能師島可，禪林無患不知名。」〔註4〕詩中明確說詩要格健必須除蔬筍氣，劉克莊在論《三僧》詩中以「蔬筍氣」評論詩僧的創作，云：「三僧中，如璧詩輕快似謝無逸，亦欠工；祖可曉讀書詩料多無蔬筍氣，僧中一角麟也；善權與可相上下。」〔註5〕以詩中「多無蔬筍氣」視之為「僧中一角麟」，表明僧詩多為疏筍之氣。朱熹以無蔬筍氣評論詩僧之詩，《跋南上人詩》中論南上人之詩，云：「南詩清麗有餘，格力閑暇，絕無蔬筍氣，如云『沾衣欲濕杏花雨，吹面不寒楊柳風』，余深愛之。」〔註6〕朱熹一方面論南上人詩無疏筍氣，一方面又言愛「沾衣欲濕杏花雨，吹面不寒楊柳風」之語。按照蘇軾的評論，「沾衣欲濕杏花雨，吹面不寒楊柳風」不管世俗事，亦應是疏筍氣之語，朱熹論之為無疏筍氣，是將疏筍氣與詩之「清麗」相區別開來，這就將疏筍氣說的更加難以明確界定，或許朱熹認為純粹描寫僧徒山林生活的詩作才是疏筍氣之作。元人馬臻《題錢舜舉畫竹萌茄蔬圖》詩或許正是朱熹所言，詩云：「秋茄戀我遣不去，飲水曲肱有真意。達官日日飽大官，笑我出言蔬筍氣。」〔註7〕詩中所寫便是與官僚相對的世外農蔬的生活，這樣的生活充斥著疏筍之氣味。

〔註3〕歐陽守道：《巽齋文集》卷七，《四庫全書》本。
〔註4〕歐陽澈：《歐陽修撰集》卷六，《四庫全書》本。
〔註5〕劉克莊：《後村集》卷二十四，《四庫全書》本。
〔註6〕朱熹：《晦菴集》卷八十一。
〔註7〕馬臻：《霞外詩集》卷九。

元尹廷高《贈雪涯》詩云:「遍閱諸瓢盡,如師了悟難。詩無蔬筍氣,貌帶竹松寒。破衲挐雲補,殘經帶月看。定回崖雪霽,萬象只空觀。」[註8]詩中雲雪涯詩作無蔬筍氣,下句卻言其詩「貌帶竹松寒」,「竹松寒」也是林下生活,看來尹廷高的看法和朱熹相似,與官僚生活相對的農蔬生活才是所謂的蔬筍氣。元釋英《白雲集》前有趙孟若《白雲集》序,云:「詩禪從三昧出,不可思議,拈花微笑,夢草清吟,曷常有二哉。實存英上人夙悟於禪而發於詩,《白雲》一集無蔬筍氣,有泉石心,造清虛冷淡之境,掃塵腐粗率之談。」[註9]序中云《白雲集》有泉石心而無蔬筍氣,是與尹廷高相同的看法。明秦王朱誠泳《寄暹日華上人》詩云:「浮屠幾許棲京師,白足登壇惟阿師。落紙爭求懷素字,逢人多誦貫休詩。大顛曾致昌黎老,參寥更與坡翁好。文章蔬筍氣全無,論到阿師每傾倒。」[註10]詩中對詩歌中無蔬筍氣加以肯定,明初倪謙《航上人字濟川說》云:「僧錄右街闡教古心堅公,有上足弟子曰戒航字濟川者,姑蘇琴川人也。夙有至性,警悟不凡,精究內典,而於儒書亦多窺闖。喜吟詠,作為韻語,清新灑脫無蔬筍氣,故名動江湖,有能詩聲。」[註11]倪謙論僧詩「清新灑脫無蔬筍氣」,是將蔬筍氣從「清新灑脫」中脫離出來,如同朱熹將「清麗」與蔬筍氣相區別,意謂蔬筍氣只是農蔬之味。

與上述詩應無蔬筍氣的看法相對,也有詩歌含有蔬筍氣更好的看法,宋人姚勉《題真上人詩稿》中說道:「真上人《詩別稿》,大山蕭先生已為摘之矣,奚再假乎予之摘。有可摘,故重為之摘。昔人於梅詩有愛『橫斜清淺』一聯者,有愛『雪後水邊』一聯者,有愛『屋簷斜入』一聯者,人謂不以此定作詩者之優劣,正以定評詩者之優劣也。予所摘之詩是已未論,所摘優於《別稿》與否,可以見所摘之人劣於摘《別稿》之人矣。前輩言僧詩患其有蔬筍氣,由是僧人作詩惟恐其味之類此,僧詩味不蔬筍,是非僧詩也。」[註12]。宋人方岳《熙春臺用戴式之韻》中云「有蔬筍氣詩逾好,無綺羅人山更幽」[註13],意指僧詩有蔬筍氣更有韻味。這裡的蔬筍氣顯然是與「綺羅人」相對的林下人,「綺

[註8] 尹廷高:《玉井樵唱》卷中,《四庫全書》本。
[註9] 釋英:《白雲集》卷首,《四庫全書》本。
[註10] 朱誠泳:《小鳴稿》卷三,《四庫全書》本。
[註11] 倪謙:《倪文僖集》卷三十二,《四庫全書》本。
[註12] 姚勉:《雪坡集》卷四十一,《四庫全書》本。
[註13] 方岳:《秋崖集》卷九,《四庫全書》本。

羅人」代表著官僚富貴一類人，相對的應該是隱逸者或居於林下者；故此處的蔬筍氣，應該包含描寫林下或者隱逸生活的詩作都算有蔬筍氣。元好問認為詩無蔬筍氣並非是必然的標準，《木菴詩集序》謂蘇東坡的話不過是一時之語，而非定論，云：「東坡讀參寥子詩，愛其無蔬筍氣，參寥用是得名，宣政以來，無復異議。予獨謂此特坡一時語，非定論也。詩僧之詩所以自別於詩人者，正以蔬筍氣在耳。假使參寥子能作柳州《超師院晨起讀禪經》五言，深入理窟，高出言外，坡又當以蔬筍氣少之耶。」〔註14〕蘇軾之語只是針對參寥而發，並非要當作作詩的規則或者標準，元好問的說法應該更符合蘇軾的本意，蘇軾應該並非是要說參寥詩歌不應有蔬筍氣。元好問並指出，僧徒之作之所以能與文人不同，蔬筍氣是非常重要的特徵。清人鄭方坤的看法相同，《全閩詩話》「僧可仕」條，援引《小草齋詩話》云：「東坡言僧家詩要無蔬筍氣，此為太著相者道耳。要之，世間神情境物與詩合者，莫過於僧，若捨方外之蹤而逐煙花綺麗之場，不但失本來面目，亦且墮惡道而不知。天聖間閩僧可仕，有送僧詩云『一缽即生涯，隨緣度歲華。是山皆有寺，何處不為家。笠重吳天雪，鞋香楚地花。他年訪禪室，寧憚路岐賒。』雖小乘語，亦自楚楚，若以蔬筍氣病之，非知詩者。如洪覺範詩：『已收一霎臥龍雨，忽起千巖擷鷙風。麗句妙於天下白，高才俊似海東青。』非不奇也，如醜惡何。」〔註15〕鄭方坤將「方外之蹤」與「煙花綺麗之場」相比較，所謂「煙花綺麗之場」與方岳《熙春臺用戴式之韻》中「綺羅人」相似，即描寫僧徒「方外之蹤」的詩歌，實際上就應該視為「蔬筍氣」的僧詩。

　　關於明代僧詩中的「蔬筍氣」，論者亦多有評論。如上文所引朱彝尊評論妙止詩歌少疏筍氣之語，錢謙益論道源詩云：「《寄巢》之詩，蔬筍也，鮚魚也，春餘之孤花，睡夢之清磬也。」道源號石林，有《寄巢詩集》。道源詩作的「蔬筍」之狀，如《早梅》詩云：「萬樹寒無色，南枝獨有花。香聞流水處，影落野人家。雪後留雲淡，籬邊待月斜。床頭看舊曆，知欲換年華。」〔註16〕整首詩確實只有「蔬筍」之味。「蔬筍氣」或者「蔬筍」之味，其實就是脫俗出塵，或許可以用寶明詩來說明，《靜志居詩話》援引楊維楨評論云「月舟詩能遠塵，字亦清媚」，如《次沈陶菴題石田有竹莊韻》詩云：「東林煙月舊松蘿，無復君

〔註14〕元好問：《遺山集》卷二十七，《四庫全書》本。
〔註15〕鄭方坤：《全閩詩話》卷十一，《四庫全書》本。
〔註16〕朱彝尊：《明詩綜》卷九十二，第4382頁。

來對酒歌。千葉芭蕉萬竿竹，相思一夜雨聲多。」〔註17〕整首詩確實稱得上是「遠塵」。遠塵雖不能說就是蔬筍氣，不過蔬筍氣應該就是往往過於追求遠塵而造成的。

　　錢謙益評價孤松慧秀的詩歌說：「上人富於詞藻，採擷六朝，多所沾丐〔規擬〕小賦駢語，時足獻酬而意象凡近，殊非衲子本色。昔人言僧詩忌蔬筍氣，如秀道人者，正惜其少蔬筍氣耳。」〔註18〕錢謙益說慧秀的詩作少蔬筍氣，其有《淮陰侯祠》詩云：「落日淮陰道，人傳漢將名。懸知三旅盡，安用一軍驚。赫奕飛龍佐，逡巡走狗烹。英雄空廟貌，千古恨難平。」整詩抒發的是對「狡兔死，走狗烹」以及後世對英雄漠視的憤慨，確實不是疏筍之氣。就慧秀而言，可以對不同的詩歌進行比較，如《仙巖山居》之一云：「茅屋青巖半，雲來路已迷。樹深松鼠競，花暗竹雞啼。絕壁吹寒瀑，空潭飲素霓。日斜山影裏，樵語下前谿。」〔註19〕與《淮陰侯祠》相比，整詩是對山居環境的描寫，可謂是全然為疏筍之氣。通過這兩首詩作的比較，可以清楚地對照出蔬筍氣之詩歌的樣貌。

　　雖然上述評論都是在說無蔬筍氣，卻能明瞭有蔬筍氣詩作的樣貌。有蔬筍氣與無蔬筍氣詩歌的區別，或許可用宗泐的創作加以說明。《次白以中西塘即景》詩云：「茅屋夜然燈，中有讀書者。門外是官街，更深猶走馬。落日雞鳴埭，何人射雉回。北湖山月上，相送暮鐘來。千門甲第高，四海狼煙息。獨有周亞夫，時嚴柳營壁。」〔註20〕詩中雖以西塘之景為題，寫茅屋、北湖山月等，但中心卻非是寫景，而是寫內心雜感及心境。詩中描寫的世俗與出世生活，並非是截然分開，門內有出世的意味，門外是世俗的熱鬧，實際上隔開世俗與出世的不是一扇簡單的門，而是人的心境；本詩又可以視為蔬筍氣與非蔬筍氣兩種生活的對比，相比較而言，宗泐從心態與心境上更傾向於蔬筍氣的生活，因此蔬筍氣的氣味更為濃鬱一些。《山中小景》詩之一云：「谷口松杉無路，雲中雞犬誰家。仙客不歸春老，洞門千樹桃花。」之二云：「四山一片秋色，野客獨坐茅亭。渡頭紅葉如雨，石上長松自青。」〔註21〕詩中完全寫山中的小景，謂之蔬筍氣之作應為得當。又，《小景》詩云：「孤村帶寒鴉，遠山涵夕霧。渡

〔註17〕朱彝尊：《明詩綜》卷九十一，第 4324 頁。
〔註18〕錢謙益：《列朝詩集》閏集卷三，第 341 頁。
〔註19〕錢謙益：《列朝詩集》閏集卷三，第 341 頁。
〔註20〕宗泐：《全室外集》卷七。
〔註21〕宗泐：《全室外集》卷七。

頭人未歸，日落風吹樹。」〔註22〕《秋塘小景》詩云：「西風昨夜到南塘，楊柳兼葭色轉蒼。飛鳥獨來荷柄立，不教涼露滿蓮房。」〔註23〕兩首詩亦寫小景，可視之為蔬筍氣之作。

　　德祥的詩作亦可見有蔬筍氣與無蔬筍氣之別。《小築》詩云：「日涉東園上，余將卜此居。草生橋斷處，花落燕來初。避俗何求僻，容身不願餘。堂成三畝地，只有一車書。」《秋塘》詩云：「獨步秋塘上，其如客思何。蟬聲送風葉，鳥影度涼波。草店三家酒，菱船一道歌。不堪回首處，楊柳夕陽多。」兩首詩皆寫詩者居住周圍之景致，《小築》完全是寫其卜居避俗、讀書的生活，《秋塘》雖有表達出羈縻於旅途之客思與感懷，主要仍是寫獨步西塘時所見之景，視之為蔬筍氣之作亦不為過。相比較的是《聽雨有懷》詩，云：「灑樹聲兼雪，稍簷力借風。每來寒夜後，多在客愁中。草意閒門共，燈情白髮同。之人天一角，的的似高鴻。」〔註24〕本詩寫所聽到的樹聲、風聲等，詩意卻主要是在寫客愁，本詩可謂之無蔬筍氣。

　　如前文所言，明代僧徒們創作了大量的《山居詩》等作品，描寫他們的居住環境、生活環境等，這些詩作中無不充斥著蔬筍氣。僧徒們詩歌中的「蔬筍氣」，實際上正是他們林下生活的真實寫照，這些充滿「蔬筍氣」的詩歌充分展現僧徒們居於林下時的生活狀態；並表現著出世的心境。

二

　　明代文人生活中一個經常性的活動，是舉行雅集與結詩社，僧徒亦熱衷於參加文人們的雅集與詩社活動。自元末明初始，僧徒們頻繁地參加文人的玉山雅集與結詩社活動，如以良琦為代表的僧徒長期參與顧瑛等文人舉辦的雅集與詩社等。參與雅集詩社成為明代僧徒們的生活方式與生活內容之一。

　　顧瑛為元末明初東南的望族，經常召集文人與僧徒們在玉山舉行雅集，吳克恭《玉山草堂題句記》中評論參與顧瑛玉山雅集者云：「仲瑛好古博學，今之名卿大夫、高人韻士、與夫仙人釋氏之流，盡一時之選者，莫不與之遊，從雅歌投壺、觴酒賦詩無虛日，由是仲瑛名聞湖海間。」〔註25〕所謂「盡一時之選者」，即是說參與顧瑛玉山雅集者皆是當時十分著名的人士，《玉山名勝集》

〔註22〕宗泐：《全室外集》卷七。
〔註23〕宗泐：《全室外集》卷六。
〔註24〕《御選明詩》卷六十六。
〔註25〕顧瑛編：《玉山名勝集》卷一，《四庫全書》本。

提要云「元季知名之士，列其間者十之八九」，《明史》列舉這些「一時之選者」與「知名之士」云：「年三十始折節讀書，購古書、名畫、彝鼎、秘玩，築別業於茜涇西，曰玉山佳處。晨夕與客置酒賦詩其中，四方文學士河東張羽、會稽楊維楨、天台柯九思、永嘉李孝光，方外士張雨、於彥成、琦元璞輩，咸主其家。園池亭榭之盛，圖史之富，暨餼館聲伎，並冠絕一時，而德輝才情妙麗，與諸名士亦略相當。」〔註26〕玉山雅集之盛，很多評論者將其比之為古之西園與蘭亭，然玉山雅集「草堂之會有其人，人有其詩，而詩皆可誦」、作品「高者跌宕夷曠，上追古人，下者亦不失清麗灑脫，遠去流俗，琅琅炳炳，無不可愛」〔註27〕等方面甚至盛於西園與蘭亭等歷史上那些著名的聚會。參與雅集者，如袁華「玉山宴集分韻得相字」中說的，是「學道攻文章」的同道者和「仙釋侶」。

　　良琦是顧瑛玉山雅集中的「仙釋侶」，至正辛卯（十一年，1351）正月八日，良琦與顧瑛、郯九成、陳惟允遊虎丘，夜宿賢上人竹所，「取水煮茗，圖景賦詩」，相互之間「對坐談詩不絕」。良琦所賦詩有兩首，一為《次韻柬於匡山》詩云：「開士遍遊梁楚間，歸來雙鬢未全斑。寺前雪落長松在，洞口雲閒獨鶴還。石刻秦銘光燭漢，書藏禹穴氣浮山。風流賀監應相見，醉岸烏紗一解顏。」一為《賦放鶴亭》詩云：「道林昔隱支硎山，日惟與鶴相對閒。六翮幾年初長就，三山歸路忽飛還。丹崖霞發神芝紫，白石苔深細雨斑。落澗寒泉應可濯，盤空風磴尚堪攀。客離吳會三山上，忛渡秦淮一水間。臼下風雲消王氣，烏啼霜月慘離顏。蕭蕭岸柳搖征斾，黯黯江花送別殷。盛世簡書知有暇，寄來詩句莫教刪。」〔註28〕參與本次雅集的僧徒還有賢上人、庭堅上人等，可見是一次文人與僧徒的規模較大的雅集活動。玉山雅集舉辦的頻繁，宗泐亦曾參與過，《題顧仲瑛雅集圖》之一云：「良時不再逢，嘉會難復得。斯人亦云亡，玉山空黛色。」之二云：「有生能幾何，忽如駒過隙。昨日歌舞地，回首成陳跡。」之三云：「臨淮秋雨朝，覽圖增太息。黃鵠招不來，蕭條望八極。」〔註29〕詩中看出宗泐對參與這樣雅集的興致頗濃，稱之為「良時不再逢，嘉會難復得」；這兩句既是對盛會的讚歎，同時又有隱隱的淡淡的歎息，「良時不再逢，嘉會難復得」感發盛會的不再，故第二首感歎云「有生能幾何，忽如駒過隙」，盛

〔註26〕《明史》卷二百八十五《顧德輝傳》，第7325頁。
〔註27〕顧瑛編：《玉山名勝集》卷首。
〔註28〕顧瑛編：《王山名勝集》卷四。
〔註29〕宗泐：《全室外集》續編，《四庫全書》本。

會轉眼即逝，繁華瞬間成空，故末兩句「昨日歌舞地，回首成陳跡」是對人間盛衰的感歎。

　　關於良琦參與元末明初文人的雅集與結詩社活動的詳細情況，在良琦一章中有專門介紹，此處不多述，此處對其他僧徒參與文人雅集與詩社活動加以介紹。元末明初僧人的詩歌唱和，如蘭《靖安八詠》序中提到云：「靖安，松江上海之古伽藍，赤烏中所建也。寺僧壽寧無為以歌詩名東南，倡為靖安八詠，一時名士皆屬和，而東維子為之序。」〔註30〕如蘭提到楊維楨為之所作的序，在文獻中沒有查到；這次雅集或者詩社活動，是由於僧人壽寧無為首倡，以「靖安八詠」為題，名士蜂擁唱和。這次雅集頗為值得注意的，一是文人名士與僧徒雅集或結詩社的頻繁，二是這次雅集或結詩社由僧徒倡導並發起。欽義湛懷曾參與的黃曲社，「十歲出家金陵大報恩寺，二十遠遊名山，參訪耆宿，建黃曲社於堯山，久之讓與同社」〔註31〕，應該也是以湛懷為主的文人與僧徒共同參與的佛教社與詩社。僧徒與名士在雅集與詩社中的唱和，必然推動佛教文學的寫作。

　　與文人雅集、結社，是明代僧徒相互交遊中十分普遍的方式。洪武初征至南京的如阜（字物元），元末之亂時多結文酒之社，朱彝尊《靜志居詩話》云：「物元居雪秘山，自營精舍，宋無逸述其略云：『吾鄉雪秘山物元上人所營……殿閣池館，皆曲盡其妙。』當元之季，隱居之士多治園亭，結文酒之社，方外自師子林外，若阜公者，可稱好事矣。」〔註32〕在曲盡其妙的亭臺樓閣中雅集，可謂盡得風雅之風。著有《南來堂稿》的讀徹（字蒼雪）有《葑門化城菴留別社中諸友》詩，由詩題可見讀徹等有著比較密切的結社活動，詩云：「相送了無意，臨岐忽黯然。回看吳苑樹，獨上秣陵船。春老還山路，江昏欲暮天。白鷗休避我，拍拍碧波圓。」〔註33〕讀徹時出行，社中諸人皆來相送，表明社中諸人相互之間情誼頗為密切。行忞禪師，馮夢禎評論其詩歌說：「忞公詩清真孤迴，如倪元鎮畫遠水疏林，孤雲片石，絕無酸餡氣。」朱彝尊《靜志居詩話》言其與文人結社云：「忞公少出紫栢之門，而不相下，居於南潯，與馮開之、朱文寧、董遐周、尤仲弢輩結方外社，遐周稱其『口不談貴介，筆不流凡

〔註30〕錢謙益：《列朝詩集》閏集卷二，第287頁。
〔註31〕錢謙益：《列朝詩集》閏集卷二，第326頁。
〔註32〕朱彝尊：《明詩綜》卷九十，第4293頁。
〔註33〕朱彝尊：《明詩綜》卷九十二，第4375頁。

近』，文寧至謂『字字作金光明色』，譽之未免過實。」〔註34〕文人與僧徒的結社，無論在文人中還是在僧人中，都是很流行的事情。

　　除與文人雅集與結詩社活動之外，僧徒們自身亦有結社活動，如善啟在參與修撰《永樂大典》結束返鄉時，與同道在途中結詩社，朱彝尊《靜志居詩話》云：「曉菴早負詩名……嘗被召纂修《永樂大典》，書成告歸。與上竺完公敬修、北禪瑾公、如珪白蓮、車公指南舟中倡和，有《江行詩》一卷。」〔註35〕在旅途的舟中雅集或者結詩社，可見對明代文人與僧徒來說，雅集與結詩社更主要的是隨興致而起，並非完全隨雅集地而起。良琦有《次韻答見心和尚》詩，云：「龍門茅屋潤之隈，亂後山花只自開。數片白雲同散去，十年金錫不歸來。月明老鶴啼春澗，日落饑烏集古臺。歲晚相期仍結社，西湖剩覓白蓮栽。」〔註36〕詩中的「歲晚相期仍結社」之句，表明良琦期望與來復見心結社交遊，同時表明良琦與僧徒之間亦經常結社。儘管這樣的結社更多是指佛教之社，相期結社的僧徒在社中吟詩對唱，自然也可以視之為一種詩社了。明後期的宗乘等八人，有經常性的結詩社活動，「（宗乘）好靜不諧於俗，時為小詩，亦不求人解……石林源公刻其遺詩」，宗乘（吳郡海岱）與「實印字慧持」「妙嚴字端友」「際瞻字師星」「源際字曠兼」，「苾蒭為詩社，以清新之句相尚」。宗乘等八人所結之社應該也是佛教之社與詩社同具的，吟詩對唱在社中應該是主要內容之一。

　　雅集與結詩社中最為重要的一項內容，必然是隨著飲酒而吟詩對韻。有文人參與的結社，詩酒是肯定的，如善啟等幾位僧徒在旅舟中隨興結社，是否飲酒吟對連韻就不得而知了。善啟等僧徒舟中唱和成《江行詩》一卷，表明他們唱和的樂此不彼與數量之多。錢謙益提到善啟與瞿宗吉唱和云：「與瞿宗吉賦《牡丹詩》，用韻往復幾百首。」〔註37〕就一株牡丹往復唱和數百首，雖然不能將此視之為真正意義上的雅集或者結詩社，仍可見僧徒們唱和興趣之至。吟詩連韻成為雅集、結社中最主要的活動內容，作詩能力往往就成為能否參與雅集的一個最為重要的標準，《列朝詩集》援引陸儼山《詩話》載疊甌事，云：「國初，越中詩人劉孟熙、唐處敬輩遊集曹娥祠，一僧敝衣坐船尾，眾方分韻

〔註34〕朱彝尊：《明詩綜》卷九十二，第 4364 頁。
〔註35〕朱彝尊：《明詩綜》卷九十一，第 4319。
〔註36〕錢謙益：《列朝詩集》閏集卷二，第 306 頁。
〔註37〕錢謙益：《列朝詩集》閏集卷二，第 311 頁。

賦詩，殊不之顧。忽作禮云『有剩韻乞布施一個』，拈蕉字與之，噩即應聲賦詩云云。眾驚曰『公非噩夢堂乎』，遂邀入社。」〔註38〕如此處所言，要參與雅集就得有這種「應聲賦詩」的才能。僧徒們吟社對韻之興趣，在雅集或結詩社的活動中淋淋盡致表現出來。智舷《秋日元微邀集水亭同凡上人分得憐字》詩云：「葉落欲埋徑，萍開為進船。想懸孤錫處，猶是小亭邊。池水幽相映，芙蓉絕可憐。晤言須競日，重至恐經年。」〔註39〕分韻賦詩，是雅集或者結詩社中的典型做法，作品中凡是此類作品，一般是在雅集或結社時所作；此類作品的數量，往往能看出詩者參與雅集或詩社的活躍程度。

　　僧人與文人、僧徒之間的相互唱和，也是生活中的內容之一。相互唱和有時是在雅集或詩社時，有時只是單純的唱和，上文中以提及到眾多僧徒的唱和之作。古明淨慧《寄梅雪朱隱居》詩寫與人對坐為詩，云：「何處風篁好，漁莊路匪遙。水光清暑簟，花影赤闌橋。座客分詩卷，鄰姬浣酒瓢。離懷無可贈，清夢過蘭苕。」〔註40〕詩中的「座客分詩卷」，可能是在詩社活動中，也可能是僅僅兩人在一起相互唱和。文湛《寓南高峰懷友》詩云：「菴住南峰下，四簷松竹青。月常陪入定，猿或聽談經。池近涼生榻，山高影落庭。故人在何處，詩酒醉蘭亭。」〔註41〕詩中是寫對友人的懷念，「詩酒醉蘭亭」明顯是寫到曾經與友人的詩酒唱和，或者是在結社活動中的詩酒唱和。法智《闇門晚歸和韻》寫僧徒之間的相互唱和：「郭外罷持缽，晚涼歸路幽。鼓鍾煙際寺，燈火水邊樓。藜杖苔痕濕，荷衣月影浮。禪翁歌《白雪》，薄夕愧難酬。」〔註42〕詩中寫的是僧徒之間的唱和。錢謙益在提到本虛懷讓時，說「與楊南峰有詩酬和，能詩而未免入俗」〔註43〕，所謂「未免入俗」，指的或許是參與結社與詩酒唱和活動，並非是指沾染俗氣，由此可見僧徒參與雅集、結社或相互酬唱之普遍。

三

　　作為佛教僧徒來說，詩文似乎只是主要描寫山川風月、佛理修持等，但明

〔註38〕錢謙益：《列朝詩集》閏集卷二，第 296 頁。
〔註39〕朱彝尊：《明詩綜》卷九十二，第 4353 頁。
〔註40〕錢謙益：《列朝詩集》閏集卷二，第 310 頁。
〔註41〕錢謙益：《列朝詩集》閏集卷二，第 313 頁。
〔註42〕錢謙益：《列朝詩集》閏集卷二，第 310 頁。
〔註43〕錢謙益：《列朝詩集》閏集卷二，第 314 頁。

代的僧徒沒有把自己作為完全脫離社會之外的世外者，他們的作品中屢屢描述社會生活，反映百姓的疾苦。由於眾多僧徒們受到朝廷禮遇，以佛事為朝廷服務，所以詩文中又屢屢映照出明代的政治文化，這是明代僧徒創作與前代不同之處。頌揚朝廷與批判現實又是相反的兩端，但是在僧徒們的作品中竟然諧致而不衝突。

僧徒作品中對社會疾苦的描寫，尤其元末明初與明末反映更為集中，這種情況明顯與兩個時期的社會動盪有關。如梵琦《海東青行》詩云：「海東青，高麗獻之天子庭。萬人卻立不敢睨，玉爪金眸鐵作翎。心在寒空答在手，一生自獵知無偶。孤飛直出大鵬前，猛志豈落駕鵝後。是日霜風何栗冽，長楊樹羽看騰騫。奔雲突霧入紫霄，狡兔妖蟆灑丹血。束身歸來如木雞，眾鶻欲並功難齊。爾輩無材空磔磔，不應但費官廚肉。」〔註44〕通過海東青批判當時元末官員的尸位素餐、磔磔無能與魚肉百姓。克新《次韻答柳仲修宣使》詩云：「青袍白馬南藩使，解後江城三月初。把酒流鶯啼別圃，倚樓飛絮落前除。君趨大府才華盛，我住空山禮法疏。攜手勿論鄉國事，十年兵甲復何如。」〔註45〕詩中雖然寫的是明朝平定後之事，卻寫出了戰爭對社會的摧殘，儘管詩中寫到不去談論鄉國事，「十年兵甲復何如」卻是表達了克新對鄉國遭受十年戰爭摧殘的痛心。《奉寄崇報仁禪師》詩中再次寫到家鄉遭受的十年兵亂，詩云：「故園人物久相知，今代文章真一夔。千里江山春草夢，十年兵甲暮雲詩。著書芸閣虹穿屋，行道松林月照池。聞說高居鄰栢府，爹冠驄馬共襟期。」詩中讚揚的行中禪師的詩作，「千里江山春草夢，十年兵甲暮雲詩」卻是對十年兵甲戰亂的慨歎。詩前有序云：「行中禪師與予同生番易，而長予十三歲，早以徑山書記，主蘄之德章。道化盛行於江淮間，嘗為《蘇長公祠堂記》，虞侍講極稱其文有史筆。以辟難來江浙，未幾主餘姚雲頂，近又聞遷紹興崇報，予以睽違之久而喜其屢鎮名山，為吾宗砥柱，於是詩以慶之，且求教也。至正十七年秋九月既望。」〔註46〕從序來看，詩應作於元末，此時正是戰亂時期，本詩在讚揚行中禪師的同時，對當時的戰亂進行了寫照。

明後期開始，明代社會問題頻出，下層民眾生活艱難，僧徒作品中亦頻頻反映出來。法智《泊安慶城》詩寫戰火給民眾帶來的苦難，云：「浮圖高出暮

〔註44〕錢謙益：《列朝詩集》閏集卷第一，第255頁。
〔註45〕《古今禪藻集》卷十六。
〔註46〕《古今禪藻集》卷十六。

雲低，雉堞連陰碧樹齊。茅屋人家兵火後，樓船鼓鞞夕陽西。大江千里水東去，明月一天烏夜啼。欲酹忠魂荒冢外，白楊秋色轉淒迷。」〔註47〕詩中所寫的戰火，應該是明代中期與北方蒙古之間不斷的戰事，長期以來給北方邊地民眾造成的苦難。妙聲《苦雨懷東皋草堂寄如仲愚》詩寫到北方邊地自然災害給民眾生活造成的艱難，云：「四月淫雨寒淒迷，邊軍夜歸聞鼓鼙。大麥漂流小麥黑，富家歎息貧家啼。書囊留滯北山北，草堂故在西枝西。焚香掃地早閉戶，莫遣加沙沾燕泥。」〔註48〕連綿的陰雨造成作物的減產，「富家歎息貧家啼」寫出了民眾生活的苦辛。使民眾生活更為艱難的是統治者對民眾的殘暴掠奪，妙聲《和感寓並雜詩》之一云：「悲風掃黃葉，茇舍依樲棘。歲歉兒苦饑，家貧母猶績。寒窗秉機杼，卒歲不成匹。里胥夜蹋門，叫怒催紝織。蹇余晚歸田，耕不如仲力。一飯愧其人，安敢自皇息。」之二云：「胡雁乘朔風，矯矯厲羽翼。江南稻粱地，異彼陰山北。所憂弋者篡，繒繳在尋尺。奈何隨陽侶，自剪排風翮。豈知罣羅罔，復懼膏鼎鬲。本不飛冥冥，於今悔何益。」之三云：「有虞昔南狩，死葬蒼梧山。帝子泣幽怨，至今竹斑斑。重華骨已朽，淳樸何時還。我欲往從之，洞庭汨孱顏。夢寐奠靈瑣，懷椒候其間。安得御風去，揮手謝人寰。」〔註49〕這組雜感詩由三首組成，寫出了「歲歉苦饑」之下統治者「里胥夜蹋門，叫怒催紝織」的殘暴之狀。第二首更是從難以擺脫網羅對統治者進行鞭撻，第三首則是對擺脫這樣統治的嚮往，一方面嚮往三代之治的出現，一方面嚮往御風而去進入仙化的世界。

　　明代僧徒詩文中對社會生活的反映，在具體各專章中有述及。明代僧徒尤其是受到皇帝、朝廷徵召的高僧們，積極參與朝廷事務，為朝廷服務，他們的觀念體現出明顯與文人士大夫相同的政治觀念，作品中亦體現出與士大夫同樣的政治文化。關於明代的政治文化，余英時《宋明理學與政治文化》及拙著《元末明初士大夫政治文化與文學研究》等有專門述及。明代的政治生態、明代士大夫的求道抱負、佛教能夠「陰翊王度」觀念下統治者對明代僧徒的寵用與限制、及僧徒與士大夫的頻繁交往，反映明代的政治文化是明代僧徒文學作品中的一項重要內容。

　　與士大夫一樣，僧徒詩文中對明代統治者進行極力誇揚，如愚菴智及《答

〔註47〕錢謙益：《列朝詩集》閏集卷二，第311頁。
〔註48〕妙聲：《東皋錄》卷上。
〔註49〕錢謙益：《列朝詩集》閏集卷二，第299頁。

東皋伯遠法師》詩之二云：「楓宸召對足光榮，峻辯宏機悅眾情。一妙九旬談不盡，千差萬別證無生。中吳大士推三傑，上國高僧第一名。道重金輪聖天子，毗盧頂上等閒行。」〔註50〕詩中發散出對被最高統治者徵召並在廳堂上召對的榮譽感，「金輪聖天子」是對最高統治者的頌揚，這些頌揚的詩句與士大夫對最高統治者的頌揚一般無二。守仁《十七日謝恩奉天門》詩寫召對之後對朱元璋的謝恩，詩云：「金殿重重護採霞，天門賜坐擁袈裟。尚方晨缽分雲子，中使春杯獻乳花。雉尾風清天咫尺，螭頭香暖霧橫斜。聖恩特許還山蚤，官柳黃時喜到家。」〔註51〕對皇帝的賜座及特許還山，守仁的內心應該是很欣悅的。

　　寫作頌揚詩文作品最多的，可能是宗泐與來復，宗泐作品中體現的政治文化內容見宗泐專章。來複寫過朱元璋召對高僧事，《寄北彈佑講主洪武初應高僧召》詩云：「雲霞剪作佛袈裟，草座長年靜結跏。禮罷六時天送供，講來三藏雨添花。象龍曾赴高僧會，羊鹿誰乘稚子車。隨處溪山可終老，不愁無地布金沙。」〔註52〕本詩可能作於蔣山法會期間，洪武初年朱元璋頻頻舉行蔣山法會，具體見下一章。詩中「象龍曾赴高僧會」應該就是指高僧參加蔣山法會。天潤清濬「洪武中應召為天界僧官左覺義，庚午歲，命主持靈谷寺」，朱元璋曾「御製詩十三首賜之」，清濬和《上命欽和山居詩》兩首，之一云：「老來一缽住巖幽，塵境無心得自由。空裏每看花滿眼，境中漸覺雪盈頭。吟餘月照千峰夜，定起雲生萬壑秋。身世已知渾是夢，百年光景水東流。」之二云：「白髮山僧住翠蘿，餘生身事任蹉跎。倦從石上支頤坐，閒向雲中拍手歌。設利現時光煜煜，伽梨披處影裟裟。鍾山咫尺城東地，草木偏承雨露多。」〔註53〕清濬的和詩中提到蔣山法會，詩意卻充滿著禪意，與朱元璋討論佛教之理。和朱元璋御製詩的還有竺隱弘道（字存翁），「號竺隱……洪武丙辰主持杭州上天竺，注《楞伽經》，後與楚石同被召入京，為僧錄司左善世。辛未高老，賜驛馳歸」。作《和御製山居詩》三首，之一云：「鍾山雲氣近蓬萊，樓閣重重錦繡堆。兜率宮從天上降，杪欏花向月中開。道林再世承恩澤，圓梧當闕震法雷。祖道一絲懸九鼎，提持全仗出群材。」之二云：「大覺談玄徹九重，蔚然扶起少林宗。龍光照映神奎閣，象教尊崇玉几峰。自昔草堂留聖踐，即今靈谷縱高

〔註50〕智及：《愚菴和尚語錄》卷第九《續藏經》第71冊，第694頁。
〔註51〕曹學佺編：《石倉歷代詩選》卷三百六十六。
〔註52〕錢謙益：《列朝詩集》閏集卷一，第267頁。
〔註53〕錢謙益《列朝詩集》閏集卷二，第303頁。

蹤。御題詩筆昭雲漢，更覺茲山雨露濃。」之三云：「傳得凌霄無盡燈，蘭膏烈焰愈輝騰。箋經未遜洪覺範，輔教直追嵩仲靈。閉戶遍探三藏教，入朝分錄兩街僧。皇恩浩蕩深如海，聲價奚論十倍增。」〔註54〕詩中確實充滿對「皇恩浩蕩」的感恩之情。

除《寄北彈佑講主洪武初應高僧召》詩外，來複寫到蔣山法會的詩有多首，如《車駕臨蔣山於崇禧寺賜高僧齋議設無遮會謾成口號》詩是讚揚朱元璋參加蔣山法會的，之一云：「崇禧寺前風日清，鑾輿遙迓定鐘鳴。山林有道裨王化，天地無私荷聖情。婁約入梁終應詔，惠琳居宋豈貪名。金山重感千年夢，願濟幽靈答治平。」之二云：「祇園花雨曉吹香，手縐袈裟近御床。闕下紫雲隨雉尾，座間紅日動龍光。金盤蘇合頒殊域，玉盌醍醐出尚方。稠迭屢承天上供，每慚無德頌陶唐。」《同朝天宮道士朝回口號》詩中再次寫到朱元璋參加蔣山法會事，之一云：「羽仙飛佩曉冷風，禪子金襴映日紅。共祝太平朝帝闕，蓬萊兜率五雲中。」之二云：「午陰初轉御橋灣，齋退從容出九關。天上好風重送喜，鑾輿明日幸鍾山。」〔註55〕蔣山法會舉行期間，朱元璋不辭勞苦參加法會的儀式，《主上於奉天門賜坐焚香供茶午就賜齋問以宗門大意首以靈山付囑繼以迦葉感化為對喜賦詩以獻》即言此，詩云：「蓬萊雲氣濕袈裟，奏對天門日未斜。膳部別分香積飯，龍團親賜上方茶。謾論魔佛生同劫，最喜華夷共一家。山野自慚無補報，散花琪樹讀《楞伽》。」〔註56〕詩中以無比欣喜的語氣頌揚朱元璋的功績，將之比之為「陶唐」，是以朱元璋治下的明代為三代，已經是最高水平的頌揚了。與頌揚朱元璋之世為「陶唐」相近的是存翁惟則的「祝神堯」，錢謙益說：「師有《七幸序》，云：洪武二十五年壬申八月二十九日晚朝，上命凡天下僧人但清理冊文上有名籍者，不問度牒已給未給，皆要他俗家餘丁一人充軍。鄙時在京，欽聞上命，進偈七章，其七曰：『天街密雨卻煩囂，百稼臻成春氣饒。乞宥沙彌疏戒檢，袈裟道在祝神堯。』或譏之曰『無事請死而已』。上覽偈，罷軍事。」〔註57〕以四句頌揚偈而罷軍事，功可謂大矣。

來復《題鍾山新寺後三日欽蒙聖製和章感遇之餘謹再用韻賦》寫朱元璋在

〔註54〕錢謙益《列朝詩集》閏集卷二，第304頁。
〔註55〕轉引自劉仔肩編《雅頌正音》卷四，《四庫全書》本；又見錢謙益《列朝詩集》
　　　　閏集卷一，第268頁。
〔註56〕錢謙益：《列朝詩集》閏集卷一，第266頁。
〔註57〕錢謙益：《列朝詩集》閏集卷二，第304頁。

蔣山法會上賜詩，之一云：「寶剎新成護百靈，鍾山泉石有光榮。金輪朝佛諸天喜，玉帛來王萬國平。定起不知明月上，身閒只愛白雲迎。龍飛幸際雍熙日，親見黃河一度清。」之二云：「蓮花塔戶鏡容開，設利流光月滿臺。江吼鼉聲東海去，地蟠龍勢北山來。雲中梵唄和仙樂，天上香盂送佛齋。盛世只今隆外護，匡宗須藉仲靈才。」之三：「聖主虛心論道玄，宸章特賜起枯禪。瑞浮雲彩來雙闕，光映奎文動九天。蒲座開函風滿石，花池洗缽雨添泉。經駝白馬今重到，絕勝摩騰入漢年。」〔註58〕第一首中的「龍飛幸際雍熙日，親見黃河一度清」頌揚朱元璋的功績出現黃河變清之祥瑞，「絕勝摩騰入漢年」寫朱元璋對佛教的扶持使得佛教的興盛達到了空前的地步。朱元璋曾賜來復詩，來復《奉和御賜詩韻》之一云：「十年閒寄半龕雲，覺義新除荷寵勳。華饌炊香天上賜，好音傳喜日邊聞。尚書自進金襴制，學士親題紫誥文。白髮匡宗無補報，不才深負聖明君。」之二云：「待漏從容謁九關，日臨黃道觀龍顏。鳳韶遠聽丹墀樂，鶴序長聯玉筍班。聞法有為知世幻，觀心無欲共雲閒。蒙恩不盡鴻禧祝，南極天開萬歲山。」之三云：「滿袖爐煙吐紫宸，伽梨玉色賜來新。光翻貝葉諸天曉，香種曇花大地春。禪月長明虛有象，劫風不動海無塵。見超生滅空三際，同證毗盧剎士身。」〔註59〕連和三首，顯示來復對朱元璋賜詩的高度重視。詩中的「不才深負聖明君」「蒙恩不盡鴻禧祝」有對朱元璋賞識的感激，也是對朱元璋的敬畏與敬仰，感激、敬畏與敬仰之情或許出自內心，或許是迫於政治高壓；「南極天開萬歲山」「同證毗盧剎士身」是對朱元璋的頌揚與頌祝，將朱元璋等同至釋迦牟尼的高度。

　　朱元璋參加蔣山法會事，來復曾予以詳細記載，具體載於宋濂《跋蔣山法會記後》一文，本文內容詳見下一章，《記》中載來復對朱元璋的頌揚可謂極盡誇飾之能事。來復在上述詩作中竭盡可能地頌揚朱元璋的功績，頌揚之語是出自真正的內心，還是高壓下的迫不得已，難以揣測，因為明初的政治生態使得文人士大夫、僧徒們不得已屈服於集權的高壓亦是實情。即使在寫給他人的詩作中，來復亦頌揚朱元璋的功績，如《送錢子予新除博士致政還越中》詩云：「除書新拜荷明君，祖別春筵採泮芹。餐玉未從仙老試，賜金應與故人分。淖船夜渡娥江月，山殿晴探禹穴雲。龍節虎符勳烈舊，過家先讀表忠文。」〔註60〕

〔註58〕錢謙益：《列朝詩集》閏集卷一，第 267 頁。
〔註59〕錢謙益：《列朝詩集》閏集卷一，第 266 頁。
〔註60〕錢謙益：《列朝詩集》閏集卷一，第 267 頁。

詩中稱朱元璋為「明君」，《御賜圓通禪寺後以詩寄善世全室》詩中稱明代為升平之世，云：「龍河再鎮感皇情，倡道從來屬老成。䀖史夜摩皆聽法，震丹竺國總知名。日邊華構開金剎，海上孤峰見赤城。寶掌有符重應記，虛空同壽祝升平。」〔註61〕與來復同時的克新，在《次韻顧仲瑛遷居》詩中稱朱元璋為聖主，詩云：「畫舸載書隨早春，平湖雪消楊柳新。黃鵠九霄不可致，白鷗萬里誰能馴。謝安自是廟堂器，元亮本非丘壑人。聖主徵賢圖治急，未容便作耕桑民。」〔註62〕《次韻聞人德機同知追賦元正朝賀之作》詩極盡頌揚之能事，詩云：「五雲春色滿蓬萊，丹陛旌旗日月開。香繞袞龍青玉案，花迎鸚鵡紫霞杯。聖神有志宣光業，經濟何人管葛才。此日鵷行猶在眼，董生承詔自天來。」〔註63〕眾僧徒們對朱元璋的頌揚，不管是出於真心還是迫於政治高壓，都是明初政治文化的反映。

從朱元璋被頌揚為聖明之君開始，歷代的皇帝都被文人士大夫塑造為明君，明代中後期的僧徒同樣頌揚皇帝為聖明之君，如方澤《送范菁山丈之雲南大理》詩云：「北望雲霄迥，南征道路長。山逢驅象客，地入卜雞鄉。碧海常飛霧，青林不隕霜。聖君勞御遠，非是漢文皇。」聖君自然是心繫蒼生的，《送王翰林柘湖轉比部還京》詩云：「滄海有才名，青春賦兩京。乍辭金馬署，復作爽鳩行。苑柳深袍色，宮鶯雜佩聲。君王前席問，應是為蒼生。」〔註64〕從兩首詩的最後兩句來看，兩首詩似乎是姊妹篇，使用的是漢文帝與賈誼的典故。其實兩首詩非同時所作，只是同時使用了同一個典故，而且在同一含義上使用這一典故，只能說明方澤對漢文帝與賈誼這一典故的熟悉與重視，深層次表明的是方澤對「蒼生」的重視。明後期的文人在闡述政治文化時，往往更多提及皇帝與朝廷的「有道」，僧徒們同樣頌揚著朝廷的「有道」，如雪江明秀《漫興》之二中讚揚「聖朝有道」，云：「小閣梅花迎老眼，殘書白髮臥高天。聖朝有道憂今少，藥餌煙霞且歲年。」〔註65〕

上述詩歌反映出明代僧徒們主動將自己納入到明朝的統治者之中，完全是以臣服者的姿態面對朝廷及最高統治者，他們對朝廷及統治者的歌頌與朝廷的大臣、士大夫毫無二致。在僧徒們看來，正是最高統治者的聖明與國家的

〔註61〕錢謙益：《列朝詩集》閏集卷一，第267頁。
〔註62〕《古今禪藻集》卷十六。
〔註63〕《古今禪藻集》卷十六。
〔註64〕朱彝尊：《明詩綜》卷九十二，第4334頁。
〔註65〕錢謙益：《列朝詩集》閏集卷二，第311頁。

「有道」，民眾才有平穩的生活，如妙聲《世壽堂歌》詩云：「君不見南陽菊水流浩浩，飲之令人長壽考。又不見青城枸杞龍蛇形，其人往往多長生。乃知草木有靈氣，能與短世制頹齡。君看張家世壽堂，奕世載德應壽昌。山川清暉近交映，高曾白髮遙相望。堂中老仙年九十，雲霧衣裳冰玉質。把筆猶堪細字書，上馬不用旁人揿。門前肅肅來軒車，堂上列坐講唐虞。心將造物寄游衍，道與行雲時卷舒。問君何由乃能爾，玉立揚休有令子。買臣富貴已專城，魯侯歸來還燕喜。流根之澤深無期，既有孫子能書詩。人間共愛德星聚，天上寧無太史知。彼美堂兮深且古，彼美人兮才甚武。願持斯道壽國脈，萬歲千秋奉明主。」〔註66〕之所以能有九十高壽的出現，正是因為世事之「有道」，而「萬歲千秋奉明主」便成為明代人的追求。如清溠《悼李公奇》詩中言要「盡孝」「盡忠」「盡身」，之一云：「自從繡帽離京國，平克山東又海東。決策但期千里勝，回頭俄見一星紅。雲橫古汴神兵寂，月滿長淮虎帳空。最憶張巡齒牙落，唐家青史有奇功。」之二云：「萬里關山雙虎節，十年寒暑一綸巾。憂民憂國又憂主，盡孝盡忠還盡身。厚地血凝為琥珀，高天魂聚作星辰。功成但在凌煙閣，如此兩全能幾人。」〔註67〕

明代僧徒對朱元璋及歷代帝王、最高統治者的頌揚，及對明代之世的歌頌，實際上正是明代政治文化在佛教僧徒身上的體現。僧徒們對明代政治文化的融入或者屈從，表明佛教完全被納入到統治體系之中。

受到明代政治文化及三教融合的影響，明代僧徒宣講儒家內容成為常見的現象，如清溠《悼李公奇》詩的要「盡孝」「盡忠」「盡身」就是宣講儒家的倫理準則，再如妙聲《蒲菴》詩云：「循彼南澗，言採其蒲。採之何為，溺灑是圖。彼蒲之良，利用為屨。載緝載紝，如藝稷黍。我思古人，惟睦之陳。克用是道，甚宜其親。我行四方，十年於今。母寔有命，余何弗欽。乃築我居，於越之野。悠悠我思，朝夕於楚。亂離孔憮，山川邈悠。豈不懷歸，水無行舟。爰有清泉，在居之側。既浸既灌，蒲葉嶷嶷。蒲葉嶷嶷，蒲生日多。母氏燕喜，我勞其何。」〔註68〕蒲菴即言孝之意，具體可參見來復章。本詩整篇寫孝，詩末「母氏燕喜，我勞其何」抒發了對母親的深愛。《貞壽堂》寫的是為母親祝壽，云：「翼翼貞壽堂，肅肅賢者居。堂上鶴髮母，霓裳而霞裾。貞節四十年，

〔註66〕妙聲：《東皋錄》卷上。
〔註67〕錢謙益：《列朝詩集》閏集卷一，第274頁。
〔註68〕錢謙益：《列朝詩集》閏集卷二，第299頁。

壽今八裘餘。斯堂得嘉名，請試陳厥初。母也實氏吳，番有先人廬。良人溘先露，生計亦淪胥。誓言賦《栢舟》，那復詠《關雎》。志存楊氏祀，靡暇邺其諸。大兒甫六朞，小才五月餘。辛勤立門戶，窹寐課詩書。嶄然見頭角，藉甚多名譽。伯為邑大夫，仲隨李輕車。彩衣日就養，樹謖滿庭除。兄弟進甘旨，夫人御板輿。令德兼壽考，此樂復何如。瞻彼堂之陰，嘉樹鬱扶疏。上有雙鳳雛，和鳴自紆徐。爵位日以高，祿養日以舒。生封有令典，厚積待吹噓。煌煌太史筆，照映百車渠。桓楹俯流水，過者式其廬。」〔註69〕詩中對這位母親充滿了欽佩之情，本篇對母親的祝壽，顯然亦是儒家倫理為準的。

妙聲作《貞壽堂》詩，一方面是受到友人的邀請，另一方面也是為其母「貞節四十年」所感動。僧徒們身上體現出來的儒家觀念與三教融合觀念，將在後面的各章節中具體敘述。相當值得注意的是，「貞節四十年」體現得是僧徒們對儒家倫理貞節觀念的重視。僧徒們為貞節婦女進行歌頌的詩文頗為不少，如德祥《禹烈婦墳》詩云：「雙樹不單伐，土中無怨根。雙魚得一網，水中無怨魂。石門水不深，不著無義金。石門墳不高，凜乎三尺刀。」〔註70〕本詩似乎是寫女子殉夫，「雙樹」「雙魚」體現的是夫婦相隨的深情。如蘭《張節婦辭》云：「妾本清河女，嫁作汝南婦。舅姑性嚴察，孝養無違迕。良人從吏弄刀筆，一朝犯法隸軍伍。軍逃之罪不容述，妻孥連捕心獨苦。夫因抱病死囹圄，妾欲將夫死無所。虹河之水通淮浦，妾身一死能自許。六日浮屍波上來，相逢若與精靈語。生死同居復同處，願魂化作雙飛羽。歲歲春風返鄉土，月明啼上新阡樹。」〔註71〕本詩是對張節婦的頌揚，讚揚張節婦能守綱常倫理之道，及張節婦「生死同居復同處」的夫妻深情。本詩與《貞壽堂》不同之處，在於詩之中心不是大力地誇飾張節婦如何遵從儒家的綱常倫理，著眼的是夫妻情深。雪江明秀《方洲張公二姬雙節》之一云：「交剪雲鬟為主恩，鏡臺花落洗頭盆。同心待死芳洲上，霜月寥寥夜到門。」之二云：「縞素沉沉抱所天，死心已在剪刀前。主家樓上孤燈淚，同灑秋風四十年。」〔註72〕方洲張公是張寧，《明史》本傳云：「有二姬，寧沒，剪髮誓死，樓居不下者四十年，詔旌為『雙節』。」〔註73〕張寧與二姬及二姬守節事，當時頗為知名，馮夢龍《情史》

〔註69〕妙聲：《東臬錄》卷上。
〔註70〕錢謙益：《列朝詩集》閏集卷二，第288頁。
〔註71〕錢謙益：《列朝詩集》閏集卷二，第287頁。
〔註72〕錢謙益：《列朝詩集》閏集卷二，第312頁。
〔註73〕《明史》卷一百八十，第4767頁。

載「張寧妾」事云:「張寧,字靖之,號方洲,海寧人。正統間進士,以汀州知府引疾歸田。有二妾,一寒香,姓高氏;一晚翠,姓李氏。年可十六七,皆端潔慧性。公老,益愛重之。及病將革,無子,諸姬悉聽之嫁,二氏獨不忍去,因泣請曰:『妾二人有死不貳。幸及公未瞑,願賜一閣同處,且封鑰之,第留一竇,以進湯粥,誓以死殉公也。』遂引刀各截其髮,以示靡他。公不得已,勉從之。乃寂居小閣,絕不與外通聲問。及公卒,設席閣中,且夕哭臨,服三年喪。不窺戶者五十餘年。嗣子曰嘉秀,字文英,舉嘉靖己丑進士。其錦旋日,二氏語之曰:『妾等犬馬之齒,已逾七旬,他日相從先公於地下,庶可無汗顏也。』文英感謝,即日令啟鑰而出之,則皤然雙老媼矣。親戚莫不憐且敬焉。遂為奏聞,旌之曰『雙節』。」二妾能為張寧守節,馮夢龍分析有三個原因:「二姬之所難者有三:少艾,一也;為妾,二也;無子,三也。」從記述來看,最主要的原因應該是相互之間的深情,使得二妾矢志不渝地為之守節,馮夢龍說:「況聽嫁業有治命,前無所迫,後無所冀,獨以生前愛重一念,之死靡他。武之牧羝海上十八年,皓之留金十九年,遂為曠古忠臣未有之事。而二姬禁足小閣,且五十餘年,其去槁木死灰幾何哉!情之極至,乃入無情。天縱其齡,人高其義,寒而愈香,晚而愈翠,真無愧焉。狐綏之歌辱其夫,艾豭之歌辱其子,明河之歌辱其年,以視二姬可愧死矣。」〔註74〕與馮夢龍強調二者之間「情之極至」相比,明秀之詩重的是「主恩」,這就將二妾的守節歸納到對儒家倫理的遵守之中,馮夢龍則是將二妾的守節歸之為「情至」。

以詩文旌揚貞婦節婦,在以往僧徒的作品中是不多見的,明代僧徒的詩文中卻屢屢出現,更為佛教文學中的一個獨特樣狀。這種情況似乎表明明代僧徒對儒家倫理有著深深的烙印,佛教的功用在於「陰翊王度」及三教合一、三教融合的觀念確實深入骨髓,佛教徒自覺成為維護統治的積極力量。

四

明代佛教僧徒作有大量詠道教及道士的作品,這是相當應該予以注意的,這些作品體現出明代佛教文學明顯的道教化色彩,及存在著明顯的道教及仙化傾向。如上所述,佛教因能「陰翊王度」而自覺將自身納入到統治體系之中,這種情況的出現,一方面應該是維護統治的一種體現,即佛道二教在國家層面上目標的一致而和諧相處,不再相互敵對;一方面在朱元璋的極力引導下,三

〔註74〕馮夢龍:《情史》卷一,《馮夢龍全集》本,遠方出版社2005年版。

教合一、融合或者三教名異而實質無異之論，或許真的進入到明代佛教徒的內心之中。朱元璋曾在《問佛仙》中說：「洪武八年見，二教中英俊群然博才者眾，特以二敕諭之，敕以舍彼而從事傑乎？捨事而從彼志乎？聰愚者必皆兩圖。」〔註75〕最後一句應該十分關鍵，朱元璋告誡佛道二教徒，不應只習或採一家之說，而應二者皆圖。之所以要二道皆圖，是由於二者之同，《拔儒僧文》文云：「六藝雖各途，惟釋道同玄……今之釋道者，求本來之面目，務玄晤之獨關。至妙者只履西歸，飛錫長空，笑談定往，化凶頑為善，默佑世邦，其功浩瀚，非苦空寂寞忘嗜欲絕塵事者莫探其至玄。」〔註76〕朱元璋是要打破二家之壁壘。朱元璋的觀念，不僅來自於三教一致即佛道能陰翊王度的看法，也有對佛教二道的重新解釋，如《拔儒僧入仕論》中對天堂和地獄的解釋，云：「方今雖有僧間能昂然而坐去者，不過幻化而已。即目修行之人，皆積後世之事，或登天上及人間好處。以此觀之遐邇之道，時人不分，假如方今天堂地獄昭昭於目前，時人自不知耳。且今之天堂，若民有賢良方正之士，不干憲章，富有家貲，兒女妻妾奴僕滿前，若仕以道，佐人主，身名於世，祿及其家，貴為一人之下，居眾庶之上，高堂大廈，妻妾朝送暮迎。此非天堂者何？若民有頑惡不悛，及官貪而吏弊，上欺君而下虐善，一旦人神見怒，法所難容，當此之際，抱三木而坐幽室，欲親友之見杳然。或時法具臨身，苦楚不禁，其號呼動天地亦不能免，必將殞身命而後已。斯非地獄者何？」〔註77〕朱元璋將天堂與地獄定義為人世和睦清明與否，具有強烈的現實性與人間性。在此觀念和意義上，佛道二教確實能共同為人間天堂的實現做出努力，目標的一致使得佛道二教信徒能夠二者皆圖。與實現人世的天堂相比較，追求個人的解脫就變得只是對自利的追求了，《宦釋論》云：「佛道之初立也，窮居獨處，特忘其樂之樂，去其憂之憂，無求豪貴，無藐寒微。及其成也，至神至靈，遊乎天外，察乎黃泉，利生脫苦，善便無窮，所以當時之愚頑，耳聞目擊而傚之。今世之愚頑，慕而自化之。」〔註78〕在朱元璋看來，佛道二教之徒「窮居獨處」追求個人的超脫塵世，是「愚頑」之輩的做法。

朱元璋確實從二教典籍中吸取借鑒，改善其統治政策與措施，如《道德經

〔註75〕朱元璋：《明太祖集》卷十，第207～208頁。
〔註76〕朱元璋：《明太祖集》卷十三，第265頁。
〔註77〕朱元璋：《明太祖集》卷十，第225～226頁。
〔註78〕朱元璋：《明太祖集》卷十，第228頁。

序》云：「一日試覽群書，檢間有《道德經》一冊，因便但觀。見數章中盡皆明理，其文淺而意奧，莫知可通。罷觀之後，旬日又獲他卷，注論不同。再尋較之，所注者人各異見，因有如是，朕悉視之，用神盤桓其書……見本經云『民不畏死，奈何以死而懼之』，當是時，天下初定，民頑吏弊，雖朝有十人而棄市，暮有百人而仍為之，如此者豈不應經之所云？朕乃罷極刑而囚役之。」〔註79〕朱元璋受到《道德經》的啟發，罷除極刑政策，是利用佛道二教改善統治政策的事例之一，朱元璋因在《命道士楊宗玄主持萬壽宮說》中說「敕往而興教」〔註80〕。

出於對二教功用的認識，朱元璋必然為佛道二教張目，在前文中已有所述。出於對道教的認可與支持，朱元璋一則扶持張宇初執掌道教，《真人張宇初誥文》云：「朕聞上古之君天下者，民從者四，曰士農工商而已。始漢至今，率民以六，加釋道焉。所以道萌者，由爾宇初之祖通神、善幻化，能忽恍升太虛，冒廓落之剛風，吞宇宙之浩氣，以是利濟群生，功著歷代，所以法傳之久，香燈之永，蓋謂行深願重，德敷上下，精神愈靈。今前真人既往……命爾為正一嗣教道合無為闡祖光范真人，領道教事。」〔註81〕二則吟詠神仙之說，如《題神樂觀道士》詩云：「仙翁調鶴欲扶穹，萬里風頭浩氣雄。翎背穩乘空廓外，丹光橫駕宇寰中。飛符到處雷神集，役劍長驅癘鬼窮。見說黃芽心地轉，更於何趣覓仙宗。」《雲衲野人》詩云：「山人修道幾經年，聞說湌松足意便。時以斷雲完故衲，日將流水灌新田。常勤侶鶴巖崖下，寂靜儔猿煙霧邊。欲訪未知何處住，料應霞舉已成仙。」《仙人》詩云：「仙人鶴背幾經秋，神出塵寰宇宙遊。鐵笛橫吹天地外，肯將精氣渾茫儔。」三首詩是對仙人的謗寫，詩中流露出朱元璋實際上對自由遨遊的仙人是有所羨往的。朱元璋作有與道教煉丹相關的詩歌，《鍾子煉丹》詩寫道教煉丹術，云：「翠微高處渺清煙，知子機藏辟穀堅。丹鼎鉛砂勤火候，溪雲巖谷傲松年。潭龍掣電深淵底，崖虎生風迥洞邊。徑已苔蒙人未履，昂霄足躡斗牛天。」《神樂觀道士》詩云：「聞說仙人豈等閒，年年辟穀煉金丹。虛心盡卻玄中覽，特役絃歌謁帝壇。」〔註82〕如上所言，朱元璋更重視宗教觀念的人間性，宋濂曾勸諫朱元璋應更多地著眼於道

〔註79〕朱元璋：《明太祖集》卷十五，第 297 頁。
〔註80〕朱元璋：《明太祖集》卷十五，第 334 頁。
〔註81〕朱元璋：《明太祖集》卷三，第 51～52 頁。
〔註82〕朱元璋：《明太祖集》卷二十，第 453、454、468 頁。

教治國安民的內容，廢棄對神仙等方技的追求，朱元璋說「古人主每宴逸，便思神仙，夫使國治民安，心神安泰，便是神仙」〔註83〕，夏良勝記載宋濂與朱元璋關於神仙的對談事，云：「聖祖御西廡，大臣皆坐侍，指《大學衍義》中言司馬遷論黃老事，令宋濂講析，俾在坐者聽之。濂既如詔，設言曰：『漢武嗜神仙之術，好四夷之功，民力既竭，重刑罰以震服之。臣以為人主能以義理養性，則邪說不能侵；興學校以教民，則禍亂無從而作矣。』」〔註84〕在這樣的觀念下，朱元璋仍引用道教的神仙之說與煉丹術，只能說是從利用道教的功能著眼的。

　　朱元璋對神仙與仙人的吟詠，對佛教僧徒歌詠道士及創作有道教色彩的作品應該具有引導作用。朱元璋《鍾山》詩之一云：「遊山智盤旋，俯谷仰奇巔。松聲細入耳，雲生水石邊。敲竹猿長嘯，臨崖視鹿眠。白鶴來天翅，玄裳羽翼鮮。採芝攜桂子，任意恣蹁躚。野人溪外語，黃鶯囀更便。山靜鳥歸疾，林深紫暮煙。樵還漁罷釣，暢飲樂吾年。」鍾山即蔣山，山上有多所寺院，下一章以專題予以論述，朱元璋頻繁在蔣山舉行佛教法會。根據鍾山的宗教情況，朱元璋吟詠鍾山詩歌應更具有佛教色彩才合理，實際上朱元璋這首吟詠鍾山之作卻更具有仙化色彩，再如《鍾山賡吳沉韻》詩云：「嵳峩倚空碧，環山皆拱伏。遙岑如劍戟，邐洞非茅屋。青松秀紫崖，白石生玄谷。巖畔毓靈芝，峰頂森神木。時時雨風生，日日山林沐。和鳴盡啼鶯，善舉皆飛鵠。山中道者禪，隴頭童子牧。試問幾經年，答云常辟穀。白鶴日間朋，黃猿夜中僕。萬歲神仙榮，千秋凡人祿。無知甲子壽，但覺年數福。彩雲出洞中，鴻蒙山之麓。」《春日鍾山行》詩云：「我愛山松好，雲埋常不老。幾度春風吹更綠，勝似蓬瀛美三島。石徑聞藥馨，流泉嫩春草。草青啼鳥澗邊幽，玄鶴摩空來晨早。錦衣隊列出山阿，飲客婆娑歸更飽。山清水清我亦清，有秋足我斯民寶。」〔註85〕朱元璋在這些詩歌中賦予佛教以仙化色彩，明顯是將二者視為一致而不加以區別了，一方面反映的是朱元璋二者「皆圖」的想法，一方面或許朱元璋對仙人之境仍有一定程度的羨往。

　　在朱元璋的帶動下，被朱元璋冊封的天師道第43代傳人張宇初，在詩歌中書寫佛教事，如《宿馬祖巖》詩云：「鑿石開蘭若，棲禪結上方。然燈聞佛

〔註83〕查繼左：《罪惟錄》卷三十二上，《四部叢刊》本。
〔註84〕夏良勝：《中庸衍義》卷二，《四庫全書》本。
〔註85〕朱元璋：《明太祖集》卷十九，第431、435、438頁。

磬，聽雨宿僧房。古樹巖雲合，幽花磵瀨長。素耽坡谷輩，了悟幻中忙。」〔註
86〕作為道士住宿在佛教寺廟中，二者可謂是沒有嫌隙，詩中「了悟幻中忙」
顯示了張宇初對佛教的瞭解。《晚過新興寺》詩云：「晚過新興寺，扶藜野步
輕。鳥啼春雨足，花落午風晴。僧室連雲住，山阿帶霧行。武陵歸路近，已聽
澗松聲。」〔註87〕本詩應該是到寺廟遊玩，詩中看出張宇初的遊興頗濃。張宇
初更為寺廟撰寫募捐疏，如《南城縣南山圓明寺佛殿像堂疏》云「即看丈六金
身輝天朗地，便見百千寶閣麗日干霄，修方便因，獲無量祉」，《資國寺題緣修
造疏》云「廣修善果，均證福田」〔註88〕等，張宇初對待佛教似乎真的沒有絲
毫隔閡。

　　道教領袖張宇初竭力頌揚著佛教，佛教徒同樣大肆頌揚道教，歷代佛道二
教爭鬥爭衡的局面似乎蕩然無存。來復在《郹峰雅集記》中說到儒釋之一致，
云：「（洪武三年春）余惟（劉）雪樵公以宏偉之才，受聖天子耳目之寄，按治
來鄞，來期月間，令行事簡，官吏恬肅，軍民信畏，此足以見公綱紀之任矣。
今馳驛東向，乃能於觀風問俗之暇，從方外論道覽勝，非其宿願冥符、識趣高
遠，吾恐蓬萊兜率在其宇下，或亦莫能有之而自樂也……要之通人達士神交，
志合無間，遠邇俯仰天地間，千載一日也，萬境一致也，儒釋一道也，亦何古
今方所之異哉。」〔註89〕儘管只是提到儒釋一致而非佛道一致，但文中的「通
人達士神交，志合無間」「萬境一致」似乎所指不僅僅是儒釋一致，而是所有
的學說皆一致。來復有《步虛詞五首贈上清方壺子》，之一云：「窈窈玄牝門，
上通蔚藍天。虛廖邈無垠，一氣同周旋。至人煉精魄，浩劫窮化元。朝餐碧海
霞，夕飲瑤池泉。高視混茫間，聚散如浮煙。自非蛻骨毛，安得諧飛仙。」之
二云：「虛遊步玄紀，空歌入鴻濛。折花東渤澥，採藥西崆峒。逍遙古仙人，
似是浮丘公。振衣欻來迎，手把金芙蓉。授以紫瓊章，去影躡星虹。悵然不可
期，六合生靈風。」之三云：「稽首禮太徽，靈臺洞虛敞。華星耀朱冠，流虹
麗金榜。歡陪紫陽君，吹簫九天上。飛車駕蒼虯，騰鷿共來往。餐以五色桃，
酌以青霞釀。千載握帝符，崑崙寄玄賞。」之四云：「弱水不可涉，閬風何崔
嵬。煌煌五芝谷，爛爛三花臺。中有紫霞仙，紅頰凝春醅。手握天地戶，麾斥

〔註86〕《江西通志》卷一百五十三。
〔註87〕《御選明詩》卷六十六。
〔註88〕張宇初：《峴泉集》卷四，《四庫全書》本。
〔註89〕來復：《蒲菴集》卷五

陵九陔。赤霄跨箕尾,白日鞭風雷。期將從之遊,長嘯歸蓬萊。」之五云:「玄樞不停運,萬化紛變滅。丹砂豈無靈,綠幽祕真訣。長揖安期生,掃花弄明月。粲粲兩玉童,金盤進紅霞。吐景凌滄州,霏香藹瓊闕。服之生羽翰,高翔振廖衣。」〔註90〕步虛詞是典型的道教文學作品,來復遊刃有餘地寫作,看出其對道教有著相當的瞭解。又有《周玄初祈雨雪有感玄初傳洞一莫月鼎雷法》詩云:「東吳鶴林子,頭戴芙蓉冠。侍祠朝玉京,鳴珮聲珊珊。手握龍虎符,身入鵷鷺班。秋陽苦不雨,傳命出帝闌。赤腳踏玄武,夜禱虛皇壇。疾呼雷雨來,靈蛟起泥蟠。沛然沃焦壤,慰此民物難。作詩頌玄德,刻之蓬萊山。洞一紫宵士,下作行地仙。聲咳生風霆,噓呵出雲煙。掌中五雷符,曜世共有傳。鶴林得真訣,垂之金籙篇。玄冬氣候變,亢陽冬為愆。飛章走縢六,急雪隨風顛。豈惟瘴癘蘇,秋谷知有年。拜舞荷聖情,殊錫來九天。」〔註91〕本詩是為周玄初作傳,顯現出在佛教僧徒這裡,二教亦是無絲毫隔閡。

　　周玄初是明初頗有影響與聲譽的道士,王燧有《贈鶴林周玄初》詩云:

　　　　鶴林先生紫煙客,豐神秀朗雙瞳碧。早年學道逃人群,吳越名
　　山遍遊歷。靜中默悟天地真,卻歸高臥桃花春。河車姹女未騰化,
　　滄溟回首揚紅塵。丹書召入麒麟殿,身被羽衣承燕見。從此聲華傾
　　上都,五侯七貴爭迎餞。西方神岳高峥嶸,詔遣先生祠百靈。道傍
　　奔走二千石,人訝真仙降玉京。禮成俯伏拜大庭,佩環拂地風泠泠。
　　四門閶開對黃道,五雲回彩垂金城。是時君王方穆清,龍顏顧盼喜
　　氣生。賜以石髓所和之大羹,賈生前席何足榮。罷朝上疏陳悃誠,
　　臣願乞身終素情。綸音重降芙蓉闕,特許先生返巖穴。路出龍盤山
　　外雲,帆開楊子江心月。青鸞白鳳飛參差,仙之子兮繽紛而相隨。
　　洞天冥冥兮千秋,一時先生歸去兮猶未遲。丹臺舊種金光草,此際
　　花葉方紛披。懸知先生交構功已成,欲將身與元化並。長生之術倘
　　可授,我願相從閬苑行。〔註92〕

以詩歌的形式介紹周玄初之生平傳記,詩中「五侯七貴爭迎餞」之語可見到周玄初有著極高的地位與受歡迎的程度,即使其歸巖穴之後,詩者仍願意「相從閬苑行」。明初重臣劉基作有《道士周玄初鶴林行》詩云:

〔註90〕來復:《蒲菴集》卷一。
〔註91〕來復:《蒲菴集》卷一。
〔註92〕王燧:《青城山人集》卷二,《四庫全書》本。

鶴林道士軒轅徒，以飆為輪雷為輿。開山養鶴作騏驥，上下二儀周六虛。雛成洗髓扶桑窟，縞練羽毛鏐鐵骨。聲飄碧落玉清揚，影拂太微雲滅沒。永夜月明風滿林，竹栢戛擊笙簫音。云是旌陽許縣令，躡蹻佩劍來相尋。靡萍西技搖倒景，借去林間兩丹頂。伐蛟北海奠玄冥，斬蜃南訛封浪井。上窮列缺旁九圍，卻過度朔山中歸。歸來贈我桃樹枝，朱衣赤郭手所持。令我鞭龍扶虓虎，攝縛魈魃如奴虜。授我堯時松子訣，轉睛出電噓成雨。鍾山秀色連冶城，百花繞屋風泠泠。焚香獨坐誦《真誥》，墜露點滴流華星。土伯駿奔從號令，鶴鳴聞天空谷應。寥陽寶殿歌步虛，河漢當窗回斗柄。嗟子衰朽雜病攻，盈顛素髮吹秋蓬。空餘硬骨如瘦鶴，因子致意浮丘公。〔註93〕

詩中看到即便是劉基對周玄初亦是極力讚揚，可知周玄初確實是「五侯七貴爭迎餞」的對象。作為道教徒的周玄初不僅受到五侯七貴的頻繁迎來送往，更和明初的高僧交往頗為密切，宗泐《山林隱居為周道士作》詩云：「冶城高處蕊珠林，此是仙家第一岑。煉藥火殘雲淡淡，步虛聲動月沉沉。階前瑤草千年碧，門外黃塵十丈深。欲訪華陽陶隱士，松風閣上聽鳴琴。」〔註94〕從詩中看，宗泐似乎曾主動拜訪過周玄初。德祥有多首寫周玄初的詩歌，如《寄周煉師》詩云：「碧殿燒香罷，瓊林照日初。經聲出雲箔，秋色緈松樞。已掛三花樹，仍開六甲廚。羽童長不見，採藥在清都。」〔註95〕《千頃堂書目》卷三十一載周玄初有《鶴林集》，下注云：「玄初，洪武時道士，有異術。諸人題贈之作。」周玄初的「異術」確實有不少記載，德祥《周元初禱雨詩》詩云：

蘇臺羽仙飡玉霞，鶴年松骨輕如花。晝騎金背之神蝀，奉持綠章扣天家。請陳旱魃為妖邪，惔焚原隰疑燒畬。草葉焦卷鑠石沙，大田秋稼縮不芽。忽聞赤子聲嗟嗟，帝呼將吏乘黑騧。驅逐雹雨鞭雷車，玄雲著地手可拏。雨腳不斷紛如麻，來蘇百物活魚蝦。博哉陰功上相嘉，濟濟多士稱欒巴。羽仙不以名為誇，飄然鳧舄辭京華。冶城仙子邀相遮，拍肩挹袂爭喧嘩。憶著安期棗似瓜，招呼不上松風槎。〔註96〕

〔註93〕劉基：《誠意伯文集》卷十六，《四庫全書》本。
〔註94〕宗泐：《全室外集》卷五。
〔註95〕錢謙益：《列朝詩集》閏集卷二，第290頁。
〔註96〕沈季友編：《檇李詩繫》卷四十；錢謙益：《列朝詩集》閏集卷二，第295頁。

本詩是為周玄初一次禱雨儀式時所作詩歌,觀白亦有《周元初禱雨詩》詩,云:「仙姿寒湛玉壺冰,斬叱群魔走百靈。萬里風雲生赤日,九天雷電下青冥。瑤壇鶴唳秋如水,蕙帳人幽月滿庭。安得相從過衡嶽,飛行同蹋鳳凰翎。」〔註97〕周道士、周煉師、周元初與周玄初實際上都是同一人,又名周玄真,《檇李詩繫》有傳,云:「玄真字玄初,又作元初,嘉興人,又云海鹽人。生而精神奪目,從紫虛李拱端為道士,授劾召鬼神之術,又於曹貴及雪川神師莫洞乙授靈寶大法,於步宗浩授呼役雲雷之法,凡劾鬼召鶴禱雨暘若兒戲,郡縣大夫皆尊禮之。洪武初禱雨京師輒應,上數召見賜坐,諮詩燕勞有加。後住吳中,人稱鶴林高士,一時名流多有贈詩,具載題詠卷中。倪雲林云『元初,真士嘗居嘉禾紫虛觀,好與吳仲圭隱君遊,故得其詩畫為多』。」〔註98〕眾多的僧徒為周玄初作詩,既說明周玄初交往之廣泛,又說明僧徒們為其法術所折服,更透露出這個時期佛道二教之間交往之廣泛,二者詩歌之唱和表明相互之間至少是對等的關係與地位。

周玄初似乎多次禱雨,朱友諒《周玄初禱雨詩》云:

> 道人鞭龍出潭底,黑雲一片山頭起。仰看紅日不見光,黑龍頭搖白龍尾。有時登壇步七星,一呼一吸成雷霆。白波翻空海水立,銀河落地天瓢傾。去年京師禱雨雨輒至,大田小田總霑霈。定知夜半拜封事,自可精誠感天地。王公貴人知其賢,屈師闡教來琴川。今年旱魃又為虐,禾稼半死民熬煎。縣官投詞庶人跽,道人受命應且喜。笑書鐵牌役海鬼,疾驅一百五十里。甘泉龍居萬丈深,神符召集如飛矢。今朝雨腳來自南,半是吳江西橋水。頂山有龍名太白,口噀湖水成甘澤。道人驅龍喝龍出,五雷使者閒不得。龍兮龍兮一噀日失色,金蛇電掣光千尺。再噀山氣黑,飄風盤旋步沙礫。上天有寶不愛惜,噴下驪珠千萬石。兩龍行雨勢未休,須臾潦水平田疇。
> 疲農入城報沾足,道人一笑山雲收。〔註99〕

詩中可知周玄初的禱雨儀式有朝廷組織的,也有某地政府與民眾出面組織的,周玄初極樂意為民眾禱雨。妙聲《周玄初禱雨詩序》中記載周玄初於洪武二年舉行的禱雨事,云:

〔註97〕錢謙益:《列朝詩集》閏集卷二,第310頁。
〔註98〕沈季友編:《檇李詩繫》卷三十一。
〔註99〕《御選明詩》卷四十。

　　常熟致道觀鶴林周君玄初，有道術，能劾治鬼物，及祠祭禳禬，吳人多信之。洪武二年夏，大旱，邑人士相與起君崇雨，不崇朝雨連大澍，歲遂有秋。邑人愈尊信其術，乃求吾徒之能言者賦詩以贈之，而謁余序，且道玄初之言，曰：「夫天人之分固懸絕矣，吾以眇然之身寄其間，而能感，而吾應召，而吾從，無不如志者，惟此心焉耳。蓋天即理也，神而明之，存乎其人，苟以心契理合，於天將無施不可，獨雨乎哉！凡吾動作麾斥，以示吾用者，蓋將駭常人耳目以神吾術耳，然所以致雨者，不在彼而在此也。」余聞其言，曰：「噫，此吾家惟心之旨也，玄初何自而得之哉。夫得其小者猶若此，況其大者乎，信乎道無二致也。」余嘗過黃泥之阪，入丹霞館，見其壇宇闃寂，梧竹森映，若化人之居，意必有人焉。俄而脩然長身，羽冠縞衣出見客，即玄初也。把其言，果有道者，為賦《來鶴亭詩》而去，今十五年矣。及得左轄周公所為《鶴林先生傳》而讀之，益知其傳授端緒，師友淵源有自，而世方以禁架之術多君者，豈知玄初哉。此吾徒樂道其善，而頌聲作焉。由是以知吾聖人盡心知性、窮神極化之妙，無所不在，推其緒餘而所沾丐者亦多矣。〔註100〕

周玄初禱雨成功，不僅「吳人多信之」，包括朝廷、文人士大夫及佛教信徒等在內，幾乎無人不信之，因此才有眾多關於此次禱雨詩文出現。周玄初並沒有將其禱雨之術描繪得神乎其神，而是將之歸於為與天道的「心契理合」，妙聲認為此說合於佛教的「惟心之旨」。由於周玄初的這種觀念，妙聲再次強調佛道二教無二致，「二教皆圖」似乎成了二教之徒的題中應有之義。

　　周玄初似乎真的是「劾鬼召鶴禱雨暘若兒戲」，禱雨之後又祈晴，丘民《周玄初祈晴》詩云：

　　　　闕逢歲之半，白祲白如煙。野人不敢出，封戶聽雨眠。夢跨蒼精龍，六丁相後先。手持五色石，直欲補漏天。剛風忽引去，天門方洞然。忽見一道士，青眉長娟娟。綠章冪紫霞，稽首上帝前。上陳太守辭，下述萬姓瘝。稌無一尺苗，潦涵累百廛。陰霓走白日，黑蜺噓長川。百怪不自閟，三光何由宣。帝怒叱力士，磔裂無留連。即遣東王公，高擎羲和鞭。金雞怳驚覺，日出扶桑顛。〔註101〕

〔註100〕妙聲：《東皋錄》卷中。
〔註101〕《御選明詩》卷十八。

申屠衡《周玄初祈晴詩》：

> 寥陽之闕天皇居，百靈拱衛群真趨。羽人神遊尻為輿，招搖御
> 氣凌空虛。九關洞啟光縣珠，綠章封奏人間書。吳田潦淫三月餘，
> 吳淞決防連具區。春苗蕩溺無遺株，吳民業業憂為魚。上天好生哀
> 冥愚，羽人稽首帝曰俞。廓除霾曀開天衢，蛟龍伏藏黑蜦誅。有秋
> 芃芃還土脌，人無菜色國有儲。羽人有道神明俱，手持玄綱旋斗樞。
> 紫云為烏丹霞裾，蓬萊清都隨所如。琳宮載敞虞山隅，為予分駐飆
> 輪車。〔註102〕

能禱雨能祈晴，「劾鬼召鶴禱雨暘若兒戲」之論似乎不虛，似乎真的是法力無
邊，故徐良言《來鶴詩贈周玄初》幾乎以膜拜的情態為詩，云：「九天執法大
玄卿，稽首焚香禮玉京。借得魏君騏驥到，恰如簫史鳳鸞鳴。翩翩繞樹香煙近，
歷歷橫江夜氣清。欲向群中留一隻，相將過海到蓬瀛。」〔註103〕張紞《贈周
玄初尊師》詩云：「仙翁長煉九華丹，時有龍來問大還。曾捧靈符歸海上，故
將霖雨灑人間。紫簫吹月鸞雙舞，白氅披雲鶴共閒。蘭囿未滋春向暮，早須一
噢破天慳。」〔註104〕能煉丹能禱雨祈晴，異術過人，明初佛教僧徒們與這樣
的周玄初往來密切、讚頌有加，自然是正常的事情了。

　　宗泐等僧徒們不僅僅是詩文中寫到周玄初，與道教相關的作品實在不少。
宗泐《紫虛丹室》詩云：「紫府真人洞裏天，往來丹室是丹田。玉池細細浮青
液，金戶霏霏出絳煙。緱嶺或來王子晉，蒙山時下羨門仙。日長別殿香雲合，
細讀《南華》內外篇。」〔註105〕詩中透露出宗泐是認真讀過道教典籍的，《題
道士曹布鳴祀恒山贈卷》詩云：「魏公承詔祀恒山，更遣仙官列從班。六月函
香天上去，三秋乘傳北邊還。笙簫度月金童遠，幢節飄空紫鳳閒。聞有清詩三
百首，不將一字落人間。」〔註106〕《送劉道士葬師》詩云：「欲成仙道古來難，
曾向先師學內丹。不省稚川尸解去，人間猶自葬空棺。」〔註107〕這些詩作表
明宗泐與道教的交往頗為不少，而且相互間有詩歌往來。德祥在題周玄初詩之
外，也有多首與道教相關的詩作，如《寄余復初煉師》詩云：「昆峰峭峭玉叢

〔註102〕《御選明詩》卷三十九。
〔註103〕《御選明詩》卷七十二。
〔註104〕《御選明詩》卷七十二。
〔註105〕宗泐：《全室外集》卷六。
〔註106〕宗泐：《全室外集》卷六。
〔註107〕宗泐：《全室外集》卷六。

叢，有意尋仙到此中。流水年華逢甲子，秋風城郭見丁公。門前丹氣無人識，洞裏棋聲有路通。借得古松同鶴住，共看塵世事匆匆。」〔註108〕德祥以尋仙的方式與心態拜訪余復初，並找到了與道教道徒共同之處，即「共看塵世事匆匆」。《題仙山樓觀》詩云：「復水重山路杳然，仙家樓觀入青天。那知白首黃塵事，只伴桃花度歲年。」詩中顯然將陸游「山重水複疑無路，柳暗花明又一村」的詩句與陶淵明《桃花源記》相結合，以頌揚道教的仙山樓觀，詩中亦體現出黃塵事匆匆之意。《偶作》詩云：「月月紅花開小庭，夏蟲絲吐繞枝青。如何錯怪遊仙枕，五十年間一度醒。」〔註109〕詩中雖然明確提及道教語詞術語與概念，卻引用《枕中記》等典故以明道教神仙事，以及再次抒發對「黃塵」「塵世」事匆匆的看法。

守仁作品中的道教與仙化色彩同樣濃厚。《螺山隱士歌》云：

> 螺山有隱士，飄飄仙者徒。朝遊螺之巔，暮息螺之隅。紅塵拂落身外事，白首讀盡人間書。不騎琴高鯉，不釣任公魚。手披演雅篇，架列山海圖。蛾司漫給五斗黛，蛤浦豈羨雙明珠。槐臺封侯笑螻蟻，楚關脫網憐蜘蛛。人言大隱隱朝市，小隱螺山無乃是。何物老病香山翁，隱作流官良可鄙。酌螺之杯隱螺幾，坐對螺山淨如洗。鈿屏蠱蠱鏡邊來，佛髻俄俄望中起。千林飛翠散晴空，半島寒雲浸秋水。我尋螺山居，遂識螺山路。一見螺山人，再誦螺山句。紛紛草堂文，悠悠遂初賦。丈夫無遠謀，千載何足慕。我本逍遙人，亦有罝網慮。買山每寄沃州書，寥落江鄉歎遲暮。江鄉寥落不可留，便當卜爾山之幽。安得神鰲負山去，共踏青螺海上游。〔註110〕

詩中以歌敘揚隱士，守仁在歌詠的同時，意識之中已將自己化身為隱士，對仙人仙事的描寫，隱士顯然具有企羨成仙的道教化色彩。「我本逍遙人，亦有罝網慮」表明了內心中對集權高壓的恐懼，同時表明佛教僧徒們對道教仙界仙境的嚮往與追逐，明代的集權高壓是一個重要的因素。守仁極力地描寫著仙境，《贈畫士閻仲斌》詩云：「浮玉山翁骨已仙，松雲華意得真傳。石田瑤草春迷路，野水苔花月滿川。無酒不過楊子宅，有書載都來家船。濠梁共說雙臺夢，又是人間二十年。」〔註111〕這首題畫詩將畫境描繪成仙境，反映出守仁對仙

〔註108〕《御選明詩》卷九十。
〔註109〕錢謙益：《列朝詩集》閏集卷二，第 295、296 頁。
〔註110〕守仁：《夢觀集》卷一，《明別集叢刊》第一輯第十五冊，第 379～380 頁。
〔註111〕守仁：《夢觀集》卷之三，第 422 頁。

境的急切嚮往。與宗泐、德祥等寫道教之徒不同，守仁主要是表達對仙境的嚮往，詩歌中不停地描寫著仙境，《寄方參政》詩云：「悵望東城獨倚樓，仙家池館近淮流。溪雲白擁荊山晚，岸葉紅酣楚樹秋。勝地幾時同淨社，故鄉千里共并州。若為覓得莊周侶，細論逍遙物外遊。」〔註112〕《壽方東軒》詩云：「綠髮仙人下赤城，漫遊琳館學長生。東軒日近春光到，南極星高夜轉明。方朔來時桃正熟，陶公歸後菊猶榮。傳家詩禮真堪樂，呼酒賡歌頌太平。」〔註113〕《題安上人松聲軒卷》詩云：「為愛松篁滿月清，翠陰深處著幽亭。潮音奏梵語來滄海，雨腳吹笙過洞庭。簾外飛花春正晚，僧前落子夢初醒。相知只有陶弘景，曾向茅山月夜聽。」〔註114〕守仁表達著與仙人為伍的願望，將詩禮周到、天下太平視之為仙人之境，同時將佛教與仙人結合起來，描寫出詩人心中想像的仙境。

淨圭所作之遊仙詩與遊仙詞數量頗多。錢謙益評論淨圭的《遊仙詞》云：「《遊仙詞》卷題云至正庚子十二月，磧里釋淨圭，見朱存理《鐵網珊瑚》。」〔註115〕《列朝詩集》收錄《和張貞居遊仙詩》二首，之一云：「縹緲仙山五色雲，玉真飛佩度氤氳。不應名字題仙籍，猶著唐家舊賜裙。」之二云：「一會仙凡兩地分，雙雙絛脫賜羊君。如何窈窕巫山女，只作襄王夢裏云。」〔註116〕朱彝尊《明詩綜》錄本詩第一首，「猶著唐家舊賜裙」稍有不同，為「猶著唐家舊賜裾」〔註117〕。考二書所錄《遊仙詩》，應該即為《御選明詩》卷七十九收錄《和張貞居遊仙詩》二首。

《御選元詩》卷十二錄淨圭《遊仙詞》八首，第二首即「縹緲仙山五色雲」，另外七首，之一云：「霞光閃閃五雲東，樓觀巍巍照碧空。忽報夜池催賜宴，翠鸞飛景月明中。」之三云：「洞草巖花處處春，壺中日月鏡中身。飆輪飛度麟洲水，知是仙班第一人。」之四云：「松飄金粉落空庭，石上清齋玩易經。應笑世人工肉食，滿頭垂白採參苓。」之五云：「塵寰擾擾事如麻，恨我東風易落花。阿母蟠桃才一熟，人間幾度摘秋瓜。」之六云：「瓊樓十二亞相連，樓上仙姝笑粲然。青鳥忽煩將遠意，紫霞新寫寄來篇。」之七云：「青童

〔註112〕守仁：《夢觀集》卷之三，第419頁。
〔註113〕守仁：《夢觀集》卷之三，第410頁。
〔註114〕守仁：《夢觀集》卷之三，第412頁。
〔註115〕錢謙益：《列朝詩集》閏集卷二，第310頁。
〔註116〕錢謙益：《列朝詩集》閏集卷二，第310頁。
〔註117〕朱彝尊：《明詩綜》卷九十一，第4318頁。

小隊鼓琅璈，仙子酣歌詠碧桃。下視人寰方洶洶，紅塵如海漲波濤。」之八云：
「青鳥銜書降玉京，芙蓉金掌露華清。深宮無限情緣在，不是神仙不易成。」
就與上述相關的遊仙詩來說，《趙氏鐵網珊瑚》《六藝之一錄》《式古堂書畫匯
考》等錄有二十首，除以上所錄，尚有十二首，之一云：「崑崙之墟渤海東，
下見一鼇涵虛空。夜深印出千江月，何處靈光恰正中。」之二云：「秋水為神
氣吐雲，蘭田種出玉氤氳。湘妃為我紉蘭佩，雅稱青霞襞積裙。」之三云：「每
憶貞居語夜分，深期仙跡寄茅君。詩篇今落江湖手，空向晴窗檢白雲。」之四
云：「玄圃蒼洲日日春，含胎煉骨漸身輕。良宵會宴飛璃室，回首清標惱殺人。」
之五云：「元命真人謁紫庭，三晨授我蕊珠經。不知世上長生藥，歲歲松根珀
化苓。」之六云：「搔癢仙姑本姓麻，羅家蕚綠女中花。阿環空向劉郎拜，不
似孫鍾學種瓜。」之七云：「十洲麟鳳引瓊仙，喙角連金曉夜然。月底素琴調
玉柱，斷弦時續紫煙篇。」之八云：「雲窗霧閣遇情高，三度能偷幾個桃。欲
把珊瑚都釣起，六鼇海上駕雲濤。」之九云：「蓬島方壺萬里瀛，神仙骨格自
然清。翻然直到三清境，辟穀元來是小成。」之十云：「長生小訣問安期，大
道須尋向上師。一粒黍珠靈寶氣，橘中只看二翁棋。」之十三云：「一會仙凡
兩地分，雙雙條脫賜羊君。如何窈窕巫山女，只作襄王夢裏云。」之二十云：
「漢武求仙或可期，仙人誰可帝王師。山河百二功成在，不似松林一局棋。」
《趙氏鐵網珊瑚》在所錄詩前有陸大本序，云：「予幼侍貞居張君清節，吟詩
寫字皆從漸摩中來。貞居已矣，予方泊化宮，超然有退隱志，且辟穀有驗，偶
過玉峰清真觀，道士俞君出示貞居所繼明德鄭先生《遊仙詞》十首，明德復書
舊和季文趙君倡句於卷上，誦之使人毛骨脩爽。予雖不敏，思貞居昔日之好，
而明德又吾老文伯也，敢不援筆續貂，超然之士能無賞音。」詩序內容與第三
首「每憶貞居語夜分」相一致，諸書又皆題為「時至正辛丑夏六月初吉益易道
人陸大本頓首」「至正庚子十二月望磧里釋淨圭書」，即陸大本撰、淨圭書，因
此這些遊仙詩有可能是陸大本撰題，淨圭只是書寫而已。張雨，字貞居，茅山
派道士，陸大本自題為「吉益易道人」，似乎亦是崇奉道教者，詩序中並言及
道教修行，作遊仙詩不令人奇怪。《列朝詩集》《明詩綜》言之鑿鑿《遊仙詩》
為淨圭所撰，不知何者為是，存疑於此。即使這些遊仙詩非淨圭所作，淨圭題
寫這些詩，表明淨圭贊同遊仙詩所述之意，內心中應有對遊仙與仙人之境的戚
戚然。

　　明代僧徒中涉及道教與仙化的作品絕非僅如上述所列，幾乎所有僧徒都

能找出有道教與仙化色彩的作品。如果斌《桃源塢與羽士泛舟》詩云：「十里平湖落彩霞，樹中樓閣即仙家。扁舟更入桃源近，應有春波帶落花。」〔註118〕如愚《題採芝圖為程山人壽》詩云：「商山隱者醉煙霞，獨採靈芝度歲華。不識人間甲子數，爐中粒粒老丹砂。」〔註119〕聞谷廣印《登毛公壇》詩云：「黃屋辭仙闕，玄門向北開。驅雞何處去，跨鶴幾時來。殘雪窺丹井，清霜蕭古臺。寒煙紆縹緲，一望一徘徊。」〔註120〕圓嵩《訪清真觀俞道士》詩云：「黃庭書罷復題詩，白石燒殘又採芝。還道日長閒不得，青天跨鶴夜歸遲。」〔註121〕等等，此類作品可見明代佛教僧徒對道教的深入瞭解及內心中的嚮往，更可見明代佛道二教之徒眾相互之間的密切交往。

〔註118〕《果斌集》，《明別集叢刊》第五輯第九十七冊，第602頁。
〔註119〕如愚：《飲河集》卷下，《四庫全書存目叢書》集部第191冊，第75頁。
〔註120〕錢謙益：《列朝詩集》閏集卷三，第332頁。
〔註121〕沈季友編：《檇李詩繫》卷三十二。

第六章　明初蔣山法會與詩僧詩文創作

　　如前文所提及，朱元璋為了發揮佛教「陰翊王度」的功用，頻繁在蔣山舉辦法會，一方面是顯示對佛教的重視，一方面是發揮佛教的實際功用，提升明王朝的統治力。參與蔣山法會的僧徒、文人們，在法會期間創作了大量的作品，以頌揚皇帝或者朝廷的聖德與功績。本章通過敘述蔣山法會而敘及僧徒在蔣山法會期間創作的作品，或者是敘述蔣山法會的作品。這些詩歌內容和主題十分集中和單一，就是頌揚聖德和宣揚朝廷的功績，在一定程度上卻又能看到明初佛教與政權的關係。

一

　　朱元璋對佛道二教既限制又利用，限制是為了減少宗教對明朝統治的威脅，如洪武二十四年（1391）時說：「今之學佛者，曰禪、曰講、曰瑜伽，學道者曰正一、曰全真，皆不循本俗，污教敗行，為害甚大。自今天下僧道，凡各府州縣寺觀雖多，但存其寬大可容眾者一所併而居之，毋雜處於外，與民相混。」[註1]通過限制，使宗教信徒首先成為明朝的臣民，而後才是宗教信仰者，這樣就盡最大可能地使佛教為朝廷服務，並消除佛教所帶來的不利因素。利用的最終目的就是使宗教為統治服務，利用宗教的力量，減少民眾尤其是信徒對朝廷的反抗，便於更好地統治民眾，宗教成為維護統治的工具。朱元璋對佛道二教的利用與扶持的突出表現，就是以佛道二教「陰翊王度」，為做到這

〔註 1〕《太祖實錄》卷一百八十四。

一點，朱元璋大力徵召佛道二教教徒。就佛教而言，朱元璋多次下詔召僧徒中的通儒學者，親撰《拔儒僧文》敘述召儒學僧這一決策的過程，云：「正默論間，俄而侍講學士宋濂言及：『有僧名傳者，儒釋俱長，邇來以文求臣改益。臣試開展過目，篇篇有意，文奇句壯，奚啻於專門之學。臣故不益而不改，以全僧之善學者也。臣昧死敢煩聖聽，誦之再三，可知其人矣。』朕是許之。不時之間，學士以誦再三，聽文思意，果如濂言。然僧所以求改益者非也，其文深意曠，非久遠豈得窺本源。朕知僧之意，有所精學，卒無揚名之處，故特求名儒以改益之，由此而揚名，欲出為我用。濂曰『恐無此乎』。朕謂濂曰：『云何如是觀人？古賢人君子託身隱居，非止一端，如寧戚扣角，百里奚飯牛，望釣於磻溪，徵隱於黃冠，此數賢能者未必執於本業而不為君用。朕觀此僧之文，文華燦爛，若有光之照耀，無玄虛弄假之訛，語句真誠，貼體孔門之學，安得不為用哉。』」〔註2〕朱元璋在文中親言，選拔徵召「儒學僧」是受到宋濂的影響，可見宋濂對朱元璋的決策確實有著非常重要的作用。

從明代詩僧的作品可以看到，朱元璋對僧徒「重儒學」的傾向有著極大的推動，從本書各章中能夠看到幾乎每一位詩僧都有關於儒學的論述，及對儒學的推許。道原宗衍《遣興》詩云：「龍化不改鱗，士達不改身。借問當路子，如何棄賤貧。仲尼稱大聖，原壤乃狂人。光武有天下，嚴陵實隱淪。故舊不可忘，何況師友親。嗚呼千載下，此道如埃塵。」〔註3〕本詩有可能是作於明之前，詩中卻完全是對儒學的肯定及期望統治者對儒學加以重視，與朱元璋的想法完全一致。道原詩中亦能看出對正直之士的重視，呼籲統治者能多任用正直之士，如另外兩首《遣興》詩，之一云：「涼風一葉落，志士感其微。豈但振爾木，寒將裂我衣。治田去稂莠，所憂稼穡稀。君若不見察，善類將安歸。」之二云：「紫蘭生幽林，聊與眾草伍。青蠅亦何物，天乃傅其羽。鴟梟紛翱翔，鳳鳥不一睹。自古已云然，今人況非古。」〔註4〕第一首中的「嗚呼千載下，此道如埃塵」似乎是對秉「道」高潔之士不被推重的歎息，第二首顯示詩者不與「眾草伍」而獨立的精神追求與狀態。第二首「君若不見察，善類將安歸」之語，實際上是呼籲君（統治者）能夠任用以「道」為行者，以使這樣的人（「善類」）有所歸屬，並發揮其治世與改變風俗的效用。

〔註2〕朱元璋：《明太祖集》卷十三，第265～266頁。
〔註3〕錢謙益：《列朝詩集》閏集卷二，第297頁。
〔註4〕錢謙益：《列朝詩集》閏集卷二，第298頁。

召通儒學僧令下之後，眾多高僧應召或被召至金陵，參與朝廷的各項活動，這是將對佛教的扶持付之於實踐，籠絡宗教界與宗教信徒對政權的支持和好感。有些高僧應召到南京之後，積極為明王朝服務，也有部分高僧在應召參加完活動之後，請辭回原地居住。對這些應召的高僧來說，面對新建立起來的專制政權，內心的情感應該是非常複雜的。用堂子槇《金陵行》詩云：「從古佳麗金陵州，到今城郭枕江流。埋金往事墮茫昧，含風老樹長蕭颼。寒潮喧聲響西浦，碧海渺渺天東頭。二水三山涵遠景，龍蟠虎踞橫高秋。黃旗紫蓋化榛莽，庭花玉樹傳商謳。六帝雲浮幾蒼狗，三國角鬥真蝸牛。青山似洛只復歎，神器歸隋良可羞。鳳凰何來棲李樹，鷗鷺戲浴彌滄洲。天塹已知徒恃險，地肺只合從仙遊。君不見昔人《黍離》歌宗周，彷徨不去心悠悠。天荒地老著許愁，日往月來無時休。霜飛臺高柏修修，人謂我歌將何求。」〔註5〕詩中讚歎金陵的「龍蟠虎踞」「黃旗紫蓋」以及「天塹已知徒恃險」，有歌頌新朝的意味，而「六帝雲浮幾蒼狗，三國角鬥真蝸牛」等句一方面敘述佛教的無常之理，面對著元朝的滅亡與明朝的新興，子槇等僧徒想必此刻對無常之意的感悟無比深刻；另一方面反映的是如子槇等應召者複雜與對前途未知的心理。本詩顯然參照了周邦彥《西河·金陵懷古》一詞，周詞中的「佳麗地，南朝盛事誰記」「想依稀、王謝鄰里，燕子不知何世，入尋常、巷陌人家，相對如說興亡，斜陽裏」，就是子槇《金陵行》詩主題之來源。這樣的心理，不僅子槇如此，應召的大多數高僧應該也是如此。子槇等僧徒面對新政權的心理，與由元入明的部分文人面對新政權的複雜心理幾乎是相同的，如高啟《登金陵雨花臺望大江》詩寫到的金陵，云：「大江來從萬山中，山勢盡與江流東。鍾山如龍獨西上，欲破巨浪乘長風。江山相雄不相讓，形勝爭誇天下壯。秦皇空此瘞黃金，佳氣蔥蔥至今王。我懷鬱塞何由開，酒酣走上城南臺；坐覺蒼茫萬古意，遠自荒煙落日之中來。石頭城下濤聲怒，武騎千群誰敢渡？黃旗入洛竟何祥，鐵鎖橫江未為固。前三國，後六朝，草生官闕何蕭蕭。英雄乘時務割據，幾度戰血流寒潮。我生幸逢聖人起南國，禍亂初平事休息。從今四海永為家，不用長江限南北。」〔註6〕詩中描寫金陵的形勝，及曾經政權的更迭，詩末落腳於對朱元璋新政權的歌頌。儘管詩末對政權的歌頌顯示了高啟對新政權充滿了希望，但「前三國，後六朝，草生官闕何蕭蕭」實際上隱含著深深的憂慮，高啟最終被腰斬，

〔註5〕錢謙益：《列朝詩集》閏集卷二，第297頁。
〔註6〕高啟：《大全集》卷十一，《四庫全書》本。

證明了其深懷之憂慮並非無所憑據。明初部分僧徒如宗泐等，最終結局與高啟一樣，從明初宏觀的視角來審視，如子梗詩中所描寫及表達出的隱慮，是完全可以理解的。

明初朱元璋徵召各地高僧十分頻繁，尤其是從洪武元年到洪武五年，多次徵召各地的高僧到金陵。朱元璋讓應召而來的高僧在金陵舉辦法會，為國祈福，頻頻舉行的蔣山法會不僅體現出朱元璋的佛教政策，同時體現出明初應召高僧參與明初政權建設的行動。

二

蔣山又名鍾山、金陵山，山名稱之演變，明初佛教護法者宋濂《遊鍾山記》有詳細記載。山上有蔣山寺，寺曾名太平興國寺、開善寺、靈谷寺等，元代胡炳文《遊鍾山記》就曾描述過蔣山佛教寺院的狀況，云：「路左入半山，先是謝太傅園池，荊公宅之，捐為寺，至今祠公與傳法沙門等。出行三四里，又入一寺，弘麗視半山百倍，龕鏤壁繪，光彩奪目，詭狀萬千。兩廡級石而升四五十丈，始至寶公塔，塔邊有軒名木末，履舄之下，天籟徐鳴，浮嵐暎翠，可俯而挹。下有羲之墨池，投以小石，遠聞聲出叢葦間。徑陿荒蕪，遊客罕至，獨拜塔者累累不絕。長老云寶公，巢生而人，朱氏取而子之後成佛。凡禱水旱疾疫如響，語多不經……下山至七佛菴，白雲淒潤，囂埃不來，一僧噓石爐灰點，鬚眉如雪，一僧蓬跣，崖邊拾松子以歸，語容質木，絕不與前寺僧類。聞其下有猛公菴、子文廟，山水稍奇麗，率為事神若佛者家焉。」〔註7〕胡炳文學朱子學，此次遊鍾山主要是為了尋訪程明道祠，文中對佛教稍有輕視。劉基《蔣山寺十月桃花》詩寫到蔣山寺的景色，云：「王母桃花此地栽，風霜搖落為誰開。琳宮玉座同黃土，絳蕊丹跗自綠苔。度朔煙霞違夢想，武陵雲水怨歸來。殘蜂剩蝶相逢淺，黃菊芙蓉莫浪猜。」〔註8〕詩中有對山中佛寺、道觀的提及，作為佛教護法者宋濂所作《遊鍾山記》，載山上之寺院更為詳細，云：「歲辛丑二月癸卯，予始與劉伯溫、夏允中二君遊。日在辰，出東門，過半山報寧寺。寺，舒王故宅，謝公墩隱起其後；西對部婁小丘，部婁蓋舒王病濕，鑿渠通城河處。南則陸修靜茱萸園、齊文惠太子博望苑。白煙涼草，離離蘸蘸，使人躊躇不忍去。沿道多蒼松，或如翠蓋斜偃，或蟠身矯首如虬虺搏人，或捷如山猿

〔註7〕《新安文獻志》卷十四，《四庫全書》本。
〔註8〕劉基：《誠意伯文集》卷六。

伸臂掬澗泉飲。相傳其地少林木，晉、宋詔刺史郡守罷官者栽之，遺種至今。抵圓悟關，關，宋勤法師築太平興國寺在焉。梁以前，山有佛廬七十，今皆廢，唯寺為盛，近毀于兵，外三門僅存。自門左北折入廣慈丈室，謁欽上人，上人出，三人自為賓主……登玩珠峰，峰，獨龍阜也，梁開善道場寶誌大士葬其下。永定公主造浮圖五成覆之，後人作殿四阿，鑄銅貌大士，實浮圖，浮圖或現五色寶光。舊藏大士履，神龍初，鄭克俊取入長安。殿東木末軒，舒王所名，俯瞰山足如井底。出，度第一山亭，亭顏米芾書，亭左有名僧婁慧約塔，塔上石，其制若圓楹。中斲為方，下刻二鬼擎之，方上書曰『梁古草堂法師之墓』……幸至七佛菴，菴，蕭統講經之地。」〔註9〕據此兩篇《遊鍾山記》可知蔣山上寺院之多，及寺院歷史之悠久。

　　朱元璋很喜歡蔣山，頻繁在蔣山舉行佛教法會，下文可以看到，一年甚至舉行不止一次的法會。法會就是佛教內舉行宗教儀式的各種集會，又做法事、佛事、齋會等，屆時有名門浮屠升壇說法及供佛施僧，是佛教的重要佛事之一。這些法會往往稱為「廣薦法會」或「無遮法會」，所謂「廣薦」，就是廣衍無際，顯幽均等；「無遮」即來者不拒的意思。頻繁地舉行法會，是朱元璋扶持、利用佛教和籠絡佛教僧徒的一種重要方式。

　　朱元璋舉行法會的目的，除了祈福、消災等，還超度在戰爭中死亡的將、臣、民，《釋鑒稽古略》續集卷二「廣薦法會」條云：「時海宇無虞，洽於太康，文武恬娛，雨風時順。上是恭默思道，端居穆清，重念元季兵興，六合雄爭，有生之類不得正命而終，動億萬計；靈氛糾盤，充塞上下，弔奠靡至，煢然無依，天陰雨濕之夜，其聲或啾啾有聞。宸衷盡傷，若疚在躬，且謂洗滌陰鬱升陟陽明，惟大雄氏之教為然云云。」按，此段記載，來源於宋濂所作《蔣山廣薦佛會記》。洪武二十七年七月十二日再次舉行法會時，朱元璋說舉行此次法會的目的為「征南陣亡病故的官員軍士，就靈谷做好事，普度他」，即超度陣亡的官員和軍士，並命禮部「用心整理」〔註10〕。

　　《明史》卷一百三十九《李仕魯傳》中提到朱元璋「數建法會於蔣山」，根據明初文臣之首的宋濂的記載，從洪武初年開始，朱元璋幾乎年年都在蔣山的禪寺裏舉辦規模很大的法會，如《佛日普照慧辨禪師塔銘》中云：「皇帝端居穆清，念四海兵爭，將卒民庶多歿於非命，精爽無依，非佛世尊不足以度之。

〔註9〕宋濂：《潛溪後集》卷四，載羅月霞主編《宋濂全集》，第210～212頁。
〔註10〕幻輪：《釋鑒稽古略續集》卷二，《大正藏》第49冊，第938頁。

惟洪武元年秋九月，詔江南大浮屠十餘人於蔣山禪寺，作大法會，時楚石禪師實與其列。師升座說法，以聳人天龍鬼之聽。竣事，近臣入奏，上大悅。二年春三月，復用元年故事召師說法如初，錫燕（宴）文樓下，親承顧問。暨還，出內府白金以賜。」〔註11〕僅從這段話便可知，洪武元年、二年連續在蔣山做法會。

明太祖朱元璋對宗教包括佛教與道教的功用和弊病有深刻的認識，因此在明王朝建立之後對佛教和道教採取既整頓、限制又進行保護和提倡的政策。加拿大學者卜正民在《明代的社會與國家》一書中，認為朱元璋在最初的十年中對佛教保護佛教的發展，以至於幾乎使佛教成為官方宗教，這個看法並不完全準確，朱元璋不可能將佛教和道教中任何一方設為官方宗教，或等同於官方宗教的地步。朱元璋在對佛教利用的前提下，採取了許多對佛教有利的措施和活動，是符合事實的，從元年到五年在蔣山連續舉辦的多次法會，便是最為重要的活動之一，儘管有提倡佛教的意味，主要還是利用佛教為政權服務，滋賀高義《明初の法會と佛教政策》（《大谷大學年報》第 20 期，1969 年）中對這個時期朱元璋舉行的法會有所列舉。

明初比較重要的僧人，基本上都參加過蔣山法會，宋濂作為當時明初朝廷禮儀和典章制度制定者，參加了明初舉行的歷次法會，其中可確考的有洪武元年、二年和四年末五年初所舉行之法會。在參與法會過程中，宋濂撰寫有不少記載法會過程和盛況的文章，撰寫了一些參與法會僧人的傳記，明人葛寅亮將其收錄在《金陵梵剎志》中，成為記錄當時法會狀況的珍貴材料，後來編纂的記載明初佛教史蹟的著作，如《補續高僧傳》《釋鑒稽古略續集》《古今圖書集成・釋教部匯考》《宗統編年》等，大多是根據宋濂的記載整理而成。有了宋濂的這些記載，現在才能比較清楚地瞭解明初蔣山法會的大概狀況。

三

洪武元年，根據至仁《楚石和尚行狀》記載，朱元璋念「將臣或沒於戰，民庶或死於兵」，遂以「釋氏法設冥」濟拔之，即建法會以超度在戰爭中死去的將臣、士兵與民眾，梵琦記載此次法會云：「元年大赦天下，洽以寬恩，無辜冤枉亦蒙濟拔。特賜銀帛，命善世院，就蔣山禪寺，修建冥陽水陸（法

〔註11〕宋濂：《鑾坡前集》卷之五，載羅月霞主編《宋濂全集》，第 450 頁。

會）。」〔註12〕《宗統編年》云:「元年秋,詔徵江南高僧十人,建普度大會於蔣山。」〔註13〕此次法會應該是以愚菴智及為首,智及字以中,歷主兩浙大剎,「洪武初詔高僧十人集大天界寺,智及居首」〔註14〕。朱彝尊則稱梵琦被朱元璋「賜座第一」:「明初征至京,建法會,賜座第一。」〔註15〕錢謙益在《西齋和尚琦公》中說:「洪武初,詔徵江南戒德高僧,建法會於蔣山,師居第一。」〔註16〕按照二者的說法,難以確定到底是以智及禪師還是梵琦禪師為首,實際上這次所詔徵的十位高僧,在當時禪林中都極具威望。

宋濂《佛日普照慧辯禪師塔銘》序中敘及到此次法會,見上引。梵琦在法會上說法,《釋鑒稽古略續集》卷二「楚石禪師」云「洪武元年赴蔣山法會,師升座說法」,《楚石和尚行狀》云「於是以洪武元年九月十一日,徵師說法於蔣山」。宋濂提到朱元璋讓梵琦說法的目的是為「聳人天龍鬼之聽」,超度亡靈。《楚石梵琦禪師語錄》卷二十「水陸升座」條,即是梵琦在洪武元年和二年法會上的講法,「洪武元年九月十一日,欽奉聖旨,於蔣山禪寺水陸會中升座」。針對朱元璋超度死於兵亂的將、臣、民,梵琦在元年的講法中說:「未度令度,未解令解,未到彼岸者令到彼岸,未證涅槃者令得涅槃。皇恩佛恩,一時報畢。其或未然,更添注腳去也……永絕憍慢,地獄於此得之,咸脫苦輪,乃至餓鬼旁生,並及四生九類,一切含識,於此得之,莫不悟自心佛,成自心佛……將此深心奉塵剎,是則名為報國恩。」講法之末不忘讚揚朱元璋的功德,云:「欽惟皇帝陛下,英武仁聖,削平海內,子育兆民,九夷八蠻,罔不賓服。是以梯山入貢,航海獻琛。元年大赦天下,洽以寬恩,無辜冤枉,亦蒙濟拔。」這次法會,連說法加上做法事,整整「大齋一晝夜」:「於中作諸佛事,供佛賢聖天地神祇、三界鬼神,並召臣僧梵琦,舉唱宗乘,所集功勳。並用超度四生六道、無辜冤枉悉脫幽冥,往生佛土,成就菩提。所願如意珠爍破無明窟,智慧劍截斷生死根,因大法以悟心,趣樂邦而見佛。」梵琦又舉梁武帝令傅大士講經故事來頌揚朱元璋:「復舉梁朝武帝請傅大士講經,大士登座,揮尺一下,寶公菩薩謂帝曰:『陛下還會麼?』帝默然。菩薩云:『大士講經竟。』師拈云:『今日聖恩,令臣僧梵琦陞於此座,舉揚第一

〔註12〕梵琦:《楚石梵琦禪師語錄》卷二十,《續藏經》第71冊,第657頁。
〔註13〕紀蔭:《宗統編年》卷二十八,《續藏經》第86冊,第271頁。
〔註14〕《御選明詩》姓名爵里八。
〔註15〕朱彝尊:《明詩綜》卷八十九,第4257頁。
〔註16〕錢謙益:《列朝詩集》閏集卷第一,第254頁。

義諦，普願迷流同成佛道。釋迦老子。四十九年說不盡底細大法門，盡被傅大士一時吐露了也。且道節文在什麼處？冥陽水陸大齋緣，遍滿三千與大千。東走金烏西玉兔，上窮碧落下黃泉。永拋業識無明海，高坐如來妙寶蓮。恩重須彌何以報，祝延聖壽萬斯年。』」〔註17〕梵琦在法會上講法之內容，被上奏給朱元璋，朱元璋「大悅」。

智及與梵琦禪師之外，別峰禪師（號大同）是此次法會參加者之一，《釋鑑稽古略續集》卷二「別峰禪師」條下，云其參加洪武初年之法會：「洪武初年，鍾山法席召見武樓，賜宴禁中饋幣金珍物，以榮其歸。」《大同師傳》云：「皇明御極，四海更化，設無遮大會於鍾山，名浮屠咸應詔集闕下，入見於武樓，獨免師拜跽之禮，命善世院護視之。次日復召，賜食禁中，及還復有白金之賜。洪武二年冬十二月，得疾久不瘳。」〔註18〕從語意上開看，別峰參加的可能是元年的法會，於洪武二年冬染疾，逝於三年三月。此兩傳中皆言朱元璋召見其於「武樓」，而洪武二年法會朱元璋召見僧徒於「文樓」，詳見下述，因此可確定其參加的就是元年的法會。

洪武二年用元年例，在蔣山舉行法會，再次召梵琦禪師說法。上引宋濂《佛日普照慧辯禪師塔銘》中敘及梵琦參加二年法會並在法會上說法事。《釋鑑稽古略續集》卷二「楚石禪師」云：「二年復然，賜宴文樓下，親承顧問，饋以幣金。」《楚石和尚行狀》云：「明年三月，復用元年故事，再徵於蔣山說法……十五日賜宴文樓下，親承勞問，詔館於天界寺。十日及行，出內府白金以賜。」《宗統編年》卷二十八云：「太祖己西洪武二年，禪師梵琦、曇噩等應詔主蔣山法會。」本書對這次法會事記載較為詳細，云：「二年春，復建法會，海鹽天寧梵琦應詔至京，名居第一，親承顧問，再召說法，賜伊蒲，館於文樓。瑞龍曇噩既奏對，上憫其老，放還。清泰子楧、淨慈智順、定水來復、靈隱元淨、萬壽至仁、徑山福報、福林智度等，俱應詔至京。上親臨勞問，請法具饌，同主蔣山普度大法會。天界善世宗泐，奉敕撰獻佛樂章進呈，御署曰《善世》《昭信》《延慈》《法喜》《禪悅》《遍應》《妙濟》、《善成》，凡八曲，敕太常歌舞以節奏之。」〔註19〕對宗泐之制作，愚菴智及《全室禪師法語》予以肯定，云：「說法不應機，總是非時語，故先佛世尊，隨宜演說，良有旨哉。今觀全

〔註17〕梵琦：《楚石梵琦禪師語錄》卷二十，第 658 頁。
〔註18〕釋明河：《補續高僧傳》卷第四，《續藏經》第 77 冊，第 394 頁。
〔註19〕紀蔭：《宗統編年》卷二十八，第 271 頁。

室禪師鍾山法會，奉旨普說，窮理盡性，徹果該因，顯密淺深，無機不被，真得先佛之意，深與契經相合。」〔註20〕

《釋鑒稽古略續集》卷二「逆川法師」條中亦記智順禪師參加此次法會：「諱智順，字逆川……洪武初年鍾山法會，師與其列。」宋濂《處州福林院白雲禪師度公塔銘》記智度（號白雲）禪師參與這次法會的情形云：「洪武己酉（即洪武二年），適建法會於蔣山，有詔起天下名僧敷宣大法，而師與焉。師初力辭，戍將強起之。師曰：『心境雙忘，隨緣去住，復何拘礙邪？』遂行。暨師至，而會事解嚴，遂還杭。」〔註21〕智度事蹟及參加二年蔣山法會事，又見《補續高僧傳》卷第十五《白雲度公傳》。《楚石梵琦禪師語錄》卷二十「水陸法會」亦記梵琦在此次講法的內容，云：「洪武二年三月十三日，欽奉聖旨，於蔣山禪寺水陸會中升座。」說法之末仍讚頌朱元璋之功德云：「今日聖天子，普度幽冥，令臣僧梵琦說法，度諸佛子，所冀一言之下，泮然無疑。知一切法即心自性，成就慧身，不由他悟，如夢忽覺，如蓮花開。」

洪武三年之法會，舉行於蔣山之靈谷寺，明末憨山大師記其事云：「洪武三年，詔天下高僧，安置於天界寺，建普度道場於鍾山靈谷，名流畢集，大闡玄宗，御駕躬臨，親聞法喜，而法道之盛，不減在昔，何其偉與！」〔註22〕可知此次法會不減於元年和二年之盛。梵琦參與此次法會，並於法會之後去世。沈季友在《西齋老人梵琦》中提到洪武三年朱元璋召見梵琦問鬼神事：「明興，再被詔徵，建法會於蔣山，琦居第一，賜伊蒲，供於文樓。洪武三年秋，召問鬼神之理，館於天界寺，示微疾書，偈曰：『真性圓明，本無生滅，木馬夜鳴，西方日出。』書畢而化。」〔註23〕朱元璋在天界寺召見梵琦，參加三年法會的僧人亦安置在天界寺，可以推測朱元璋是在法會期間或者結束之後召見梵琦詢問鬼神之事的，梵琦在受朱元璋召見之後去世。

梵琦於洪武三年去世，即其入明僅有三年時間，生命的絕大部分是生活於元代。從所記其事蹟來看，梵琦在元代沒有與朝廷發生太多的關係，入明後受到朱元璋的禮遇，是其生平政治生涯的巔峰。智及禪師有《悼楚石和尚詩》三首，之一云：「潦倒悉翁的子孫，高年說法屢承恩。麻鞋直上黃金殿，鐵錫時

〔註20〕智及：《愚菴和尚語錄》卷十，《續藏經》第71冊，第699頁。
〔註21〕宋濂：《鑾坡後集》卷之十，載羅月霞主編《宋濂全集》，第777頁。
〔註22〕德清：《憨山老人夢遊集》卷第三十《雪浪法師恩公中興法道傳》，第395頁。
〔註23〕沈季友編：《檇李詩繫》卷三十一。

敲白下門。煩惱海中垂雨露，虛空背上立乾坤。秋風唱徹無生曲，白牯狸奴亦斷魂。」之二：「聖主從容問鬼神，當機一默重千鈞。茶毘直下金門詔，火聚全彰淨法身。平地驚翻三世佛，等閒瞎卻一城人。大悲願力知多少，枯木花開別是春。」之三：「匡床談笑坐跏趺，遺偈親書若貫珠。木馬夜鳴端的別，西方日出古今無。分身何啻居天界，弘法毋忘在帝都。白髮弟兄空老人，剎竿倒卻要人扶。」〔註24〕智及的三首詩闡述的是梵琦在明代所受到朱元璋的禮遇，如朱彝尊《靜志居詩話》中說的：「楚石，僧中龍象，筆有慧刃，《淨土詩》累百，可以無譏。和寒山、拾得、豐干韻，亦屬遊戲。讀其《北遊》一集，風土物候，畢寫無遺，志在新奇，初無定則。假令唐代緇流見之，猶當瞠乎退舍，矧癯可瘦權輩乎？愚菴智及挽章云『麻鞋直上黃金殿，鐵錫時敲白下門』，誦之足以豪矣。當日孝陵所賜袈裟及缽，至今尚存海鹽天寧寺中，即上人所築西齋也。」〔註25〕與受到的禮遇相應的是，梵琦在法會的講法中大力頌揚朱元璋，回應朱元璋對他的禮遇，如上文引其舉梁武帝令傅大士講經故事來頌揚朱元璋事。然而其現存詩作中，既沒有提到蔣山法會，也沒有一語對朱元璋的頌揚。《上都》詩之一云：「突厥逢唐盛，完顏與宋鄰。君王饒戰略，公主再和親。異域車書會，中天雨露均。皇朝真一統，御曆正三辰。」詩中頌揚「皇朝」的大一統，不過很難確定詩中的「皇朝」是指元代還是明代，從詩的內容及《上都》詩之二中的「塞外疑無地」、之三中的「高殿雪初晴」、之四中的「諸羌更在西」等句來看，梵琦頌揚的應該是元朝，而非明朝。又有《燕京》詩亦是寫元朝事，如之一云：「高昌王子出京師，手把春風軟柳枝。贈與臨洮遠行客，雲沙漠漠見何時。」〔註26〕梵琦入明之後年老體弱，寫作的作品少是合情合理的，可能並非是其不想歌頌明朝與朱元璋，或許是已經無力創作了。

與頌揚之類的詩相比，梵琦詩作中體現出來更多的是對無常的感慨和平靜的嚮往。《和淵明九日閒居詩》云：「閒居愛重九，使我念陶生。但取杯中物，不貪身後名。季秋霜始降，向晚月初明。草際亂蟲語，林梢殘葉聲。疏籬採叢菊，小嚼扶衰齡。美酒既滿樽，一吟還一傾。田園自可樂，圭袞何足榮。貴賤各有志，好惡吾無情。所以君子懷，悠哉歲功成。」〔註27〕詩中感慨「圭袞何

〔註24〕錢謙益：《列朝詩集》閏集卷一，第257頁。
〔註25〕轉引自朱彝尊《明詩綜》卷八十九，第4257頁。
〔註26〕《御選明詩》卷一百十四。
〔註27〕《御選明詩》卷三十五。

足榮」，故能「不貪身後名」。又有《和淵明新蟬詩》云：「新蟬何處來，鳴我高槐陰。流水欲入屋，好風自開襟。床頭一束書，壁上三尺琴。琴以散哀樂，書以通古今。所幸車馬稀，非邀里人欽。虛名如北斗，有酒不能斟。縱洗爰居耳，寧知鐘鼓音。陶潛初解組，蘇軾未投簪。莫改麋鹿性，常懷煙嶂深。」〔註28〕詩中描寫的是住在煙嶂處的平靜生活，人生如同自由自在的麋鹿，不再去追逐虛無不實的虛名。這些詩歌中，確實表現出如朱彝尊說的「筆有慧刃」。梵琦影響最大的作品是其創作的多首淨土詩，如《懷淨土詩》云：「幾回夢到法王家，來去分明路不差。水出珠幢如日月，排空寶蓋似雲霞。鴛鴦對浴金池水，鸚鵡雙銜玉樹花。睡美不知誰喚醒，一爐香散夕陽斜。」〔註29〕詩中之用語相當典麗，即亦如朱彝尊引錢謙益評論云：「誦西齋詩，如遊珠網、瓊林、金沙、玉沼間。」〔註30〕

　　至仁，字行中，「洪武初應召與鍾山法會」〔註31〕。朱彝尊援引《詩話》云：「《澹居稿》為饒州路總管府判官皇甫琮廷玉所編，僧克新序之。嘗撰《楚石行狀》，有云『浙水東西被召者十有六人，餘與西齋琦公、夢堂噩公與焉』，則詩雖刊行於至正中，而實登明初之法席者也。」按照這個說法，至仁參加的應該是洪武一年至三年的某一次法會。至仁的詩作皆作於元時，入明後無作品，故無涉及所參與的法會的作品。至仁有《吳越兩山亭為尹本中縣尹賦》詩，云：「蕭然大夫新作亭，吳山越山相對青。天目雲霞耀西浙，石帆風雨來東溟。王霸英雄何足數，句踐夫差兩抔土。喜君亂後蘇蒼生，白晝彈琴如單父。」〔註32〕詩中對王霸、英雄等頗不以為然。由本詩來看，至仁即使參加朱元璋的法會，面對著空前盛況的法會，恐怕同樣會不以為然，不寫作相關的詩作或許是出自於對佛教觀念的堅持。

四

　　洪武四年末五年初舉行的蔣山法會是明初規模最大的一次，《欽定續文獻通考》云：「明太祖洪武五年正月建蔣山法會三日，奏獻佛樂章。帝於蔣山太平興國寺建廣薦法會度兵死者，躬自禮佛，行三獻禮，奏獻佛樂章八曲，舞者

〔註28〕《御選明詩》卷三十五。
〔註29〕《御選明詩》卷九十。
〔註30〕轉引自朱彝尊《明詩綜》卷八十九，第4257頁。
〔註31〕《御選明詩》姓名爵里八。
〔註32〕朱彝尊：《明詩綜》卷九十一，第4307頁。

十人。」〔註33〕

　　朱元璋先是於洪武四年十一月二十日親自撰寫啟建「廣薦法會」榜文，宋濂《蔣山廣薦佛會記》記載此次蔣山法會的目的說：「皇帝御寶曆之四年，海宇無虞，洽於大康，文武恬嬉，雨風時順。於是恭默思道，端居穆清，罔有三二，與天為徒。重念元季兵興，六合雄爭，有生之類，不得正命而終，動億萬計，靈氛糾蟠，充塞下上，弔奠靡至，煢然無依。天陰雨濕之夜，其聲或啾啾有聞。宸衷惻傷，若疢在躬，且謂洗滌陰鬱，升陟陽明，惟大雄氏之教為然。」這次法會的舉行是超度在戰爭中死亡的將士和人民，使死者得超生，並使生者得解脫。朱元璋接著頒布召江南名僧進行法會的詔書：「乃冬十有二月，詔徵江南有道浮屠十人詣於南京，命欽天監臣差以穀旦，就蔣山太平興國禪寺丕建廣薦法會。」朱元璋對這次活動非常重視，在下舉行蔣山法會詔書後，「宿齋室，卻葷肉弗御者一月」。一個月後，「復敕中書右丞相汪廣洋、左丞胡惟庸移書於城社之神，具宣上意，俾神達諸冥，期以畢集。」洪武五年元月，蔣山法會的儀式正式開始，明初劉崧作有《正月元旦陪車駕蔣山寺祠佛夜歸追賦二絕》詩，之一云：「內官飛騎入松林，寺裏華鍾吼法音。五百高僧齊上殿，紅袈裟裏間泥金。」之二云：「香臺百尺擁雕櫨，一朵青蓮出紫庭。龍輦先登開善塔，鸞旗猶駐翠微亭。」〔註34〕詩中描述了本次法會的盛況。據《明史》本傳，劉崧於洪武三年受到朱元璋召見，授兵部職方司郎中，因此本詩描述的應該就是洪武四年末五年初的法會。

　　朱元璋全程參加了本次法會，據宋濂記載云：

　　　　五年春正月辛酉昧爽，上服皮弁服，臨奉天殿，群臣服朝衣左右侍，尚寶卿梁子忠啟御撰章疏，識以皇帝之寶。上再拜，燎香於爐；復再拜，躬視疏已，授禮部尚書陶凱。凱捧從黃道出午門，置龍輿中，備法仗鼓吹導至蔣山。天界總持萬金（又作「力金」，見前文辨析）及蔣山主僧行容，率僧伽千人持香華出迎，萬金取疏入大雄殿，用梵法從事白而焚之。退閱三藏諸文，自辛酉至癸亥止。當癸亥日，時加申，諸浮屠行祠事已，上服皮弁服，搢玉珪，上殿面大雄氏北向立，群臣各衣法服以從，和聲郎舉麾奏悅佛之樂。首曰《善世曲》，上再拜迎，群臣亦再拜。樂再奏《昭信曲》，上跪進薰

〔註33〕《欽定續文獻通考》卷一百十八。
〔註34〕劉崧：《槎翁詩集》卷八，《四庫全書》本。

奠幣，復再拜。樂三奏《延慈曲》，相以悅佛之舞，舞人十，其手各有所執，或香或燈，或珠玉明水，或青蓮花冰桃暨名殊衣食之物，勢皆低昂應以節。上行初獻禮，跪進清淨饌，史冊祝，復再拜。亞、終二獻同，其所異者，不用冊。光祿卿徐興祖進饌，樂四奏曰《法喜曲》，五奏曰《禪悅曲》，舞同。三獻已，上還大次，群臣退，諸浮屠旋繞大雄氏寶座，演梵呪三周，以寓攀注之意。初，斫山右地成六十坎，漫以罌，至是，令軍卒五百負湯實之。湯蒸氣成雲，諸浮屠速幽爽入浴，焚象衣使其更，以彩幢法樂引至三解脫門。門內五十步築方壇，高四尺，上升壇東向坐，侍儀使溥博西向跪，受詔而出，集幽爽而戒飭之。詔已，引入殿，致三佛之禮，聽法於徑山禪師宗泐，受毗尼戒於天竺法師慧日。復引而出，命軌範師呪飯摩伽陀斛法食凡四十有九。飯已，夜將半，上復上殿，群臣從如初，樂六奏《遍應曲》，執事者徹豆，上再拜，群臣同樂。七奏《妙濟曲》，上拜送者再，群臣復同。樂八奏《善成曲》，上至望燎位。燎已，上還大次，解嚴，群臣趨出。

這次法會可謂是規模巨大、盛況空前，隆重而莊嚴。在各項程序中，朱元璋皆不辭勞苦地親自參與，說明他對蔣山法會的重視。宋濂繼續描述這次法會「動乎天地、感乎鬼神」：「濂聞前事二日，淒風成寒，飛雪灑空，山川慘澹，不辨草木，變輅一至，雲開日明，祥光沖融，布滿寰宇。天顏懌如，歷陛而升，嚴恭對越，不違咫尺，俯伏拜跪，穆然無聲，儼如象馭，陟降在廷。諸威神眾，拱衛圍繞，下逮冥靈，來歆來饗，焄蒿悽愴，聳人毛髮。此皆精誠，動乎天地，感乎鬼神，初不可以聲音笑貌為也。」宋濂說朱元璋舉行本次法會是「以先王之禮」行好生之仁德：「肆惟皇上自臨御以來，即詔禮官稽古定制，京師有泰厲之祭，王國有國厲之祭，郡厲、邑厲、鄉厲，類皆有祭，其興哀於無祀之鬼可謂備矣！然聖慮淵深，猶恐未盡幽明之故，特徵內典，附以先王之禮，確然行之而不疑，豈非仁之至者乎？昔者周文王作靈臺，掘地得死人之骨，王曰：『更葬之。』天下謂文王為賢，澤及朽骨，而況於人？夫瘞骨且爾，矧欲挽其靈明於生道者，則我皇上好生之仁，流衍無際，將不間於顯幽，誠與天地之德同大，非言辭之可贊也。」﹝註35﹞或許可以這樣看，也或許朱元璋有「為死者超生，為生者解脫」的成分在，實際上仍是他貫徹佛教政策的一種具體體現。

﹝註35﹞宋濂：《鑾坡後集》卷之一，載羅月霞主編《宋濂全集》，第562～564頁。

萬金禪師「總持法會事」〔註36〕。《白菴金禪師傳》云：「四年命師總持鍾山法會，凡儀制規式，皆堪傳永久。尋以母年耄。舉徑山泐公自代。復還菴居。五年冬詔復建會如四年，大駕臨幸，詔師闡揚第一義諦，自公侯以至庶僚，環而聽之，靡不悅服。」〔註37〕《釋鑑稽古略續集》卷二「西白法師」云：「洪武改元，有旨起師住持大天界寺。師至闕，見上於外朝，慰勞優渥，賜以御饌。時召入禁庭，奏對稱旨。師於內外典籍淹貫，與縉紳談論霏霏如吐玉屑，故樂與遊。四年春詔建廣薦法會，師總持其事。五年冬詔復建會，大駕臨幸，詔師闡揚第一義諦，公侯庶僚環聽悅服。」「四年春」應為「四年冬」之誤。從這兩個傳記和宋濂的記載來看，萬金為四年末五年初法會的總持，而且還明確說洪武五年冬還舉行了一次法會，朱元璋也親自參加了法會。萬金禪師雖然總持這次法會，卻並無言及法會的詩作，有《乙巳清明泊舟柳胥浦》詩云：「柳胥浦上綠楊邊，客裏清明繫客船。莫遣桃花作紅雨，且看榆火散青煙。笙歌漫說承平日，耕稼深期大有年。邂逅農人且相慰，軍儲無限望吳天。」〔註38〕詩中的「承平日」應該說的是明朝，因此這首詩實際上是在讚頌明朝的新氣象。

參加這次法會的十名高僧，除萬金和宋濂提到的宗泐、慧日（即東溟，其參加此次法會事又見宋濂《上天竺慈光妙應普濟大師東溟日公碑銘》一文）和軌範外，另有幾人可考出名號。宋濂《寂照圓明大禪師壁峰金公設利塔碑》記壁峰禪師事蹟云：「洪武戊申，大明皇帝即位於建鄴。明年己酉，燕都平。又明年庚戌，詔禪師至南京。夏五月，見上於奉天殿。且曰：『朕聞師名久，以中州苦寒，特延師居南方爾。』遂留於大天界寺。時召入問佛法及鬼神情狀，奏對稱旨。又二年辛亥冬十月朔，上將設普濟佛會於鍾山，命高行僧十人蒞其事，而禪師與焉。賜伊蒲饌於崇禧寺，大駕幸臨，移時方還。明年壬子春正月既望，諸沙門方畢集，上服皮弁服，親行獻佛之禮。夜將半，敕禪師於圓悟關，施摩陀伽斛法食。竣事，寵賚優渥。」〔註39〕《補續高僧傳》卷第十四《金碧峰傳》所述壁峰事蹟即據宋濂此《塔銘》。「辛亥冬十月」應該是十二月之誤，「明年壬子春正月既望」即是五年春正月，可知壁峰參加了這次法會。元淨禪師可能也是參加者之一，《天鏡淨禪師傳》云：「我太祖龍興，師與鍾山法會之

〔註36〕朱彝尊：《明詩綜》卷八十九，第4285頁。
〔註37〕釋明河：《補續高僧傳》卷第四，第473頁。
〔註38〕朱彝尊：《明詩綜》卷八十九，第4285頁。
〔註39〕宋濂：《鑾坡後集》卷之五，載羅月霞主編《宋濂全集》，第662頁。

選，與東溟日公、碧（壁）峰金公特被召入內庭，從容問道，賜食而退。」〔註40〕《宗統編年》卷二十八載至正二十四年即朱元璋之吳元年事，有「禪師慧曇住蔣山」條，記慧曇事云：「明太祖定鼎南京，曇謁上。上一見歎曰：『真福德僧也。』」慧曇在明初「主蔣山」，可能參與了多次蔣山法會，宋濂《天界善世禪寺第四代覺原禪師遺衣塔銘》云：「命主蔣山太平興國禪寺……每設廣薦法會，師必升座舉宣秘法要，車駕親帥群臣幸臨，恩數優洽，遠邇學徒聞風奔赴，堂筵至無所容。」〔註41〕在參加洪武四年末五年初的法會中，受朱元璋之命批閱佛藏：「命主蔣山。時大內新成，詔曇引千二百眾披閱大藏。曇升座說法，上親帥群臣幸臨瞻聽。」據《釋鑒稽古略續集》卷二「壬子洪武五年」條云：「春即蔣山寺，建廣薦法會，命四方名德沙門，先點校藏經。」令慧曇引一千二百餘眾批閱大藏，可見朱元璋對他非常看重。文康亦為參加者之一，詳見下述。

　　圍繞這次法會，文人和僧人們撰寫了眾多的文學作品。宋濂在《跋蔣山法會記後》中說：「予既從祠部群賢之請，為撰《法會記》一通，自謂頗盡纖微。近者蒲菴禪師寄至《鍾山稿》一編，其載祥異事尤悉。蓋壬子歲正月十三日黎明，禮官奉御撰疏文至鍾山，俄法駕臨幸，雲中雨五色子如豆，或謂娑羅子，或謂天華墜地之所變。十四日大風晝晦，雨雪交作，至午忽然開霽，上悅，勅近臣於秦淮河燃水燈萬枝。十五日將晏藏，事如記言，及事畢，夜已過半，上還宮，隨有佛光五道從東北起，貫月燭天，良久乃沒。已上三事，皆予文所未及。蒲菴以高僧被召，與聞其故，目擊者宜詳，而予耳聞者宜略，理當然也。」〔註42〕《鍾山稿》的內容，按照宋濂所描述的，應該就是記載這次法會過程中發生的一些祥異的現象，主要內容應該就是對朱元璋以及佛事的神化。王偁作有《蔣山法會瑞應詩應制作》詩云：「寶地奉金仙，璿宮啟梵筵。真僧騰異域，開士唱三緣。說法雲成蓋，談經花雨天。祥光凝彩絢，甘露瀉珠圓。天樂憑虛下，神燈徹夜懸。勝因濟妙筏，覺路指迷川。秖樹春光溢，靈山會儼然。願茲宏至化，皇運共千年。」〔註43〕詩中描述了法會的盛況，這樣的盛況自然會令人生發出「皇運共千年」之感。

〔註40〕明河：《補續高僧傳》卷第十四，第470頁。
〔註41〕宋濂：《翰苑續集》卷之五，載羅月霞主編《宋濂全集》，859～860頁。
〔註42〕宋濂：《文憲集》卷十四，《四庫全書》本。
〔註43〕王偁：《虛舟集》卷四，《四庫全書》本。

　　這次法會唱誦的樂章，是由全室宗泐所制作，已見上述。與梵琦不同的是，全泐極力頌揚朱元璋的功績，在很多詩歌中表達了對朱元璋的感恩，《九月晦日高僧同朝賜饌》詩云：「百官朝退萬幾閒，供奉雙趨更引班。御座近瞻天咫尺，方袍連奏殿中間。碗浮牛乳玻璃碧，甌薦龍團瑪瑙殷。奉詔且留京寺住，敢期何日定還山。」〔註44〕詩中描述了當時被召見、賜宴的盛況，作為被召見者的僧徒，自然是心存高度的感恩之情。《欽和御製江東橋詩》其一云：「玉作闌干石作梁，銀河清夜共輝光。經營自出天工妙，鎪琢仍歸匠者良。大駕親臨觀氣象，群臣載拜獻詞章。誰知千古不磨跡，地久天長轉更彰。」其二云：「石樑高架奠長江，要路通津總帝鄉。一代規模天廣大，萬年功業日昭彰。吾皇制作親曾賜，臣下賡歌孰敢當。聖子神孫承大統，願言鴻祚永延昌。」〔註45〕詩中描述了朱元璋大駕親臨江東橋的氣象、群臣獻唱詞章的載拜，表現出新朝、新皇宏大的氣象，這樣的氣象令人不自覺地從意識中生發出這種宏大將永久存續下去的感發。宗泐有直接歌頌蔣山法會的詩作，如《應制詠鍾山老僧雪中早朝》詩云：「鍾山禪客早朝天，毳衲披來雪半肩。好似解空無住著，龐眉皓首玉階前。」〔註46〕詩中描寫的應該就是積極參加這次法會中老僧人。《歌福應》直接頌揚朱元璋的慈悲：「大哉，覺皇乘悲願以度人，視群生如赤子，運廣大之慈仁。降福垂祐，若時之春，有萌必達，其生蓁蓁，今日何日，漸漑膏澤，愉樂且恂，尚克均於眾庶，匪獨萃於一身。」〔註47〕

　　參加這次法會的夷簡禪師，字易道，號同菴，「洪武五年與鍾山法會」〔註48〕，後住持杭州淨慈寺，又主南京天界寺，除僧錄左善世。撰有《鍾山法會詩》八首，收錄於《列朝詩集》中。第一首《洪武五年正月十五日，朝廷就鍾山寺大建法會，普濟幽冥；四年十二月十五日上御奉天殿，集公侯百官，宣諭建會之因，禁天下屠宰。上先齋戒一月，以嚴法賦齋戒》，云：「玉食金盤去八珍，九重齋戒諭群臣。版圖賓貢無中外，鬼錄流亡有故新。佛事五天均至化，民生四海賀同仁。普通有願長蔬食，曾夢神僧水陸因。」第二首《正月十三日三鼓時，上御奉天殿，集公侯百官奉上佛表，命禮部尚書齎赴鍾山啟建法會，焚之，賦奉表》，云：「御手封函出紫宸，百靈效職共紛紜。尚書夜待三更漏，

〔註44〕宗泐：《全室外集》卷六。
〔註45〕宗泐：《全室外集》卷一。
〔註46〕宗泐：《全室外集》卷一。
〔註47〕宗泐：《全室外集》卷二。
〔註48〕《御選明詩》姓名爵里卷八。

使者朝持五色雲。宣室鬼神徒有問，茂林封禪護能文。陳情此日趨靈鷲，萬歲千秋報聖君。」《賦迎佛禮佛送佛》三首，分別作為本組詩的第三、第四、第五首，詩前有序云：「十五日，上服袞冕，乘輦輅赴法會。至日夕迎佛，上率公侯百官臨法筵，供佛行大禮樂，用《善世》等曲。先是十四日微雪，尋即開霽，是夕星月在天，風露湛寂，絲竹迭奏，燈火交輝，禮儀之盛前古莫及。」第三首詩云：「鷲嶺幡幢下界來，先令勝六淨氛埃。微風不動燈如晝，明月初升鼓似雷。宿衛萬夫嚴虎旅，從官千旗駐龍媒。袞衣儼在通明殿，一朵紅雲擁不開。」第四首詩云：「天子臨筵禮覺皇，衣冠陪位亦侯王。寶臺高處金蓮色，珠樹中間玉佩光。幣帛奉陳先盥洗，茶甌初獻謹焚香。漢庭不必論前夢，親睹金容在上方。」第五首詩云：「皓月華星傍九霄，夜深端坐聖躬勞。樂聲按舞魚山近，花雨飄空鷲嶺高。玉冊讀文傳太祝，金柈捧奠出儀曹。從容望燎鑾輿動，目送中天白玉毫。」〔註49〕第六首《宣諭鬼魂賜以法食賦諭鬼》，云：「萬方殺戮到漁樵，三日齋宮德澤饒。朽骨又蒙周室葬，遊魂不待楚人招。千年象教來中國，一代威儀出聖朝。慚愧山林何所報，耕桑滿野甲兵銷。」第七首《詔龍灣普放水燈以燭幽暗賦水燈》，云：「持節馮夷向夕過，遠分燈火出官河。斗牛光動天垂野，風露聲沉水息波。海族樓臺休罷市，鮫人機杼不停梭。九泉無復悲長夜，莫問南山白石歌。」第八首《法會三日上之臨幸十三日天雨娑羅樹子近臣得之以奏獻焉十四日詔皇太子諸王同觀法會賦迎駕》，云：「千騎東華玉輦來，鍾山渾勝妙高臺。旌旗寶樹重重入，樓閣香雲一一開。仙仗齋從三日幸，春官詔許五王陪。近臣共說天顏喜，收得娑羅樹子回。」〔註50〕這八首詩將本次蔣山法會的過程及盛況完整地描述了出來。朱彝尊《明詩綜》中收錄其中的「千騎東華玉輦來」一首，並援引《靜志居詩話》云：「洪武四年冬十有二月，詔徵江南高僧十人詣京師，命欽天監筮日就鍾山太平興國禪寺建法會，以薦國殤泰厲。御製文宣諭天下，禁屠宰，明年春正月辛酉昧爽，帝服皮弁，臨奉天前殿，以表授禮部尚書陶凱，出午門，鼓吹前導，至寺，用梵法白而焚之。癸亥，帝摺圭面佛，初奏《善世》之曲，再奏《昭信》之曲，三奏《延慈》之曲，舞以應節，四奏《法喜》之曲，五奏《禪悅》之曲，夜半，六奏《遍應》之曲，徹豆，七奏《善成》之曲。諸樂章皆出宗泐所撰。勅僧寶金施摩伽陀斛法食。十高僧者，宗泐、來復、梵琦、守仁、萬金、清濬、曇噩、慧日、居頂及夷簡

〔註49〕《御選明詩》卷九十。
〔註50〕錢謙益：《列朝詩集》閏集卷二，第 296 頁。

也。建會之日，天雨梣欏子於山中，次日有詔皇太子諸王同觀。故夷簡詩及之。清濬字天淵，居頂字玄極，俱黃巖人。濬徵授右覺義，頂亦徵授僧錄司。慧日號東溟，住天竺山。曇噩字無夢，主國清寺。噩《題華頂》云：『山翠濕衣晴亦雨，井華寒齒夏猶冰。』《曹娥江》云：『去越王城三十里，到曹娥渡八分潮。』詩頗磊落，惜無全篇合格者。」〔註51〕《靜志居詩話》對這次法會的記載甚是詳細，其中並提到了曇噩為這次法會所做的詩歌。

樸隱原瀞似乎參與了這次法會，「洪武五年召與廣薦法會，賜食內廷，從容問道，已而辭歸」。據此記載，樸隱有可能只是應召至京，似乎還沒有來得及參加法會，與朱元璋會面之後就辭歸了，故沒有留下相關的詩作。參與這次法會的守仁禪師，留下了詩歌多首，《靈谷寺法會應制》詩云：「寒巖草木正嚴冬，一日春回雨露濃。安石故居遺雪竹，道林新塔倚雲松。木魚聲斷催朝飯，銅鼎香消起暮鐘。千載奎文留秘藏，天光午夜照金容。」《正月十五鍾山書事並簡陶禮部》詩云：「上念群靈殞劫灰，法筵親向蔣陵開。雲垂五采金仙降，燈擁千官玉輦來。旌旆影寒香旖旎，簫《韶》聲轉月徘徊。清朝盛典誰能記，白髮詞漢史才。」《十七日謝恩奉天門》詩應該是守仁參與法會後，所作謝恩詩，云：「金殿重重護採霞，天門賜坐擁袈裟。尚方晨缽分雲子，中使春杯獻乳花。雉尾風清天咫尺，螭頭香暖霧橫斜。聖恩特許還山蚤，官柳黃時喜到家。」〔註52〕

由上述詩作可見四年末五年初這次法會的盛況。

五

清遠禪師曾參加明初蔣山法會，《竹安法師》傳云：「洪武初，四眾請住淨慈禪林。及鍾山無遮法會，師亦承詔而赴。退居梁渚，乃全悟藏爪髮之地也。」〔註53〕《補續高僧傳卷》第十五《清遠渭公傳》中所記清遠參加蔣山法會情形之大意與此相同。只是不能斷定，清遠參加的是哪一年的法會。《釋鑒稽古略續集》卷二「扶宗法師」條記崇裕禪師曾參加法會：「曾於鍾山廣薦法會，師列十大僧之位，以偈獻上覽之大悅，命之書天界寺額，賜食上前，上稱誠善知識也。」同樣是曾加參加蔣山法會而不能確定參加的是哪一年的法會。

〔註51〕轉引自朱彝尊《明詩綜》卷八十九，第4286頁。

〔註52〕錢謙益：《列朝詩集》閏集卷二，第284頁。

〔註53〕幻輪：《釋鑒稽古略續集》卷二，第928頁。

　　蔣山法會在明初朱元璋舉辦的所有法會中是最重要的，也是朱元璋最重視的。從上面對蔣山法會的考述來看，宋濂作為明初文臣之首，參加了歷次的蔣山法會，記載下了除洪武三年的法會之外的歷次法會舉行情況和參與的僧人。宋濂對洪武四年末五年初的法會記載得尤其詳細，即《蔣山廣薦佛會記》一文，本文為「從祠部群賢之請」〔註54〕「為儀曹諸君所請」〔註55〕而作，可見宋濂作為明初典章禮儀的制定者和佛教的護法者，在朝臣和僧徒眼中具有舉足輕重的地位。宋濂通過描寫法會之後天上出現的祥瑞來稱揚朱元璋對佛教的扶持：「蓋壬子歲正月十三日黎明，禮官奉御撰疏文至鍾山，俄法駕臨幸，雲中雨五色子如豆，或謂娑羅子，或謂天華墜地之所變。十四日，大風晝晦，雨雪交作，至午忽然開霽。上悅，敕近臣於秦淮河然（燃）水燈萬枝。十五日，將晏，蕆事如記言。及事畢，夜已過半，上還宮，隨有佛光五道從東北起，貫月燭天，良久乃沒。」〔註56〕宋濂對法會中發生的祥異的記載，神化色彩看上去並不比來復作的《鍾山稿》差。宋濂闡述記載蔣山法會之意義云：「一則鋪張帝德之廣，一則宣揚象教之懿。」作為佛教護法者的宋濂，深知皇帝的扶持對佛教發展的重大意義，說：「佛法之流通，靈山付屬，恒在國王大臣。讀予記者，當知王化與真乘同為悠久，猶如天地日月，萬古而常新。」〔註57〕佛法只有獲得皇帝的扶植、大臣的信仰，才能如天地日月一樣萬古常新。

　　參與法會的文康禪師作有《托缽歌》，現已似乎不存。宋濂作有《跋佛頂托缽歌諸文後》，云：「穆菴禪師康公耽樂法乘，見諸履踐，每念先佛以乞食為事，日中一食，樹下一宿，尚恐留情末法，乃一切悖之，而唯嗜欲是滋是長，於是著《托缽》之歌。古者專務精進無少懈怠，得無上道，亦無自滿之意。末法乃中道迷惑，於未足中生滿足證，於是書《首楞嚴經》十種識陰之文。在昔陀摩尸利刻苦修行，獲遇堅牢比丘相與激勵，卒趨覺門，而使彌樓犍陀佛法再興。末法乃壞散弗收，鮮有誠心向道者，於是錄堅牢石室之偈，其一則詠之以己意，其二則證之以古辭，大概勉人捨妄入真、無乖於聖教而已。嗚呼，禪師

〔註54〕宋濂：《鑾坡後集》卷之四《跋〈蔣山法會記〉後》，載羅月霞主編《宋濂全集》，第 645 頁。
〔註55〕宋濂：《翰苑續集》卷之七《題蔣山廣薦佛會記後》，載羅月霞主編《宋濂全集》，第 898 頁。
〔註56〕宋濂：《鑾坡後集》卷之四《跋〈蔣山法會記〉後》，載羅月霞主編《宋濂全集》，第 645 頁。
〔註57〕宋濂：《翰苑續集》卷之七《題蔣山廣薦佛會記後》，載羅月霞主編《宋濂全集》，898 頁。

之慮至此，其可不為慟哭而流涕矣乎。然而豪傑之士，何世無之，若讀斯卷，當有蹶然而興起者，豈惟禪師望之？予亦望之。」〔註58〕從宋濂的跋中知文康《托缽歌》，主要是闡揚佛教之理、鼓勵學者誠心向道，「勉人捨妄入真、無乖於聖教」。朱元璋似乎對文康相當重視，做《和托缽歌》，宋濂又有《恭題賜〈和托缽歌〉後》記朱元璋召見文康云：「臣聞自昔賢聖之君，多菩薩果位中人。慈憫眾生，故乘願輪，降生人間，執符御歷。如《華嚴經》云『歡喜地菩薩出世為閻浮提王』，其言蓋可證也。欽惟皇上撥亂反正，出斯民於塗炭而衽席之。既臨宸御，洊建無遮大會於鍾山，度諸幽滯。將行事，上致齋便合，臣侍坐於側，因問近者高行僧為誰。臣以前住持開元文康對。文康著《托缽歌》行世，見寓古開善道場。明日，大駕幸鍾山，召見文康，索其歌觀之，天顏怡懌，遂敕奉御持歸。又明日，臣復入侍。至夜二鼓，上命兩黃門跪張於前，且讀且和，運筆如飛，終食之間而章已成矣。臣得而伏讀焉，援據經論，滔滔弗竭。」朱元璋和文康《托缽歌》，邊寫邊給宋濂看，宋濂由文康《托缽歌》及朱元璋《和托缽歌》，對朱元璋舉行的法會有著真切的理解：「前代帝王以王道、真乘並用，每下璽畫護其教。蓋以陰翊王度，而有功與烝民也。上今俯和文康之歌，所以推獎禪宗而勉勵其徒者，其意亦猶是也。文康尚宜勒諸堅瑉，導宣上德，以垂之無窮哉。」〔註59〕宋濂揭明朱元璋舉行法會的實質，是通過褒獎佛教和僧徒達到「陰翊王度」的目的，可謂一語切中實質。

有些法師受到徵召，由於各種各樣的原因，並沒有參加法會。如存翁惟則禪師，《海門則禪師》載惟則法師事云：「洪武初，蒲車徵則赴皇都法會，則因足疾疏辭。高帝手勅曰『無心埜鶴，不忘霄漢翶翔，跛腳老僧，可任山雲自在』，乃賜還山。」〔註60〕惟則沒有去參加法會，是經過了朱元璋的允准，否則應該是會受到嚴懲的。事實上，如惟則一樣因為身體原因不能參與法會的僧徒還有不少，朱元璋能夠允准他們不參加法會，在一定程度上還是表現出對他們的尊重。

朱元璋通過蔣山法會鮮明地表達了他扶持、提倡佛教的政策態度，在一定程度上使得佛教獲得了很大的發展，對提高佛教徒融入政權的積極性、安定王朝初建時期的人心、進而維護明王朝政權的穩定有很重要的作用。從參與法會

〔註58〕宋濂：《護法錄》卷十。
〔註59〕宋濂：《鑾坡後集》卷之六，載羅月霞主編《宋濂全集》，第 692～693 頁。
〔註60〕自融：《南宋元明禪林僧寶傳》卷十三，《續藏經》第 79 冊，第 643 頁。

的僧人留下的詩作來看，對這樣盛大的法會，有的是極為感奮，有的則仍然能平靜處之。之後的詩僧東皋妙聲《鍾山》詩云：「大江之南多名山，鍾山秀出乎其間。神龍蜿蜓露脊鬣，長鱷贔鳳饒斕斑。上走怪石之巉嶪，下有流水之潺湲。禪宮據會制甚古，帝闕密邇恩常頒。虛空闌楯寶公塔，松竹儲胥圓悟關。天生賢懿扶象教，地設險峻防神奸。雲車風馬來萬里，象齒明珠奔百蠻。山川靈氣自融結，玄運往復猶循環。竭來說法奉明詔，那有道德開天顏。齋宮延問漏十刻，杞菊賜饌襯百鎹。茲山才留四五日，探討未得須臾間。草堂之靈應怪我，移文勿邃吾將還。」〔註61〕詩中既寫出了鍾山（蔣山）形勢之雄，又寫出了皇帝之眷顧，明初的法會盛況在詩中呼之欲出。

〔註61〕妙聲：《東皋錄》卷上。

第七章　梵琦的淨土詩、文人情懷與愚菴的詩偈

　　上章中提及到梵琦參與明初蔣山法會以及關於法會的詩文創作情況，本章繼續敘述梵琦之創作。楚石梵琦，明州象山朱氏子，是元末明初的重要佛教僧人。明朝建立後，朱元璋於洪武元年就徵召梵琦至南京，受命主持蔣山法會，可見其當時在僧界中的重要地位。梵琦在洪武三年秋時去世，入明的時間不足三年的時間，儘管如陳焯編《宋元詩會》、元賴良編《大雅集》等少數的文獻將其列為元代僧人，但大多數文獻都將梵琦視為明代僧人，故本章仍將其創作放在明代加以敘述。梵琦同時稍後的愚菴，元僧觀通有《次愚菴懷王畊雲韻》詩，之一云：「幽居瀟灑絕縈牽，雲白山青雨後天。春酒飄香多逸興，微吟獨立杏花邊。」之二云：「槐影風回散綠雲，山光雨歇聳嶙嶙。荷衣筇杖塵氛外，清賞時聞林下人。」〔註1〕詩中提到的僧人愚菴是相同的情況，與梵琦同時由元入明，亦被視為明代僧徒。詩中的「微吟」可能是指王畊雲，或者也可能是指愚菴；「清賞時聞林下人」的「林下人」是指愚菴無疑。詩中能看出愚菴之被同時代僧徒與文人欣賞，這種被欣賞出自於愚菴的佛教修持及詩偈創作。梵琦與愚菴二人關係較為密切，梵琦去世後，愚菴作有悼念詩，故將二人之創作放在同章中加以敘述。

一

　　梵琦在襁褓時，有神僧摩其頂曰「此佛日也，他時能照燭昏衢」，因小字

〔註1〕《御選元詩》卷九十七。

曇耀，至正七年（1347），賜號「佛日普照慧辯禪師」可能就是以此為根據。梵琦為元叟行端弟子，《釋鑒稽古略續集》載其悟解云：「參元叟端公，問云『言發非聲，色前不物，其意何如』，叟就以師語詰之，未徹。會元英宗金書大藏，應選上京，一日聞城樓鼓聲，汗下如雨，曰『徑山鼻孔今日入吾手矣』，偈云『捨得紅爐一點雪，卻是黃河六月冰』。再參元叟，一見謂曰『西來密意喜子得之矣』。」〔註2〕至仁對此事的記載更為詳細生動，云：「元叟端和尚主徑山，道望重天下，師往參次。即問『如何是言發非聲，色前不物』，叟遽云『言發非聲，色前不物，速道速道』。師擬進語，叟震威一喝，師乃錯愕而退。會英宗皇帝詔善書者赴闕金書大藏經，師在選中，辭叟遂行。既至，館於萬寶坊，近崇天門，一夕睡起，聞彩樓上鼓鳴，豁然大悟，徹見徑山為人處。述偈曰：『崇天門外鼓騰騰，驀札虛空就地崩。拾得紅爐一片雪。卻是黃河六月冰。』實甲子正月十一日也。是歲東歸，再參元叟於徑山，叟迎笑曰『且喜汝大事了畢』。」〔註3〕梵琦參與編輯、整理《慧文正辯佛日普照元叟端禪師語錄》，行端為南宋大慧宗杲弟子，即梵琦為宗杲法嗣。

梵琦於洪武元年與二年皆應朱元璋之召赴蔣山法會，升座說法，朱元璋賜宴文樓下，承顧問饋以幣金。洪武三年七月，朱元璋召之問鬼神情狀，館於天界寺，隨後去世，逝時書偈曰「真性圓明本無生滅，木馬夜鳴西方日出」，彰示自己一生對淨土的修行。由於在元末明初的成就、聲譽與影響力，梵琦被視為「國初第一等宗師」〔註4〕。

元末時，從梵琦遊之文人便已眾多，「至正間，四方多事，士大夫逃禪海濱者眾矣，從西齋遊者，如宋公景濂輩最稱博物，入西齋之門，劇談多北」〔註5〕。梵琦著有《六會語錄》《淨土詩》《上生偈》，《北遊》《鳳山》《西齋》三集，《和天台三聖詩》，及和永明壽、陶靖節、林和靖諸作。《六會語錄》即《佛日普照慧辯楚石禪師語錄》共二十卷，宋濂與錢惟善為之序，收錄於《續藏經》中。宋濂並為之作《佛日普照慧辨禪師塔銘》。

梵琦儘管有《北遊》《鳳山》《西齋》等詩作，但其詩作如下文所言，主要功用是以聲律化人，並非以純粹的文字與文學寫作博人。因此，關於梵琦作品

〔註2〕幻輪：《釋鑒稽古略續集》二，第 923 頁。
〔註3〕《佛日普照慧辯楚石禪師語錄》卷第二十《楚石和尚行狀》，《續藏經》第 71 冊，第 659 頁。
〔註4〕幻輪：《釋鑒稽古略續集》二，《大正藏》第 49 冊，第 923 頁。
〔註5〕自融：《南宋元明禪林僧寶傳》卷十，《續藏經》第 79 冊，第 629 頁。

的評論少之又少。宋濂在為之撰寫的塔銘中云「自茲口噴百丈泉，洗滌五濁離
腥羶」贊其作品在開化學人中的功用，「鍾山說法超沈綿，萬人瞻依曲兩拳」
贊其說法的效果，並非是評價其文學作品。同出於元叟行端禪師門下的愚菴智
及有《悼楚石》詩云：「潦倒奚翁的骨孫，高年說法屢承恩。麻鞋直上黃金殿，
鐵錫時敲白下門。煩惱海中垂雨露，虛空背上立乾坤。秋風唱徹無生曲，白牯
狸奴亦斷魂。」〔註6〕詩中的「秋風唱徹無生曲」是言梵琦的佛教詩作，「白牯
狸奴亦斷魂」是言其詩作在教化群生中的作用，詩句似乎稍稍有論及作品水準
之意。縱觀梵琦的詩作，最主要的內容是淨土類的作品，其次是描寫山川景物
並用以表達其觀念與心態的詩作，如描寫北方邊地的詩歌、和陶淵明詩等。

二

從上引宋濂等人的讚揚來看，梵琦關於淨土的詩作備受重視。前文敘淨土
詩的內容中，對梵琦的淨土詩已有所提及，本節對梵琦的淨土詩進行專門論
述。梵琦對修淨土極其重視，如《懷淨土詩》中一首云：「幾回夢到法王家，
來去分明路不差。出水珠幢如日月，排空寶蓋似雲霞。鴛鴦對浴金池水，鸚鵡
雙銜玉樹花。睡美不知誰喚醒，一爐香散夕陽斜。」〔註7〕夢中進入淨土之境，
不願意從美好的淨土之境中醒來。對淨土的重視，梵琦作了大量的淨土詩，錢
謙益在《列朝詩集》中收錄有《懷淨土詩》八首，題下注云「原一百十首」。
智旭編選的《淨土十要》卷八收錄梵琦《西齋淨土詩》三卷，其中第一卷收《懷
淨土詩》77首，第二卷收《懷淨土詩》108首，第三卷收有《懷淨土詩》22首、
《淨土百韻詩》、《娑婆苦漁家傲》詞十六首、《西方樂漁家傲》詞十六首，可
見錢謙益所注的「原一百十首」遠遠不是梵琦淨土詩的原數。俞樾《淨土救生
船詩序》中云「四明有沙門梵琦，著《懷淨土詩》七十七首」〔註8〕，指的只
是《西齋淨土詩》卷一所載詩歌。

《蓮邦詩選》收錄明代17位禪師的淨土詩作，第一位便是梵琦。卷首有
序云：「凡詩歌之協於聲律也，能沁人肺腑，鼓人性靈，不覺手之舞之足之蹈
之者，惟詩為然。」梵琦作淨土詩，其宗旨如同廣貴法師編選《蓮邦詩選》「欲
以聲律化人」之意相同，也是希望以使人「手之舞之足之蹈之」〔註9〕的詩歌

〔註6〕轉引自《檇李詩繫》卷三十一。
〔註7〕錢謙益：《列朝詩集》閏集卷一，第254頁。
〔註8〕寬量集：《淨土救生船詩》卷首，《續藏經》第62冊，第879頁。
〔註9〕廣貴：《蓮邦詩選》卷首，第791頁。

化人。靈峰蕅益大師選定《淨土十要》卷第八中收錄《西齋淨土詩》前有自序云:「詩云『伐柯伐柯,其則不遠』,說者曰『睨而視之,猶以為遠』,信斯言也。阿彌陀佛三十二相,八十種好,神通光明,華池寶座,瓊樓玉宇,皆我自心發之。」梵琦認為淨土是由自心所發,其「謝事閒居作懷淨土詩」,目的是「勸同袍之士及同社之人,凡有心者悉令念佛」,淨土就會從自心中發出,淨土則「何遠之有」〔註10〕。梵琦就是希望通過詩歌的形式,能使信從者從自心生發出對淨土世界的信仰之心。

按照《蓮邦詩選》的選錄,梵琦的淨土詩被分在「苦勸回韁」「翻然嚮往」「一意西馳」「執持名號」「聖境現前」「發明心地」「廣度眾生」名目下。所謂「苦勸回韁」就是「惓惓切切千言萬語苦口向人」,教令念阿彌陀佛,往生淨土而超越、解脫往生地獄輪迴之苦。編者在「苦勸回韁序」中說到「除卻一句阿彌陀佛,更從何處生活」〔註11〕,即梵琦在《懷淨土詩》中說的「唯余念佛離生死」。梵琦對淨土充滿著信心,詩中提出「在世更無清淨業」,只有淨土才能拯救眾生的輪迴之苦,故其言「萬行不如修白業」。如同上引《西齋淨土詩》自序中所言,梵琦在詩中指出淨土是從自心中生發出來的,《懷淨土詩》云:「少年頃刻老還衰,須信無常日夜催。九十六家邪智慧,百千萬劫受輪迴。不存寶界華池想,爭得刀山劍樹摧。但自淨心生極樂,此中聖賢許追陪。」詩中表達了只有「自淨心生極樂」才能夠脫離百千萬劫受輪迴之苦,詩又云:「罪重無如殺盜淫,身囚狴獄口呻吟。敲枷打鎖能稱佛,覆地翻天莫變心。夜半從教神鬼嘯,空中自有聖賢臨。收因結果蓮臺上,自性彌陀不外尋。」〔註12〕詩中最終強調阿彌陀佛的淨土是自性所有,向外尋找是錯誤的,顯然是受到禪宗自性淨則佛土淨影響的淨土觀念。

所謂「翻然嚮往」即如序中說的「眾生處五濁惡世,如囚處獄」,人的一生有「萬劫之艱難」,面對五濁惡世,「惟有淨土一門」才能「任意早脫,終無再住閻浮之法」。根據本序的說法,「翻然嚮往」與「苦勸回韁」很接近,都是依靠淨土法門才能擺脫劫難、濁世和輪迴之苦。序中又說:「受持彌陀經者、發念欲生阿彌陀佛國者,釋迦佛皆許以不退轉,則此法門之利益,於佛道中又

〔註10〕智旭編選:《淨土十要》卷第八《西齋淨土詩》卷首,《續藏經》第61冊,第725頁。
〔註11〕廣貴:《蓮邦詩選》苦勸回韁第二,第795頁。
〔註12〕廣貴:《蓮邦詩選》苦勸回韁第二,第797頁。

為最勝。」〔註13〕有如此不退轉的利益，因此令人翻然嚮往。「翻然嚮往」條目下，選有梵琦《懷淨土詩》一首，云：「一自飄蓬贍部南，倚樓長歎月纖纖。遙知法會諸天繞，正想華臺百寶嚴。此界猶如魚少水，微生只似燕巢簷。同居善友應懷我，已築浮屠欠合尖。」〔註14〕

　　「一意西馳」是對淨土有堅定的嚮往的信念。淨土是解脫輪迴、濁世等劫難的唯一法門，因此須對淨土「一意西馳」。「一意西馳」序中提到「世間念佛者多，見佛者少，知有淨土者多，生淨土者少」的原因就在於信從者「意不一」。只有「一意西馳」者，「純是一心為主，故能感果於西方」〔註15〕。本條目下選梵琦《懷淨土詩》五首，之一云：「日夜思歸未得歸，天涯客子夢魂飛。覺來何處雁聲過，望斷故鄉書信稀。幾度開窗看落月，一生依檻送斜暉。黃金沼內如船藕，想見華敷數十圍。」詩中表達羈旅之思，「想見華敷數十圍」之句同時表達對淨土的堅定嚮往，之二中說其「一生心」是「長思樂土終歸去，肯執蓮臺遠訪臨」。之四云：「人生百歲七旬稀，往事回觀盡覺非。每哭同流何處去，閒抛淨土不思歸。香雲瑪瑙階前結，靈鳥珊瑚樹裏飛。從證法身無病惱，況飡禪悅永忘饑。」〔註16〕這首選詩放在「一意西馳第四」中，表明梵琦對淨土的追求是勇往直前的，堅定之意如「閒抛淨土不思歸」之句。

　　「執持名號」是持阿彌陀佛的名號而獲得解脫，序中引「至心念阿彌陀佛，一聲滅八十億劫生死重罪」表示得救之簡易；「散心念佛一句」便可永劫不磨，專志持名則更可獲得往生。序中分析執持名號有言執、事執、理執三種，理執有「積妄頓空」「千年闇室一燈頓照」之效；但也不能說「理性未明，事持無益」〔註17〕，不管是言執還是事執，只要是以心執持，同樣可以獲得解脫得救。「執持名號」下選梵琦《懷淨土》兩首，之一云：「咫尺金容白玉毫，單稱名號豈徒勞。晨持萬遍烏輪上，夜課千聲兔魄高。歲閱炎涼終不倦，天真母子會相遭。如何說得娑婆苦，苦事紛紛等蝟毛。」之二云：「閒中獨坐面西方，手把輪珠念不忘。佛號能令心地淨，舌根便作藕花香。暉暉日到銜山處，閃閃金浮滿室光。此境此時無別想，許君親見鼓音王。」〔註18〕這兩首詩闡明的是

〔註13〕廣貴：《蓮邦詩選》翻然嚮往第三，第 798 頁。
〔註14〕廣貴：《蓮邦詩選》翻然嚮往第三，第 799 頁。
〔註15〕廣貴：《蓮邦詩選》一意西馳第四，第 800 頁。
〔註16〕廣貴：《蓮邦詩選》一意西馳第四，第 802 頁。
〔註17〕廣貴：《蓮邦詩選》執持名號第五，第 803 頁。
〔註18〕廣貴：《蓮邦詩選》執持名號第五，第 804 頁。

梵琦對淨土法門「單稱名號」的簡易方便的頌揚。

「聖境現前」是指「諸佛如來入一切眾生心想中」，以觀門念佛、「惟除睡時，恒憶此事」能「心眼開發，廣見依報無常」；令病人觀佛相好，心心相續，生發發菩提之心。條目下首先收錄梵琦《西齋淨土詩》序，這裡的序比《淨土十要》中所收的序更全一些，序云：

> 儒者之詩云「伐柯伐柯，其則不遠」，說者曰「執柯以伐柯，睨
> 而視之，猶以為遠信」，斯言也，吾宗念佛，惟我自心，心欲見佛，
> 佛從心現。阿彌陀佛三十二相八十種好，性本具足，不假外求，神
> 通光明，極未來際，名無量壽。至於華池寶座、瓊樓玉宇，一一淨
> 境，皆自我心發之妙喜。有云「若見自性之彌陀，即了惟心之淨土」，
> 如楞嚴會上，佛勅阿難，一切浮塵諸幻化相，當處出生，隨處滅盡；
> 因緣和合，虛妄有生，因緣別離，虛妄名滅。殊不知生滅去來，本
> 如來藏常住妙明性真常中，求於去來，迷悟生死，了無所得。既無
> 所得，但是一心。若淨土緣生，穢土緣滅，則娑婆印壞，壞亦幻也。
> 若穢土行絕，淨土行興，則極樂文成，成亦幻也。然此生滅淨穢，
> 不離自心，心不見心，無相可得，雖終日取捨，未嘗取捨，終日想
> 念，未嘗想念。在彼不妨幻證，在此不妨幻修。〔註19〕

梵琦的淨土觀念顯然受到《壇經》以及禪宗的影響，自性淨則淨土從自心中現於面前。下選附淨土詩十三首，如第一首：「要觀無量壽慈容，只在如今心想中。坐斷死生來去路，包含地水火風空。頂分肉髻光千道，座壓蓮華錦一叢。處處登臨寶樓閣，真珠璀璨玉玲瓏。」即是云在心想中見無量壽慈容，「真珠璀璨玉玲瓏」之聖境便會現於面前，即之二中云「放下身心佛現前」。之二中的「凡夫到此皆成聖」是說能到達這樣的聖境，凡夫皆可以成聖。之五中的「卻倚雕欄看寶樹，無邊佛國在其中」，之六中的「出水珠幢如日月，排空寶蓋似雲霞」「鴛鴦對浴金池水，鸚鵡雙銜玉樹花」，之七中的「玉抽瑪瑙階前樹，金匝瑠璃地上繩」，之八中的「念念佛光從口發，時時天樂遍空鳴」，之九中的「空影入池皆碧玉，日光穿樹盡黃金」，之十三中的「西望紅霞白日輪，仰觀寶座紫金身」等，都是描寫現於面前的聖境。之十三中云若「一方土淨方方淨，當念心真念念真」，則「生極樂城終不退，盡虛空界了無塵」，聖境現於

〔註19〕廣貴：《蓮邦詩選》聖境現前第六，第806頁。

面前時，「何幸今為彼岸人」〔註20〕。

「發明心地」出自「參無意味語，發明心地者也」〔註21〕，即於世間中顯無上大乘法。本條目下選梵琦《懷淨土詩》六首、《勸禪者詩》一首。之一中的「有個彌陀在自心」、之四中的「口耳相傳六個字，聖凡不隔一條絲」，就是梵琦所明的心地。之六中的「若非念佛便參禪，參得禪時佛現前」應該是指修禪與念佛之關係，儘管修禪能見佛，梵琦在《勸禪者》詩中指出修禪同樣要用功：「參禪只是自明心，作佛何須向外尋。動靜去來真極樂，見聞知覺古觀音。高懸慧日三千界，普現慈光百萬尋。把本修行須念佛，神仙也要用功深。」〔註22〕參禪是自明心，修行卻還要有佛陀「度脫眾生」一樣的誓願，即是「廣度眾生」。道衍《西齋梵琦禪師》詩中云：「默坐西齋觀佛境，緣師實證面無慚。聲香味觸常三昧，多少禪流只解談。」〔註23〕就是對梵琦本首詩中的觀念的進一步解釋。所謂「廣度眾生」，就是「求成佛與求生淨土，總是為度眾生故」，阿彌陀佛即是如此，「廣度眾生」序云：「阿彌陀佛為比丘時，發四十八願已，乃託生一切眾生中，同其形體，通其語言，以設教化。故上自天帝，下至微細蟲蟻，皆託生其中，設化無量劫。」阿彌陀佛成佛之因乃「一度生而已」〔註24〕。本條目下共選梵琦詩四首，第一首為《懷淨土詩》中的一首，「稱性莊嚴依報土，隨機勸發信心人」「盡滌娑婆界上塵」就是梵琦廣度眾生的心跡。《勸琴者》詩以學琴喻修佛，「聲太促時弦又斷，指才停處韻還沈」，是佛陀曾對二十億耳所說的話。《雜阿含經》裏關於修道方法有一段生動的譬喻，那就是佛陀對二十億耳的說法，其中說：「善調琴弦，不緩不急，然後發妙和雅音。」用這個譬喻，說明修道「精進太急，增其掉悔，精進太緩，令人懈怠」，要保持「中道」。詩中的「聲太促時弦又斷」表明梵琦贊成佛教中道的修行方式，以「勸琴者」這樣的主題勸解修行者走中道，情、景、意妥貼地交融在一起。《勸琴者》與《勸樵夫》《勸山居人》都是梵琦勸修行者要有正確的修行方式，如《勸山居人》詩「無量壽隨塵剎現，眾生多只向西尋」是勸修行者要向內心求淨土，不要向西方去尋淨土；《勸樵夫》詩中的「盡轉山河歸自己，都將風月付平懷」則是表述正確的修行方式，是故梵琦云：「樵者如斯真念佛，蓮臺

〔註20〕廣貴：《蓮邦詩選》聖境現前第六，第807頁。
〔註21〕廣貴：《蓮邦詩選》發明心地第七，第808頁。
〔註22〕廣貴：《蓮邦詩選》發明心地第七，第811頁。
〔註23〕道衍：《諸上善人詠》，《續藏經》第78冊，第177頁。
〔註24〕廣貴：《蓮邦詩選》廣度眾生第九，第815頁。

不必預安排。」〔註25〕道衍《諸上善人詠》中提到梵琦撰《三十二相頌》《八十種好頌》《四十八願偈》《十六觀贊》《化生贊》等,應該也是表達「廣度眾生」的誓願。

　　梵琦有長篇的《懷淨土百韻詩》,詩中云「欲生安養國,承事鼓音王,合掌須西向,低頭禮彼方,觀門誠易入,儀軌信難量,佛願尤深廣,人心要久長」,顯示出對淨土的深切嚮往與信仰。梵琦在詩中敘說「娑婆苦」,云:「內宗誰復解,邪見轉堪傷。忍被貪嗔縛,甘投利欲坑。君臣森虎豹,父子劇豺狼。盡愛錢堆屋,仍思米溢倉。山中搜雉兔,野外牧牛羊。奪命他生報,銜冤累世償。太平逢盜賊,離亂遇刀槍。好飲耽杯酒,迷情戀市娼。心猿拋胃索,意馬放垂韁。逸志摧中路,英魂赴北邙。干戈消禮樂,揖讓去陶唐。戰伐愁邊鄙,焚煙徹上蒼。連村遭殺戮,暴骨滿城隍。鬼哭天陰雨,人悲國夭殤。歲凶多餓死,棺貴少埋藏。瓦礫堆禪剎,荊榛出教庠。征徭兼賦稅,禾黍減豐穰。念佛緣猶阻,尋經事亦荒。」心念阿彌陀佛名號,則「必欲超魔界」〔註26〕。梵琦修淨土以度脫眾生之苦,既是對淨土法門的重視,又是其「廣度眾生」的抱負和胸懷的顯示。梵琦對淨土的重視,故其私淑弟子成時作《題跋一律》贊之云:「日日當陽話夕陽,金桴擊鼓響逢逢。覺翁解惑欣重解,則老揚宗幸載揚。法界千花開佛國,無生一曲演珠玉。臨行喝死支離客,振古威名壓野狂。」〔註27〕俞樾在《淨土救生船詩序》中援引《懷淨土詩》「釋迦設教在娑婆,無奈眾生濁惡何,欲向涅槃開秘藏,須從淨土指彌陀」後,儘管指「其詩亦惟是泛言大意,切指工夫」,卻也承認「庶幾指破迷津,高登覺岸矣」〔註28〕。

三

　　淨土類詩作之外,梵琦同樣具有文學創作者的情懷,與同時期的僧人寫作一樣,表現出文人情懷。如《君子交行贈呂日新》詩云:「君不見車輪碾地不碾塵,塵暗卻遮車上人,又不見馬口吸泉不吸月,月明豈解心中渴,所以君子交毋為小人絕。」詩中通過對日常情境的觀察,引申出君子之交不要因為小人的插手而斷絕。詩前有序,云「呂日新與予相知最早,先後來京師,作《君子

〔註25〕廣貴:《蓮邦詩選》廣度眾生第九,第816頁。
〔註26〕錢謙益:《列朝詩集》閏集卷一,第254頁。又見智旭編選《淨土十要》卷八《西齋淨土詩》卷三,第738頁。
〔註27〕智旭編選:《淨土十要》卷八《西齋淨土詩》卷三,第741頁。
〔註28〕寬量集:《淨土救生船詩》卷首,第879頁。

交行》以贈之」〔註29〕，這是文人之間的相知，詩之風格是典型的文人化寫作。《贈江南故人》詩中「今騎沙苑馬，昔踏洞庭魚」「每憶江南樂，功名有不如」〔註30〕等詩句與手筆，流露的又是文人在遊覽之興中忘卻功名的情緒。

梵琦《和三聖詩》中有多首《和寒山詩》《和拾得詩》，詩作的風格與寒山、拾得詩作的風格卻很不相似。如《和寒山詩》其一云：「住世都忘世，春深始覓年。山花紅似火，野草碧如煙。月落澄潭裏，雲生疊嶂前。時時敲石磬，驚動老龍眠。」〔註31〕詩歌的題旨「住世都忘世」與寒山詩一致，詩歌的風格與寒山詩有一些差別，梵琦詩歌的辭語文人化更濃一些，與寒山詩平淡的口語化有些差別。詩中的「山花紅似火，野草碧如煙」「月落澄潭裏，雲生疊嶂前」表現出極深的寫景狀物的能力。《曉渡西湖》展現了寫景技藝與能力，云：「船上見月如可呼，愛之且復留斯須。青山倒影水連郭，白藕作花香滿湖。仙林寺遠鐘已動，靈隱塔高燈欲無。西風吹人不得寐，坐聽魚蟹翻菰蒲。」〔註32〕詩意極具有唐宋文人以景物引動內心之思的寫作方式，「坐聽魚蟹翻菰蒲」一句似乎在敘述旅程之中內心寂寞之情。這首詩以及《萬里》詩中「萬里故鄉隔，扁舟何日還」〔註33〕等詩句，使梵琦看上去似乎是一位以詩歌慰藉落寞情緒的旅者。

梵琦的逆旅之作不只是有旅程中的落寞，對旅程中景色的描寫相當出色。生於南方的梵琦，對江南景色描寫的詩作卻遠不如對北方景色描寫的作品多與水準高，《送興藏主遊金陵》中「一枝兩枝梅花開，十里五里村路曲」「石城雲影聚復散，草店雞聲斷仍續」〔註34〕是描寫南方景色中比較好的作品。《余嘗夢至一山聞杜鵑且約雪窗南還》似乎是寫對家鄉的思念，詩云：「出郭尋春未見春，東華踏遍軟紅塵。不知蝴蝶化為我，何處杜鵑來喚人。筍蕨過時惟恐老，櫻梅如豆正嘗新。」詩中描寫在戶外尋春不見春，「蝴蝶」句化用《莊子》之語，「杜鵑」句則引起對家鄉的思念，「筍蕨」「櫻梅」兩句寫家鄉的美味物產，是由「杜鵑」順勢引出；最後「及今無事早歸去，莫待秋風江上尊」〔註35〕

〔註29〕錢謙益：《列朝詩集》閏集卷一，第255頁。
〔註30〕沈季友編：《檇李詩繫》卷三十一。
〔註31〕沈季友編：《檇李詩繫》卷三十一。
〔註32〕沈季友編：《檇李詩繫》卷三十一。
〔註33〕錢謙益：《列朝詩集》閏集卷一，第256頁。
〔註34〕陳焯編：《宋元詩會》卷一百。
〔註35〕錢謙益：《列朝詩集》閏集卷一，第257頁。

兩句引用東晉張季鷹的典故，寫出回歸家鄉的迫切心情，《世說新語》載張季鷹事云：「張季鷹辟齊王東曹掾，在洛見秋風起，因思吳中菰菜羹、鱸魚膾，曰『人生貴得適意爾，何能羈宦數千里以要名爵』，遂命駕便歸。俄而齊王敗，時人皆謂其見機。」張季鷹想起家鄉的菰菜羹、鱸魚膾便毫不猶豫動身歸家，其中有對形勢預判的成份，不過也說明張季鷹歸鄉的迫切心情。梵琦以張季鷹的典故寫出對家鄉的思念與歸家的迫切心情，整首詩不僅連貫順暢與水到渠成，而且描寫與表達相當細膩。

　　與寫南方景致相比，梵琦作的描寫北方的詩作更多，尤其對北方邊地能刻畫出震撼人肺腑的雄壯和雄闊。《居庸關》詩中便可看出，詩云：「天畔浮雲雲表峰，北遊奇險見居庸。力排劍戟三千士，門掩山河百萬重。渠答自今收戰馬，兜鈴無復置邊烽。上都避暑頻來往，飛鳥猶能識袞龍。」〔註36〕詩中寫出了居庸關的「奇險」，正是親身的遊歷，才能將北方邊地的「奇險」表現出來。《居庸關》詩展現出梵琦詩作中具有雄壯之感的豪氣，《贈江南故人》中將北方邊地的雄闊表現出來，詩云：「煮茗羹羊酪，看山駐馬檛。地椒真小草，芭攬有奇花。塞月宵沈海，邊風晝起沙。登高望吳越，極目是雲霞。」〔註37〕詩歌似乎是在寫北方邊地的塞月與南方雲霞的迥異，看出梵琦對北方的邊塞相當熟悉。梵琦有《開平書事》詩六首，之一云：「舊俗便弓馬，新妝稱綺羅。平原芳草歇，古戍暮雲多。翠袖調鸚鵡，金鞭控駱駝。上樓看月色，無酒奈君何。」之二云：「絕域秋風早，殊方使客還。河沖秦日塞，地接漢時關。萬古悲青冢，兼程過黑山。從容陪國論，咫尺近天顏。」之三云：「地勢斜臨北，河流穩向東。龍庭行萬里，虎路達三峻。胡女裁皮服，奚兒控角弓。長吟對落景，獨坐感飛蓬。」之四云：「北海何人到，西天此路通。尋經舍衛國，避暑醴泉宮。盛夏不揮扇，平時常起風。遙瞻仙仗簇，復有彩雲籠。」之五云：「夜雪沙陀部，春風勅勒川。生涯惟釀黍，樂事在彈弦。不用臨城將，何須負郭田。雙雕來海外，一箭落天邊。」之六云：「野外山橫塞，天涯水繞羌。登高一俯仰，即事幾炎涼。日晚雕聲急，冰寒馬足傷。我懷增感慨，誰與細平章。」〔註38〕六首詩將北方邊地的人物、風俗、地勢充分描寫出來，展現出梵琦對北方邊地的風土、氣候與地勢有相當嵌入式的感受，同時體現出梵琦對外在景物極具有

〔註36〕錢謙益：《列朝詩集》閏集卷一，第256頁。
〔註37〕《御選明詩》卷六十六。
〔註38〕錢謙益：《列朝詩集》閏集卷一，第256頁。

敏感性。這種感受與敏感或許正來自於南方觀察者的視角，故在《獨石站西望》詩中刻畫描寫「千尋石戴孤峰驛，一望雲橫萬里沙」邊地景致時，以「塞北逢春不見花」之語將邊地與南方的氣候作了對比，引出「江南倦客苦思家」〔註39〕之心情。梵琦有多首《漠北懷古》詩，其一云：「每厭冰霜苦，長尋水草居。控弦隨地獵，刳木近河漁。馬酒茶相似，駝裘錦不如。胡兒雙眼碧，慣讀左行書。」其二云：「無樹可黃落，有臺如白登。三冬掘野鼠，萬騎上河冰。土厚不為井，民淳猶結繩。令人思太古，極目眇平陵。」兩首詩比較純粹描寫漠北邊地的風物，表明了梵琦對漠北觀察的極其深入與描寫的極其極致。其三云：「曠野多遺骨，前朝數用兵。烽連都防府，柵繞可敦城。健鶻雲間落，妖狐塞下鳴。卻因班定遠，牽動故鄉情。」其四云：「北向無城郭，遙遙接大荒。舊來聞漢土，前去是河隍。野蒜根含水，沙蔥葉負霜。何人鳴觱栗，使我淚沾裳。」〔註40〕以班超出使西域多年最後回歸的典故，以「牽動故鄉情」「使我淚沾裳」兩句的具體描述，引出作者的思鄉之情。梵琦對南方家鄉細膩的思念之情，隱含在對北方邊地描寫的詩歌之中，非常具有個人的特點。

　　邊塞的雄壯容易使人生發出建功立業的情志，作為僧人的梵琦也表現出這樣的情志，如《海東青行》詩云：「海東青，高麗獻之天子庭。萬人卻立不敢睨，玉爪金眸鐵作翎。心在寒空咨〔搭〕在手，一生自獵知無偶。孤飛直出大鵬前，猛志豈落駕鵝後。是日霜風何栗冽，長楊樹羽看騰擲。奔雲突霧入紫霄，狡兔妖蟆灑丹血。束身歸來如木雞，眾鶻欲並功難齊。」海東青是北方沙漠和草原上的猛禽，詩作以海東青表達建功立業的志意，最後兩句「爾輩無材空碌碌，不應但費官廚肉」〔註41〕批評碌碌無為、尸位素餐者，建立功業的志意再次表現出來。《贈王使君》詩對王使君的書寫，如同梵琦在寫自己的志意，詩云：「君持使節過繩橋，已遣蠻夷感聖朝。良將未誇班定遠，大臣猶數蓋寬饒。川香野馬銜青草，雪暗天鵝避早雕。西出陽關九千里，歸來莫惜鬢蕭蕭。」〔註42〕詩中的王使君非「空碌碌」而「費官廚肉」的無材者，梵琦表達出來的志意與佛教僧徒的身份頗不相類。但正如《贈江南故人》「功名有不如」之句一樣，梵琦在景物詩中常常是用超越歷史的感歎消解所見到的景物，如《留雲

〔註39〕錢謙益：《列朝詩集》閏集卷一，第256頁。
〔註40〕錢謙益：《列朝詩集》閏集卷一，第256頁。
〔註41〕錢謙益：《列朝詩集》閏集卷一，第257頁。
〔註42〕錢謙益：《列朝詩集》閏集卷一，第257頁。

亭》詩:「人家十萬繡成堆,未抵南朝一段奇。象輦不來春草綠,小亭雲鎖紫瑪碑。」〔註43〕詩中「人家十萬繡成堆」寫曾經的繁華,這些繁華與南朝曾經的繁盛,眼前卻只有春草綠,只有紫瑪碑見證著曾經的繁盛。詩句透露出來的無常之意,同樣是文人化的對歷史的感歎。《相家夜宴》同樣是如此,「西山高居帝左右,北斗正掛天中央」「繡衣執樂三千指,朱火籠紗十二行」描寫夜宴的盛況,最後的「坐待更闌賓客散,蕭齋自炷辟邪香」〔註44〕則寫盛況之後賓客散歸的沉寂,詩句中寓含著盛況不能長久之意。《金山》詩云:「半江湧出金山寺,一簇樓臺兩岸船。月轉中宵為白晝,水吞平地作青天。塔鈴自觸微風語,灘石長磨細浪圓。龍化老人來聽法,手持珠獻不論錢。」〔註45〕與《留雲亭》表現無常相比,《金山》詩通過以景物的描寫,表現出佛理的久恆,將佛理的意蘊隱含在景物之中,非如《懷淨土詩》一樣直接表露與宣揚出來。

　　《群公子》詩中開篇「少年意氣向誰傾,閒把琵琶出鳳城」〔註46〕之句,恍然可以見到一群風發的少年挾著琵琶聯袂出城的意氣,與上述書寫邊塞的雄壯的詩歌一起,恍然可以見到梵琦並非只是虔誠地宣講著淨土,同樣也是散發著建立功業志意的歌者與充斥著少年意氣的風發者。梵琦詩作的意氣,在《春日花下聽彈琵琶效醉翁體》詩之中同樣體現出來,詩云:

　　　　僕本南海人,暫為北京客。朝遊金張園,暮宿許史宅。二月春
　　　風吹百花,朱朱粉粉相鈎加。銀鞍繡勒少年子,對花下馬彈琵琶。
　　　大絃掩抑花始開,花重墜枝枝更斜。小絃變作花爛熳,雨點驟打煙
　　　濃遮。鷗鵠從何來,遠在天之涯。鈎輈格磔忽驚起,不知飛在誰人
　　　家。又聞黃鸝聲睍睆,如斷復續續復斷。布指似嫌宮調緩,別寫群
　　　雁鳴霜暖。蒹葭浦深風蕭騷,一隻兩隻飛漸高。天長地遠望不見,使
　　　我回首心煩勞。我謂少年彈且止,錢塘去國三千里。每到春來花最多,
　　　鷗鵠能舞黃鸝歌。去年隨雁同沙漠,聽此琵琶殊不樂。少年笑我君太
　　　癡,人生行樂須其時。此中正自有佳處,但畏閒愁纏繞之。〔註47〕

詩中「銀鞍繡勒少年子,對花下馬彈琵琶」與《群公子》中「少年意氣向誰傾,閒把琵琶出鳳城」之句,下一句「大絃掩抑花始開,花重墜枝枝更斜」至「蒹

〔註43〕田汝成編:《西湖遊覽志》卷十八。
〔註44〕錢謙益《列朝詩集》閏集卷一,第 257 頁。
〔註45〕《御選明詩》卷六十六,又見錢謙益《列朝詩集》閏集卷一,第 257 頁。
〔註46〕沈季友編:《檇李詩繫》卷三十一。
〔註47〕錢謙益:《列朝詩集》閏集卷一,第 255 頁。

葭浦深風蕭騷，一隻兩隻飛漸高」精彩地寫出公子們彈琵琶的技藝。「少年笑我君太癡，人生行樂須其時」一句，具有與歐陽修《豐樂亭》詞等詩詞以及《醉翁亭記》等文章中同樣的豪興，所謂的「效醉翁體」確實非常相似與恰當；這一類的作品與《贈江南故人》「每憶江南樂，功名有不如」表明的是同樣的意蘊。

「每憶江南樂，功名有不如」的心態，在其多首和陶淵明詩中充分表達出來，《和淵明新蟬詩》云：「新蟬何處來，鳴我高槐陰。流水欲入屋，好風自開襟。床頭一束書，壁上三尺琴。琴以散哀樂，書以通古今。所幸車馬稀，非邀里人欽。虛名如北斗，有酒不能斟。縱洗爰居耳，寧知鍾鼓音。陶潛初解組，蘇軾未投簪。莫改麋鹿性，常懷煙嶂深。」〔註48〕「虛名如北斗」即是「功名有不如」的表達，詩中完全是對陶淵明生活的描寫，對陶淵明辭官以及「莫改麋鹿性，常懷煙嶂深」的嚮往溢於言表。在和陶淵明詩中，梵琦隱含地將淨土之境與陶淵明的生活融合在一起，《和淵明仲秋有感》詩云：「皇天分四時，白露表佳節。最愛潭水清，猶如鏡容徹。蟾蜍出覆沒，絡緯聲欲絕。靜臥深夜起，仰觀眾星列。流水可嗟吁，附勢非俊傑。身即大患本，家無長生訣。且餐籬下菊，兼吸杯中月。」〔註49〕這是描寫陶淵明的生活，看得出梵琦對陶淵明的生活環境與生活方式是非常嚮往的。「身即大患本，家無長生訣」又具有佛教身乃大苦聚集的觀念，「家無長生訣」言明萬物乃短暫且無常的，最後的「且餐籬下菊，兼吸杯中月」以陶淵明的生活方式表達出修行之意。最後四句隱含的佛教觀念，使得從「皇天分四時」到「附勢非俊傑」之句，彷彿是梵琦將對淨土之境的描寫刻畫在陶淵明的生活中。詩歌再次展現出梵琦高超的描寫手法，將淨土之境與陶淵明的生活環境、淨土思想與陶淵明「附勢非俊傑」的思想極妥切地結合在一起。如上所言，雄壯的邊地之境雖然激起了梵琦建立功業的志意，但是他又用佛教觀念不斷地消解這種志意，和陶淵明詩中對陶淵明辭官以及辭官之後生活方式的嚮往，實際上就是對建立功業之志意的消解方式。《和淵明九日閒居詩》對功業志意的消解是色彩更濃，詩云：「閒居愛重九，使我念陶生。但取杯中物，不貪身後名。季秋霜始降，向晚月初明。草際亂蟲語，林梢殘葉聲。疏籬採叢菊，小嚼扶衰齡。美酒既滿樽，一吟還一傾。田園自可樂，圭袞何足榮。貴賤各有志，好惡吾無情。所以君子懷，悠哉歲

〔註48〕錢謙益：《列朝詩集》閏集卷一，第255頁。
〔註49〕錢謙益：《列朝詩集》閏集卷一，第255頁。

功成。」〔註50〕詩中的「不貪身後名」「疏籬採叢菊」「圭袞何足榮」「貴賤各有志」將由邊地所引起的志意消解得一絲不剩。

從對志意的消解來看，梵琦畢竟還是一位佛教僧徒，佛教觀念已經深深印在觀念之中，佛教觀念是其認識世界的基本方式。其中除基本的佛教觀念與淨土觀念之外，梵琦對禪學觀念同樣相當瞭解的，《送可禪人》詩即是禪學觀念的表達，云：「即心是佛無心道，不覺全身入荒草。語拙今人笑古人，古人卻笑今人巧。後生晚長忘聰明，且要低頭學老成。卻憶南泉好言語，囑渠癡鈍過平生。」〔註51〕這首詩又使梵琦看上去如同一位老禪僧。如同上文所言，梵琦的淨土思想帶有明顯的禪學色彩，作為元代著名禪師元叟行端的弟子，梵琦由禪學悟解，以禪學觀念構建淨土之境與消解建立功業的志意，是相當自然的。

四

愚菴智及與梵琦的關係頗為親近，梵琦去世後，愚菴智及禪師作《悼楚石和尚詩》以紀之，詩有三首，之一云：「潦倒奚翁的骨孫，高年說法屢承恩。麻鞋直上黃金殿，鐵錫時敲白下門。煩惱海中垂雨露，虛空背上立乾坤。秋風唱徹無生曲，白牯狸奴亦斷魂。」之二云：「聖主從容問鬼神，當機一默重千鈞。茶毗直下金門詔，火聚全彰淨法身。平地驚翻三世佛，等閒瞎卻一城人。大悲願力知多少，枯木花開別是春。」之三云：「匡床談笑坐跏趺，遺偈親書若貫珠。木馬夜鳴端的別，西方日出古今無。分身何啻居天界，弘法毋忘在帝都。白髮弟兄空老大，剎竿倒卻要人扶。」〔註52〕第一、二首都是說梵琦受到朱元璋的器重，第三首是對梵琦去世時情景的描寫，全詩高度讚揚了梵琦的佛法水平。三首詩整篇都是在讚揚梵琦的佛法高深與受恩之重，其中並沒有情感之語的流露，但《南宋元明禪林僧寶傳》在引述本詩時云「愚菴以偈哭梵琦」，智及作此三首詩時淚流滿面的情形可以想見，二人之間的情感應該是相當深厚的。

智及對梵琦有如此深厚的情感，一是在佛法上的惺惺相惜，更重要的原因是二人都出於元末高僧元叟行端的門下。愚菴禪師，名智及，又名超智，字以中，吳縣顧氏子。《釋鑑稽古略續集》載其簡要行跡云：「得法於元叟端公，歷

〔註50〕錢謙益：《列朝詩集》閏集卷一，第 255 頁。
〔註51〕陳焯編：《宋元詩會》卷一百。
〔註52〕《愚菴智及禪師語錄》卷第九，《續藏經》第 71 冊，第 694 頁。又見錢謙益《列朝詩集》閏集卷一，第 257 頁。

住於隆教、普慈二剎。帝賜以『明辨正宗廣慧禪師』之號。已而陞淨慈，遂主徑山。四據高座敷揚佛法，以聳人天龍鬼之聽，緇素相從如雲歸岫。弟子集其《四會語錄》，宋文憲序之，極其讚頌，起人之敬信也。」〔註53〕宋濂為智及《四會語錄》作序，又為之作塔銘。《明辯正宗廣慧禪師徑山和尚及公塔銘》中記其事蹟及開悟云：

> 姑蘇之區，山川清妍，其所毓人物，性多敏慧。學禪那者，以攻辭翰、辨器物為尚，雖據位稱大師，亦莫不皆然。自宋季以迄于今，提唱達摩正傳、追配先哲者，唯明辨正宗廣慧禪師一人而已……師之始生，靈夢發祥，及入海雲院為童子，智光日顯，釋書與儒典並進，其師嘉之。同見閩國王清獻公，都中公大賞異，留居外館，撫之如己子，使其祝髮，受具足戒。師聞賢首家講法界觀，往聽之，未及終章，莞爾而笑曰：「一真法界，圓同太虛，但涉言辭，即成剩法，縱獲天雨寶華，於我奚益哉。」遂走建業，見廣智訢公於大龍翔集慶寺，廣智以文章道德傾動一世，如張文穆公起巖、張潞公翥、危左丞素皆與之遊，以聲詩倡酬為樂。師微露文采，珠潔璧光，廣智及群公見之大驚，交相延譽唯恐後。師之同袍聚上人訶曰：「子才俊爽若此，不思負荷正法，甘作詩騷奴僕乎？《無盡燈》偈所謂『黃葉飄飄』者不知作何見解？」師舌噤不能答，即歸海雲，胸中如礙巨石、目不交睫者踰月，忽見秋葉吹墜於庭，豁然有省，機用彰明，觸目無障。師雖自慶幸，然不取正有道，恐涉偏執，於是杖策遊虎林，升雙徑山，謁寂照端公，自列其所證甚悉。初寂照嘗以法器期師，聞其言喜甚，因勘辨之，師隨機而答，如隼落秋空而兔走荒原也，精神參會，不間一發。未幾，命執侍左右，以便諮叩。〔註54〕

智及與梵琦、曇噩「同出元叟之門」，《續燈正統》列「徑山元叟端禪師法嗣」，有靈隱竹泉法林禪師、徑山古鼎祖銘禪師、國清夢堂曇噩禪師、天寧楚石梵琦禪師、徑山愚菴智及禪師、萬壽行中至仁禪師，智及與梵琦、曇噩三人以佛教成就齊名當時，並「光鮮元叟家聲」，成為當時佛教界的「狂瀾砥柱」，《南宋

〔註53〕幻輪：《釋鑒稽古略續集》二，第914頁。
〔註54〕宋濂：《護法錄》卷一《明辯正宗廣慧禪師徑山和尚及公塔銘》，《嘉興藏》第21冊，第615頁。

－313－

元明禪林僧寶傳》稱讚道：「楚石、愚菴、夢堂行道，際遇於離亂之秋，俱持風采，稱為狂瀾砥柱。暮年感有國者與交遊，光鮮元叟家聲，雖三公一時之方便，於法門則有力焉。」〔註55〕

　　宋濂提到智及與元後期的重要文人張翥、危素等人有較多的交遊。張翥有《寄智及上人》詩，稱智及為故人：「故人遠在越江南，何日相尋過海帆。少借禪房一十笏，全翻經藏五千函。寒爐撥火宜煨芋，夜月裁詩定倚杉。擬結願香歸未得，碧蓮花老補陀巖。」〔註56〕詩中表達了寒夜圍著火爐煨芋攻讀佛教經籍的願望。智及有寫給危素的離別詩，云：「護龍河上翻經日，西子湖頭立馬時。話盡山雲並海月，此情只許白鷗知。」〔註57〕詩中流露了與危素之間意會的、並不可為外人所探知的情誼。智及的詩文作品不多，與危素等文人的交往顯然是以佛法而非以詩文，可見其佛教成就頗為人所矚目。宋濂《徑山和尚愚菴禪師四會語序》以極其讚歎的文筆，敘述其佛教成就云：

　　　　或問於濂曰「世間至大者何物也」，曰「天與地也」；曰「至明者又何物也」，曰「日與月也」。曰「然則佛法亦明且大也，其與天地日月齊乎」，曰「非然也」；曰「其義何居」，曰：「天地日月寓乎形者也，形則有成壞，有限量，雖百億妙高山，中涵百億兩曜，百億四天下。以至於恒河沙數，皆有窮也，皆有止也。此無他，囿乎形者也。若如來大法則不然，既無形體，又無方所，吾不為成，孰能為之壞？吾不為後，孰能為之先？吾不為下，孰能為之上？芒乎忽乎曠乎漢乎，微妙而圓通乎！其大無外，其小無內，真如獨露，無非道者，所以超乎天地之外，出乎日月之上。大而至於不可象，斯為大矣，明而至於不可名，斯為明矣。是故以有情言之，則四聖以至六凡，或迷或覺，佛法無乎不具也。以無情言之，則水火土石與彼草木，或洪或纖，佛法無乎不在也。三乘十二分教，不能盡宣也，八萬四千塵勞門，不能染污也。嗚呼，假須彌山以為筆，香水海以為墨，書之以不可說不可說阿僧祇數劫，其能盡讚頌之美乎。然而，佛法固明且大也，其靈明之在人也，萬劫雖遠，不離當念，

〔註55〕自融：《南宋元明禪林僧寶傳》卷十《楚石愚菴夢堂三禪師》，《續藏經》第79冊，第630頁。
〔註56〕張翥：《蛻菴集》卷五，《四庫全書》本。
〔註57〕《愚菴智及禪師語錄》卷第九《次韻危太樸翰林錢塘留別》，第696頁。

　　　　一念不立，即躋覺地，亦在夫自勉之而已。」

智及以在佛教上的「靈明」，宋濂認為「誠一代之宗師」〔註58〕。智及在元末明初的禪宗傳承中具有重要的地位和作用，「禪宗自元迄明，千巖、元叟、楚石、南堂、愚菴諸老以來，五宗一線，寸縷千鈞」〔註59〕。

　　作為元末明初極有影響的佛教高僧，智及對明朝的宗教政策有可能發生著重要的影響。影響可能在兩個方面：一，洪武癸丑（1373）年，朱元璋召佛教十高僧集京師大天界寺，智及「師實居其首」，卻「以病不及召對」；乙卯（1375）朱元璋賜其還窮隆山；戊午（1378）年去世。智及入明十餘年，其對佛教功用的看法可能會影響到朱元璋。智及在《陸遜齋書〈華嚴經〉》中提到「觀其發大信心，啟大行願，不啻陰翊王度」〔註60〕之語，陸遜齋乃元代人，智及於至正壬寅（1362年）閱覽《陸遜齋文集》時所作此文，即智及在朱元璋之前就提出了佛教有陰翊王度功用的看法。三教論方面，智及的看法也與朱元璋相同，《錢子善三教異同論》論三教云：「三教學者，互相矛盾，其來遠矣。屏山李公嘗謂『儒釋道之軒輊，非唯釋道不讀儒書之過，亦儒者不讀釋道之書之病也』，君子鄙之。今觀彭城支離叟《三教異同論》，窮理盡性，無黨無偏，可謂撤藩籬於大方之家，匯淵谷於聖學之海，立一家之成說，掃末流之浮議，使三聖人之學凋瘵之秋，復將鼎峙，而不致偏僕其於聖教。」〔註61〕朱元璋後來一再闡述宗教能陰翊王度的功用以及相關政策的制定與施行，或許曾受到智及的啟示。二，智及在明前期有個重要的門人道衍，道衍於永樂十一年作《徑山南石和尚語錄序》，序中言從智及參禪云：「余三十時，值元季繹騷，遯跡巖壑間，乃得參徑山愚菴及公，諮叩禪要。公以余性頗慧，不倦開發，命掌記，侍公左右三載，得嘗鼎臠，而知其味矣。」〔註62〕《釋鑑稽古略續集》中也提到道衍從智及學禪云：「《道餘錄》，少師別號逃虛子，著《道餘錄》，此自序曰『余曩為僧時，值元季兵亂，近三十從愚菴及和尚於徑山習禪學』。」〔註63〕道衍在之後的章節中有詳述，智及的佛教觀念可能會通過道衍在明代前期發揮著影響力。

〔註58〕《愚菴智及禪師語錄》卷首，第662頁。
〔註59〕弘儲：《南嶽單傳記》，《續藏經》第86冊，第39頁。
〔註60〕《愚菴智及禪師語錄》卷十，第698頁。
〔註61〕《愚菴智及禪師語錄》卷第十，第698頁。
〔註62〕《南石文琇禪師語錄》卷首，《續藏經》第71冊，第701頁。
〔註63〕幻輪編：《釋鑑稽古略續集》二，《大正藏》第49冊，第941頁。

五

　　智及在悼念詩中表現出與梵琦深厚的情誼，也一直讚揚梵琦弘揚佛法的努力，《次中竺韻送元藏主兼柬楚石和尚》詩中云「寄語秦川楚石翁，老驥騰驤當血汗」〔註64〕。智及對修淨土極為尊重，《示白禪人》偈云「白業精修苦行堅」，修行時需要「更加鞭」，偈之後部分更說：「莫學少林空面壁，從教南嶽自磨磚。鐵牛掣斷黃金索，鼻孔撩天不著穿。」〔註65〕就真正的佛教觀念來看，二人有著很大的不同，梵琦偏於淨土，智及重於禪學。在《次西齋韻贈定藏主》詩中，智及闡述自己的禪學見解云：「如來四十九年說，偏圓半滿無空闕。始終一字不曾談，無端重把牢關泄。道人秉志事參方，勇猛精進光明幢。信手揭翻華藏海，樹頭驚起魚雙雙。值得虛空失笑，萬象拱立。又誰管你無位真人，常在面門出入。君不見，老趙州眼無筋，大王來不起身，有問『萬法歸一，一歸何處』，卻道『我在青州，做一領布衫，重七斤』。」〔註66〕智及用梵琦之韻闡述禪學觀念，看出他對唐宋禪學公案極為熟悉，與梵琦大力宣揚淨土有很大的不同。

　　上引文獻中，智及在微露文采時，聚上人訶其「甘作詩騷奴僕」，智及顯然受到了聚上人的影響，並沒有在文學創作上前進。宋濂在塔銘中說：「師在天界時，濂頗獲聞其緒論，於其歿也，上首弟子普慶住持道衍藉是之故自狀其行，來請銘。夫圓明妙性，實具三千，四聖六凡，悉從中現，諸佛不得已而說經，雷動蟄驚，風行草偃者，為明此性也。諸祖不得已而忘經，絕其枝末，直探其本根者，亦明此性也。性在是則道在是矣，奈何道喪性乖，非惟學徒為然，至於師表當世者，一從事於末學曲藝之間，以資清玩，其去佛祖之道，蓋亦遠矣。有如師者可不表之，以為東南龜鏡哉。」〔註67〕文中「頗獲聞其緒論」一句，表明宋濂對智及的觀念是很瞭解。智及對宋濂也很認同，稱其佛教觀念為「金華學士禪」，《用宋景濂學士韻送妥侍者回育王開本師塔銘》詩中云「乞得金華學士禪，絕勝荷氊獲純綿」〔註68〕。宋濂以禪學應「絕其枝末，直探其本根」以明心性，批評那些從事於「末學曲藝」以資清玩者，意在表明智及在禪學上直探心性之本根，非耗心於文藝。

〔註64〕《愚菴智及禪師語錄》卷第八，第689頁。
〔註65〕《愚菴智及禪師語錄》卷第九，第695頁。
〔註66〕《愚菴智及禪師語錄》卷第八，第689頁。
〔註67〕宋濂：《護法錄》卷一《明辯正宗廣慧禪師徑山和尚及公塔銘》，第615頁。
〔註68〕《愚菴智及禪師語錄》卷第九，第696頁。

　　《愚菴智及禪師語錄》卷九、卷十是偈頌，這些偈頌基本上完全是宣揚與抒發他的禪學觀念。從內容上看，智及的詩偈確實皆是直探本根之作，《示七閩鼎禪者》云「學佛要明心，參禪須見性」〔註69〕。智及左說右說，完全是一副禪宗老婆舌之態。智及對當時禪學的狀況頗為擔憂，《次中竺韻送元藏主兼東楚石和尚》詩中云「少室門風苦寥落，要須努力揚餘光」〔註70〕，《彌首座還嘉禾兼東南堂天寧三塔興聖資聖顧玉山諸老》詩中云「法弱魔強正此時，濟北頹綱合扶起」〔註71〕，都是對禪學凋零的憂慮。姚廣孝《徑山南石和尚語錄序》中提到元末禪學的廖廖然云：「不數十年，諸大老相繼入滅，禪林中寥寥然，一無所聞。縱有一人半人，號稱善知識者，惟務杜撰僻說，胡喝亂棒，誆嚇里夫巷婦，真野狐種類也，故識者之所哂而不道。祖翁命脈，一發而已，其可哀乎。間有俊傑之士，深伏草野而不肯出，慮世之涇渭不分、珠璧瓦礫之相混故也。」〔註72〕智及在詩歌中憂慮禪學凋零之外，還表達了振興禪學的志意，其在傳法中表現出來的老婆舌，就是他振興禪學誌意的表現。

　　偈頌中，智及大量使用之前禪宗的公案與典故用來說明直探心性之本根，如上引《次西齋韻贈定藏主》詩偈基本就是援引唐宋禪林中的著名公案，再如《次韻贈福藏主》偈中云：「嘉州大象驀翻身，陝府鐵牛攔折角。子是龍河英俊流，何勞向外空馳求。五千餘卷瘡疣紙，十聖三賢茅溷籌。無本據，有來由，禾山只解打鼓，雪峰一味輥球。」〔註73〕上文聚上人所引《無盡燈》「黃葉飄飄」之語，出自唐代清了禪師《無盡燈記》，其中云「鏡燈燈鏡本無差，大地山河眼裏花，黃葉飄飄滿庭際，一聲砧杵落誰家」〔註74〕，智及由此可能對「黃葉」印象深刻，在多首偈頌中提到「黃葉」的典故，如《盈藏主歸淮南》詩中云「丈夫胸中有天地，止啼黃葉非金錢」〔註75〕，《讀楞伽》詩中云「《大品》《楞伽》奧旨深，止啼黃葉勝真金」〔註76〕。當然這裡的「止啼黃葉」並非是《無盡燈記》中的「黃葉飄飄」，用的是黃葉止啼的典故。《大涅槃經》中云：「又嬰兒行者，如彼嬰兒啼哭之時，父母即以楊樹黃葉而語之，言『莫啼

〔註69〕　《愚菴智及禪師語錄》卷第八，第 689 頁。
〔註70〕　《愚菴智及禪師語錄》卷第八，第 689 頁。
〔註71〕　《愚菴智及禪師語錄》卷第八，第 689 頁。
〔註72〕　《南石文琇禪師語錄》卷首，第 701 頁。
〔註73〕　《愚菴智及禪師語錄》卷第八，第 690 頁。
〔註74〕　《佛祖歷代通載》卷第二十，《大正藏》第 49 冊，第 688 頁。
〔註75〕　《愚菴智及禪師語錄》卷第八，第 689 頁。
〔註76〕　《愚菴智及禪師語錄》卷第八，第 692 頁。

莫啼，我與汝金』，嬰兒見已，生真金想，便止不啼。然此楊葉實非金也。」
〔註77〕黃葉止啼成為禪宗中的著名典故之一，唐代公畿和尚因僧問「如何是
道，如何是禪」而示偈曰「有名非大道，是非俱不禪，欲識個中意，黃葉止啼
錢」〔註78〕。智及偈頌中對「止啼黃葉」典故的使用，明顯具有《大涅槃經》
和禪宗公案兩重來源。

　　引用《大涅槃經》中的典故，說明智及對佛教經典相當熟悉，但從禪學的
觀念出發，智及又主張擺脫經論的限制。《張居士血書〈法華〉》文中，智及先
是引用寂音尊者「世之人，疲精神於紙筆，從事於無用之學，是皆以刀割泥者
也」，批評修禪者從經書字句上悟禪。接下來卻又說：「清河張居士，中年割棄
塵累，篤志佛乘，瀝娘生十指之鮮血，書《法華》七軸之真詮，是真精進，是
名真法供養如來，端可謂善用其心者矣。」〔註79〕《血書〈法華經〉報母》偈
說：「筆底紅蓮朵朵開，是名真法供如來。指端瀝盡娘生血，全體何曾出母胎。」
〔註80〕這兩處都是說明書寫經書對佛法精進的作用，似乎與他的直探本根的
禪學觀念的衝突。其實，智及在這裡表達的，應該針對的只是信仰之心，血書
經書表現的是「真法供如來」。智及更為主張的是從經書中讀出無文字相，《秦
因二上人同書〈華嚴〉》詩偈云「披卷了無文字相，善財空走百城南」〔註81〕
便是此意。

　　智及一再說明，佛教之法本無言說，《無言》偈中云「始終一字不曾談，
開口分明落二三」〔註82〕，指佛陀的說法只是方便，《法城禪人化緣修磧砂經
坊》詩偈云「大法本來無一字，釋尊方便說三乘」〔註83〕，《寄大慈學古庭講
主》詩偈中云「法王稱性熾然說，終始未嘗談一字」〔註84〕，都是要表達這樣
的觀念，由此推出《盈藏主歸淮南》詩偈「有口只堪高掛壁，本無一法可流傳」
〔註85〕。所謂不執著於經論、大法本無一字等，智及是要強調真正的禪法是從
胸襟中流出，《題白菴禪師三會錄》詩偈云：「向上一路，離言說相，離文字相，

〔註77〕《大涅槃經》卷第二十，《大正藏》第 12 冊，第 485 頁。
〔註78〕《五燈會元》卷第四，《續藏經》第 80 冊，第 100 頁。
〔註79〕《愚菴智及禪師語錄》卷第十，第 698 頁。
〔註80〕《愚菴智及禪師語錄》卷第十，第 696 頁。
〔註81〕《愚菴智及禪師語錄》卷第八，第 692 頁。
〔註82〕《愚菴智及禪師語錄》卷第九，第 693 頁。
〔註83〕《愚菴智及禪師語錄》卷第九，第 695 頁。
〔註84〕《愚菴智及禪師語錄》卷第八，第 688 頁。
〔註85〕《愚菴智及禪師語錄》卷第八，第 689 頁。

諦觀白菴禪師《三會錄》，一一從自己胸襟流出，言滿天下，未嘗道著一字。」〔註86〕又如《義禪人歸京口次嶼雲心西堂韻》詩偈云：「直將直義報禪流，法法毋勞向外求。月滿淮南江水白，角聲吹徹甕城秋。」〔註87〕《震藏主歸吳兼柬萬壽行中法兄次全室韻》詩偈表達同樣的意義，云：「五千餘卷錯流傳，說性說心皆影響，拈花微笑本無旨，冷暖自知魚飲水。」〔註88〕

　　出於直探本根的觀念，智及的偈頌幾乎通篇都在敷揚禪理，在一些詩歌中有時也能以景致描寫收尾，增加偈頌的審美性，如《示嚴州用禪者》開篇一直是闡述禪理：「但能善用其心，則獲勝妙功德。乃先聖之格言，貴當人之不惑。展開七尺單，豎起生鐵脊。腳下如臨萬仞坑，腕頭何翅千鈞力。前無釋迦，後無彌勒。」結尾兩句則是「昨夜桐江水逆流，釣臺浸爛嚴光石」〔註89〕兩句景致，將目光與胸懷放開，這種放開卻是將禪理表達得更為清明。

　　智及有少數完全描寫景色的詩偈，如有詩云：「開先寺裏迎賓日，禪月堂前索偈時。客路如天春似海，子規啼斷落花枝。」〔註90〕詩中寫的是寺院的環境，後兩句寫來參觀寺院受到熱情接待，卻稍稍表現出淡淡的思鄉情緒。《登五雲山望江亭》詩云：「高亭注目正清秋，野曠天空事事幽。白鳥青山雲淡淡，滄江斜日水悠悠。」〔註91〕這是站在江邊亭子上放眼遠望所看到的景象，「正清秋」「事事幽」「雲淡淡」「水悠悠」等詞頗能看出智及內心的悠遠之境。寫景詩最多的是《山樓秋夜》詩，之一云：「月色白如晝，松陰多似雲。窗虛山欲墮，燈炧夜初分。河影中天見，泉聲隔樹聞。小樓成獨坐，此景與誰論。」之二云：「衰草緣幽徑，疏林出短墻。風回驚宿鳥，露下泣寒螿。歷歷無差互，頭頭自顯揚。跏趺坐來久，重爇瓦爐香。」之三云：「秋半山樓好，匡床夜不眠。感時思佛果，撫景憶南泉。月下機何峻，更深語最玄。寥寥千古意，危坐獨超然。」〔註92〕這首組詩在景色中仍然摻入了佛教之理，「此景與誰論」一方面是寫對景色的欣賞，一方面也是由景色體悟到佛教之理。雖然這組詩不如《登五雲山望江亭》寫景純粹，卻同樣能體現出他「獨超然」的心境。有些詩

〔註86〕《愚菴智及禪師語錄》卷第十，第699頁。
〔註87〕《愚菴智及禪師語錄》卷第九，第697頁。
〔註88〕《愚菴智及禪師語錄》卷第八，第691頁。
〔註89〕《愚菴智及禪師語錄》卷第八，第689頁。
〔註90〕轉引自《禪宗雜毒海》卷二，《續藏經》第65冊，第64頁。
〔註91〕《愚菴智及禪師語錄》卷第九，第696頁。
〔註92〕《愚菴智及禪師語錄》卷第九，第696頁。

偈是以景物描寫悟後之境，如云：「無奈雪霜苦，怕見楊花落，打破趙州關，清風滿寥廓。」〔註93〕這些詩偈以景物描寫悟後之境，實際上仍然是禪悟詩。又如《中竺悟長老請》詩云：「老屋數椽春寂寂，長松萬本晝陰陰。空山盡目無餘事，時聽黃鸝送好音。」〔註94〕描寫的也是禪靜之境。

智及的詩歌中有與上述所言風格不同者，如口語化極其濃厚的詩偈《〈瞎牛歌〉贈韓公望》詩云：「隔垣見肝膽，自號為瞎牛，我歌瞎牛歌，萬象笑點頭。瞎牛兒，人莫識，曠大劫來無等匹，異類中行得自由，眼處聞聲耳觀色。瞎牛兒，世希有，金毛師子喚作狗，祖父田園任力畊，異苗靈藥時翻茂。瞎牛兒，無煩惱，誰管青黃赤白皂，一犁新雨隴頭春，數聲長笛江村曉。瞎牛兒，真快活，腳頭腳尾乾坤闊，鼻孔撩天不著穿，生死無明俱透脫。瞎牛瞎牛聽我歌，六根互用無偏頗，眾生洞際只分寸，大千剎海菴摩羅。」詩題下注云「公望儒醫，中年目眚，自號瞎牛」〔註95〕，知智及與儒者交往不少，為之作歌表明對韓公望的尊敬和讚賞。詩中闡明瞎牛能透脫「生死無明」，肯定瞎牛「無煩惱」的超脫。本詩的特點在於濃重的口語化，可能是為了更好地闡述「生死無明」之理；可能寫作針對的對象是普通大眾，口語化的歌訣，能更容易為大眾所理解。

儘管在悼念梵琦的詩歌中流露深切之情，作為敷揚禪理者，智及在詩偈中只有理性地闡述禪理，絕不流露內心之情感，只有《師祖善權元翁和尚忌辰撫景感懷》一首稍稍不同，詩云：「薰風庭院日偏長，遍界明明不覆藏。今雨稚松爭拔地，故園新竹已過墻。」〔註96〕詩作於元翁和尚忌日，本身就含有傷感之情，又以「撫景感懷」為題，抒情之意更為明瞭，後兩句「今雨稚松爭拔地，故園新竹已過墻」對亡故之人的懷念之情從內心中發出。這使人感受到，智及也並非完全是以老婆舌宣揚禪理者，同樣具有深厚的情懷。

〔註93〕轉引自《宗鑑法林》卷十六，《續藏經》第66冊，第385頁。
〔註94〕《愚菴智及禪師語錄》卷第十，第697頁。
〔註95〕《愚菴智及禪師語錄》卷第八，第688頁。
〔註96〕《愚菴智及禪師語錄》卷第九，第693頁。

第八章　宗泐在明初集權與
高壓下的創作

　　全室宗泐是元末明初的著名僧人之一，元末時便享有很高的聲譽，由元入明、從開始的備受寵遇到差點被殺的人生經歷可謂跌宕起伏，忽滑谷快天《中國禪學思想史》第六編第九章有三節論述宗泐的生平、受朱元璋的寵遇以及出使西域的情況，何孝榮的專著《明代南京寺院研究》以及論文《元末明初名僧宗泐事蹟考》、孫海橋《明初高僧宗泐行實新考》等對宗泐的一生事蹟與行實作了考述。宗泐曾受朱元璋派遣至西域取經，麻天祥《季潭宗泐——西行求法的殿軍》、賴振寅《讀宗泐〈望河源並序〉》專門考述了宗泐在明初繼慧曇之後奉旨去西域取經的事實。宗泐在明初時備受朱元璋的寵遇，在明初佛教與政治關係中發揮過重要的影響，白文固《洪武永樂年間對僧團的全面整頓》、杜長順《明太祖與江南佛教上層的關係》等文章對此有所論述。宗泐又是一個詩文僧，作有大量的詩歌，有《全室外集》等著述存世，李聖華《從方外到方內，味趨大全——明初僧詩述論》、李舜臣《明初方外詩壇生態論考——以明太祖與詩文僧的關係為中心》《明代佛教文學史研究芻議》《明代釋家別集考略》《錢謙益〈列朝詩集〉編選釋氏詩歌考論》《元代詩僧的地域分布、宗派構成及其對僧詩創作之影響》等文章論及到宗泐的詩文創作。本文在上述研究的基礎上，專門考述宗泐在明初集權與高壓下的詩歌創作，在明初高度集權的政治生態下，宗泐甚至以違背佛教教義的方式迎合、頌揚朱元璋的功績。

一

　　明末著名的憨山德清大師曾述《八十八祖道影傳贊》，選歷代禪師中「行解之卓然可述者」〔註1〕八十八人，明代僅有六位禪師入選，宗泐為明代入選第一人。宋濂《全室禪師像贊》贊其「信為十方禪林之所領袖」〔註2〕，愚菴智及禪師在《用韻寄天界全室禪師》詩中說「詔領宗壇萬衲歸」〔註3〕，由此可知宗泐法師在明代尤其是明初佛教中之地位。

　　宗泐，字季潭，別號全室，台州臨海人，俗姓周氏。八歲師從元末高僧大訢學佛，元末隱徑山，洪武元年（1368）應召主天界寺。洪武四年（1371）冬，朱元璋「詔徵江南有道浮屠十人」〔註4〕至南京，在太平興國寺建廣薦法會，列宗泐居首。智及描述宗泐在法會上的說法，云：「今觀全室禪師鍾山法會，奉旨普說，窮理盡性，徹果該因，顯密淺深，無機不被，真得先佛之意，深與契經相合。」〔註5〕錢謙益在《全室禪師泐公》中描述宗泐在明初受朱元璋禮遇事，「命制贊佛樂章，復設法超度迷溺」。宗泐所制贊佛樂章包括《善世曲・迎佛》《昭信曲・獻香幣》《延慈曲・初獻供》《法喜曲・亞獻供》《禪悅曲・三獻供》《遍應曲・撒豆》《妙濟曲・送佛》《善成曲・望燎》八章，樂章成後作《進應制獻佛樂章》詩云：「曉進封函紫殿深，九重齋沐政虛心。翰林拜署延慈曲，樂府翻歌法壽音。清廟烈文同盛大，白雲黃竹異荒淫。由來制作當時事，千古揄揚始自今。」〔註6〕朱元璋非常滿意，「臨筵歡美」「召對內廷，賜膳無虛日」。

　　朱元璋對宗泐禮遇甚厚，明初被稱為文臣之首的宋濂好佛，朱元璋稱之為「宋和尚」，宗泐好儒，朱元璋稱之為「泐秀才」。洪武九年（1376），朱元璋幸天界寺，賞識宗泐「識儒書，知禮義」而欲授以官職，遂命之「畜髭髮」。宗泐「固辭」官職，朱元璋親作《免官說》，讚賞宗泐不為貪、嗔、癡所迷，文云：「世人災害有三，往往皆不自知，故其災害周流方寸間，日夜無息。今古未嘗有能盡去者，所以釋迦成道，教化眾生，指迷破昏，乃云災害之三者，曰貪、嗔、癡。斯三者，孰能不備，孰備而不殃，所以古今不備者聖人是也，

〔註1〕德清：《八十八祖道影傳贊》卷首《重編八十八祖道影傳贊序》，《續藏經》第
　　　　86冊，第614頁。
〔註2〕宋濂：《翰苑別集》卷第二，載羅月霞主編《宋濂全集》，第959頁。
〔註3〕《愚菴智及禪師語錄》卷第九，第695頁。
〔註4〕性統編：《續燈正統》卷十五，《續藏經》第84冊，第493頁。
〔註5〕《愚菴智及禪師語錄》卷第十《全室禪師法語》，第699頁。
〔註6〕宗泐：《全室外集》卷六。

雖備而不殊者賢人是也。洪武九年春，遇遊天界，見住持僧宗泐，博通今古，儒術深明，詢問僧之苦行、本面家風、果何幽靜，傍曰『是僧動止異常，因識儒書，大知禮義，又非林泉之士』，於是朕命育鬍髮以官之。當時本僧姑且奉命而不辭，待至發長數寸，將召而官之，其僧再辭而求免，願終世於釋門。」朱元璋感歎世人皆欲「富貴妻子」「名彰於世」，宗泐則能「卻富貴、弗美妻妾」，讚揚宗泐有「初志不奪」〔註7〕之丈夫氣概。解縉記載朱元璋曾盡和宗泐詩作百餘篇：「天下之士為詩，鮮有能得上意者。有詩僧宗泐，嘗進所精思而刻苦以為最得意之作百餘篇，高皇一覽不竟日，盡和其韻，雄深闊偉，下視泐韻大明之於爝火也。蓋如泐者之不足以當聖意。」〔註8〕這段話雖有貶低宗泐而頌揚朱元璋之意，在天下之士之詩「鮮有能得上意者」的情況下，朱元璋能和宗泐百餘篇詩作本身就表明對宗泐的寵遇，儘管朱元璋有藉此發揮佛教「陰翊王度」之意。

　　宗泐曾被朱元璋任命為右善世，關於任右善世的時間，諸文獻說法不一，記載混亂。佛教文獻的記載有洪武十四年、十五年、十六年三種說法。案，宗泐於洪武十一年被朱元璋派遣至西域取經，十五年（一說十四年）返回，十六年「因長官奏事」獲罪被貶至鳳陽，宗泐被削奪官職，因此這三種說法應該都是不準確的，如《增集續燈傳錄》宗泐傳中云「十六年開僧錄司，以右街善世授師」〔註9〕的記載便應該是不準確的。據何孝榮《元末明初名僧宗泐事蹟考》一文，宗泐被任命為右善世是在洪武八年四月，《明史》卷九十九載《西遊集》一卷後的注云「宗泐為右善世奉使西域求遺經」，似乎可以判定宗泐洪武八年任右善世的可能性；《增集續燈傳錄》中又記載朱元璋於洪武二十四年恢復了宗泐的右善世之職，亦難以確定此記載的確定性，因為同年宗泐被揭發捲入胡惟庸謀逆案（見下文），朱元璋雖赦免了宗泐之罪，恐怕也不太可能恢復其右善世之職。

　　入明後一直備受寵遇的宗泐，卻牽連於度牒案與胡惟庸謀逆事，這兩次事件的具體情節，所有文獻都語焉不詳，無法明瞭宗泐捲入兩次事件的具體內情。牽連於這兩次事件的後果卻都很嚴重，尤其是後者，宗泐幾乎被處死，最後朱元璋下詔特別宥之。關於宗泐捲入胡惟庸謀逆事與赴西域取經，有不同的

〔註7〕朱元璋：《明太祖文集》卷十五，黃山書社2014年版，第329頁。

〔註8〕解縉：《文毅集》卷七《顧太常謹中詩集序》，《四庫全書》本。

〔註9〕文琇：《增集續傳燈錄》卷五《應天府天界季潭全室宗泐禪師》，《續藏經》第83冊，第324頁。

說法。朱彝尊引《詩話》云：「僧智聰坐胡惟庸黨，詞連泐及來復，謂『泐西域取經，惟庸令說土番舉兵為外應』，有司奏當大辟，詔免死。孝陵御頒《清教錄》，僧徒坐胡黨者六十四人，咸服上刑，惟泐得宥，蓋受主知者深矣。」〔註10〕據此說，宗泐赴西域取經是為胡惟庸聯繫外應。宗泐出使西域的情況，胡渭援引《宗泐小傳》曰「洪武十一年太祖以佛書有遺，命僧宗泐領徒三十餘人往西番求之，十五年得經還朝」，即宗泐赴西域取經乃朱元璋所派，而非胡惟庸所派，而且智聰的告發是在洪武二十四年，距胡惟庸案發已過去十年，因此智聰所謂胡惟庸讓宗泐去西域聯繫外應，應該只是胡亂牽連而已。朱元璋赦免宗泐，就證明二者沒有什麼關係，如果宗泐真的是為胡惟庸聯繫外應，朱元璋是絕對不會赦免的。

《宗泐小傳》提到宗泐《望河源》詩前有《自記》，云「河源出自抹必力赤巴山，番人呼黃河為抹處犛牛河，為必力處赤巴者分界也」〔註11〕。《崑崙河源考》《御定淵鑒類函》等著中收錄有《望河源》詩，云：「積雪覆崇岡，冬夏常一色。群峰讓獨雄，神君所棲宅。傳聞嶰谷篁，造律諧金石。草木尚不生，竹產疑非的。漢使窮河源，要領殊未得。遂令西戎子，千古笑中國。老客此經過，望之長歎息。立馬北風寒，回首孤雲白。」〔註12〕詩前無自記，這首詩在宗泐的《全室外集》卷三中有收錄，題名為《望崑崙》，詩前無序。胡渭所言的自記可能出自錢謙益的《列朝詩集》，《列朝詩集》中收錄的《望河源》詩後云：「河源出自抹必力赤巴山，番人呼黃河為抹處犛牛河，為必力處赤巴者分界也。其山所南所出之水則流入犛牛河，東北之水是為河源。予西還宿山中，嘗飲其水，番人戲相謂曰『漢人今飲漢水矣。』其源東抵崑崙，可七八百里，今所涉處尚三百餘里，下與崑崙之水合流中國，相傳以為源自崑崙，非也。崑崙名麻瑋剌，其山最高大，四時常雪，有神居之。番書載其境內祭祀之山有九，此其一也。並記之。」〔註13〕這應該就是胡渭所說的自記。

《望河源》的自記中依稀能看到一些宗泐赴西域取佛經的大致經歷，詳細的經歷記載在宗泐自著的《西遊集》中。《明史》卷九十八著錄「宗泐《心經注》一卷、《金剛經注》一卷」，卷九十九著錄「宗泐《全室外集》十卷、《西遊集》一卷（洪武中，宗泐為右善世奉使西域求遺經，往返道中之作）」。《千

〔註10〕轉引自朱彝尊《明詩綜》卷八十九，第4264頁。
〔註11〕胡渭：《禹貢錐指》卷十三上，《四庫全書》本。
〔註12〕《御定淵鑒類函》卷三十六，《四庫全書》本。
〔註13〕錢謙益：《列朝詩集》閏集卷一，第263頁。

頃堂書目》著錄宗泐有《西遊集》一卷,「蓋奉使求經時,道路往還所作見聞」,四庫館臣在《全室外集》提要中論及《西遊集》「既異其記載,必有可觀」,所謂的必有可觀,可能如朱彝尊援引《詩話》所云「止菴讀其《西遊集》賦詩云『一字一寸珠,一言一尺玉』,其推重若此」之語。《提要》中云《西遊集》「今未見其本,存佚殆不可知矣」,宗泐赴西域取經的詳情難以有更多的瞭解了。

關於宗泐注解《金剛經》等三經事,《御定淵鑒類函》卷三百十七著錄「(宗泐)奉詔注《心經》《金剛》《楞伽》三經,及所著《全室集》行世」。宗泐於洪武十年奉詔注三經,於洪武十一年完成,宋濂在《新注〈楞伽經〉後序》中稱讚宗泐「能裁度旨趣,約繁辭而歸精當,遂使數百載疑文奧義煥然明暢」〔註14〕。宗泐在《金剛般若波羅蜜經注解》後的跋語中說:「洪武十年十一月二十有二日,皇帝有詔,令天下僧徒習通《心經》《金剛》《楞伽》三經,晝則講說,夜則禪定。復詔:取諸郡禪教僧會於天界善世禪寺,校讎三經古注,一定其說,頒行天下,以廣傳持……此三經,皆是究心之要,其功在乎破情顯性。而流通之功,良亦不細,上以陰翊王度,下以資益群生。非惟吾徒一時之幸,實天下萬世之至幸也。」〔註15〕對三經的注解,主要著眼的是「上以陰翊王度,下以資益群生」的功能。即使注經的主要目的是「上以陰翊王度」,宗泐所注經仍受到後來者的肯定,清代僧人性起在所述的《金剛經法眼注疏》時「審詳法眼」,「爰取諸家金剛注疏」參考互證,最終發現「一切無如宗泐大師所注之為諦當」〔註16〕。

宗泐工於詩,明人都穆稱「國初詩僧稱宗泐、來復,同時有德祥者,亦工於詩」〔註17〕。《全室外集》是宗泐的詩文集,四庫館臣在《全室外集》提要中說:「宗泐雖託跡緇流,而篤好儒術,故其詩風骨高騫,可抗行於作者之間。」四庫提要的評價來自於徐一夔作的《全室外集原序》,序云:「昔者文物之盛,士有高世之志,託跡桑門者,既有得於其宗,而亦以操觚染翰為事,以與海內作者齊驅並駕,使其教益大以顯,有若天台季潭泐公者焉。」作為佛教徒的宗泐,「篤好儒術」並「以操觚染翰為事」,將創作當作傳揚佛教的手段。宗泐的

〔註14〕 宋濂:《芝園續集》卷第二,載羅月霞主編《宋濂全集》,第1504頁。
〔註15〕 《金剛般若波羅蜜經注解》卷末,《大正藏》第33冊,第238頁。
〔註16〕 《金剛經法眼注疏》,《續藏經》25冊,第657頁。
〔註17〕 《都穆詩話》,載吳文治主編《明詩話全編》第二冊,鳳凰出版社1997年版,第1751頁。

創作相當敏捷，多種文獻皆援引宗泐為馬皇后作偈語事：「馬後崩葬之日，會風雨電震，上甚不樂。忽召泐至，謂之曰：『皇后將就葬，汝其宜為偈。』泐應聲曰：『雨落天垂淚，雷鳴地舉哀。西方諸佛子，同送馬如來。』上悅。」〔註18〕宗泐的詩文創作頗為評論者所稱道，其與來復等僧人構成了元末明初佛教詩歌寫作的主體。徐泰云：「釋來復、宗泐、守仁、梵琦四子，雄深雅健，殊不類僧家之作。我國初詩僧盛矣，要皆以避世，故寄跡空門，而玉蘊山輝，自不可掩。」〔註19〕楊士奇在《圓菴集序》中說：「為釋氏之學，其才智有餘，研極宗旨之外往往從事於儒，而與文人遊，亦時作為文章，泄其抱負，寫其性情。蓋自惠休有文名世，而唐之靈一、靈徹，宋之惟儼、惟演，元之大訢輩，累累有繼。逮於國朝，宗泐、來復諸老，亦彬彬乎盛矣。」〔註20〕楊士奇將宗泐、來復視為明初佛教文學寫作的典型，應該是代表了當時主流文人的看法。

《全室外集》的《望崑崙》詩前無《自記》，說明《全室外集》的收錄並不全面，詩文佚失應該很多。《陝西通志》卷九十六收錄有《發扶風》詩：「曉發扶風縣，雲低欲雪時。長河王莽寺，獨樹馬超祠。營窟吹煙早，牛車度阪遲。非熊無復夢，渭水自逶迤。」《汴京遺跡志》卷二十三收錄有《隋堤》詩：「搔首隋堤落日斜，已無遺柳可棲鴉。岸傍昔道牽龍艦，河底今來走犢車。曾笑陳家歌玉樹，卻從后土看瓊花。四方正是無虞日，誰信黎陽有鼓笳。」《書畫題跋記》卷二收錄無標題詩：「舊遊愁漫滅，新題費品評。雲山入衡嶽，雪浪過溢城。嶺有啼猿樹，巖多瀑布聲。老僧思振錫，飛步上崢嶸。」《永樂大典》卷五百四十收錄題宗泐作《題木芙蓉》詩：「向來桃李媚春風，霜下芙蓉醉曉紅。東巷自衰西巷盛，田家客滿賈家空。」這些詩作《全室外集》皆失收，其他失收的詩文應該還有不少，如宗泐為張翥《蛻菴集》作的跋、以及存於《佛法金湯編》卷首的《題佛法金湯編》等便未收入其中。

二

以佛教僧徒而「篤好儒術」，宗泐在這方面深受其師笑隱大訢影響。大訢「學貫儒墨，肆筆於文事，卓然成一家言，施之著作之廷而無愧」，宗泐「釋士服，翱翔大方，擇所依歸之地」時，便以大訢為師。宗泐在大訢身邊，一則遍交當時臺閣名流與山林遺老，「當是之時，金陵亦東南都會，內而臺閣名流，

〔註18〕《御定淵鑒類函》卷三百七。
〔註19〕徐泰：《詩談》，載吳文治主編《明詩話全編》第二冊，第1394頁。
〔註20〕楊士奇：《東里文集》卷二十五，第366頁。

外而山林遺老，至其地者，莫不折節而與廣智交。泐公參請之餘，又得博其聞見」。一則遍讀百氏之書，「凡六籍之所存，百氏之所粹，名家宏之錄，日務記覽，涵揉停蓄」。宗泐的創作就是在廣博閱讀和跌宕的人生經歷基礎之上「吐出其胸中之奇」，其寫作如「築九仞之臺」，作品「其基既厚」「其崇且大」。徐一夔序評論其作云：「學甚辯博，才甚環偉，識甚超邁，而皆發於聲詩。其詩不淪於空寂，推敘功德，則發揚蹈厲可以薦郊廟，褒贊節義則感慨激烈，可以厲風俗。至於緣情指事，在江湖，則其言蕭散悠遠，適行住坐臥之情；在山林，則其言幽夐簡澹，得風泉雲月之趣；在殊方異域，則其言慨而不激，直而不肆，而極山川之險易，風俗之嫩惡。其詩眾體畢具，一句一字，滌去凡情俗韻，一趣乎雅，有一唱三歎之意焉。」宗泐每有「大篇短章之出」，「四方萬里爭相傳誦，震耀耳目」，讀之者「皆曰泐公猶廣智也」〔註21〕。宗泐的創作風格與大訢最相近的，應該就是作品中體現出來的「儒術」。

　　宗泐作有很多頌揚朱元璋與明朝的詩歌，《全室外集》卷一收錄的詩作皆是此類。這些詩作對朱元璋和大明不吝讚美之詞，如第一首《欽和御製暑月民勞律詩》云：「田夫豈暇納微涼，赤日流金數畝秧。自是吾皇能體物，極知黎庶有饑腸。萬家共仰秋成富，百世先培國本強。白首方袍無用客，獨於林下和宸章。」〔註22〕首兩句對田夫無暇納涼的感歎，是為了表達朱元璋的能體物。「白首方袍」是宗泐的自指，對朱元璋的能體物和田夫的辛勞，作為一個方外人，自感無用，只能「於林下和宸章」。這首詩對朱元璋的頌揚，體現的是如宗泐這樣的佛教僧人的極強的用世之意，也是朱元璋以佛道能「陰翊王度」「暗助王綱」的具體體現。宗泐如此毫不掩飾的大力頌揚，已經不能說是「陰翊王度」「暗助王綱」了，而是直接、明確地維護其統治。這樣的詩作體現的是政治功用，並無任何的禪理存在，如《欽和御製思親懷古律詩》第一首中云「天下蒼生欽聖化，老臣寧不念庭闈」，暗指自己歸向朝廷是天下蒼生的「欽聖化」。第二首云：「海內承平有底愁，皇陵松栢老園丘。滁山南去關門壯，淮水西來郭外流。轉眼光陰三十載，興王事業百千秋。中都父老頭如雪，長望龍輿此地遊。」〔註23〕三十載應該指的是朱元璋自起兵以來的三十餘年，非自1368年朱元璋建立明朝之後的三十餘年。這首詩直接讚揚的，是朱元璋自起兵以來

〔註21〕宗泐：《全室外集》卷首，《四庫全書》本。
〔註22〕宗泐：《全室外集》卷一。
〔註23〕宗泐：《全室外集》卷一。

的功績，以及天下百姓對朱元璋的歸向。《欽和御賜詩廿字》詩表露他的老臣心意云：「宮殿雲霄近，山林雨露深。九重明主意，一寸老臣心。」《欽和御賜詩》云：「奉詔歸來第一禪，禮官引拜玉階前。恩光更覺今朝重，聖量都忘舊日愆。鳳閣鐘聲催曉旭，龍池柳色弄晴煙。有懷報效慚無地，智水頻澆道種田。」〔註24〕宗泐的老臣心意，即是以他的智水「頻澆道種田」來報效朱元璋禮遇之恩。

這類作品頌揚功績的詩作幾乎與佛教觀念無關，宗泐並非不知佛教、禪學之觀念，而是有相當的徹悟，這在下文可以看到。宗泐撰寫這樣的詩作，一是朱元璋對他的禮遇，二是明初的政治高壓，三是因「篤好儒術」而存在的行「道」的觀念。

上文介紹了朱元璋對宗泐的禮遇，宗泐對朱元璋的頌揚或許是出於感恩朱元璋的禮遇立場而為之，《魯王登泰山奉令旨作》詩甚至稱讚天上的群仙都來下拜朱元璋：「宮漏聲沉天欲曉，嚴車整隊東郊道。泰嶽巍然境內山，暇日登臨散襟抱。初聞鼓吹入深谷，倏見旌旗出林杪。捫蘿不憚路崎嶇，直欲高躋極飛鳥。峻拔中霄日觀峰，閶門白馬明雙瞳。下視滄溟一杯水，六鼇背負三神宮。東封古來天子事，石壁千尋刻文字。吾王祇欲窮冥搜，颸颸冷風引飛騎。上界群仙朝玉京，空中夜半天雞鳴。陰崖鑿開混沌竅，石髓飲來毛骨清。樂不可極下山去，羽蓋霓幢擁歸路。奧域靈區非世間，回首蒼茫隔煙霧。」〔註25〕詩中對朱元璋的頌揚可謂達到了極致。上引《欽和御賜詩》中的「恩光更覺今朝重」、《欽和御賜復住持善世新寺》詩中的「此恩此意誠難報，惟演真乘讚化猷」〔註26〕、《應制賦無事出山》詩中的「本是無心亦無事，曉來只欲近龍顏」〔註27〕、《應制賦甘露詩》中的「敢隨駕鷺序，稱頌未央宮」〔註28〕等詩句，或許是他內心情緒真實的寫照。宗泐在很多詩歌中表達了對朱元璋的感恩，《九月晦日高僧同朝賜饌》詩云：「百官朝退萬幾閒，供奉雙趨更引班。御座近瞻天咫尺，方袍連奏殿中間。碗浮牛乳玻璃碧，甌薦龍團瑪瑙殷。奉詔且留京寺住，敢期何日定還山。」〔註29〕詩中描述當時被召見、賜宴的盛況，這時

〔註24〕宗泐：《全室外集》卷一。
〔註25〕宗泐：《全室外集》卷四。
〔註26〕宗泐：《全室外集》卷一。
〔註27〕宗泐：《全室外集》卷一。
〔註28〕宗泐：《全室外集《卷一。
〔註29〕宗泐：《全室外集》卷六。

候被召見者自然是心存高度的感恩之情。宗泐生病時，朱元璋還親自賜藥，《病中作》詩云：「身老那堪病更纏，小齋欹枕柢高眠。階前秋雨連三日，籬下黃花自一年。摩詰不知除病法，嵇康空著《養生篇》。尚方再賜千金藥，慚愧皇恩下九天。」〔註30〕在初入明備受禮遇的情形下，宗泐極力頌揚朱元璋的皇恩浩蕩是可以理解的。

宗泐對朱元璋的頌揚，還有可能是迫於朱元璋的集權與高壓。明朝建立後，朱元璋廢除丞相，屠殺功臣，空前地將權力集中在自己手裏。對不為己用的士人或者其他人，則毫不留情地清除，並利用錦衣衛等特務機構嚴密監視朝廷官員，使得官員們戰戰兢兢、如履薄冰。宗泐同樣親身感受到朱元璋的這種高壓統治，從備受寵遇到捲入度牒案、胡惟庸謀逆事件幾被處死，可謂是大起大落。宗泐「以胡黨坐罪」時，被朱元璋「著做散僧執役」，並在「徐察其非」三年後將其召還，並賜詩云「泐翁去此問誰禪，朝夕常思在目前」〔註31〕。宗泐雖然再次得到朱元璋的寵遇，但經過這次事件，對人生禍福的不測具有了深刻的認知，《雜詩》之八云：「福禍無定在，倚伏誰先知。於事既難料，在理亦罔推。西伯稱大聖，羑里卻見縻。況居千載下，風教日已衰。願君略形累，所存心不欺。」〔註32〕禍福誰也無法預料，周文王亦曾被拘縻於羑里。宗泐的這首詩恐怕是有感而發，自己的生平亦是如此不可預料。《感時》詩云：「不謂承平日，居然有亂離。感時空自歎，避地欲何之。蛇虺江淮塞，鯨鯢渤澥危。青山雖滿眼，無處著茅茨。」〔註33〕詩中的「承平日」顯然指的是已經入明，承平日的「亂離」，應該不是戰亂，最大的可能指的是自己大起大落的遭遇。「蛇虺」「鯨鯢」暗指自己遇到的兇險，滿眼青山卻無自己築茅屋之處，應該是指承平之日卻存不可預料的兇險。徐伯齡曾作「詩有警策」條云：「國初高僧宗泐季潭有《偶成》詩，云：『人事天時不可常，才逢炎暑又逢涼。芭蕉似解知秋早，蟋蟀如能識夜長。向日高臺還走鹿，只今滄海已成桑。殷勤說與權豪客，鳥盡良弓合自藏。』警策之意深矣，可謂明哲保身知幾之君子乎。」〔註34〕徐伯齡所引的這首《偶成》，《全室外集》失收，詩中顯露出宗泐的戒懼之心。《空城雀》詩中表露出同樣的心跡，空城雀

〔註30〕宗泐：《全室外集》卷六。
〔註31〕超永編：《五燈全書》卷第五十六，《續藏經》第 82 冊，第 211 頁。
〔註32〕宗泐：《全室外集》卷三。
〔註33〕宗泐：《全室外集》續編。
〔註34〕徐伯齡：《蟬精雋》卷九，《四庫全書》本。

「朝傍空城飛，莫向空城宿」，覓食、養育後代，過著「不隨鳳凰遊，不畏鷹鵰逐」看似悠閒自得且無畏的生活，實際上卻有著無比的兇險，「食粟遭網羅，食黍傷箭鏃」。為了避免受到傷害，對後代從小就不停地叮嚀「飲水懷止足」，這些雖然不能飽食飽飲而有所「苦饑」，卻能「全軀保微族」〔註35〕。《空城雀》寫的鳥雀在強力下的驚懼與自保，宗泐寫作這首詩之時，腦海中應該是閃過生活在強權之下的人的生存狀態，擔心「食粟遭網羅，食黍傷箭鏃」，不停地告誡自己「飲水懷止足」才能保住自己的「微族」。去世之前，宗泐作偈語說：「人之生滅，如水一漚，漚生漚滅，復歸於水。」〔註36〕這首去世前的偈語，顯示了宗泐對人生的徹悟。或許正是遭受到這些人生的兇險與起落，才使得徹悟佛教與禪學之理。

　　「篤好儒術」的宗泐對儒家之道的推揚，同樣有可能使他極力頌揚朱元璋的功績。作為出家者，宗泐肯定儒家之孝，《北萱堂》詩云：「萱草可忘憂，樹之北堂後。此堂何為設，白頭有慈母。暑月萱始花，涼風吹戶牖。母顏和且悅，上堂奉尊酒。歲歲見萱花，年年獻親壽。兒孫滿眼前，甘旨亦具有。昔當艱虞時，東西屢搔首。幸今際承平，日不離左右。我聞《南陔》篇，古人相戒守。願入北堂詩，絃歌同永久。」〔註37〕詩中的慈母安享著「兒孫滿眼前」、並且「日不離左右」的甘旨；詩中援引《詩經·南陔》是「孝子相戒以養」之意，故宗泐引出子女對父母「相戒守」。宗泐作有多首《北萱堂》一類讚揚儒家之孝的詩歌，不過宗泐知道家庭要達到完全的和睦和諧也是很難的，如《尚睦軒》詩中提到蔣生作尚睦軒「欲敘彝倫厚風俗」，然而「斯道」並非古來一直敦厚，兄弟之間如寇讎者亦不少，甚至「周公管蔡亦流言」〔註38〕。宗泐因此強調「道」的重要性。作為佛教徒，徐一夔與四庫館臣等注意到宗泐「篤好儒術」，徐泰指出宗泐的作品「殊不類僧家之作」，楊士奇說宗泐「研極宗旨之外往往從事於儒」，這些評論都是關注到宗泐作品中對儒家之道的宣揚。《潭府四暢亭》詩中云「讀古書，彈古琴……修身治國，上順君父，足以大暢吾王之心」〔註39〕，是純粹的儒家士大夫的追求與理想了。在《桓茂倫詩》序中，宗泐肯定東晉桓彝「致死王事」之可尚志節，遂造其祠，並作長詩以弔之，讚揚其「肮

〔註35〕宗泐：《全室外集》卷二。
〔註36〕超永編：《五燈全書》卷第五十六，《續藏經》第 82 冊，第 211 頁。
〔註37〕宗泐：《全室外集》卷三。
〔註38〕宗泐：《全室外集》卷四。
〔註39〕宗泐：《全室外集》卷四。

髒救國難，捐軀遂成仁」〔註40〕之事蹟。桓彝領兵反擊蘇峻之亂，很多將領勸桓彝投降，桓彝「志節不撓」，終死於蘇峻之亂中。與蘇峻「致死王事」的不撓志節相比，宗泐對晉代的清談非常反感，如《畫梅》詩云：「今人寫花不寫實，古人詠實不詠花。晉代清談多少客，羞將勳業向人誇。」〔註41〕反感清談而關注桓彝的「骯髒救國難，捐軀遂成仁」，確實反映出宗泐對儒家儒學的關注。

　　宗泐極力推行「道」，他的道既包括佛教之道，也包括儒家之道在內，如妙聲在《送臻上人西遊序》中提到臻上人將遊京師，云：「今將遊京師，乃來乞言以為贐。夫善遊觀者必之乎通都大邑，然後足以盡天下之奇觀，矧惟神京佳麗巍巍翼翼為四方歸，則今善世禪師季潭公以道德文學為吾教宗盟，麟象雜沓萃為淵藪，子之往也，若登乎崑崙玄圃之墟，左右採矚，無適非玉，又何求而弗獲哉。」〔註42〕妙聲對宗泐有著極高的評價，尤其關注到宗泐的「道德文章」。《雜詩》之四中感歎孔子之道不被容：「伯陽西度關，仲尼東浮海。道大無所容，一身置何在。」〔註43〕以佛教徒的身份感歎儒家的「大道」不被容，看上去似乎有些不相契，但又不覺得突兀與怪異。《北萱堂》詩中「幸今際承平」的「今」，應該就是指明代。明代統一天下，結束了混亂的局面，百姓們能夠相對安定的生活，慈母也才能有「兒孫滿眼前」、並且「日不離左右」的甘旨。元末社會動盪，不僅對普通民眾來說是一場浩劫，對宗泐等僧人來說同樣是一場劫難，《秋興》詩云「六載江淮厭用兵，遺民處處困徭征」〔註44〕，即為言此。《登峨眉亭》詩中的「南北山川分歷歷，荊吳檣艦去冥冥」「十年兵後重來客，獨倚闌干兩鬢星」〔註45〕，是對戰亂之後的富含滄桑的感慨。《入櫟山寫呈無極老禪》中敘述云：「干戈擾擾客難禁，避地來依碧嶂深。亂裏獨驚浮世事，難中多見故人心。千章古木群峰合，一徑長松十里陰。更欲移茅入重崦，白雲無路可追尋。」〔註46〕社會的動盪，只能使得僧人避入深山之中。朱元璋能夠平定天下，結束動盪的局面，使得百姓重新過上安定的生活，對作為僧徒的宗泐來說，同樣是感受到朱元璋所作出的功績的。

〔註40〕宗泐：《全室外集》卷四。
〔註41〕宗泐：《全室外集》卷七。
〔註42〕妙聲：《東臯錄》卷中。
〔註43〕宗泐：《全室外集》卷三。
〔註44〕宗泐：《全室外集》續編。
〔註45〕宗泐：《全室外集》卷六。
〔註46〕宗泐：《全室外集》卷六。

從這方面來說，宗泐對明朝頗有好感，對朱元璋的頌揚是可以理解的。《隱耕為陳參政作》詩云：「孔明南陽廬，伊尹有莘野。遭時展經綸，豈是長隱者。陳君蒲田居，耒耜常自把。致力良已勤，所入未為寡。矧今副方伯，承宣及秦夏。厚祿代躬耕，峩冠稱儒雅。生逢堯舜君，恥在稷契下。」〔註47〕詩中的「堯舜君」自然是指朱元璋了，君為堯舜之君，這是中國士大夫的理想，《寄題邵武虞公忠恕齋》詩中云「澤物心同時雨洽，致君道與古人齊」〔註48〕，宗泐認為士人應該有「致君行道」的理想。由這些來看，徐泰、徐一夔、楊士奇以及四庫館臣對其「篤好儒術」「研極宗旨之外往往從事於儒」等評判，確實是符合實際的。

這些語詞無以復加的頌揚之作，到底是因心存感恩而出自真切的內心之情，還是迫於朱元璋的威勢，或者是因對「道」的推重，真實狀況難以推測，撰作時之情形只有宗泐自己知道，而且還要看每一首詩的具體內容才能下結論。

<h2 style="text-align:center">三</h2>

儘管無法推測宗泐寫作時的具體心理，可以肯定的是，導致宗泐創作如此多頌揚朱元璋的詩作，應該是有朱元璋高壓統治的因素存在。

宗泐上述頌揚功績的詩歌中，只有少數幾首詩歌中稍稍帶有禪意，如《欽和御製山居詩賜靈谷寺住持》之九云：「新到山居興趣多，松門盡日客稀過。經行偶見巖花落，睡起忽聞山鳥歌。捷徑固非今世有，移文爭奈昔人何。老來已得安心法，一念才生即是魔。」〔註49〕詩中描寫了靈谷寺住持的日常生活，表達一念不生即是安心、一念才生即是魔的禪學觀念。不過這首詩應該是朱元璋讓宗泐代作、賜靈谷寺住持的，宗泐這裡表達的不是自己的禪學觀念，而是代朱元璋發聲。相反的是，宗泐為了頌揚朱元璋的功績，在這一類詩作中不僅沒有表達自己的禪學觀念，甚至許多詩歌中表現出與佛教禪學相反的觀念。《欽和御製江東橋詩》其一云：「玉作闌干石作梁，銀河清夜共輝光。經營自出天工妙，鏤琢仍歸匠者良。大駕親臨觀氣象，群臣載拜獻詞章。誰知千古不磨跡，地久天長轉更彰。」其二云：「石樑高架奠長江，要路通津總帝鄉。一

〔註47〕宗泐：《全室外集》卷三。
〔註48〕宗泐：《全室外集》卷六。
〔註49〕宗泐：《全室外集》卷一。

代規模天廣大，萬年功業日昭彰。吾皇制作親曾賜，臣下賡歌孰敢當。聖子神孫承大統，願言鴻祚永延昌。」〔註50〕詩中描寫朱元璋大駕親臨江東橋、群臣獻唱詞章的載拜，表現出新朝新皇宏大的氣象，令人不自覺地從意識中生發出這種宏大將永久存續下去的感發。兩首詩的末句中的「地久天長」「鴻祚永延昌」的感發，與佛教所有事物都處於遷流之中、不可能恒存的觀念正相背反，與同時期僧人廷俊《石頭城次王侍御韻》詩中「袞袞長江去不休」「東風不與阿瞞留」「萬古終為王謝羞」的感慨相比，宗泐表達的是完全相反的觀念。宗泐曾在《題佛法金湯編》中說：「金湯之設以備他寇，他寇外作猶可禦之，至有竊比丘形服內壞教法者，是家寇也。家寇內作，雖有金湯外固，亦將無如之何矣。」〔註51〕僅從對朱元璋的迎合而違背佛教之理來說，宗泐也算作是有一點點「內寇」的嫌疑了。

宗泐頌揚明朝的地久天長，而在提到中國歷史上同樣功績顯赫的秦始皇與漢武帝時，觀念則隨之就不同了。《短歌行》云：「白日去茫茫，清川流浩浩。有生能幾何，少壯忽復老。王母蟠桃花，萎紅不成好。扶桑半摧枯，枝葉隨瀛島。仙人王子喬，兩鬢如秋草。況聞安期生，形容亦枯槁。漢武與秦皇，一生空自擾。短歌詠至言，庶以安懷抱。」〔註52〕詩中感歎人生短促，少壯之人忽忽變老。王子喬乃長生久視之仙人，《王子喬》詩云：「王子喬，好神仙，吹笙駕白鶴遨遊上青天，青天一去三千年。七月七日緱山巔，下士慕之空爾憐，寧知有氣凝丹田。」〔註53〕王子喬壽三千年，可謂長久，引得塵世之人仰慕。詩意引自《列仙傳》中的《王子喬傳》，《王子喬傳》言王子喬仙人事蹟，宗泐《王子喬》詩則言時間之遷流，三千年看似很長，在歷史長河中亦如一瞬，如王子喬、安期生之長生仙人也終將形容枯槁、鬢髮如秋草之雜亂。與王子喬、安期生等仙人相比，秦始皇與漢武帝之功績不過是「空自擾」。本詩與上述所援引的頌揚之作差別巨大，洩露的是真正的佛教、禪學觀念，以佛教之觀念觀察與認識世界，世上之色將忽忽變老、鮮豔之物將「不成好」，歷史之功績不過是「空自擾」。歷史的功績往往只存在於後人的回憶之中，《銅雀臺》詩云：「西陵樹色暮蒼蒼，明月相將入御床。寂寂帳前歌舞歇，幾多含涕憶君王。」〔註54〕

〔註50〕宗泐：《全室外集》卷一。
〔註51〕心泰：《佛法金湯編》卷首，《續藏經》第 87 冊，第 370 頁。
〔註52〕宗泐：《全室外集》卷二。
〔註53〕宗泐：《全室外集》卷二。
〔註54〕宗泐：《全室外集》卷二。

《秋日錢塘雜興》詩云：「宋朝宮殿元朝寺，廢址秋風見黍離。百歲老人知故事，殷勤為說世皇時。」〔註55〕不僅秦皇、漢武是「空自擾」，曾經恢宏的宋元帝王皇宮已經變成了廢址，開國帝王的功業只存在於說書人的故事之中。與《短歌行》詩相同的《輓歌》詩云：「陰風起枯楊，寒日照衰草。丹旐辭中堂，輀車即周道。親戚及鄰里，送者皆素縞。一歸長夜臺，萬古不得曉。憶昔盛容儀，被服懷美佼。今採朽腐餘，復為螻蟻擾。富貴與榮華，滅跡空中鳥。彭殤久已淪，不知誰壽夭。」〔註56〕為逝人送行的場景極其淒哀，昔日之榮彩化為朽腐，屍骸復為螻蟻所侵擾；曾經的富貴與榮華，如同飛鳥劃過空中而一跡不存。「彭殤久已淪，不知誰壽夭」如同佛陀曾經所言，「一切萬物無常存者」。《錢塘懷古》中的「天地無情日月徂，鳳凰山下久榛蕪」「獨憐內殿成荒寺，空見前山映後湖」〔註57〕更是對「常存」的否定。

富貴榮華如空中之鳥跡，不僅不能常存，而且其中蘊含著危機。《東皋老人歌》詩云：「東皋老人七十餘，眼明能讀細字書。年來不肯城郭住，無事只愛東皋居。東皋所居良不俗，松竹桑榆翠圍屋。前畦後圃花相映，滿眼兒孫美如玉。老人心中樂閒曠，時時倚杖東皋上。烏紗側裏酒半酣，目送飛雲度青嶂。吾知老人與世違，東皋幽處無是非。吁嗟怵廹何所為，世間富貴多危機。」〔註58〕東皋老人不肯住在城郭，其行為似乎與世俗社會相背反，這正是東皋老人透徹了世間富貴中的危機，林下幽居之處則處於是非之外。宗泐一再表述不要把富貴榮華看得太重，如《憶昔行贈朱伯賢還會稽》詩「世間富貴自可輕，且學清狂如賀生」〔註59〕等句。雖然富貴如空中鳥跡，雖然富貴不常存，世人卻往往對之趨之若鶩，《長安道》詩中云：「長安大道八達分，道旁甲第連青雲。夜月長明七貴宅，春風偏在五侯門。貴侯勢燄不可炙，烈火射天天為赤。家僮盡衛明光宮，侍史皆除二千石。一朝盛衰忽顛倒，夜月春風亦相笑。鳳笙龍管坐不來，又向東家作新調。」〔註60〕富貴在時，趨門者無數，「一朝盛衰忽顛倒」之後，鳳笙龍管卻「又向東家作新調」，詩中對世情百態、人情冷暖之感歎是如此的深刻。

〔註55〕宗泐：《全室外集》卷七。
〔註56〕宗泐：《全室外集》卷二。
〔註57〕宗泐：《全室外集》卷六。
〔註58〕宗泐：《全室外集》卷四。
〔註59〕宗泐：《全室外集》卷四。
〔註60〕宗泐：《全室外集》卷二。

宗泐由此引發出了對人與人生悲哀的感歎，歷史不長存，個人的人生同樣不常存。《桂之樹行》詩抒發這種感歎云：「桂之樹，桂生一何偏，兩株分立於庭前，西株憔悴東株妍。桂之樹，桂生一何蠹，西株方來採其榮，東株又復無人顧。桂兮桂兮非汝憐，縱觀萬事無不然。武安堂上席方暖，魏其門前秋草芊。莫道榮枯長異勢，從來反覆無根蔕。」〔註61〕《題顧仲瑛雅集圖》詩中描寫曾經的人生歡聚的「良時」與「嘉會」此時亦已成陳跡：「良時不再逢，嘉會難復得。斯人亦云亡，玉山空黛色。有生能幾何，忽如駒過隙。昨日歌舞地，回首成陳跡。臨淮秋雨朝，覽圖增太息。黃鵠招不來，蕭條望八極。」〔註62〕人生短暫無「幾何」，猶如墳墓上的鮮花一樣令人悲哀，《墓上華》詩云：「墓上華，開滿枝，行人看花行為遲，行人有恨花不知，不生名園使人愛，卻生墓上令人哀。誰家此墓臨古道，寒食無人來祭掃。莫是東君惜無主，遣此閒花伴幽兆。聊持一杯酒，酹爾泉下客。今日此花開正好，但恐明日花狼籍。人生似花能幾時，古人今人皆可悲。」〔註63〕《桂之樹行》揭示同樣的花開在不同的地方有不同的命運，《墓上華》感歎鮮豔之物不能長久。花之命運乃人之命運，命運的不同與「古人今人皆可悲」的最後結局，顯露出作者內心中一種巨大的悲哀，這不是個人的悲哀，而是對人與人生的悲哀。

對歷史、人和人生的悲哀的感歎，看出宗泐是一個徹悟者，與能平靜無波面對自然遷流的高僧相比，宗泐的徹悟帶有文人的氣味，是一種文人式的徹悟。從徹悟人生的角度，再去反觀那些與佛教觀念相背反的頌揚作品，體現的或許正是宗泐在高壓下的屈服與迎合。

宗泐為了贏得朱元璋對佛教的支持，有時候頗費心思。《回朝次韻》詩中云：「日華初轉萬年枝，西武樓前賜坐時。獨荷聖情親有問，敢言吾道合無為。」〔註64〕蒙受朱元璋的召見、賜座並親問，宗泐指出佛教觀念乃符合「無為」之論。宗泐與明初的道士交往頗多，詩作中有許多是為道士而作，如前所述，這應該是與朱元璋三教並用的宗教政策有關。佛教、道教都是「陰翊王度」「暗助王綱」不可或缺的，儒釋道之間的關係變得和諧而共處，相互之間的詩歌往還、唱和很多，表面的衝突大大減少。宗泐《寄題張天師耆山菴》

〔註61〕宗泐：《全室外集》卷二。
〔註62〕宗泐：《全室外集》續編。
〔註63〕宗泐：《全室外集》卷二。
〔註64〕宗泐：《全室外集》卷六。

詩是中再次提到「無為」云：「聞說耆峰勝地偏，菴居別是一壺天。雅宜河上仙翁住，穩稱山中宰相眠。塢口白雲深似海，階前瑤草碧如煙。閉門不語坐終日，妙入無為合自然。」〔註65〕詩的前部分描寫張天師的居住環境，由居住的「勝地」聯繫到「無為」，讚揚張天師「妙入無為」而契合自然。《回朝次韻》中的「無為」，宗泐並不是用之形容禪悟之境，確實是將佛教之理比附道家的「無為」。以佛教比附道家的「無為」已經是佛教剛進入中國、佛經典籍初譯時的事情了，宗泐的比附完全不是由於朱元璋不瞭解佛教而作的比附，如本書前文所言，朱元璋對佛教是相當精通的，楊士奇提及《心經》《金剛經》時說：「右《心經》《金剛》二經，洪武中僧宗泐奉詔注釋者也。前有我太祖皇帝御製序，所論空相之旨、迷望之故，簡明精切。聖知超出，蓋自古帝王名通佛法者未能有及，學佛者必考諸此而後可以有得。」〔註66〕宗泐將佛教比附為道家的「無為」，應該就是為了贏得朱元璋的支持而對朱元璋的取悅，暗示佛教教義在本質上的一致，同時表明了宗泐對朱元璋宗教政策的領悟。

四

　　除卻上述頌揚類的詩歌，事實上宗泐的詩文創作頗為評論者稱道，前引楊士奇《圓菴集序》評論，正是宗泐、來復等人的創作，使得明初佛教文學「彬彬乎盛」。徐一夔「使其教益大以顯」之語，意指其作品主要是為弘揚佛教。作為元末明初頗有影響的僧徒，弘揚佛教是其作品的題中應有之義，王達善評論其詩文以闡述佛教之理為主：「潭公詩章渾涵汪洋，千匯萬狀，而一以理為主。」〔註67〕顧玄言稱讚宗泐是弘秀之宗：「泐公博遠古雅，詩從陶韋乘中來，當代弘秀之宗也。」〔註68〕這些評論，使得上述所引的與佛教觀念相背反的詩歌，顯得極其刺眼。宗泐的詩文並不僅僅是弘揚佛教之工具與媒介，評論者注意到其作品之內容與風格的多樣，朱伯賢云：「泐公識地高邁，調趣清古，風度悠揚，昂然若霜晨老鶴聲聞九皋，澹乎若清廟朱弦曲終三歎。」〔註69〕這是論宗泐詩文的格調和風度。徐大章云：「季潭學博才環，詩不淪於枯寂。在江

〔註65〕宗泐：《全室外集》續編。
〔註66〕楊士奇：《東里文集》續集卷二十三，《四庫全書》本。
〔註67〕轉引自朱彝尊《明詩綜》卷八十九，第4264頁。
〔註68〕轉引自朱彝尊《明詩綜》卷八十九，第4264頁。
〔註69〕轉引自朱彝尊《明詩綜》卷八十九，第4264頁。

湖，則其言蕭散悠遠，適行住坐臥之情；在山林，則其言幽夐簡澹，得風泉雲月之趣；在殊方異域，則其言慨而不激，直而不肆，極山川之險易，風俗之嬈惡。其詩眾體具矣。」〔註70〕這是論宗泐詩文作品的不同類型。

《跋王達善梅花詩》中，宗泐表達了他的文學觀念，即「詩乃性情流至者，苟本性情而發，則如風行水面，自然成文」〔註71〕。王達善為江南無錫人，洪武間任大同府訓導，著有《天遊小稿》《梅花百詠》。宗泐讚揚王達善的梅花詩「本性情而發」，實際上就是他的文學觀念，作品「本性情而發」就會「自然成文」。王達善論其詩「一以理為主」，與「本性情」並不矛盾，從上面宗泐關於對人生與歷史的感歎之詩歌來看，既有性情，又有佛禪之理，二者自然地契合在一起。

宗泐的詩文，除了那些頌揚朱元璋和朝廷的作品之外，基本上即是「本性情而發」，淋漓盡致地表達他內心最真實的性情。宗泐最真實性情的表達，首先表現在交遊上情感的真實。宗泐的交遊很廣泛，《御定佩文齋書畫譜》中提到元末虞集、黃溍、張翥等人皆推重宗泐，「為方外交」〔註72〕。宗泐交遊的主要有兩類，一類就是如黃溍、宋濂等元末明初的士大夫，一類就是同為佛教徒的僧人。就交遊的第一類士大夫來說，有時候更多的往往是相互「推重」，彼此之間情感的流露較少，如《送宋學士歸金華》詩中云：「當代文章伯，朝廷制作新。儲宮賢少傅，開國老詞臣。際遇超今古，優容異等倫。莫歸蓮作炬，前席錦為茵。班固材尤贍，揚雄語大醇。一麟生治世，長劍倚秋旻。」詩中完全是推重宋濂的才能與功績，繼云：「淨名應杜口，善慧必觀身。婺女星辰逼，蘿山雨露均。挑燈書細字，置酒洽比鄰。白石求真侶，青松結社人。無心誠契理，有道足怡神。自愧非支遁，空知讓許詢。三生情是夢，十載法為親。」推重的是宋濂對佛教的解悟。詩末雖有「攜手大江濱」〔註73〕之句，整首詩中卻看不出二人之間情感的親密。宗泐與張翥的關係倒是相當親近，在給張翥《蛻菴集》作的跋中提到二人相識三十餘年，二人之間的深厚情誼「固非一日之好」。這篇跋語作於洪武十年，時宗泐住持天界善世禪寺，跋語中表述並不因自己為佛教僧徒便不能表達情感，表達情感與求佛道不相衝突，跋語云：「至

〔註70〕轉引自朱彝尊《明詩綜》卷八十九，第4264頁。
〔註71〕宗泐：《全室外集》卷九。
〔註72〕《御定佩文齋書畫譜》卷四十四，《四庫全書》本。
〔註73〕宗泐：《全室外集》卷五。

人不遺情，古之高僧猶不能免，如梁慧約以苦行得道，為帝王師，而哭其亡友甚哀，至賦詩曰：『我有兩行淚，不落三十年，今日為君盡並灑秋風前。』北山念潞公無後，平日交友又皆異世淪謝，懼其泯沒無傳，故仗義而為之，然亦何害於道，其與約之情則一也。」〔註74〕宗泐詩歌中記錄了與一些普通人的密切情感，如《松下居偶作》詩云：「我此松下居，即事良可悅。閉戶留白雲，開軒放明月。松響風急來，泉流雨初歇。時有西齋人，相親默無說。」〔註75〕詩中的「西齋人」應該只是與之居住相近的人，「西齋人」時常去看望他，「相親默無說」表明二人關係很親密。《幽居》詩云：「長夏山中客，幽居愛靜便。花垂初著雨，樹白半籠煙。斬竹修瓜架，刳杉引石泉。有人知此趣，為爾一欣然。」〔註76〕詩中「有人知此趣」句中的「有人」，顯然是與宗泐有共同感受、能體悟到此中樂趣或者領悟禪理的人，上詩中的「西齋人」顯然就是這樣的人，宗泐才能與之達到「相親默無說」的地步。

　　第二類是與佛教僧徒之間的交遊。與同道的交遊中，宗泐首先表現出與交遊者的「同調」「同流」，《送裕上人歸天台》詩中「遠道送君歸，昨夜夢中到」，言明二人之間情誼頗深，「珍重山中人，拂衣願同調」〔註77〕頗類似於表達志同道合之意。《蘿壁山房為趣上人作》詩云：「石壁掛青蘿，禪房在其下。松枝裁作扉，茅覆不用瓦。若人百念忘，襟懷自瀟灑。行看塢雲生，坐聽巖泉瀉。怡然朝復曛，在已無取捨。於中亦不存，何有空與假。一從入山來，見山不見野。寒拾千載人，誰是同流者。」〔註78〕人能忘記所有的執念（「百念」）便會「襟懷自瀟灑」，佛教觀念同樣是執念，「中」亦不存，「空」「假」不用說就更不存在了。「空」「假」「中」等佛教觀念同樣是執念，宗泐在這裡徹底地破除執念，只有如此才能「怡然朝復曛，在已無取捨」。宗泐在詩中既闡發了佛教理念，又表達了與趣上人的「同流」，同是佛教僧徒，對佛教有著同樣的徹悟。《冬夜憶清遠、道初二兄》詩云：「夜深霜氣寒，窗月皎如燭。鳴鴻尚遄征，孤鶴亦驚宿。念我平生親，悵焉動心曲。四明是何處，苕溪如在目。異方詎能通，遠道何由縮。十年無一字，信是如金玉。白髮漸

〔註74〕張翥：《蛻菴集》卷末，《四庫全書》本。按，本跋語又見於張翥《蛻巖詞》卷末。
〔註75〕宗泐：《全室外集》卷三。
〔註76〕宗泐：《全室外集》卷五。
〔註77〕宗泐：《全室外集》卷三。
〔註78〕宗泐：《全室外集》卷三。

欺人，晤言安可卜。」〔註79〕詩中從描寫景物入手，宣露與清遠、道初之間的情感，對人生易逝的感歎襯托出彼此之間的情誼更為真切。

　　宗泐對情感的表達，往往從景物描寫入手，由景色襯托內心的情感，或者由景色將內心情感引發出來。比如《寄題云門松風閣》詩云：「何處聽松風，金雞山下閣。夜涼月照窗，冷然滿幽壑。如臥江上樓，夢覺海濤作。疑行洞庭野，兩耳鈞天樂。溪翁聞性空，妙觸了無著。野馬從鼓漂，太虛自寥廓。緬懷師友情，撫卷翻不樂。」〔註80〕詩由景物描寫入手，將佛教與禪學的義理和抒發對交遊者的情誼融合在一起，在悟理中闡發情感，在情感中引發對佛教之理的體悟，二者融合得可謂了無痕跡。

五

　　由上引詩作中能清楚地看到，緣於對佛教義理的徹悟，雖經歷了人生的大起大落，宗泐沒有沉溺於個人的悲哀，而是感歎人生與歷史的無常。對人生與歷史的洞悟，使得宗泐面對人生的波折能夠保持達觀的心態，《阻風行》詩中「坐看鴻雁去遙遙，卻笑人生不如鳥」〔註81〕之句，顯然是詩者在旅途奔波中引發的羈旅之感。旅途中奔波的詩者，如同遷徙之途中的鳥兒，同樣奔波於旅途中，卻說「人生不如鳥」，表達的是兩層含義：一，鳥兒的遷徙或遷移是自主的，是隨著自己習性進行的，人的奔波往往是被迫的；二，正由於鳥兒的遷移是自主的，人是被迫的，所以鳥兒是自由的，人則是不自由的。詩中有羈旅之傷感，「卻笑」兩個字又表明詩者並沒有沉溺於自己的傷感，相反能以豁達的姿態看待自己的奔波。詩作中看不到宗泐對個人不幸的抒發，看不到對個人遭遇的感歎，宗泐更追求的是自在與無限制的人生境地。

　　宗泐的身體似乎不是特別的好，詩中有時候會描寫到所受的病疾之苦，如《暑病作》詩寫自己「暑病只思臥，坐來頭目昏」〔註82〕的狀態。如上所言，受到疾病的困擾，宗泐沒有沉溺於感歎病苦之不幸，而是期望能達到形體的自由，《病中作》詩云：「此疾從何生，形容遽憔悴。默默求其端，體弱易為致。始受寒熱攻，恍然若沉醉。兀坐強自持，倒臥終不寐。朝聞樹間蟬，意覺秋風至。夜窗月逾明，悲蛩攪情思。嘗窺衛生術，吐納運六氣。呼童具杵臼，稍復

〔註79〕宗泐：《全室外集》卷三。
〔註80〕宗泐：《全室外集》卷三。
〔註81〕宗泐：《全室外集》卷四。
〔註82〕宗泐：《全室外集》卷五。

親藥餌。今辰眼忽明，展書識文字。起繞中庭行，兩足如重腨。況逢亢陽災，高旻尚炎熾。秔稻化為茅，糲食恐不備。一身固多患，又復念時事。不到無生域，空為有形累。」〔註83〕體弱使其形容憔悴，身體上的疾患加上感念時事，雖然注意「衛生術」與吐納運氣，身體仍然「多患」。宗泐期望達到無生之域擺脫身體（「有形」）之累，「無生域」成為他期望自由之境地的表達，是一種擺脫執念之後的境地。《喜清遠兄至以齊已詩長憶舊山日與君同聚》詩中「人生空中云，東西散復聚」之句指出人亦乃和合而成，不應為執念所左右，「古來賢達輩」因能「乘流任所之」〔註84〕而有曠達之心態，如「片言能解紛」的魯連「高蹈東海上，卷舒若浮雲」〔註85〕的心態與心境，又如《懷以仁講師入觀圖》詩中「無物亦無我」〔註86〕的心境。「卷舒若浮雲」「無物亦無我」這樣極致的自由自在的心境下，病患不再令人苦惱，《對菊》詩云：「病裏看花更惜花，誰分秋色到禪家。一年一度催人老，相對無言日又斜。」〔註87〕自由的心境下，即使身體有疾患，心境的關注點由疾患轉向了「更惜花」；面對一年一度催人老的時光，不是感傷與失落，而是默默無言地融入在時光的流逝裏。《冰雪窩》詩云：「道人冰雪窩，巖棲稱岑寂。洞門白日陰，三徑青苔色。片雲簷外生，落葉階前積。更深芋火紅，晝靜茶煙碧。淡泊中自怡，安居無不適。」〔註88〕住的是冰雪覆蓋的巖洞，有的卻是對洞外景物的賞愛和情感上的「自怡」，有著這樣的心境才能「安居無不適」。

　　寓於冰雪覆蓋的巖洞而能「安居無不適」，最重要的需要無追逐富貴之心，如上所言，宗泐認為富貴榮華處於盛衰無常之中而不常存。人生若只為追逐富貴，則一生苦惱不休，《贈安古心還山中》詩中提到「勢利人」一生都「勞生在天壤」〔註89〕。認識到了富貴的無常，「卷舒若浮雲」之心境便會從內心之中油然而生，《不羈行贈吳客》詩云：「倜儻不偶世，落魄江海遊。雖來京國久，不謁公與侯。仙人五城高，彩雲十二樓。天街看明月，一身風露秋。翩然下揚子，棹歌發吳謳。太湖三萬頃，鳧雁中沉浮。且作拍浪兒，赤腳坐船頭。笑指

〔註83〕宗泐：《全室外集》卷四。
〔註84〕宗泐：《全室外集》卷三。
〔註85〕宗泐：《全室外集》卷三《雜詩》第九。
〔註86〕宗泐：《全室外集》卷三。
〔註87〕宗泐：《全室外集》卷七。
〔註88〕宗泐：《全室外集》卷三。
〔註89〕宗泐：《全室外集》卷三。

閶闔墓，千古成荒丘。」〔註90〕落魄江海而有不謁公侯的仙人之風，追逐必將成為荒丘的顯赫的執念不值一提。《樂樵》詩中敘及見到北邙之「貴賤同丘墟」則會放下鍾鼎之念，「無鍾鼎念」才有「常宴如」之心，方能「所樂在樵蘇」〔註91〕。「忘世」之士對日常之境平靜喜樂的感受，已經鑲嵌於作者內心之中，這是一種不為世用、禪心不驚的心境，《洞山泉為諧舜諮賦》詩云：「此水何年有，瀟瀟日夜聲。不教人外見，偏向洞中鳴。客思初無睡，禪心自不驚。休論為世用，且作在山清。」〔註92〕上引《暑病作》詩中提到作者與看望者相對默無言，本身便是透徹禪理的體現，《漁樵圖》詩云：「析薪岸口晚風和，罷釣灣頭月滿簑。相對無言成一笑，黃塵回首是非多。」〔註93〕

　　自由自在之境是徹悟前提下才能達到的狀態，《寶德遠西齋讀〈易〉詩》云「一悟窮通理，陶然坐自怡」〔註94〕。沉迷於世間的是非之間、沉溺於世俗的執念之中，是不可能達到這樣的境地。如上文所言，宗泐將佛教比附為道家的「無為」，並非是宗泐不瞭解道家與道教，相反他對道家與道教是相當清楚的。《處夢》詩云：「處世皆如夢，惟吾識趣閒。乾坤同逆旅，日月自循環。覓句多臨水，支頤或看山。莊周與蝴蝶，猶在是非間。」〔註95〕詩中援引莊周夢蝶之典故，解釋世間如同夢境，莊周和蝴蝶都不能擺脫是非的限制。《再用韻》詩之二云：「群情尚怵廹，烈火方燎原。縱能齊得喪，不如無一言。有耳但如聵，有眼從自昏。至道念懸曠，瑣瑣安足論。」〔註96〕「齊得喪」同樣是引用《莊子》之意，「怵廹」的群情顯然是沉溺於是非之間而不能自悟，通過喋喋不休的語言即使能領悟「齊得喪」之理，不如「無一言」之更能徹悟。本詩中的「至道」，顯然是超越「齊得喪」之上，悟得「至道」則一切「瑣瑣」（包括是非）都不足論了。「至道」有莊子所說的「大道」之意，更多的是佛教與禪學的徹悟。如《菖蒲歌》云：「蒲生山澤間，水石長為徒。超然塵土外，秀色清而腴。印公愛之如寂公，當軒盆植數十叢。雖無仙人鸞鳳狀，好事剪拂還相同。葉如蚪須直不卷，根穿石罅連蒼蘚。昔聞張生十二節，蘇子九花今宛宛。

〔註90〕宗泐：《全室外集》卷三。
〔註91〕宗泐：《全室外集》卷三。
〔註92〕宗泐：《全室外集》卷五。
〔註93〕宗泐：《全室外集》卷七。
〔註94〕宗泐：《全室外集》卷五。
〔註95〕宗泐：《全室外集》卷五。
〔註96〕宗泐：《全室外集》卷三。

眼中清氣端可掬，此處焉知有塵俗。去年贈我小石盆，几上團團青一簇。知君定出聊自怡，此心豈為物所移。色空都忘心境寂，寥寥獨坐軒中時。」〔註97〕領悟到了「色空都忘」之境，心便不會為外物所移，「心境寂」是徹悟之心境的真切體現，更超越於菖蒲的「超然塵土外」。心不為外物所移、「超然塵土外」，自然便是超然於是非之外。宗泐以佛教比附道家的無為，實際上只是表面工夫，本詩表明宗泐在實際上仍然是以佛教觀念來闡釋道家道教之說。

對悟道者來說，塵世中皆為是非，對進入自由之境者來說，則是已放下或者超然於是非之執念，《樵隱為江子瑜作》詩云：「日出上山去，日入負薪歸。明月照茅屋，涼風吹薜衣。濁醪在瓦缶，大白兀自持。嚶嚶春鳥鳴，載歌伐木詩。不羨買臣貴，不學犢牧悲。軒車自高駕，野雉從朝飛。平生一丘壑，此志良弗違。田竇門易軌，不知誰是非。」〔註98〕《耕樂軒》詩云「耕田良苦辛」，耕者卻樂在其中，其所樂不在於耕田的苦辛，而在於耕田能「百年安吾生」〔註99〕，也是超然於是非之境。

六

宗泐用詩歌表達他的徹悟的自由自在的心境，展現的是詩歌與禪理的相通，如《江風山月堂詩為文起周作》詩云：「風月堂清絕，江山夜寂寥。寒光吟處白，靈籟靜中消。脈脈照林薄，翛翛送海潮。禪心與詩思，何用不超遙。」〔註100〕禪心、詩思與靜謐的自然之境，相互融會為渾然的一體，禪心即詩思，詩思亦禪心。

宗泐從景物描寫入手抒發情感，同樣從景物描寫入手引發出自己的內心感悟與情感。《霜下菊》明確表明景物觸發寫作之情，整首詩從開篇一直是景物敘寫：「英英當窗菊，獨於霜下妍。誰知婉娩姿，中自抱貞堅。眾卉值陽和，競媚東風前。」接下來敘寫由景物觸發「當時豈不好，於今乃淒然」的感歎，最後說明是以霜下菊來「寫幽悁」〔註101〕，表達自己內心之所感。霜下菊引起的是幽怨的情緒，「風日好」的景物則能引發「意自適」〔註102〕的喜樂。自

〔註97〕宗泐：《全室外集》卷四。
〔註98〕宗泐：《全室外集》卷三。
〔註99〕宗泐：《全室外集》卷三。
〔註100〕宗泐：《全室外集》卷五。
〔註101〕宗泐：《全室外集》卷四。
〔註102〕宗泐：《全室外集》卷四《西澗獨行憶相空》。

然之物與身處的周圍環境，對宗泐的詩歌寫作具有非常重要的影響，是宗泐自己設定的寫作方式。

　　景物同樣能觸發修行者的禪悟，《夏夜與錢子貞坐西齋以欲覺聞晨鐘令人發深省之句為韻各賦詩以敘會別之意》詩前兩句「一見江海奇，夙聞鐘鼎傲」是敘寫景物，三、四句「山靈訝雄談，木客爭清嘯」則是由不同觀者對景物的感發，最後四句是由不同的感發引出自己的感悟：「悠悠鹿門期，落落東海蹈。笑問經世人，大夢誰先覺。」〔註103〕《待月軒》詩前半「開軒坐深更，待月出東嶺，須臾海上來，四壁光炯炯」四句完全是寫在待月軒中看到的景物，身處這樣的環境中能更容易感悟到禪理，達到渾然忘卻周圍景物的「觀心庶遺境」〔註104〕之境。整首詩由景物寫起，景物引發內心的感悟，內心的感悟被景物觸發之後，又忘卻了景物，內心只融浸在感悟之中。《雷氏逸清堂》詩中開篇云「逸人在山澤，境靜心自清」，境靜是：「樹堂不必廣，取適三四楹。几席何所有，圖書浩縱橫。尊罍時復具，客至輒與傾。東風散庭樹，眾鳥相和鳴。」逸人處在這樣的環境中，確實能引發「心自清」〔註105〕之感。《朝陽軒》詩中的「窗戶洞虛白」的景物，詩者的心田便如「無雜涴」〔註106〕般的純淨。

　　景物能引發對禪理的感悟，引發禪思與詩心的感通。在更多的詩作中，宗泐能夠超越景物，表現出禪悟平靜之境。《莫過賞溪》詩云：「日莫眾鳥歸，孤雲亦還山。市人爭渡息，小舟沙際閒。我屋西峰下，半出青林間。鐘聲動深念，無為尚塵寰。」〔註107〕「市人爭渡息」表明此時的環境有些喧囂，但宗泐用眾鳥歸巢與孤雲還山的敘寫，表明自己此刻平靜的心境；由心境的平靜，又反襯出「小舟沙際閒」等景物之靜幽，已經完全過濾掉了「市人爭渡息」的喧囂。心境到達一定境地之後，對身處的環境作了忽略性選擇，或者說由於平靜心境的存在而改變了對周圍事物的感受。市人爭渡的喧鬧與孤零小舟停泊在沙跡之間的靜謐形成的反差，襯托出的是作者無為無爭而恬淡的心境。《松石室》詩云：「青青山上松，鑿鑿山下石。移來近禪居，窗戶生秀色。室中老比丘，怡然坐終日。轉境不在遺，觀心了無得。疏雨灑巉巖，微風動蕭瑟。所適

〔註103〕宗泐：《全室外集》卷三。
〔註104〕宗泐：《全室外集》卷三。
〔註105〕宗泐：《全室外集》卷四。
〔註106〕宗泐：《全室外集》卷三。
〔註107〕宗泐：《全室外集》卷三。

不自知，何有喧與寂。」〔註108〕靜幽安閒之境確實能使人有更深的禪悟，真正的禪悟則在於不被境所轉，心不境所轉才會有「觀心了無得」的真正禪悟，「喧與寂」不再有分別。《焦山寺鑒師臨江軒》詩表達了宗泐同樣的感受，其中「一峰如巨石，屹立江水中」「寶剎蔚崇構，勢與山爭雄」都是寫寺院身處的景物，「若人於此住，超然塵外蹤」是由景物引起的感發，「超然塵外」無疑是對禪理的感悟。詩歌轉而繼續敘寫景物：「開軒當水面，下瞰馮夷宮。魚龍近几席，波濤蕩襟胸。有時天宇淨，倒影清若空。」宗泐「燕坐觀眾有」，靜靜地觀察著這些景物之相，領悟到的萬物的「起滅殊無窮」。景物雖然「起滅殊無窮」，真正的禪悟者感悟到的卻是「一念寂不動，嗒焉心境融」〔註109〕。《偶地居》詩的敘寫表明宗泐已經完全做到了「心境融」的境地，云：「偶地即吾廬，絕勝樹下宿。不在千萬間，安居心自足。古人三十年，辛勤乃有屋。我無一日勞，何必較遲速。燕坐白日間，青山常在目。明月到床前，更深代明燭。幾有寒山詩，興來時一讀。十日不出門，滿階春草綠。」〔註110〕《法華山房為敷竺曇賦》詩一直描寫景物，云：「山房白日靜，政對五蓮峰。猿坐沼邊石，鶴巢簷外松。閉門無客到，深徑有雲封。座冷千林雨，香殘半夜鐘。」詩末則用「道情甘淡泊」〔註111〕表達出自己的體悟。《贈畦樂翁》詩同樣開篇寫勞作與景物，云：「開圃藝嘉蔬，芳畦繞茅屋。春雨昨夜來，滿眼浮新綠。短鋤日已攜，不課兒與僕。」隨後寫作者能夠領悟耕作之趣，「余外非所欲」〔註112〕表達出與「道情甘淡泊」同樣的領悟。「道情甘淡泊」「余外非所欲」又與《兀坐》詩中的「百年惟有懶，萬事不求知」〔註113〕兩句表達的意義相同，展示的都是悟境之後的心理狀態，是禪心詩思的相通。

〔註108〕宗泐：《全室外集》卷三。
〔註109〕宗泐：《全室外集》卷三。
〔註110〕宗泐：《全室外集》卷三。
〔註111〕宗泐：《全室外集》卷五。
〔註112〕宗泐：《全室外集》卷三。
〔註113〕宗泐：《全室外集》卷五。

第九章　廷俊與來復的詩文創作

　　明初佛教僧徒的文學創作展現出興盛的狀態，前章引徐泰之語，舉來復、宗泐、守仁、梵琦等說明「國初詩僧盛矣」，他們的行為、高風與文學創作由於「玉蘊山輝」而「自不可掩」。前章又引楊士奇在《圓菴集序》中提到「元之大訢輩，累累有繼」，大訢的弟子也是明初佛教文學的重要創作者，宗泐、來復及下文提到的道衍等，都是大訢的弟子，元末明初佛教文學另一重要創作者廷俊，也是大訢的弟子之一。廷俊有《泊川文集》，可惜現已不存，只能從存於其他文獻中輯錄出少數篇章，來窺察廷俊的文學創作。來復與宗泐的創作在明初有著很高的聲譽，當時及之後的評論者一直認為二人在當時佛教界中的地位、佛教水平與詩文寫作水平等方面是齊名的。二人同被捲入到胡惟庸案中，宗泐最終被釋放，來復最終被處以極刑。在思想觀念上，來復除了闡發佛教觀念之外，更重要的是從「道」的層面上去認識儒釋道三家，指出二家都是「道」的體現，由此得出儒釋道三家一致的看法。來復創作了大量的詩文，作品受到上至皇帝朱元璋，下至諸位大臣、道學家與佛教僧徒同侶的褒揚，表明其詩歌創作存在多樣性。來復的作品保存在《蒲菴集》以及手編的《澹游集》中，一些編集的文獻如《古今禪藻集》、錢謙益《列朝詩集》等收錄其部分詩作。

　　宗泐的佛教文學創作已見前章，本章對廷俊與來復的文學寫作進行評述。目前對於廷俊、來復的研究成果不多，李昇華《從方外到方內，味趨大全——明初僧詩述論》，李舜臣《明初方外詩壇生態論考——以明太祖與詩文僧的關係為中心》《明代佛教文學史研究芻議》《明代釋家別集考略》《錢謙益〈列朝

詩集〉編選釋氏詩歌考論》《元代詩僧的地域分布、宗派構成及其對僧詩創作之影響》等文章中略有提到，王娟俠《論元末明初笑隱一派的僧詩創作》提到的稍多一些。

一

明初佛教文學，主要來自於由元入明佛教僧徒的創作。元代僧徒的文學創作，是宋代僧徒文學的復興，歐陽詹曾論元代佛教僧侶文學創作云：「由唐至宋，大覺璉公、明教嵩公、覺範洪公以雄詞妙論，大弘其道於江海之間，一時老師宿儒莫不斂衽歎服。皇元開國，若天隱至公、晦機熙公，倡斯文於東南，一洗咸淳之陋，趙孟頫、袁桷諸先輩委心而納交焉。晦機之徒笑隱訢公尤為雄傑，其文太史虞集嘗序之矣。訢公既寂，叢林莫不為斯文之嘅。豫章見心復公以敏悟之資發為辭章，遡而上之，卓然並驅於嵩、璉諸師無愧也。」〔註1〕元代天隱、晦機等禪僧倡文於東南，能洗掉「咸淳之陋」，比肩於宋代契嵩諸禪師。由這段話可知，元代禪僧的文學創作的興盛主要在東南一帶。天隱、晦機之下，晦機之弟子笑隱訢公「尤為雄傑」，雖以「說法之餘事為文」，其作品卻頗為稱道，四庫館臣為之作提要云：「其五言古詩實足揖讓於士大夫間，餘體亦不含蔬筍之氣，在僧詩中猶屬雅音。」曾為趙孟頫代作《金陵天禧講寺佛光大師德公塔銘》，趙孟頫亦「假手於大訢」，因此四庫館臣言其「非俗僧矣」。虞集敘其文云：「其說法之餘，肆筆為文，莫之能禦。以予所知，自其先師北礀簡公、物初觀公、晦機熙公相繼坐大道場，開示其法，然皆有別集，汪洋紆徐，辨博環異，則訢公之所為有自來矣。我文皇建大剎於潛邸之舊處，特起訢公居之，天縱神明，度越前代，取一士而表異之，冠於東南之叢林，其遇合之故尊禮之意，豈凡庸所得窺其萬一。訢公於是吸江海於硯席，肆風雲於筆端，一坐十年，應四方來者之求，則一代人物之交，見於篇章簡什者，殆無虛日，豈尋常根器之所能哉……如洞庭之野，眾樂並作，鏗宏軒昂，蛟龍起躍，物怪屏走，沉冥發興。至於名教節義，則感厲奮激，老於文學者不能過也。」〔註2〕元末明初的朱右，在《泊川文集序》中提到元末明初的佛教僧徒的文學創作云：「予嘗觀近代僧家者流，以文鳴者，固多要其不失軌範，充然有餘，在元貞則天隱至公，天曆則廣智訢公也。天隱之文雅正舒暢，廣智之文雄健超邁，

〔註1〕顧嗣立編：《元詩選》初集卷六十七，《四庫全書》本。
〔註2〕大訢：《蒲室集》卷首，《四庫全書》本。

然皆無林下習氣。師於廣智為大弟子，宜與之並傳也。」〔註3〕天隱圓至與廣智大訢兩系的創作，被視為明初僧徒文學的主力。

笑隱大訢之弟子宗泐、來復、廷俊、道衍等，都創作了大量的作品，確實是元末明初僧侶文學創作的主力。廷俊有《泊川文集》，《明史》卷九十九《藝文志》載「廷俊《泊川文集》五卷」。《千頃堂書目》卷二十八亦載「廷俊《泊川文集》五卷」，由「危素著《塔銘》，黃溍、杜本、李孝光、張翥、周伯琦皆為序其集」可知廷俊與當時的文人士大夫的交遊密切。《御選明詩》亦云廷俊「有《泊川集》」。《明史》《千頃堂書目》《御選明詩》都著錄廷俊的著述為《泊川集》，這可能並不準確。《大清一統志》卷二百四十一載廷俊幼年出家，二十歲時「謁訢笑隱於中天竺」，大訢對之有「子黃龍佛印流也」的賞歎之語，並云「《泊川集》五卷」。

「泊川」與「洎川」，應該有一種是抄錄錯誤。其實「洎川」應該是正確的。廷俊是江西樂平人，「洎川文集」之名應出自流經樂平的洎水，《大清一統志》卷二百四十載「洎水」云：「在德興縣南，源出洎山下洎灘裏，西流徑縣南。又二十里入樂安江，下流通名洎川。今樂平縣亦名洎陽，以此水為名。」即「洎川」是洎水下流之名，洎水在樂平縣內稱「洎川」，《江西通志》卷十一云：「洎水……二十里至小港口入樂安江，即樂平縣之洎川也。」朱右在《洎川文集序》，云：「昔人謂禪門尊宿之出世，叱吒縱橫，去來無礙，其發乎心聲、著之言論，要不可以跡求之也。真懶禪師俊公用章，世居番易（鄱陽）之洎川，為董文靖公之從孫，有慧性，從浮屠氏習通內外典，遍參大方機語，不契即弗為之下。既而入龍翔廣智之室，而有得焉，故留吳最久。所至，名卿巨儒咸與交際，著為言辭，踔厲前輩，當時寺塔祠墓紀功告成，必致禮造，請師下筆，亹亹不斬，至於贈送序記積而成集，名以《洎川》，示不忘所自也。」〔註4〕由此可知，廷俊的作品集應該是《洎川文集》，而非《泊川文集》。

在《增集續傳燈錄》《續指月錄》《續燈正統》《續燈存稿》等文獻中存有廷俊的傳記和語錄。廷俊，字用章（或稱「用彰」），號懶菴，樂平人（或鄱陽人），姓董氏。幼年時從裏之大雲輯公出家，二十歲薙髮受具，二十五遊方，歷廬山諸剎。後於往浙中見月江印於吳興何山，印曰：「未入門來相見了也。」廷俊曰：「鳳棲不在梧桐樹」。時廣智大訢闡道杭之中天竺，廷俊往謁，

〔註3〕朱右：《白雲稿》卷五，《四庫全書》本。
〔註4〕朱右：《白雲稿》卷五。

大訢展兩手示之，廷俊即禮拜。大訢曰「見什麼」，廷俊曰：「驊騮墮地，志在千里。」大訢歎曰：「子黃龍佛印流也。」〔註5〕天曆初，文宗即金陵，潛邸建大龍翔集慶寺，大訢為開山住持，延廷俊居第一座，講行清規號令廣眾。至正二年先是住蘇之白馬，繼遷吳興資福，遂有「資福大師」之稱。再遷紹興能仁杭之中天竺淨慈。洪武元年，浙西僧道以賦役集金陵，廷俊在內，寓鍾山，頃之逝。廷俊備受元政府與明政府的禮遇，故如朱右所言「所至名卿巨儒咸與交際」。

二

朱右《泊川文集序》稱廷俊為「能言之士」，朱右認為文章是禪門餘事，而文章作為載道之器，「又未嘗不資之以傳也」。遂論其作品云：「師之文敘事似柳河東，議論似曾子固，立言扶教似嵩仲靈，淵源緒餘，本於其師廣智，若連類引物，從容譬喻，又上窺王褒、劉向之倫；情思泉湧，蘊蓄山輝，灝灝灝瀰瀰，茫無畔際，則又自成一家言矣。」〔註6〕遺憾的是，目前並沒有發現五卷《泊川文集》的存本，有可能已經佚失，因此難以窺見廷俊文學創作的全貌。

錢謙益《懶菴禪師俊公》中對廷俊的記載稍詳細，轉引危素所作塔銘語云：「為學善記覽，於前人出處言行，雖千百年若指掌，尤詳宋事，宿儒俱服其博洽。」〔註7〕並言其除《泊（泊）川文集》外，還有《五會語錄》，黃溍、杜本、李孝光、張翥、周伯琦等為之敘。廷俊所著《五會語錄》卻並不能查到，黃溍、杜本、李孝光、張翥、周伯琦的著述中也查不到關於《五會語錄》的記載，不知道錢謙益之言的依據來自何處。元代被認可曾著有《五會語錄》的是懷信禪師，見宋濂《大天界寺住持孚中禪師信公塔銘》等文獻所載。不過在明刊本《五燈會元》前有廷俊作的《重刊五燈會元序》，云：

> 原夫菩提達磨遜大龜氏於釋迦文佛，眴青蓮目，而得教外別傳
> 之旨之二十八代之祖也。既佩佛心印於梁普通之初，至東震旦時學
> 者方以講觀相高，乃曰「吾不立文字，直指人心，見性成佛之為宗」。
> 六傳至曹溪大鑒，支而為南嶽青原，又分而為雲門、臨濟、曹洞、

〔註5〕《增集續傳燈錄》卷第五《杭州淨慈懶菴廷俊禪師》，《續藏經》第83冊，第323頁。
〔註6〕《白雲稿》卷五。
〔註7〕錢謙益：《列朝詩集小傳》閏集卷一，第673頁。

溈仰、法眼五宗，支分派列，演溢於天下矣。圭峰密公《禪源詮》
曰：「禪之目有五，曰外道禪，曰凡夫禪，曰小乘禪，曰大乘禪，曰
最上乘禪。」若古高僧之功，用與夫他宗之所謂禪者，則皆前四種
禪。惟達磨展轉相傳者，頓同佛體，迴異諸門，蓋最上乘禪也。紫
陽朱文公曰：「達磨盡翻窠臼，倡為禪宗，視義學尤為高妙矣。」又
曰「顧盼指心性，名言超有無」，用是知文公深明別傳之旨，要非
言教所及，世之人徒見公衛道植教之語，而於吾氏未能窺斑嘗臠，
輒肆詆訾，是不知公也。近時涮人黃氏自負博洽，以教外別傳為非
佛氏之學，而別為一學。吁，得稱通儒哉！是又朱子之罪人矣。別
傳之道，本無言說，然必因言顯道，顧雖明悟如釋迦文佛，亦由然
燈記莂故，知祖祖授受，機語不得無述焉。宋景德間，吳僧道原作
《傳燈錄》，真宗詔翰林學士楊億裁正而敘之。天聖中，駙馬都尉李
遵勖為《廣燈錄》，仁宗御製敘。建中靖國元年，佛國白禪師成《續
燈錄》，徽宗作序。淳熙十年，淨慈晦翁明禪師作《聯燈會要》，淡
齋李泳序之。嘉泰中，雷菴受禪師作《普燈錄》，陸游敘。斯五燈之
所由始，與藏典並傳。宋季靈隱大川禪師濟公以五燈為書浩博，學
者罕能通究，乃集學徒作《五燈會元》以惠後學，恩至渥也。國朝
至元間，於越雲壑瑞禪師作《心燈錄》最為詳盡，特援丘玄素所制
《塔銘》，以龍潭信公出馬祖下，致或人沮抑不大傳於世，識者惜焉。
《法華經》曰：「世尊放眉間白毫相光，照東方萬八千世界。」慈氏
發問，文殊決疑，以謂日月燈明佛本光瑞如此。《維摩經》云：「有
法門名無盡燈。」無盡燈者，如一燈然百千燈，冥者皆明，明終不
盡。昔王介甫、呂吉甫同在譯經院，介甫曰：「所謂日月燈明佛，為
何義？」吉甫曰：「日月迭相為明，而不能並明，其能並日月之明而
破諸幽暗者，惟燈為然。」介甫擊節稱善。吾宗以傳燈喻諸心法，
而相授受者，其有旨哉。會稽開元大沙門業海清公，蚤參佛智熙公
於南屏，既得其旨，復典其藏，教久而歸，故隱闢一室以禪燕自娛，
廣智訢公題之曰「那伽室」而銘之，其鄉先生韓莊節公為之記。公
今年及八十，每慨《五燈會元》板毀，學者於佛祖機語無所考見，
於是罄衣缽之資以倡，施者惟是太尉開府儀同三司上柱國江浙等處
行中書省左丞相兼知行樞密院領行宣政院事喀喇公，首捐俸資，而

> 吳越諸師聞而翕然相之。板刻既成，使其參徒妙嚴徵言敘其端。予
> 視清公蓋諸父也，嘗承其教誠，把其高風，茲復樂公之所以為惠來
> 學之志，有成用不辭蕪陋而序之云爾。至正廿四年龍集甲辰夏四月
> 結制後五日杭中天竺天曆萬壽永祚禪寺住持番易釋廷俊序，江淛等
> 處行中書省左右司員外郎林鏞書。〔註8〕

由此序來看，廷俊對佛經與禪宗非常熟悉瞭解。文中引用宋代故事，確如錢謙益所說的「於前人出處言行，雖千百年若指掌，尤詳宋事」。

廷俊還編輯了其師笑隱大訴《笑隱訴禪師語錄》中的「湖州路烏回禪寺語錄」部分，題目雖標為「烏回禪寺語錄」，內文實則標明笑隱在杭州路淨慈禪寺時的開示語錄。五卷的《泊川文集》雖或不存，其內容應該是由詩、文以及所撰寫的大量人物尤其是僧徒的傳記、行狀、塔銘等。如大訴撰《豫章般若寺絕學誠禪師塔銘》中提到絕學禪師之徒智玄「以番陽廷俊之狀乞銘其塔」〔註9〕，撰寫塔銘一般是根據行狀來寫的，即塔銘中所提到的傳主的生平一般是對行狀的復述，只是文末的「銘」一般是由撰寫塔銘者自撰。宋濂在撰寫《妙果禪師塔銘》時，根據的也是廷俊撰寫的行狀：「謹按資福大師廷俊狀，師諱水盛，字竺源，自號無住翁，饒之樂平人。」由《豫章般若寺絕學誠禪師塔銘》《妙果禪師塔銘》來看，廷俊應該是撰寫了大量的佛教僧徒的行狀、塔銘之類的文章。黃溍在《元太中大夫廣智全悟大禪師住持大龍翔集慶寺釋教宗主兼領五山寺欣公塔銘》提到廷俊攜所撰寫大訴的行狀請其撰寫塔銘，可知廷俊撰寫過大訴的行狀。從宋濂的《妙果禪師塔銘》來看，廷俊亦曾被稱為「資福大師」。

作為大訴的弟子，廷俊認為求學不必拘泥於一位老師，《石渠寶笈》卷三十收錄有廷俊對趙孟頫的一幅《雜書》跋語：「仲尼問禮老子，而蘇子瞻氏蚤歲嘗從黃冠者遊，用是知聖賢為無常師。然則子昂之所以師尊南穀子者，其又可以形服而識之也哉。至正三年龍在癸未六月十八日番陽釋廷俊題。」學應無常師，僧徒可以師從道士，這方面倒是與大訴很像。大訴與道士頗有交遊，並且撰寫過遊仙詩，詩句之中亦頻頻援引老莊之語，如曾作《題三教圖》云：「孔子嘗問禮於老聃，圖之以為揖讓可也。佛生西竺，未嘗至中國，又時相先後而亦見於圖，何也？若以其道同心同，雖善言者言所不能及，豈筆舌可形容哉。

〔註8〕《五燈會元》卷首，《續藏經》第80冊，第1頁；四庫全書本《五燈會元序》。
〔註9〕大訴：《蒲室集》卷十二，《四庫全書》本。

畫史欲託諸圖像以會其同，而好辯者反資以立異，孰若得其心同道同而忘言也！」〔註10〕在詩歌創作上，師徒二人的差別確實比較大。除《五燈會元序》之外，現在能零散見到廷俊的一些作品，從能搜集到這些作品來看，師徒二人在創作上基本沒有相似之處。如《趙氏鐵網珊瑚》卷十收錄有《淵明昔愛南山奇君合在東山陲東南信美吾所羨臨風為和淵明詩》詩云：「千金買山種秋菊，為愛晚香寒簌簌。四山木落霜霰交，采采黃花泛醽醁。」大訢也有《淵明歸去圖》詩，云：「橫亡海上只徒傷，夷隘空聞臥首陽。歸去柴桑吾故里，高風猶是昔文章。」〔註11〕廷俊的詩描繪的是對陶淵明平靜隱居山林生活的喜愛和嚮往，大訢詩中充滿的則是哀傷和歎惜，詩意差別很大。

　　虞集序《蒲室集》論大訢詩文云：「如洞庭之野眾樂並作，鏗宏軒昂，蛟龍起躍，物怪屏走，沉冥發興。至於名教節義，則感厲奮激，老於文學者不能過也。」大訢的詩作風格是「鏗宏軒昂」「名教節義」「感厲奮激」，如《駿馬圖》詩，其中有：「嗟我身如倦飛鳥，十年繭足愁山川。安得千金購神駿，攬轡欲盡東南天。」〔註12〕詩雖有厭倦世事之意，後兩句卻又有欲得神騎而遨遊東南之「感厲奮激」意氣。《忠勤樓》詩云：「自負東南一劍橫，故應宸翰錫嘉名。帛書峴首愁歸雁，鼙鼓江心吼怒鯨。落木叢祠孤淚墮，西風長笛壯心驚。奸雄欺罔真兒戲，只比藏鉤漫鬥贏。」〔註13〕《重登忠勤樓》詩云：「宋亡諸將寂無聞，猶有高樓倚暮雲。井干璚題雕雉羽，碑摹玉篆缺龍文。君恩虛負忠勤寵，王道須知禮義尊。空與後人增感慨，當時羅綺只醺醺。」〔註14〕這兩首詩完全展現的是忠貞之士與感念舊朝的遺民的形象。相比之下，廷俊的詩作含有更多的禪意。《御選明詩》卷六十六與《明詩綜》卷八十九都收錄《送僧歸洞庭》詩，云：「每憶華山寺，高居俯洞庭。煙中飛鳥白，波面亂峰青。賈舶朝依岸，禪房夜不局。最憐霜後橘，金子爛熒熒。」這是寫洞庭湖的景色，以及華山寺僧人的禪修生活。這首詩被《御選明詩》和《明詩綜》（《明詩綜》言廷俊於洪武元年示寂於鍾山，亦云廷俊的文集為《泊川集》）收錄，可能是被視為廷俊的代表作。大訢有《東窗看山》詩云：「微茫翠浪瀉青瑤，木末斜分鳥道遙。雲斂江亭初過雨，月明津樹欲生潮。崖根橘柚知誰種，磵曲茅茨許過

〔註10〕大訢：《蒲室集》卷十四。
〔註11〕大訢：《蒲室集》卷六。
〔註12〕大訢：《蒲室集》卷二。
〔註13〕大訢：《蒲室集》卷五。
〔註14〕大訢：《蒲室集》卷五。

樵。不羨東山攜妓看，堆盤鱠玉映紅綃。」〔註15〕這是大訢為數不多的寫景詩，詩中寫的單純是從窗外看到的山林景色，雖然詩中「不羨東山攜妓看」表現出詩者清淨自守的心境，表現的更多的是類似文人的心懷，而非禪者的心境。大訢《重登忠勤樓》「空與後人增感慨」感慨宋亡時諸將辜負君恩，《御選明詩》卷九十收錄廷俊《石頭城次王侍御韻》詩亦懷感慨之意：「裒裒長江去不休，巖巖磐石踞城頭。千峰日落淮南暝，萬樹風高白下秋。流水尚過諸葛帳，東風不與阿瞞留。中原一發青山外，萬古終為王謝羞。」廷俊感慨的是歷史與世事，滾滾的長江水沖刷掉了所有的歷史功績，充滿了對無常的感歎，這裡的感歎同樣具有濃濃的文人心懷。《明詩綜》卷八十九收錄《有渡》詩云：「有渡方舟小，無家道路長。大荒天渺渺，滄海日茫茫。水母浮還沒，風鳶出復藏。不須寒雁叫，客意已淒涼。」詩中寫出了江湖客奔波於旅途中的淒涼之感，在某次的除夕小參中，廷俊云：「『一年將盡夜，萬里未歸人。』咄，寱語作麼，即今簇簇上來。兀兀立地，面面相看，眼眼相對，阿那個是未歸人。」〔註16〕「一年將盡夜，萬里未歸人」出自戴叔倫《除夜宿石頭驛》，詩云：「旅館誰相問，寒燈獨可親。一年將盡夜，萬里未歸人。寥落悲前事，支離笑此身。愁顏與衰鬢，明日又逢春。」《有渡》與戴叔倫《除夜宿石頭驛》非常相像，都是描述奔波於旅途的未歸之人。《御選明詩》卷六十六收錄有《未歸》詩，則對江湖客奔波於旅途的意義提出了懷疑，云：「甌越山無盡，江湖客未歸。北風吹雪冷，南雁貼雲飛。斷路迷行跡，驚湍濺衲衣。本來無住著，何事卻依依。」奔波於旅途的江湖客，受盡旅途奔波之苦，一句「本來無住著」，透出了江湖客奔波於旅途之間的執著，正如其所云：「秋江清淺時，白露和煙嫋。本無迷悟人，只要今日了。既是本無迷悟，又要了個甚麼。好諸禪德，頂門正眼，照古照今，腦後神光，無內無外。雖則人人本具，各各現成，其奈妄想執著，不能了此。」〔註17〕江湖客正是有所執著而奔波，禪答中的「阿那個是未歸人」之語是對「未歸人」的否定，認為這些感歎和愁緒都是毫無疑義的。

　　《御選明詩》卷一百收錄廷俊《題畫蘭》詩，其中提到屈原：「綠葉微風際，清香小雨餘。湘江春水闊，愁殺楚三閭。」大訢則有《松雪翁墨蘭》詩提到屈原，云：「風佩參差倚，秋香暗襲予。愁來禁不得，誰弔楚三閭。」〔註18〕

〔註15〕大訢：《蒲室集》卷五。
〔註16〕性統編集：《續燈正統》卷十五，《續藏經》第 84 冊，第 494 頁。
〔註17〕性統編集：《續燈正統》卷十五，第 494 頁。
〔註18〕大訢：《蒲室集》卷六。

兩首詩中都提到屈原，廷俊提到屈原描述的是屈原隱隱的心憂；若將「綠葉微風際，清香小雨餘」兩句與《未歸》中的「本來無住著」之句相結合來看，廷俊似乎是在表明屈原對國事、時事的憂懷並無多大的意義。大訢提到屈原則有後來者忘記曾經英雄的感傷之意，詩意與《忠勤樓》《重登忠勤樓》等詩相近，充斥著「名教節義」「感厲奮激」之意。作為元代相當有名的禪僧，大訢的詩歌自然也體現出佛教觀念，如《次韻薩天錫臺郎賦三益堂芙蓉》詩云：「華開未覺早霜殘，留伴仙人酒半闌。翡翠巢空秋浦淨，落霞飛盡暮江寒。玉真對月啼雙頰，楚袖迎風舞七盤。持向毘耶聽說法，病翁元作色空看。」〔註19〕由於其詩文主要體現出「名教節義」「感厲奮激」的風格，詩歌整體上體現出的佛教意蘊和禪境，要稍遜於廷俊的詩歌。

從上述輯錄到的詩歌來看，廷俊作為大訢的弟子，作品在詩意上差別很大。大訢的作品注重「鏗宏軒昂」「名教節義」「感厲奮激」，廷俊詩歌的風格平實平靜，充滿了對歷史和世事的感歎，具有更真切的禪意和禪境。雖然具有濃厚的文人心懷，與大訢的詩歌相比，禪意與禪境更深。由上述的詩歌作品來看，朱右《泊川文集序》中提到的「師之文敘事似柳河東，議論似曾子固，立言扶教似嵩仲靈。淵源緒餘，本於其師廣智；若連類引物，從容譬喻，又上窺王褒、劉向之倫；情思泉湧，蘊蓄山輝，灝灝渢渢，茫無畔際，則又自成一家言矣」，或許並不準確。由於能看到的作品少，其文章敘事是否似柳宗元、議論是否如曾鞏、是否「上窺王褒、劉向之倫」難以斷定，作品本於其師大訢，似乎可以進行商榷。

三

相比廷俊而言，來復保留下來的文獻就比較豐富了。來復字見心，豐城人，族姓王氏，釋明河《續補高僧傳》中有傳，其生平事蹟可參見何孝榮《元末明初名僧來復事蹟考》（《歷史教學》2012年12月期）一文。來復在元末已極有詩名與佛名，元至正時曾主持報德禪寺，周伯琦《重修定水教忠報的禪寺記》云：「至正十七年歲丁酉之春，見心禪師復公受行宣政院檄，主慈谿之定水教忠報德禪寺。」〔註20〕危素曾作《定水教忠報德禪寺記》，記其主持報德禪寺事云：「至正十七年，見心復禪師來主斯寺，蓋上距永禪師甲子一周。視

〔註19〕大訢：《蒲室集》卷五。
〔註20〕來復：《澹游集》卷下，《續修四庫全書》本。

其傾圮,遂圖營構。奈何宿逋重而賦役繁,力有莫能舉也。謀於寺之耆舊,僧仁英首捐貲五千緡,以倡施者創。於是年之季秋仲冬落其成。殿後素湧壁觀音大士像,乃寺僧大用,集眾力為之。先是寺無三塔,遺骼並葬池水,復禪師以為非禪祖創規立法之意,因度善地於寺之西偏橐駝峰下,而為三塔。至於三門廊廡鐘樓經藏湢庾之廢墜者,以次修葺而新之。」〔註21〕住定水時的來復,已有極深的禪悟,如《予住定水暇日因賦禪偈八首》之一:「心閒不預人間事,身老都忘世上榮。朝出還看流水送,暮歸仍愛白雲迎。休問利,莫貪名,旋敲石火煮黃精。」〔註22〕禪偈中顯示了來復對禪學的深刻領悟,釋大始《次韻定水竺曇和尚》之一中「鍾鼎玉帛何足榮」「本無相亦無名,掃除百丈野狐精」〔註23〕等語即是對此時來復的禪學的評論。

入明後,來復與宗泐於洪武初年「以高僧召至京」,在《送姚雲峰煉師歸淞江序》自言應召經過云:「(洪武)乙卯(八年,1375 年)秋有旨,選諸郡釋老之徒通文儒者,試於禮部,第其詞章高下而進用之。僕以有司催迫上道,至於南京旅食者二載,比蒙聖恩,賜歸林下,俾遂初志。」〔註24〕《寄北禪佑講主洪武初應高僧召》詩中,來復表達出對朱元璋徵召的欣喜之情:「雲霞剪作佛裟裟,草座長年靜結趺。禮罷六時天送供,講來三藏雨添花。象龍曾赴高僧會,羊鹿誰來稚子車。隨處溪山可終老,不愁無地布金沙。」〔註25〕之後,來復又被朱元璋遣侍蜀王。來復有《奉寄潭王殿下二十韻》詩,詩中「嗟我依禪寂,匡徒住帝鄉」之句言以禪徒身份依傍帝王,詩句中表達出一種身為佛教徒卻依附於帝王的一種有些奇怪的感覺。由於是以「通儒學僧」的名義應召,來復對儒學的看法與其他佛教徒有些明顯的不同,本詩中繼續所云「移來兜率界,幻出妙嚴堂,永致千秋祝,仁風播大荒」〔註26〕等句之意,是在佛教之界傳播儒學之風,將佛教與儒學組合起來了。或許是出於對帝王的頌揚,或許是來復對美好圖景的一種勾畫,這種畫面看上去比較奇怪,其實這是來復宗教觀念的典型體現,下文有詳述。來復將佛教與儒學相結合的頌揚角度,煥發出一種與眾不同的頌揚方式與側面,朱元璋對之褒美不已,說明這種頌揚方式達到

〔註21〕來復:《澹游集》卷下。
〔註22〕來復:《澹游集》卷上。
〔註23〕道衍:《道餘錄》卷上。
〔註24〕來復:《蒲菴集》卷四,國家圖書館藏清初抄本。
〔註25〕來復:《蒲菴集》卷三。
〔註26〕來復:《蒲菴集》卷一。

了很好的效果。

　　來復至蜀後，受到蜀王的禮遇，蜀王與來復、儒臣蘇伯衡等一起論道時，對來復非常推重（「最重師」）。蜀王來覆命撰《正心》《觀道》《崇本》《敬賢》四箴榜於宮，如趙吉士《寄園寄所寄》云：「時蜀王雅志釋典，禮遇復甚隆，王在中都構西堂讀書，召儒臣日與講論，復亦在列。又建寶訓堂，以奉祖訓，及前代帝王經典，命復作記。王又為澄心觀，書《崇本敬賢》四箴以自警，復亦代草。」〔註27〕「道」是來復讀書為學的中心，如《山堂有懷西堂讀書賦五言古詩一首以進》中「讀書貴聞道，不在萬卷多」〔註28〕、《古意》之三中「生世不聞道，百年空白頭」〔註29〕等。來復所主之「道」的內涵亦較為豐富，其所言之「道」似乎不僅僅是某一家的「道」，往往陳述的是面對洪荒的遠古之道，如《古意》之三后兩句云「何當掃塵海，八極縱虛遊」〔註30〕，來復彷彿是在面對著遠古之洪荒而發出對「道」的感悟，這種感悟已經遠遠超出了儒釋道等範疇。來復與蜀王、蘇伯衡等一起所論之「道」不僅包含儒、釋、道之「道」，同時具有這樣遠古之「道」的含義在。

　　蜀王十分器重來復，來復對蜀王也有發自內心的感遇之情，這種情感在其寫給蜀王的詩文中有明確而不隱諱的表達。來復作有多首與蜀王唱和詩，僅《蒲菴集》卷一中就收錄有七首。這些詩歌體現出來復與蜀王之間的關係非常密切，如《奉和蜀王殿下賜詩有懷》云「西堂詎云遠，一別如三春」「論心重知己，道合無故新」「題詩數相慰，何啻骨肉親」等句。蜀王經常召集賓客、文人等集會，如《奉和蜀王殿下夏中賜詩入山存問》詩云：「西堂集賓客，高詠懷梁園。文采燦雲漢，垂輝映金門。嗟餘老巖穴，百拙慚鈍根。觀心曾有期，慷慨思王言。」〔註31〕梁園是漢梁孝王修建的園林，梁孝王在此籠集了大量的文人名士，一時文風興盛。來復把蜀王的西堂比作梁孝王的梁園，是要說明蜀王籠集的文人之盛，《山堂有懷西堂讀書賦五言古詩一首以進》中云「朝夕娛絃歌」〔註32〕即是對此盛況的描寫。「慷慨思王言」是表達對蜀王恩遇的感謝，這不僅是來復自己的心聲，應該也是西堂所有賓客的心聲。來復奉和蜀

〔註27〕趙吉士：《寄園寄所寄》卷四，（上海）大達圖書供應社 1935 年印刷。

〔註28〕來復：《蒲菴集》卷一。

〔註29〕來復：《蒲菴集》卷一。

〔註30〕來復：《蒲菴集》卷一。

〔註31〕來復：《蒲菴集》卷一。

〔註32〕來復：《蒲菴集》卷一。

王的詩中，有許多是對蜀王的讚頌，如《奉題蜀府閱古堂》詩云「天地非□□，道超天地先。日月非不明，道光日月前。吾王閱古道，虛心窮至玄。洞觀天人際，妙契惟心傳。孰云唐虞遠，執中貴無偏。」一般文人在頌揚帝王時，經常會將之比為堯舜，詩中的「孰云唐虞遠」同樣是如此，將蜀王比之為堯，這並不是稀奇；開篇的數句言「虛心窮至玄」，這就是將蜀王推之為通曉至高玄理的地步。本詩後半段進入對蜀王維持風教的頌揚，云：「天倫仰扶植，斯由古道存。維王鎮全蜀，劍閣開雄藩……期當振風教，澆俗還淳原。」最後兩句「千秋頌王業，勒石垂崑崙」〔註33〕表達出眾賓客對蜀王內心的頌揚之意。

作為出世的僧徒，來復詩文中對蜀王的頌揚，與一般文人無異。《奉和蜀王殿下所賜詩韻》之一：「我王慕雲泉，虛心樂禪寂。潛伏無定蹤，頗怪山不密。俯視六合間，幻變何時畢。」之二中云：「蒙恩有深期，玄談味如密。粲粲優曇華，千載時一出。」之三云：「我來結神交，相知白頭新。所思在至道，終焉心獨親。」〔註34〕來復所作頌揚詩，是明初歌功頌德風氣的一個片面，其頌揚之作也不出當時普遍之風，如《潭府命題沖漠齋》中云「方今太平混疆宇，八荒四海同文軌」「皇風一片邈無垠，玉帛千秋奉明主」〔註35〕，與同時期文人頌揚之作沒有絲毫差別。這些詩歌不僅顯示來復入明後受到臺閣體之風的深刻影響，也顯示出其在寫作上體現出深刻的文人化傾向。

蜀王對來復的寵遇，以及其對蜀王的頌揚，來復再次引起朱元璋的注意，多處文獻都提及此事，如《御定淵鑑類函》載有來復「因蜀王與復善講論著作，以故得達太祖」〔註36〕之語，朱元璋取來復詩讀之後「褒美弗置」，趙吉士《寄園寄所寄》亦云「太祖嘗誦其所為詩文，稱賞久之」〔註37〕。朱元璋所讀不知何詩，不過大概如《奉寄蜀王殿下二十四韻》中「聖主恢中夏」「經筵儒士講，榮召將臣論」「物產由今富，民生自古繁」〔註38〕等詩句。其次，來復對佛教義理的表達遠超其他僧徒之上，如《過越王臺》之三云「白頭松下叟，猶說晉風流」〔註39〕。詠歎越王臺的詩歌很多，有文人的，有僧徒的，

〔註33〕來復：《蒲菴集》卷一。
〔註34〕來復：《蒲菴集》卷一。
〔註35〕來復：《蒲菴集》卷二。
〔註36〕《御定淵鑑類函》卷三百十七。
〔註37〕趙吉士：《寄園寄所寄》卷四。
〔註38〕來復：《蒲菴集》卷一。
〔註39〕來復：《蒲菴集》卷一。

對此題的詠唱多意在表達之前的繁盛與現在的衰落，來復卻沒有正面表達興廢的感歎。胡益《簡寄定水見心禪師》詩中云「早悟西來旨」的來復「宴坐無嗔亦無喜」，「有口何曾說興廢」是說來復沒有正面述說興廢，而從一個松下老者對曾經晉風流的閒論表示出越王臺曾經的強盛與今下的破敗，這是對禪旨更深刻的領悟，確如胡益所云「洞觀塵劫心寂然」〔註40〕。來復這種對於無常之意的表達方式，更能引發讀者深刻的感觸。《過越王臺》詩之四云「范蠡五湖去，扁舟幾日還，至今閭闔月，不照苧羅山」〔註41〕，是對功績的反思，曾有的輝煌的功績最終都是無常的。值得注意的是，來復歌詠興廢的詩作，往往是用來頌揚今時的強盛，如《望海》詩云「海國微茫散曉暾，金陵王氣滿乾坤」「六朝空據長江險，一統今歸聖代尊」〔註42〕之句就是以以往的「空據」凸顯今時的強盛。

　　這兩個方面可能都會受到朱元璋的賞識，趙吉士《寄園寄所寄》論來復詩歌「胸次清灑出塵」〔註43〕也會受到朱元璋的肯定。對作為帝王的朱元璋來說，更關注得應該還是來復所作的頌揚類詩作，侍奉蜀王時「以得達太祖」的作品應該就是那些頌揚之詩作。如《主上於奉天門賜坐焚香供茶午就賜齋問以宗門大意首以靈山付囑繼以迦葉感化為對喜賦詩以獻之》詩，詩題就是在說明作此詩的緣由，詩中「最喜華夷共一家」應該很為朱元璋讚賞。《奉和御賜詩韻》中云：「虎城雄鎮大江東，一代朝儀有古風，法道應隨王道盛，帝心還與佛心同。」〔註44〕一方面表明法道跟隨在王道之後，擺正了佛教的地位；另一方面將朱元璋比作佛陀，這應該就是朱元璋「稱賞久之」的詩作。

　　來復對朱元璋的宗教政策應該有極為深刻的領會，可能與此相關，他特別讚揚北宋的契嵩。北宋初期古文運動興起，有些文人在提倡古文的過程中，提出了很多排斥和攻擊佛教的言論和文章，如孫復的《儒辱》、石介的《怪說》、李覯的《潛書》、歐陽修的《本論》等，契嵩專門做《輔教編》等一些列文章，為佛教進行辯護。契嵩首先闡明修道在於見聖人之心，在寫給當時主政的韓琦的信中，契嵩說：「某聞古之聖人立極以統天下，天下謂之至公。夫至公者惟善者與之，惟惡者拒之。與善無彼此，治而已矣，拒惡無親疏，亂而已矣，是

〔註40〕來復：《澹游集》卷上。
〔註41〕來復：《蒲菴集》卷一。
〔註42〕來復：《蒲菴集》卷三。
〔註43〕趙吉士：《寄園寄所寄》卷四。
〔註44〕來復：《蒲菴集》卷三。

蓋聖人之心也。及其親親尊尊，國有君臣，家有父子，必親必疏，必近必遠，三綱五常不可奪其序，此乃聖人之教也。夫教貴乎修也，而心貴乎通也。教也者，聖人之經制也，心也者，聖人之達道也。天下必知達道，始可以論至公，苟不達道見聖人之心，雖修教必束教，而失乎天下之善道也。」契嵩提出如果修道能見聖人之心，就可以不分別所修是何道了，故契嵩在信中對韓琦說「願幸閣下無忽某佛氏者也」。佛教之修行也是見聖人之心，導人向善拒惡，契嵩隨後指出，佛教傳播於中國「垂千載矣」，「所更君臣之聖賢者不可勝數」，這些聖賢的君臣認識到佛教所宣揚之善「有益於生靈，助政治，廣教化」，所以「皆尊奉之，使與儒並化天下」，這就是「用大公之道而取之」。契嵩又指出佛教用於「廣教化」的方式，儒家之說雖然「宣傳國家之教化」，但並不是「天下之男女夫婦」都能「人人盡預乎五常之訓」，對那些不能「預乎五常之訓」的男女夫婦，佛教就能發揮導人為善的作用，「及其聞佛所謂為善有福為惡有罪，損爾身累爾神，閭里胥化而慕善者幾遍四海。苟家至戶，到而按之，恐其十有七八焉」〔註45〕。這就是所說佛教能「助政治，廣教化」。在寫給富弼的信中，契嵩同樣申明佛教能「使人去惡而為善」，若佛教與儒能「並勸」天下，「是不惟內有益於聖賢之道德，亦將外有助於國家之教化」〔註46〕。契嵩有寫給宋仁宗的《萬言書》，即《萬言書上仁宗皇帝》。《萬言書》中，契嵩強調「佛之道與王道合」之意，與儒家之說一樣「以慶賞進善，以刑罰懲惡」。佛教並不能沖淡儒家之說，而是與儒學一樣「關陛下政化」「不力救則其道與教化失」〔註47〕。朱元璋的看法與契嵩的觀念完全相同，來復有《讀鐔津集》云：「袈裟曾禱白衣仙，文印兼隨法印傳。一代宗門良史筆，十年震旦大乘禪。上書語徹皇天聽，輔教心同白日懸。功被群生誇獨盛，摩崖無石可重鐫。皇祐群賢佐治平，吾師奮起以文鳴。扶宗真有回天力，為法何求蓋世名。」〔註48〕對契嵩的讚揚，也是對朱元璋宗教政策的肯定。

　　來復對朱元璋的頌揚，卻並沒有得到善終。《御定佩文齋書畫譜》援引《鐵網珊瑚》云來復曾被朱元璋除僧錄寺左覺義，並「詔住鳳陽槎牙山圓通院」〔註49〕，錢謙益在《跋清教錄》中提到此事云「祝發行腳，至天界寺，除授僧

〔註45〕契嵩：《鐔津文集》卷九《上韓相公書》，《大正藏》第52冊，第691頁。

〔註46〕契嵩：《鐔津文集》卷九《上富相公書》，第693頁。

〔註47〕契嵩：《鐔津文集》卷八，第687頁。

〔註48〕來復：《蒲菴集》卷三。

〔註49〕《御定佩文齋書畫譜》卷四十四。

錄司左覺義，欽發鳳陽府槎芽山圓通院修寺住」〔註50〕，錢謙益又在《列朝詩集小傳》亦說「除授僧錄司左覺義，詔住鳳陽槎芽山圓通院」〔註51〕，黃禹稷《千頃堂書目》中云「洪武初召至京，太祖覽其詩，褒美賜金襴袈裟，授僧錄司左覺義，詔住鳳陽圓通院」〔註52〕，這些記載表明來復曾住安徽鳳陽槎牙山圓通院，實際上來復是被貶到圓通院的〔註53〕。洪武二十四年（1391），來復被朱元璋下令凌遲處死。

　　關於來復的死因，流行的說法是因文字之禍。《御定淵鑒類函》因來復事蹟云：「以人才仕元至學士，因亂削髮為僧。初髯甚長，後為僧而髯如故，所與遊皆名士，胸次清灑，溢為詩章。時僧宗泐著稱復與之齊名，太祖嘗誦其所為詩文，嗟賞久之。因蜀王與復善講論著作，以故得達太祖，一日召問，曰：『汝不欲仕我，而去出家為僧，吾亦聽汝，然留須亦有說乎？』對曰『削髮除煩惱，留須表丈夫』，太祖笑而遣之。又一日召見，賜之膳，既罷復上詩稱謝，詩云：『祇園風雨曉吹香，手挽袈裟近玉床。闕下彩雲生雉尾，座中金莃動龍光。金盤蘇合來殊域，玉盌醍醐出上方。稠迭濫承天上賜，自慚無德誦陶唐。』太祖覽詩大怒，曰：『汝詩用殊字，是謂我為歹朱耶。又言無德誦陶唐，謂朕無德，則雖欲以陶唐誦我而不能耶，何物奸僧，敢大膽如此。』遂殺之。」〔註54〕《江西通志》引《稽古錄》云：「洪武初召至京師，與宗泐齊名，十八年以賦詩忤上意被刑。」〔註55〕洪武十八年的時間顯然是不準確。郎瑛《七修類稿》、蔣一葵《堯山堂外紀》、王圻《續文獻通考》、劉仲達《劉氏鴻書》、傅維麟《明書》、張英《淵鑒類函》、趙翼《廿二史劄記》等皆持此說，如趙翼《廿二史劄記》「明初文字之禍」條目中援引《閩中今古錄》載來復被殺事云：「又僧來復謝恩詩，有『殊域及白慚，無德頌陶唐』之句，帝曰『汝用殊字，是謂我『歹朱』也，又言『無德頌陶唐』，是謂我『無德』，雖欲以陶唐頌我，而不能也』，遂斬之。」趙翼由此總結云「是時文字之禍起於一言」〔註56〕。

〔註50〕錢謙益：《牧齋初學集》卷八十六，上海古籍出版社2009年版，第1804頁。

〔註51〕錢謙益：《列朝詩集小傳》閏集卷一，第263頁。

〔註52〕《千頃堂書目》卷二十八。

〔註53〕參見谷春俠《釋來復主持鳳陽圓通寺始末及交遊考述》，《廈門廣播電視大學學報》2014年第2期。

〔註54〕《御定淵鑒類函》卷三百十七。

〔註55〕《江西通志》卷一百三，《四庫全書》本。

〔註56〕趙翼：《廿二史劄記》卷三十二，載《趙翼全集》第二冊，鳳凰出版社2009年版，第634～635頁。

至於來復是不是由於「賦詩忤上意被刑」，有不同的說法。《御定淵鑒類函》引來復被殺事時提到其師笑隱禪師：「初，復被徵，其師訴笑隱止之，曰『上苑亦無頻婆果，且留殘命吃酸梨』，復不聽。及臨刑而悔，因道訴語上聞，逮訴至，將殺之，訴曰『此故偈，臣偶言，非有他也』，上問訴何出，訴曰出大藏某錄某函，檢視果然，乃釋之。」〔註57〕笑隱禪師彼時早已去世，錢謙益在《跋〈清教錄〉》因此考辨來復因文字獄被殺事非真，云：「野史稱復見心應制詩，有『殊域』字觸上怒，賜死，遂立化於階下，不根甚矣。田汝成《西湖志餘》載見心臨刑，道其師訴笑隱語，上逮笑隱而釋之。尤為傅會。笑隱入滅於至正四年，而為之弟子者，宗泐也，來復未嘗師笑隱。野史之傳訛可笑如此。」文中並說：「《清教錄》條列僧徒爰書交結胡惟庸謀反者，凡六十四人，以智聰為首，宗泐、來復，皆智聰供出逮問者也……復見心坐凌遲死，時年七十三歲。」〔註58〕錢謙益在《列朝詩集小傳》中又簡要記述云「二十四年，山西太原獲胡黨僧智聰，供稱隨泐季潭、復見心往來胡府，合謀舉事」，宗泐被釋還，來復則「坐凌遲死」〔註59〕。《補續高僧傳》亦持此說，朱彝尊《明詩綜》云來復「坐胡黨凌遲死」〔註60〕。洪武二十四年，胡惟庸門下僧智聰在太原被捕，智聰曾與宗泐、來復往來胡惟庸府中，二僧遂受牽連被捕，宗泐最終被釋放，詳細參加宗泐一章；來復則被凌遲處死。來復被殺事，朱家英、張晴晴《詩僧來復見心生平及文學創作考述》有詳細分析，指出來復仕元、因文字被殺等事都是誤傳，被殺的真因是涉胡惟庸案〔註61〕。趙吉士《寄園寄所寄》中稱朱元璋欲殺來復時，來復「玉箸雙垂，圓寂於丹墀之下」〔註62〕，或許是一種隱諱。

根據上述文獻來看，來復被捲入胡惟庸案被殺的可能性較大。不管是因文字而被殺，還是因捲入胡惟庸案被殺，都顯示了朱元璋作為皇帝的恩威難測。宗泐與來復在明初被視為齊名之僧徒，朱彝尊甚至稱宗泐不及來復遠甚，援引《靜志居詩話》云「蒲菴與全室齊名，然不及全室遠甚，蓋全室風骨戍削，而蒲菴未免癡肥也」〔註63〕，胡應麟在《詩藪》中亦稱「國朝詩僧無出來復見心

〔註57〕《御定淵鑒類函》卷三百十七。
〔註58〕錢謙益：《牧齋初學集》卷八十六，第1804頁。
〔註59〕錢謙益：《列朝詩集》閏集卷一，第263～264頁。
〔註60〕朱彝尊：《明詩綜》卷九十，第4275頁。
〔註61〕參見朱家英、張晴晴《詩僧來復見心生平及文學創作考述》，《山西師大學報》2015年第1期。
〔註62〕趙吉士：《寄園寄所寄》卷四。
〔註63〕朱彝尊：《明詩綜》卷九十，第4276頁。

者，宗泐有盛名而詩遠不逮」〔註64〕，二人同時被捲入胡惟庸案，來復被殺而宗泐最終被赦免，帝王之心確實難測。就文字禍來說，同樣顯示朱元璋的恩威難測，江盈科在敘述來復因「殊」被誅後說：「前二詩未必佳，乃取不次之位；來復詩工矣，乃取不測之禍。」所謂的「前二詩」，是指兩位因詩而得高位者，其一是彭有信：「彭有信歲貢至京。上微行，偶與相值，口占《霓虹》詩云『誰把青紅線兩條，和雲和雨繫天腰』，友信應聲曰『玉皇昨夜鸞輿出，萬里長空駕彩橋』。上異之，約詰朝早朝相會。宣入，曰「有學有行，君子也」。拜北平布政使。」其二是為一不知名性國子生，云：「上一日又微行行市間，遇國子生某入酒坊。上問其鄉里，曰『四川重慶人』，上屬詞曰『千里為重，重水重山重慶府』，生慶（應）聲曰『一人成大，大邦大國大明君』。上因舉翣幾木片，命賦詩，生吟曰：『寸木原從斧削成，每於低處立功名。他時若得臺端用，定向人間治不平。』上私喜，探錢償酒家去。明日，召入謁，上笑曰『爾欲登臺端乎』，命為按察使。」彭有信故事應出自《明太祖文集》卷二十，國子生故事不知所出，明末清初褚人獲《堅瓠集》亦載。如江盈科所言，二人之詩並不佳，卻因詩而得位，來復卻因詩被誅，江盈科因此說「太祖評詩，可謂無定價矣」〔註65〕，「無定價」即沒有一定的評價標準，完全是憑一時心情之好壞，帝王之心真的是恩威難測。

四

　　上文提到來復能深刻領會到朱元璋的宗教政策，看到朱元璋出於「陰翊王度」的功用而扶持佛教，《鍾山靈谷禪寺記》中對此說道：「我聖天子慈育黎庶，與佛同仁，萬機之暇，乃復存神內典，凡可以善世利生而助宣王道者，莫不簡扶而尊崇之。」〔註66〕由對朱元璋宗教政策的領會來看，來復特別強調帝王支持對佛教發展的重要作用，其秉持的就是道安「不依國主，則法事難立」的發展策略。如《送太史蘇平仲序》中云：「夫君臣之相遇，固有其道，然必俟乎時之會合，而後能得君之心，得君之心，則其道之不行，言不信矣。」〔註67〕臣道得君之心則能行，同樣對佛教徒來說，得君之心則能順利地發展佛教，《東山五祖禪寺正續堂記》明確說：「今上皇帝聖明天縱，統正萬邦，機政之

〔註64〕胡應麟：《詩藪》，《續修四庫全書》本。
〔註65〕江盈科：《江盈科集》，第734～735頁。
〔註66〕來復：《蒲菴集》卷五。
〔註67〕來復：《蒲菴集》卷四。

暇，乃復討論心宗，大興禪學。然吾徒者宜當堅忍自勵，荷擔佛祖大法，委身而力行之，上以善世利國，下以弘教度生，庶無負於正續之旨矣。」〔註68〕佛教徒要為上善世利國下弘教度生而「堅忍自勵」，這些說法都是「不依國主，則法事難立」的另一種表述。

頌揚帝王是為了爭取其扶持，在佛教觀念上，來復相當開放與寬容，並沒有執一見而排斥其他。來復認為佛教徒首先追求的應該是「道」，《送日本汝霖上人序》中云「天下之善遊者」以佛教徒為特盛，僧徒們涉海踰嶽、視險如夷，「雲行鳥飛，去住無跡，寄一錫於萬里之外，棲一單于三椽之下，身無寒暑之尤，心無鄉井之戀，危坐終日，猶泥像木偶，至忘饑渴者」，惟以「知道為急務」〔註69〕，而非「僕僕以干名」「汲汲以逐利」為目的。《逍遙散人記》中，來復繼續闡發他的「道」的觀念。來復描述了「樂道而不羈於世」的逍遙散人是真正的「樂乎道」者，逍遙散人「隱乎山林則云泉鹿豕吾友也，居乎廟堂則天瞿麟鳳吾友也，至於窮達不移其操、厲害不動其心」，是「真能以道自樂而逍遙乎世者」。能樂乎道者世弗能得而覆之，反之若「馳騖朝夕而樂不以道」，不僅處廟堂為拘繫，即使處山林江海亦為桎梏。至於「內喧而外寂」「汨汨乎嗜欲，炎炎乎忿爭」者，「幅巾藜杖，苧袍芒履，闊步於清虛之域，長趨於淡泊之門，問其名則曰『我逍遙散人也，我不羈於世者也』」〔註70〕，實則距「道」甚遠。「內喧而外寂」「汨汨乎嗜欲，炎炎乎忿爭」者，就是來復《知止齋名》中所云「心而不能安非止也」〔註71〕之意，來復之意是要將心止於「道」，心能止於「道」是真「止」。

來復雖是由學儒不成而學佛，對佛教的沉潛是相當深入的，成為佛教徒後對佛教是真正認可的，如《次張仲舉學士寄答寶林別峰講主》詩中「我亦衰年厭城市，白雲長鎖薜蘿龕」〔註72〕，《聽秋軒為方厓長老賦》詩中「多聞何似無聞好，潦倒從教兩耳聾」〔註73〕，《掩關》詩之三「紅塵淨洗人間耳，猶有風聲與水生」〔註74〕，《山林高士圖為張吏部題》詩中「洗耳不談浮世事，秋

〔註68〕 來復：《蒲菴集》卷五。
〔註69〕 來復：《蒲菴集》卷四。
〔註70〕 來復：《蒲菴集》卷五。
〔註71〕 來復：《蒲菴集》卷六。
〔註72〕 來復：《蒲菴集》卷三。
〔註73〕 來復：《蒲菴集》卷三。
〔註74〕 來復：《蒲菴集》卷三。

聲一片白雲閒」〔註75〕等句，是對佛教生活的認同和真切感受。《閒居漫興》是禪棲生活的描寫，詩云：「十笏棲禪地，身閒樂有餘。緣何縫壞衲，紫芋給香廚。月色千林迴，泉聲四坐虛。任緣甘潦倒，莫訝與時疏。」〔註76〕詩中的「任緣甘潦倒，莫訝與時疏」是來復從禪棲生活中得到的寂靜，《湖上泛舟》中「閒情惟自適，大夢竟誰醒」〔註77〕之句則頗似蘇軾等文人從生活中得到的破迷入悟之語。來復有時又將禪棲與對仙人生活結合起來，《遊仙詩》之一云：「騎虎青林採藥歸，蟠桃花落石芝肥。金函不進長生符，夜禮虛皇覲太微。」之二云：「班龍籌雨石田開，旋割松肪壓紫醅。但使心閒無嗜欲，青山何地不蓬萊。」〔註78〕來復對生活的感受中，或許禪棲生活就是仙人生活，仙人生活就是禪棲生活，二者是合二為一而非不同。

在對世界的認識上，來復對色或者相的否定極為徹底，《浮漚室記》云：「浮漚生於海而滅於海，以海為之因也，所因非海則漚何從而生滅哉。是故，即一漚而後可以窮海之本原者矣。世之觀幻者，往往借漚為喻，以其生滅不停，倏有而忽無也。嗚呼，人徒知浮漚是幻，而不知寓形於兩間者皆幻也。」〔註79〕世界生滅不停而無定相與常相，萬物皆為幻相，《槎峰病起感興》詩中感歎「我身」不過是四大之假合，詩云：「我身同聚沫，四大假合之。每為眾苦纏，豈獨渴與饑。百骸苟愆合，雖壯力莫支。頹坐若枯枝，昏眠類僵屍。寧不斂視聽，內省恒自治。緣盡終散滅，真我匪壞隨。譬猶植五穀，穀朽芽弗萎。」本詩作於洪武甲子（洪武十六年，1383 年），第四首中言「六十番已過」〔註80〕，表明經歷過人生波折之後，來復對世界的實相與幻相有著極為深刻的理解和感受。

作為禪師，來復在禪悟中強調「證心」的禪學傳統，如《冥樞會要序》中云：「然則孰為大者乎，曰惟心為大，蓋心包虛空者也。嗚呼，心固大矣，然非明悟而真造其妙，曷知其為大者哉。是故，諸佛出世所以證是心也，祖師弘教所以傳是心也。至於群生庶類，一聞千悟而超凡入聖者皆由心而致也。」〔註81〕

〔註75〕來復：《蒲菴集》卷三。
〔註76〕來復：《蒲菴集》卷一。
〔註77〕來復：《蒲菴集》卷一。
〔註78〕來復：《蒲菴集》卷三。
〔註79〕來復：《蒲菴集》卷五。
〔註80〕來復：《蒲菴集》卷一。
〔註81〕來復：《蒲菴集》卷四。

諸佛和祖師所傳皆是「心」，超凡入聖皆由心悟。來復強調證心明心，與其他禪師或者禪學傳統有三個非常大的不同。

其一是不廢棄文字，眾所周知，唐宋以來的禪師一直強調證悟要擺脫語言文字、經籍的束縛，要明自己的本性與本心，來復強調證心時卻指出文字是明悟之津筏，《般若心經序》云：「其或執情未遣，昧於諸法實性，則必假文字而對治之，使其泯志忘言，契乎一真，是猶渡河之筏耳。」〔註82〕《南嶽福巖寺題詠詩集序》中則云文字能使有志者志於求道：「蓋以言辭雖幻，猶足以紀載諸事，使有志思道者，因言以觀得失，奮焉特起，以顯於宗。」〔註83〕文字是明心的津筏，是顯宗的工具，因此來復很注重讀佛經，如《次虞邵菴韻送開上人》詩「乞食歸來雙樹底，散花如雨讀《楞嚴》」〔註84〕，顧瑛《次韻寄簡定水堂上見心禪師》之三「閱盡前生未了經，幾番葉落又花零」、《奉題見心上人清江行卷》詩中「上人翻經樟樹下，千里遠參文字禪」〔註85〕，表明他一直在讀佛經，《山中四首》之二「《楞伽》讀罷看青山，水閣荷風白晝閒」〔註86〕、倪中《見心禪師過余武林寓舍》詩之二云「青城學士老江南，架上《楞伽》每共談」〔註87〕，表明來復在沉入禪棲生活時同樣是在讀經。《大佛頂無上首楞嚴經序》中說明佛經能「開顯一乘實相」：「夫如來密因，本無修證，菩薩萬行，何有虧成。蓋以眾生顛倒妄想，昧乎一真，不能越諸塵累入佛智海，故假密因以顯如來之果體，藉萬行以示菩薩之道用者也。是以，始則徵心辨見，終則破陰蕩魔，深入大定，成無上覺，此《首楞嚴》所由作也……余惟世尊所說大經無非開顯一乘實相，應機設化，方便多門，要其指歸，咸趣一道。」〔註88〕《蔣山道林真覺禪師志公大乘贊序》中雖然提到說佛經之本旨「體用遍該，了佛即心，了心即佛」，並無「文字知見而為詮量」，但來復同樣也強調由於信者根器的不同，所需讀之佛經乃有先後次第的區別，云：「大乘之法，妙絕名言，物我一如，真俗無二，是知三世同說十界同遵，信解圓明，決定證入，不涉有為，而能頓成超劫之功也。蓋以眾生根器不同，而致教分多種，故如來世尊初說《華嚴》以彰其本，此說《阿含》《方等》《般若》以逗其機，終說《法華》以顯其

〔註82〕來復：《蒲菴集》卷四。
〔註83〕來復：《蒲菴集》卷四。
〔註84〕來復：《蒲菴集》卷三。
〔註85〕來復：《澹游集》卷上。
〔註86〕來復：《蒲菴集》卷三。
〔註87〕來復：《澹游集》卷上。
〔註88〕來復：《蒲菴集》卷四。

實，至於談偏棄小，歎大褒圓，密布權門，方便攝化，乃有先後次第之別，所以開藏一代時教者也。」〔註89〕《翻譯名義序》更是直接說佛經與文字「有裨於心教」，云：「五方言音，有萬不同，然非精通字母之學者莫能辯也。蓋形生於字，道貫於文，非字無以該語言，非文無以融事理，是知《華嚴》字母法門，初阿後茶，而中連四十者，是一切言音之根本也……而我蜀王殿下不忘靈山宿記，乘願利生，一覽是書，深有契於心者，於是謄寫鏤板以廣其傳，弘濟之仁可謂至矣。且囑臣來復序其首，臣聞四洲雖大，一王所化也，萬法雖廣，一心所詮也，然化被四洲者莫踰於王道，詮顯萬法者莫尊乎心教，究而明之會而通之，則無說之說皆妙譯也，無文之文皆秘義也。然則是書之傳，豈特有裨於心教，固將與王道並化於同文之代，而施澤於無窮者。」〔註90〕來復在這裡不僅強調經籍與文字的重要（「道貫於文」），還強調了王道的重要（「與王道並化於同文之代」），當然不排除來復是由於蜀王刊刻《翻譯名義家》而大力讚揚文字的重要性。

其二，與只強調明心見性、證悟不同，來復強調行與踐行。來復認為儘管佛禪需自證自悟，而自證自悟也需要踐行，《贈秀北宗遊方序》中說：「吾徒之為道也，亦然。三乘非不富也，五教非不詳也，六度萬行非不嚴且奧也，然不能自證自得，徒資乎談者之口，是猶想像山水，而足未嘗踐歷也。」不能夠廣泛遊歷踐行，「雖冥搜廣究」〔註91〕亦無益於證悟。《普賢行願品》中，來復強調「行」云：「夫真智無知，妙行無作，無知之智所以生般若者也，無作之行所以成般若者也，非智無以破惑而明宗，非行無以超宗而顯果，此智行之門，十方諸佛同證同說，而古今不易之真諦也。」〔註92〕「無作之行」成就般若，「行」能超宗顯果，故來復云「行」是諸佛同說之「不易之真諦」。

其三，在禪與教的關係上，來復強調禪教一致。《永嘉集序》中雖然強調達摩西來「不立文字，唯以一言直指傳心，初無別法，後之論者但知三乘十二分教，以及詮述章句為文字」，但來復認為「山河大地、日月星辰、風雨霜露萬象森羅，凡可以聲求色見者」，都是文字。來復因此辯證文字與無文字云「是蓋塵說剎說，熾然常說，周遍一切，今古無間，其果有文字相耶，果無文字相耶」。對文字與經籍阻礙證悟的見解，來復說：「苟能會通而達其要者，一念心

〔註89〕來復：《蒲菴集》卷四。
〔註90〕來復：《蒲菴集》卷四。
〔註91〕來復：《蒲菴集》卷四。
〔註92〕來復：《蒲菴集》卷四。

－365－

空，萬行圓具，有相無相，取捨兩忘，則於性妙之本斯為得矣，曾何文字語言可為留礙也哉。」由此觀念出發，來復認為「禪是佛心，教是佛語」，二者是「同出而異名」，教者「可以詮此心」，禪者「所以治此心」，因此「心外無法，法外無心」〔註93〕，心與法並無二歧。《送鎬仲京歸吳序》直言禪與教都是「明一佛之道」：「夫禪與教皆所以明也，教者宣佛之言，禪者傳佛之心，言不文則不足以顯教，心不悟則不足以行禪，猶手足之附體，缺一其可哉。世降以來，崇教者或毀禪宗，禪者或斥教，大浮屠不能正其是非。又或從而倡之，立溝塹於一堂之上，操戈盾於同室之間，騰訕蝐興倫於市闤，有識未嘗不為之太息也。竊嘗觀其大概，教者謂禪不立文字而幾於誕，禪考（者）為教專事語言而幾於泥，二者皆非所謂通論也。經云『若人聞說大涅槃一字一句，不作字相，不作句相，不作聞相，不作說相』，《法華》亦云『離文字相，離言說相』，豈非不立文字之意乎。《宗鏡》云『西域傳心，多兼經論』，又云『執則字字瘡疣，通則文文妙藥』，禪亦何嘗外於語言哉。審知如是禪與教，是無二途，特以私其宗者不能融會大同，而自墮枝歧之見耳。且諸佛祖以善巧方便，弘法利生，因其根有淺深，故其說法有不同，或立無以破其有，或假悟以袪其迷，或示默以遣其言，或談通以蕩其執，此皆應機而作權，立遮表之詮以顯其旨，法道寧有多歧哉！所以善為教者，深達至理，不執方便為真實，是以文字性離而能獲大總持者也。」〔註94〕來復對禪與教的論述，是極為辯證的，既不偏向於禪，也不偏向於教，而是將二者辯證起來論述，看到二者在證悟方面的作用。

　　來復對世事無常的感歎亦為深刻，《梅莊詩序》中援引王仲彰之語云：「吾居吾里數世矣，裏有為子孫計者，嘗以萬金之產誇於人，今日嘖嘖而喜曰『東鄰一莊屬我矣』，明日又嘖嘖而喜曰『西鄰一莊亦屬我矣』，寸累銖積，自謂可世守勿墜，然不旋踵而致傾覆，視向之產則復已入南鄰之籍矣。蓋昔之富而今貧，今之貧而而徙無常業者，殆不可以指屈。」〔註95〕因此來復在《次韻奉答翰林承旨潞國先生閣下》中言「觀世都如幻，謀生只謗嗟」〔註96〕，顧瑛有《定水堂上見心禪師》詩，似乎很好地證解了來復「觀世都如幻」的內容：「千年離合雌雄劍，一著輸贏黑白棋。多少英雄皆鬼錄，天年全付病支離。」〔註97〕富

〔註93〕來復：《蒲菴集》卷四。
〔註94〕來復：《蒲菴集》卷四。
〔註95〕來復：《蒲菴集》卷四。
〔註96〕來復：《澹游集》卷上。
〔註97〕來復：《澹游集》卷上。

貴乃是無恒常者，《來月軒為錢塘陳士弘賦》詩云：「花開復花落，月缺還月圓，
榮枯過眼疾於箭，人生安得長少年。貴亦不顧千鍾祿，富亦何須萬頃田。」〔註
98〕富貴與榮枯的無常之變甚於疾箭，來復《山謳》之四詩中詠唱安貧與心閒：
「潦倒山林久任真，荷衣不染六街塵。身知亂世惟貧好，心到閒時與道親。猿
掛松枝寒蕭月，鳥啣花片暖啼春。雲泉自昔多清賞，消得浮生有幾人。」〔註
99〕心閒則能感受到與自然親近，《煙雨為東吳慈上人賦》中「浮沉已悟漚生滅，
混沌寧知世有無」〔註100〕之句是對無常極為深刻的領悟。《次韻奉答翰林承旨
潞國先生閣下》之三，表現了來復面對無常的平靜的心境，云：「浮玉山前種
紫芝，松雲蘿月共幽期。封侯不羨黃金印，對客長歌白雪詞。柳浪平湖春放棹，
花蔭園坐盡彈棋。從遊公子多才俊，不寄新詩慰別離。」〔註101〕內心中的平
靜達到「不羨黃金印」的境地。釋元旭《定水見心和尚法兄禪師》中看到了來
復的平靜，云：「胸次由來貫九流，已將富貴等雲浮。一溪春雨蒲牙綠，滿室
天香桂子秋。投老何山成獨往，題詩小朵憶同遊。即今海內風塵暗，且向林泉
好處留。」〔註102〕

　　來復表述的心閒，實際上就是內心的寂靜，上文引來復對「內喧而外寂」
「汨汨乎嗜欲，炎炎乎忿爭」者的批評，表明來復強調的是內心的寂靜。內心
寂靜固然表明對禪境的領悟，來復更進一步強調要內外忘卻喧寂，《靜得齋為
海道顧仲淵漕使作》「年來我亦忘喧寂」〔註103〕、《聽竹軒為隆隱君題》「無聞
早已忘喧寂，截管誰將古調吹」〔註104〕，《靜寄軒為嘉禾恩上人賦》詩「閒身
天地片雲孤，喧寂俱忘百念無」等句宣達的都是此意，正是忘卻了內外的喧
寂，才能做到《靜寄軒為嘉禾恩上人賦》詩中說的「夜擁兜羅禪定穩，任他風
雨打孤蒲」〔註105〕之境，這是內外皆無喧寂的境界。要達到忘卻內外喧寂而
心閒的地步，絕非易事，來復提到要忘卻「見知」、要「境與心融」「動靜兩
忘」，《靜深齋記》中說：「或喻乎堅固之地，或稱乎無盡之源，是皆假立名相
以顯乎至理者也。名雖有殊，理則無異，然靜者動之根，深者淺之對，所以善

〔註98〕來復：《蒲菴集》卷二。
〔註99〕來復：《蒲菴集》卷三。
〔註100〕來復：《蒲菴集》卷三。
〔註101〕來復：《澹游集》卷上。
〔註102〕來復：《澹游集》卷上。
〔註103〕來復：《蒲菴集》卷三。
〔註104〕來復：《蒲菴集》卷三。
〔註105〕來復：《蒲菴集》卷三。

為學者不離動而求靜，不捨淺而覓深，事泯理融，靜深不立而能應機弘化，不為名相所轉也。若執假名為實相者，詎知靜深之至理乎哉。」〔註106〕《雲山蒼蒼亭記》中說：「夫世間名相生於見知，曰雲與山，曰動與靜，因人而立而互為分別耳，雲山固恒自若也。名苟不立，於動靜奚有焉。」來復對此的闡述，又再次返回對「道」的追求和體認，只有「樂此」之「知道者」才能體味到「心與境遇，境與心融，動靜兩忘，冥合一理」〔註107〕。

　　來復與元末明初的文人士大夫交往頗為密切，《釋鑒稽古略續集》言「一時名士皆與之交」，自編的《澹游集》中能看到其交遊之廣泛。來復編輯《澹游集》，表明他非常重視與文人士大夫的交遊；或許是想通過保存這些文獻，而證明自己在文人士大夫中的地位與影響。如《陪黃溍卿學士楊同僉遊天竺夜宿一關方丈》詩中，來復用「丹青若寫東林社，添我松巢作近鄰」〔註108〕之語，表示與黃溍等著名文人之間因佛教而結成的親密友誼。彼此之間交往的媒介，就是佛教、禪學與詩文，如《次韻謝玉成以張仲舉學士文見寄》「詩禪我昔交遊早，道誼君今感慨並」〔註109〕，就是以詩禪作為交往的媒介，詩禪觀念相合的交誼更為深厚，故意欲與其「買山同結沃州盟」〔註110〕。蘇大年《奉題見心禪師清江行卷》之四中言來復「開包點檢無它物，只有諸賢贈別詩」〔註111〕、陳麟《口號五絕奉上見心禪師》之二中云「聞說近來頻送客，杪欏樹下石橋西」〔註112〕，皆可見其於士人交往之盛。交遊之盛，再如楊宗瑞《奉題見心禪師豫章山房》「政爾人間多熱惱，欲從禪子住清涼」、張翥《奉題見心禪師天香堂》「若為一洗六根空，從子歸來分半席」、李好文《奉題見心大士天香堂》「亦欲從師聽說法，寶花天雨雪紛紛」、黃昭《錢塘留別見心上人》之三「文韜武略非吾事，只合相從住虎溪」、全晉《送別見心禪師之廬山》「定約他年重結社，香爐峰下虎溪邊」、陳履常《夜宿定水見心禪師天香室分韻得松字》「夜宿清泉最上峰，老禪留客話從容」、杜岳《奉寄定水見心禪師方丈》之二「若許西枝分半榻，定從林下扣雲扉」、王璘《天香室為定水見心禪師賦》

〔註106〕來復：《蒲菴集》卷五。
〔註107〕來復：《蒲菴集》卷五。
〔註108〕來復：《蒲菴集》卷三。
〔註109〕來復：《蒲菴集》卷三。
〔註110〕來復：《蒲菴集》卷三。
〔註111〕來復：《澹游集》卷上。
〔註112〕來復：《澹游集》卷上。

「安得追游謝塵鞅，匡床塵尾聽談空」、夏孟仁《奉寄定水見心長老方丈》「相期會有重來日，共話三生石上緣」、高復亨詩云「安得相從問禪悅，三生石上細論心」、陳汝秩《奉寄定水見心長老方丈》「不見復公今六年，兵塵冉冉夢相牽」、楊友慶寫給見心禪師的詩云「禪子詩人共來往，無邊風月寄吟情」、揭汯《奉和芝軒中丞先生高韻並酬見心禪師》「況遇道林多雅致，共談性相悟如如」等，都是表明來復與士人在禪學上的交遊。揭汯寫與來復泛舟湖上云「上人喜我至，相攜泛汪洋」時，來復在回給揭汯的《次韻奉答伯防工部》中其為「同心人」，來復與上述諸文人可以說皆是「同心人」〔註113〕。

　　來復在詩文與文人士大夫的相通、相尚，趙吉士《寄園寄所寄》中論來復「胸次清灑出塵，溢為詩章」，並援引詩作說明云：「來復……尤工於詩，所與遊皆名士。初為給事中，嘗賦《聽雨》：『掛冠贏得賦閒居，聽雨羅浮老故廬，夜滴梧桐燈盡後，曉臨荷芰酒醒初。打窗聲稱江濤急，入坐寒兼地籟虛，忽憶候朝天上去，更愁泥滑出無驢。』又一日《送李宗遠歸廣東詩》云：『三山木落雁啼霜，虎踞關頭買小航。明日相思望南斗，水流不盡楚天長。』又詩云：『太平身退更何憂？歸老南山問故邱。一色梅花三萬樹，夜和明月醉羅浮。』又云：『聞說高侯氣膽狂，校詩多在白雲窗。秋來椰子甘如蜜，寄我須緘五百雙。』又云：『鸚鵡杯深泛紫霞，風涼渾訝謫仙家。錦袍留客催春燕，開遍東園豆蔻花。』」〔註114〕趙吉士對來復詩「胸次清灑出塵，溢為詩章」的評價確不為虛言，除上述所援引詩作之外，再如《雨後虛堂夜坐次方東軒韻》之一：「一榻碧雲下，身閒百慮輕。雨池新水漲，風蹬落花平。六用虛常照，諸緣寂不生。忽看山月白，掃石坐來清。」本詩在佛教觀念之下，胸次情感湧出溢為詩篇，義理順暢而不沾，語句情緒通流而不礙。其他三首同樣如此，如之二云：「暫棄人間事，獨來林下居。靜隨禪定久，遠與世情疏。白鶴呼雲杪，黃精斸雨餘。朗吟清不寐，松籟夜堂虛。」之三云：「臥雲專一壑，去就老來輕。但使心無愧，何愁事不平。坐當河影落，吟到月華生。擾擾迷途者，幾人同此清。」之四云：「山中住來久，鹿豕每同居。病覺詩才減，交因市道疏。泉香齋缽後，燈盡定鐘餘。雲月知無價，行囊莫厭虛。」〔註115〕全詩自然地描寫出來復的禪棲生活與佛教觀念，其生活與自然環境妙契地融入在一起，禪、生

〔註113〕以上詩句皆援引自《澹游集》卷上。
〔註114〕趙吉士：《寄園寄所寄》卷四。
〔註115〕來復：《蒲菴集》卷一。

活與自然渾融在一起而不分。詩禪上的相通、相尚，使得來復能與文人們的交遊更為順暢。

五

趙吉士《寄園寄所寄》卷四中提到「見心之從釋者亦從赤松子之意」〔註116〕，是看到了來復詩文中的道教化色彩。來復的大量詩歌中，確實是將儒釋道之意夾雜在一起，如《次韻答文敏參政見寄》中云：「勞生苦行役，紛若蠅蚋喧。羨子獨高邁，涵泳歌聖言。燕居赤霞丘，頗似桃花源。笑云青澗阿，弄月蒼厓根。朅來濠梁遊，不厭清事繁。豈無匡事略，懶謁諸侯門。」〔註117〕之所以將儒釋道摻雜在一起，來復不僅認為儒釋一致，而且指出儒釋道同出一原，《奉寄湘王殿下古詩二十韻》中云：「古今無二道，仙佛同一原。釋迦百億身，老聃五千言。究之皆此心，虛玄澈靈源。散有萬變殊，斂斯歸真元。所以賢達士，洞視天地根。超然八極表，寧遠歲月奔。」〔註118〕《寄歐陽公輔監丞》「道合本無儒佛異」〔註119〕，儒佛都是本同一「道」，故無差別。

來復與文人士大夫交遊多，與道徒的交遊同樣很多，《蒲菴集》中的《銅官山玉泉子歌》《方壺書鶴林圖為東吳周煉師題》《清都道院為上清陳無垢煉師顯》《送鄧煉師代祀東嶽覆命畢南還上清》《味澹齋為沈煉師題》《贈嵩陽邢道士》等詩歌都是寫給道徒的。《次韻張仲舉學士題高彥敬所畫山村圖卷有趙松雪周草窗仇仁近諸公題詠》「仇池先生列仙途，握手一見相歡娛」是與信仰道教文士的交往。《蒼山小隱圖為何處士題》是寫給隱居山林者，詩中充滿著慕仙之意，詩云：「白雲丹谷座中看，弱水蓬萊渺無際。人生百歲知幾何，耕樵只合歸山阿。枕流漱石不解樂，武夷泰華空嵯峨。」〔註120〕《玄洲外史歌為莊麟知縣作》是寫給歸隱莊知縣的，詩中的「文韜武略勿復作，金函別進長生符」〔註121〕表示對退隱歸道官員的讚賞。張羽《蒲菴禪師靜侍》之四「甚欲相期石橋路，更須同訪羽人並」〔註122〕，似乎是說與來復相約同去尋找仙人。

〔註116〕趙吉士：《寄園寄所寄》卷四。
〔註117〕來復：《蒲菴集》卷一。
〔註118〕來復：《蒲菴集》卷一。
〔註119〕來復：《蒲菴集》卷三。
〔註120〕來復：《蒲菴集》卷二。
〔註121〕來復：《蒲菴集》卷二。
〔註122〕來復：《澹游集》卷上。

詩文中濃厚的道家、道教色彩與意蘊，更顯示出來復與道教關係的密切。《屋舟為吳陸振文賦》詩「魚鳥閒相親，忘機聽流水」[註123]頗有莊子之意，《遨遊方丈歌為劉嗣慶文學賦》開篇「大鵬搏風北溟起，扶搖一息三千里」[註124]亦取自《莊子》，《送胡宗器辭官歸慈谿別業有軒名蒼雪》詩中云「讀罷《南華》臥蒼雪，不知浮世有危機」[註125]是讀《莊子》有感，可見來復對《莊子》的浸潤很深。《寄園寄所寄》卷四之所以有「見心之從釋者亦從赤松子之意」的說法，是因為來復詩作中確實多次提到從赤松子游。來復作了大量的與道士、道教與仙人有關的詩文，如《蒲菴集》卷一中的《步虛詞五首贈上清方壺子》《周玄初祈雨雪有感玄初傳洞一莫月鼎雷法》等詩歌，是專門為道士所作，體現的是完全的道教化色彩。《晚泊九江》詩之二「三峽芙蓉寺，南遊是幾春，雲松千樹好，不見謫仙人」[註126]，言其看到松樹便不由地想到謫仙人。《採黃精一首寄簡方東軒參政》詩中「飡之欲高舉」「相期斸雲岑」[註127]，《再用前韻答東軒》詩之二「欲挾飛仙去，凌風聽步虛」[註128]等語，體現出來復對仙人、仙境的嚮往。《銅官山玉泉子歌》詩中「巢松直與仙為徒」「東借麻姑鶴，控之凌紫虛」[註129]、《方壺書鶴林圖為東吳周煉師題》詩中「願飡紫皇不死藥」[註130]等詩句寫出對仙人生活的嚮往。甚至如《題胡彥嘉行卷》詩中「移家濠上幾經年，風骨腰然似散仙」[註131]之句，自稱散仙，更是對仙人的肯定。來復似乎相信真有神仙之術，《題遊仙圖》云「少事丹陽能辟穀，神仙之術世豈無」，轉而又說「往往學者淪荒污，要知仙凡本一致」[註132]，所謂的仙凡一致不知道來復具體所指，根據上引的詩歌來看，似乎是具有仙人的心境，凡人便是仙人。

涉及道家、道教的這些詩作，看不到之前佛道之間激烈的衝突與對立，相反體現出來的是一派和諧。出現這樣的局面，是來復對朱元璋三教並用宗教政

[註123]　來復：《蒲菴集》卷二。
[註124]　來復：《蒲菴集》卷二。
[註125]　來復：《蒲菴集》卷三。
[註126]　來復：《蒲菴集》卷一。
[註127]　來復：《蒲菴集》卷一。
[註128]　來復：《蒲菴集》卷一。
[註129]　來復：《蒲菴集》卷二。
[註130]　來復：《蒲菴集》卷二。
[註131]　來復：《蒲菴集》卷三。
[註132]　來復：《蒲菴集》卷二。

策的正確體認，在朱元璋的政策下，儒釋道都只是統治意識中的組成部分，都是為朝廷服務的，如來復在《奉題神樂觀三首錄簡仲修仙官》之一中云「煉魄何須求大藥，都將道德佐唐堯」，明確將道教的功用在於為朝廷服務。在朱元璋的宗教政策之下，來復與道教徒之間保持著良好的關係，如《送鄧煉師代祀東嶽覆命畢南還上清》中云：「上清仙人列仙儒，仙遊真與天為徒。平生覓句厭雕琢，落筆千言如貫珠。昨日金門謁天子，五色宮袍爛雲綺。」〔註133〕詩中「昨日金門謁天子」與「都將道德佐唐堯」都是指道教被納入到統治體系之中，道教的功用是為朝廷服務。同作為「金門謁天子」的佛教與道教，二者由之前的競爭關係變成了合作與共存的關係，因此相互的衝突便大大減少，作品之中只見到二者的和諧而不見指斥。

儒釋道即使有一些衝突，也是因為捲入不同派別的政治鬥爭而造成的，並非是教派本身的衝突。佛道二教能保持和諧共存的另一個原因，僧徒們往往如來復一般，更主要是從「道」的層面而非「器」的層面認識道教，來復《味澹齋為沈煉師題》詩中「雋永也知惟道好，煉神何用養丹砂」〔註134〕中的「道」，自然是指道教之「道」，「惟道好」是指養神要體認「道」，不必採用煉製丹藥的方式，這是對道教之「道」的肯定和體認。《次韻答劉子憲助教秋中有懷見寄》之一云：「山月照地白，風泉落池響。起視河漢高，遙天夕虛朗。緬懷濠梁友，灑然滌幽愴。心親即良晤，川陸孰云廣。憶從論道初，時得陪几杖。觀身了諸緣，幻滅同丘壞。彼昏亦何為，沉冥昧精爽。惟茲達生者，大千視如掌。」〔註135〕詩中「濠梁」「觀身了諸緣，幻滅同丘壞」「達生」等語是道家道教、佛教之意融會在一起，佛道二教之意有機地融入為一體。詩中「道」是廣義上的「道」，非是指具體的儒釋道三者之一的「道」，來復以此詩指出佛道二教在「道」的層面上是一致的，二者是「道」的不同表現。

來復詩歌中對儒釋道，尤其是佛教與道教的調和與共存，還可以從佛教詩歌充滿道教與仙化色彩、道教詩歌充滿佛教色彩與意涵中體現出來。如《次韻張仲舉承旨題盧楞伽過海羅漢圖》詩云：「僧伽神變妙無窮，去住隱顯如旋風。能令大海作平陰，超然獨脫閻浮中。山君河伯備灑掃，錫飛乃渡雲行空。安禪不避魔鬼窟，受齋直入龍王宮。文犀赤豹時作伍，玄猿白鹿日與同。騰光噓氣

〔註133〕來復：《蒲菴集》卷三。
〔註134〕來復：《蒲菴集》卷三。
〔註135〕來復：《蒲菴集》卷一。

閃奔電，天鼓震眼警雷公。世人雖呵小乘法，誰獨高舉隨雲龍。我昔衡山問
《方廣》，石橋每見馭經童。天姝散花跪尤膝，金盤笑捧明珠紅。開圖恍惚睹
顏色，山海遙隔精靈通。那知畫者有深意，丹青巧奪造化工。君不聞幻遊天地
同旅泊，我身安得駕鶴從西東。」〔註 136〕本詩顯然是描述佛教的羅漢的神
通，詩中亦表明來復讀佛教的情況，來復指出畫者深意的「我身安得駕鶴從西
東」，卻又是援引了道教的典故。本詩是佛教作品體現出仙化色彩，道教詩歌
充滿佛教化色彩的作品同樣很多，如《寄神樂觀鄧仲修仙官》「自信身閒即是
仙，金丹何必問長年，修真獨許陶弘景，曾著袈裟習野禪」〔註 137〕是言道士
修禪定，而且第一句「自信身閒即是仙」是從「自信身閒即是禪」等文人口頭
語中轉化而來，可見在來復的觀念中，佛道二家沒有明顯的有意的界限，而幾
乎是完全融合在一起了。因此如《寄盧上中口號》詩之二云「人生只住鄉中好，
久客還家問薄田，但得身閒貧自樂，床頭何用歎無錢」〔註 138〕，分不清來復
要表達的是佛教意識還是道教意識，實際上是將兩種意識都融合在一起了。
《宗境節要序》以道德解佛教之「心」：「古師立言之善，莫尊乎道德。蓋道德
之言，十界之所同遵而三世之所不易也。苟立言無合於道，為道無補於宗，雖
文何益哉……所謂道德之言也，究其本原，無非以心為宗。蓋心者萬法之總，
心生則法生，心滅則法滅，心悟則成諸佛，心迷而作眾生。乃若真俗二諦，有
為無為，事理果因，種種差別，則皆不離乎此心者矣。」〔註 139〕以「道德」
解佛教的「心」，「道德」雖賦予為「古師」之言，實際上仍是道家之詞意。之
所以託名「古師」之言，是將「道德」上升為「道」的層面，是「十界之所同
遵而三世之所不易」，就將儒釋道等諸種學說都納入到「道」之中，是「道」
的不同體現，達到諸家學說在「道」層面上都是一致的目的。以「道德」解釋
佛教的「心」，又言「道德」以「心」為宗，既將道家道教與佛教融為一體，
又隱隱凸顯出佛教的主體地位。

六

　　來復結交、交遊的士人中許多是元末明初的理學家、道學家，蘇天民在
《與見心禪師》序中提到當時「縉紳先生亟稱其才得俱高，無不樂道而與之

〔註 136〕來復：《蒲菴集》卷二，又載《列朝詩集》閏集卷一，第 264 頁。
〔註 137〕來復：《蒲菴集》卷三。
〔註 138〕來復：《蒲菴集》卷三。
〔註 139〕來復：《蒲菴集》卷四。

遊」，與之遊者又「悉以道義相親」：「(《澹游集》)皆當代虞、歐、揭、張諸先
輩及時賢、朝貴、逸人高士贈答酬唱之作，悉以道義相親，而致景慕之意。及
觀所載請銘受業之先師，收殯無鬼之亡友，編蒲菴以思母，通唱和以納交，與
夫起廢寺於喪亂之餘，措身心於安閒之地，其設施行事，則又見其有大過人者
矣。蓋古昔懷才抱德之士，與世不偶，或厭塵勞而不屑為，往往逃於虛空，如
慧遠、道安、支遁、佛印之流是也。立微言，勵高行，卓卓然拔出於塵俗之表，
又能從遊於陶、蘇諸公，以故騰英聲於當代，垂芳譽於後世，愈久而愈彰也，
見心亦無愧於前修已乎。此則劉羽庭所謂不為法纏縛，而能出入者也。」〔註
140〕蘇天民對來復的評價極高，將其比之於「與世不偶」的懷才抱德之士，因
「厭塵勞而不屑為」而出家修道。元末明初的道學家們對來復往來酬答密切，
蘇天民《與見心禪師》序中已有清晰說明，再如歐陽玄《觀見心上人清江行卷
有感》詩云「多事清江數君子，吟詩作序送人來」，《錦濤亭坐雨成口號三絕簡
寄見心上人》之一「幾度相過慰岑寂」、之二「相邀莫怪泥三尺」等句，黃溍
《夜宿天竺山偶成二絕，奉簡本無、見心二上人》之二「多謝吾師遠相問」〔註
141〕等，表明來復與道學家之間的親密關係。《澹游集》《蒲菴集》記錄了來復
與虞集、張翥、歐陽玄、黃溍、鄭元祐、張翥、顧瑛、宋濂等文人名士、理學
家之間的詩文往來，展現了他們之間深厚的交誼。錢謙益評論這些文人、道學
家對來復的器重云：「翰林修撰張翥曩示豫章見心復公所為文，以敏悟之資，
超卓之才，禪學之暇，發為文辭，抑揚頓挫，開合變化，□乎若春雲之起於空
也，皎乎若秋月之印於江也。溯而上之，卓然並驅於嵩、璉諸師無愧也。蒲菴
之文，為歐公推重如此，故許著焉。」〔註142〕理學家們寫給來復的唱和之作
關注佛教的內容比較多，如虞集《落齒一首錄奉見心上人》云「石人具口無饑
想，壁觀寥寥老達摩」、《送見心上人遊浙》云「客裏有詩還為寄，山中何法可
相傳」，揭傒斯《題見心開士所藏觀蒲萄》云「龍影滿窗山月白，無情猶足係
禪心」，歐陽玄《豫章山房為見心上人賦》云「來往劍池池上客，還能指樹問
禪機」等，皆是與來復交流佛教觀念，來復回贈詩文中卻更多表達儒家之說，
如寫給歐陽玄《寄簡翰林歐陽圭齋先生》詩中讚頌歐陽玄「三朝筆削垂青史，
一代文章變古風」〔註143〕，為危素作《寄張仲舉學士兼柬危太僕》詩中論其

〔註140〕 來復：《澹游集》卷上。
〔註141〕 皆見《澹游集》卷上。
〔註142〕 錢謙益：《列朝詩集》閏集卷一，第264頁。
〔註143〕 來復：《蒲菴集》卷三。

「傳經更憶危夫子，一代斯文屬老成」〔註144〕，為虞集作《寄簡邵菴虞侍講先生》詩云「道德三朝裨聖治，文章千古真儒宗」〔註145〕，都是對這些道學家的道德文章大加讚揚。虞集、歐陽玄等人的道學觀念對來復應該有著深厚的影響，《次韻答劉子憲助教秋中有懷見寄》之二詩云：「昔為燕趙遊，浩思欲吐海。中年涉時難，頗覺衰顏改。及茲志寥廓，圭組未能解。開口談《六經》，齒枯舌猶在。」〔註146〕來復在出家前從儒，「開口談《六經》」的意識，有可能是受到了虞集等道學家很深的影響。

與傳統的道學家一樣，來復在儒學觀念上強調「古道」，《聽雨堂為周僉事兄弟賦》云：「樸散古道裂，澆俗非淳民。往往操戈子，居多同氣親。君家好兄弟，孝友敦彝倫。宦遊阻南國，歡會嗟無因。山堂坐聽雨，百感思離群。蕭蕭梧葉夕，淅瀝荊花春。」〔註147〕這裡對「古道」的陳述，顯然是儒家之道而非佛教與道教之道，與道學家的口吻簡直一般無二。來復有與文人一樣的從「道」意識，《送吳知府之官雷州》詩中「文夫干時須食祿，有志匡君貧亦足」〔註148〕體現出以輔佐帝王為己任的文人浩氣，《桐江釣雪圖序》進一步論述到：「是知持道德以為竿綸，懸爵祿而為鉤餌，用捨之途，固自有異也。然而士君子問學出處，安於窮達，惟患乎不能以自立，不患其不遇於時，苟其時之不遇，則吾所自立者，曾何有愧怍於天人也哉。」〔註149〕《送劉子高上述致政歸廬陵》詩云「誰謂儒冠誤此身，投簪今喜遂垂綸，但存古道能為治，自信皇天不負人」〔註150〕，很難想像這樣的詩是出自僧徒之手。

對「古道」的追求，體現在來復對上古淳俗之風的嚮往上，《到京》之一「禮樂日稽三代盛，梯航歲貢萬方同。都將儉德熙文治，淳俗應還太古風。」〔註151〕《病居臨淮月餘還山寄謝東軒參政兼簡趙寒碧盛原禮姚文學吳訓道諸公》之一：「問道得高朋，雅有古道存……歡情每屢洽，心親義彌敦……所思在漢魏，余子焉足論。」之二：「友道重千古，人心藉網絡。奈何世愈降，淳

〔註144〕來復：《蒲菴集》卷三。
〔註145〕來復：《蒲菴集》卷三。
〔註146〕來復：《蒲菴集》卷一。
〔註147〕來復：《蒲菴集》卷一。
〔註148〕來復：《蒲菴集》卷二。
〔註149〕來復：《蒲菴集》卷四。
〔註150〕來復：《蒲菴集》卷三。
〔註151〕來復：《蒲菴集》卷三。

風變澆漓，紛紛朝夕徒，反噬同梟鴟。」〔註 152〕來復與純粹的道學家一樣，追求「古道」，歎息和憂慮世風澆漓。《詩巢為杜知事題》「自從刪後淳風變」〔註 153〕是指孔子刪《詩》後民風變得淳樸，來復期望上古淳俗之風能夠重現，《送張僉事之山西》「西人尚有唐虞俗，載挽淳風頌治平」〔註 154〕、《敦睦堂為澧水張上舍賦》「海邦從此無澆俗，樂頌清朝治化隆」〔註 155〕就是對復現上古淳俗之風的期盼。

　　來復認為士君子應「直道而行」，適乎仁義，《送劉子川主事歸廬陵序》云：「士君子之出處，適乎義而已，不汲汲於功利為也。方其處以自勵，惟恐其學之不博，道之不明，惜寸晷於窮簷陋巷間，忘其饑渴，不事於生產，編摩簡帙，視五車四庫弗足多也，志亦勤矣。及其出而為用，內而廟堂，外而州縣，陳厲害可否，以裨贊時用，上以忠於君，下以澤於民，委身徇節，直道而行，不顧垢辱之萃於己，此非君子之有為者不能爾也。」追求「利斗升之祿，惜尺寸之名，諾諾取憐於朝夕」〔註 156〕者，不能稱之為士。來復不停地宣講儒家的倫理綱常，《送楊子震知夔州府序》云：「儒者之為政，在行其所學焉耳，非徒干名苟祿以自快也。蓋所學者修齊治平之道，幼習壯行，務盡其誠，是故事君以忠，事親以孝，愛民以仁，皆為政之大者。苟盡其誠，雖《大學》之道不越乎是矣。」〔註 157〕《送柯養德歸天台省親序》云：「子之事親，孰不欲盡其孝，孝固人子所當為也。然有幸、不幸焉者三。夫樂於治平而能有養者，幸一也；身躋祿仕而同被貴榮老，幸二也；守道誠身而顯名於不泯者，其幸三也。是三者，人所同欲也。然或貧賤無家，困於衰亂，一不幸焉；祿厚身榮，親弗待養，二不幸焉；寡生無階，或陷於非義，三不幸焉。不幸豈人子之志哉。嗚呼，生而有知，人莫不愛其親也，蓋有可必焉者有可不必焉者。」〔註 158〕對儒家義理和綱常的闡述，完全是一副道學家的口氣。《敦序堂為永嘉方禮部題》詩中「高堂新斸雁山東，孝友傳家奕世同」〔註 159〕，《忠孝為藩記》中所說「忠孝者，為藩之大本也，非忠無以事君，非孝無以事親」「君親一致

〔註 152〕 來復：《蒲菴集》卷一。
〔註 153〕 來復：《蒲菴集》卷三。
〔註 154〕 來復：《蒲菴集》卷三。
〔註 155〕 來復：《蒲菴集》卷三。
〔註 156〕 來復：《蒲菴集》卷四。
〔註 157〕 來復：《蒲菴集》卷四。
〔註 158〕 來復：《蒲菴集》卷四。
〔註 159〕 來復：《蒲菴集》卷三。

也，忠孝一道也，王者之政莫先於此」等語，都是表達同樣的意思，來復因此強調說「化民成俗而所以扶植世教」〔註160〕捨忠孝則無所本焉。其他如《送左子聲護親喪歸廬陵序》等詩文同樣是表達孝親之意，文之內容與寫作語氣與《送柯養德歸天台省親序》完全相同。

　　來復作過不少的節婦詩，如《吳節婦哀詞》詩云：「可憐大官鎮雄都，黃金橫帶雙珠符。臨難乃欲全形軀，甘為降虜遭天誅。人誰不死死何辜，若比節婦人不如。我願作歌傳海隅，載挽淳俗回唐虞。」〔註161〕本詩一點不像出自僧人之手，比之於正統文人絲毫不為過。《題貞媛傳後含山縣吳氏》詩云：「節義由來古所敦，吳媛貞烈著清門。有生不為兵戎屈，盡死惟知婦道存。故壘秋風吹別淚，含山夜月照歸魂。曹娥浮孝應同傳，金管還期國史論。」〔註162〕本詩像是完全出自刻板的道學家之手。《題山陰潘節婦赴火死難詩卷後》詩云：「一節從夫死獨親，潘姝貞烈重天倫。九原淚血生前誓，百鍊渾金火後身。王國古風歌窈窕，娥江秋月見精神。可憐無限英雄骨，空作降胡塞上塵。」〔註163〕來復稱潘節婦的赴死是百鍊渾金，批評降胡的英雄最終成為塞上之塵，明與蒙古的戰爭中似乎並無將士降蒙，來復的感歎不知來自於何處，可能只是與潘節婦的貞烈作對比而已。

　　來復與道學家之間的親密交誼，除了在佛教、禪學觀念上的相互認同外，如上述所言，對儒釋的一致認識也是彼此交遊的基礎。來復在《郎峰雅集記》中闡述「儒釋一道」的觀念云：「（洪武三年春）余惟（劉）雪樵公以宏偉之才，受聖天子耳目之寄，按治來鄞，來期月間，令行事簡，官吏恬肅，軍民信畏，此足以見公綱紀之任矣。今馳驛東向，乃能於觀風問俗之暇，從方外論道覽勝，非其宿願冥符、識趣高遠，吾恐蓬萊兜率在其宇下，或亦莫能有之而自樂也……要之通人達士神交，志合無間，遠邇俯仰天地間，千載一日也，萬境一致也，儒釋一道也，亦何古今方所之異哉。」〔註164〕思想觀念與認識的一致性，成為彼此之間交遊最為重要的基礎。《重刊護法論序》中云：「儒佛氏之為教，皆所以輔世導民，觀其權巧設施，名雖小異，究其一本之道，未始不同也。釋迦生西竺，孔子稱其為聖人矣，孔子生東土，釋迦亦冥贊其聖，而並化於周

〔註160〕　來復：《蒲菴集》卷五。
〔註161〕　來復：《蒲菴集》卷三。
〔註162〕　來復：《蒲菴集》卷二。
〔註163〕　來復：《蒲菴集》卷三。
〔註164〕　來復：《蒲菴集》卷五。

矣。稽諸經傳，燦然無疑。蓋二聖人之出世，更相為治，其心同道同，誠不誣也。譬諸日月之明，運乎晝夜，群生庶類靡不蒙照，或盲而不睹，豈日月之咎哉。古人論者，多循好惡之私，肆其臆見，辯無合於理，爭無補於教，必欲歧而外之，是不知聖道之大同者也。予姑摭其同者而略言之。其論形化之初，佛則曰無始曰法身，儒則曰無極曰混沌；其傳心學之要，佛則言中道一乘，儒則曰中庸一貫；乃若修身而成德也，佛則開五戒，儒則明五常；至於死生之理禍福之原，色空、存泯、道器、變通等說亦皆同出而異名。其能擴充而篤行之，可以聖賢其人矣。」後世的道學家批駁佛教，只是「徒欲矯扶教之虛譽」並「自欺而復以欺人」〔註165〕而已。正是由於儒釋一致，故道學家能與佛教僧徒契合交往，如《廬山東林禪寺重興記》中提到「一時大儒若周濂溪、楊龜山、張養正、程弘毅」等人日與東林常總禪師「相遊從」「以講明性理之要」。《松窗錄》及《弘益紀聞》中言宋代道學的源始「是自東林倡之」，來復對此非常贊同，云：「自宋以來，革律為禪，而又廣慧總公延攬諸儒，日斫性理之說，使道學大明於世，而治教賴以扶植。然則東魯西乾之道，未始不相須為用也。」〔註166〕《學士亭記》又說：「若周濂溪之交照覺，而深明至理之論；程伊川之問靈源，而妙達自性之旨；朱晦菴之慕大慧，而契其心法之要。」〔註167〕

　　由於道學家們受到佛教與禪宗的影響而提出的道學觀念，或者正是由於道學源始於佛教與禪宗，來復在闡述道學觀念時特地強調心的作用，如《稽疑室記》云：「夫天下之理萬通，固無可疑者，而人或疑之，是皆自蔽而見道不明故也。凡世間之事，散有萬殊，會即一理，惟心所生，初無二道，不可以吾之常所見聞而疑其耳目所未及者焉。天之高明，覆熙群有，日月繼照，風霆流形，乃若雲漢之祺祥，星辰之災異，運化萬變，或翕或張，此天道之常也。天何疑哉。然其地之博厚，主於載物，劃野區分，河流嶽峙，群動之生息，百穀之蕃滋，陽闢陰闔，陵谷遷易，此地道之常也。地何疑哉。矧夫人之最靈，立於兩間，修身而崇德，忠君而孝親，吉凶悔吝，窮達用捨，素位而行，不渝其守，此人道之常也。人何疑哉。」文中所述的「散有萬殊，會即一理」即是朱熹之論，隨之的「惟心所生」則是明確表示理是由「心」之所生，即佛教與禪

〔註165〕　來復：《蒲菴集》卷四。
〔註166〕　來復：《蒲菴集》卷四。
〔註167〕　來復：《蒲菴集》卷四。

學是道學的源始，因此來復最後強調「無疑於心則無愧於天地」〔註168〕。《讀書齋記》中表示「讀書所以明聖人之道者也」，來復在闡述聖人之道「孝悌忠信而已矣，修於家則可以興恭儉慈讓之德，治於國則可以致財成輔相之功」之後，緊接著說若「誦聖人之言而不得聖人之心」，則為非學。「不尚讀書之富」的古人，所傳皆為心，「堯舜禹湯之傳授，唯求諸心而已也；文武周孔之述作，亦唯求諸心而已也」，心存則道存。來復由此批評今之學者「積書非不廣也，讀書非不勤也，風窗雪按（案）之間，萬編插架，朝討夕研，殆忘寢食，然或器資不茂，非僻則迂，非誕則肆」〔註169〕而不能適乎中道，且不明讀書之道。來復這裡體現的，也是明顯的禪學色彩。

　　來復不僅主張儒釋一致，並且具有文人化的心態。來復在詩歌中屢屢感歎人生的短暫，《送景得輝廣文歸越州》「人生強健無百年，浮雲過眼同朝煙」〔註170〕頗具文人之口吻，意識到人生短促則功利之心輕，《再用前韻答東軒》之一云：「丈夫重高義，功利羽毛輕。雲夢吞疑窄，崑崙鑱欲平。乾坤同一笑，風月異三生。有約觀東海，誰從問淺清。」〔註171〕《東坡赤壁圖》中表達同樣的觀念：「人生行樂須及時，昨日少壯今日衰。功名自昔等炊黍，英雄徒為曹瞞悲。」〔註172〕詩歌具有典型的文人心態與風格，之前的「洞簫吹徹廣寒秋，卻挾飛仙縱高舉」兩句又有著道教仙人之思。《浩然樓為金陵桐山周隱君賦》云「百年日月東逝波，床頭豈羨黃金多」「浩然放情且為樂，世間窮達如吾何」〔註173〕，隨後又自稱為謫仙人，這種將儒釋道意識雜糅融匯在同一首詩中的做法，也與文人一般。

七

　　上文提到朱元璋讀來復詩文「褒美之」，《寄園寄所寄》亦引詩作言「胸次清灑出塵」，是對來復詩文的肯定。關於來復的詩文，《釋鑑稽古略續集》言其「通儒術工詩文」，與「文僧宗泐齊名」，即其詩文在元末明初的僧徒中是相當突出的。有論者稱「禪學之徒以文鳴道者，世不多見」，來復的詩文作品卻受

〔註168〕來復：《蒲菴集》卷五。
〔註169〕來復：《蒲菴集》卷五。
〔註170〕來復：《蒲菴集》卷二。
〔註171〕來復：《蒲菴集》卷一。
〔註172〕來復：《蒲菴集》卷二。
〔註173〕來復：《蒲菴集》卷二。

到了讚揚，釋妙聲《次韻奉和見心和尚遊石湖詩》之五中稱「豫章禪伯最能詩」〔註174〕。明代大學士楊士奇在《與南浦禪師書》中說：「此老於前輩詩僧中才華豐腴，天機精熟，有冠冕佩玉之風。」〔註175〕徐伯齡《蟫精雋》收錄釋來復詩數首，評云：「皆體詠精切，引事詳實，非直嘲吟風月而已，宣時方袍之士哉。」〔註176〕可見來復詩文創作在當時僧徒中確實是非常出眾的。

　　明初文臣之首的宋濂對來復詩文有著極高的評價。宋濂有《靈隱大師復公文集序》，自言學文五十餘年「群書無不觀，萬理無不窮，碩師巨儒無不親，自意可以造作者之域，譬諸登山攀躋峻絕不為不力」，官禁林時「四方以文來見者甚眾」，待閱到來復之作，論其詩文「穠麗而演迤，整暇而森嚴，劍出匣而珠走盤也，發為聲歌其清朗橫逸，絕無流俗塵土之思」，即混在古人篇章中「幾不可辨」，「公卿大夫交譽其賢，名聞九天，皇上詔侍臣取而覽之，特褒美弗置」，宋濂說「公卿大夫交譽其賢」，如元人周伯琦《答覆見心長老見寄》詩之一云：「浙水東頭佛舍連，蒲菴上士坐忘年。五雲古衲層瀾湧，百寶浮圖列宿躔。」之二云：「床上貝書多譯梵，門前海舶直通燕。比丘喜得階蘭秀，應種菩提滿法田。」〔註177〕宋濂因論「當今方袍之士與逢掖之流」之詩文「鮮有過之者焉」。在宋濂看來，詩文是由才所出，才大則詩文自高，宋濂在文中首先論「才」云：「才，體也，文，其用也。天下萬物，有體斯有用也。若稽厥初，玄化流形，品物昭著，或洪或纖，或崇或卑，莫不因才之所受，而自文焉，非可勉強而致也。姑就植者言之，黃者、白者、青者、紅者、黑而澤者、紫黶而腴者、翠白而緗綠者、五色交糅變幻而不恒者，一囿於氣而弗可移也。至於洛陽有花，則絕類絕倫，其植物中之至文者歟。又以動者言之，雙角而火鬣者、兩羽而飛者、炳朗而爛斑者、介而紫暈者、鱗而含金者、眾彩錯布焜煌而難名者，亦局乎氣而不能更也。至於岐陽有鳳，則超群拔萃，其動物中之至文者與。非惟物也，而人亦然，有一人之人，有十人之人，有百人之人，有千萬人之人，有億兆人之人，其賦受有不齊，故其著見亦不一而足。所謂億兆人之人，聖人是也；千萬人之人，賢人是也；百十人之人，眾人是也。眾人之文不足論，賢人之文則措之一鄉而準，措之一國而準，措之四海而準。聖人之

〔註174〕來復：《澹游集》卷上。
〔註175〕楊士奇：《東里文集》續集。
〔註176〕徐伯齡：《蟫精雋》卷十。
〔註177〕來復：《澹游集》卷上。

文，則干天地之心，宰陰陽之權，掇五行之精，無巨弗涵，無微弗攝，雷霆有時而藏，而其文弗息也；風雲有時而收，而其文弗停也；日月有時而蝕，而其文弗晦也；山崖有時而崩，而其文弗變也。其博大偉碩有如此者，而其運量則不越乎倫品之間，蓋其所稟者盛，故發之必弘，所予者周，故該之必備。嗚呼，此豈非體大而用宏者與。或曰『上帝降衷，不以知愚而有偏，若子之言不幾局囿乎氣而不遷者乎』，曰：『非是之謂也，其性同其才或不同，雖以七十子之從聖人，其學各得其才之所近，況下此萬萬者乎。』由是而觀，因才所受而自文者，人與動靜之物概可見矣。」來復之詩文之所以「絕無流俗塵土之思」，因詩文是由所具有之才而流出，宋濂云：「文者造化之英華，古今之綸貫，斷不可闕也。有若公者，拔於十百之中，超然騫舉，而慕賢者之閫奧，其可傳遠無疑。濂烏得不倡體用之說以諗同志哉。有訕濂陷於一偏而不可為訓者，非知言者也，不加功於文者也，是膠柱調瑟，而弗知變通者也。」〔註178〕宋濂對來復可謂呈讚揚之能事，文中只說「晚閱見心復公之作」，沒有提到二人間的交往。來復則為宋濂作《學士亭記》，述宋濂與千巖長禪師「數與法席，諮決心要」，並記其與宋濂談論佛學云「予與潛溪篤方外好，間與商略斯道異同」〔註179〕。來復與宋濂次子宋遂的亦有交往，《金華山圖為宋仲珩舍人題》詩中寫宋遂「上堂勸春酒，戲彩娛雙親，下堂閱制草，待漏趨楓宸」〔註180〕，並表達與之同入山林尋安期生的願望。

　　宋濂對來復詩文「濃灑而演迤，整暇而森嚴」評價，明人梁億援引具體詩歌加以說明，明梁億《遵聞錄》云：「釋來復見心，我太祖聞其賢，詔侍臣取其詩文而覽之，時褒美勿置。嘗承召賜食，謝詩云：『淇園花發曉吹香，手挽架裟近御床。闕下彩雲移雉尾，座中紅芇動龍光。金盤蘇合來殊域，玉盌醍醐出上方。稠疊濫承天上賜，華封三祝頌陶唐。』又嘗為給事中南海王時舉賦聽雨軒云：『掛冠盈得賦門居，聽雨羅浮老故廬。夜滴梧桐燈燼後，曉鳴荷芰酒醒初。打窗雨趁江濤急，入座寒兼地籟虛。曾憶候朝天上去，五更泥滑出無驢。』又有送李宗遠歸廣東詩云：『三山木落雁啼霜，虎距關頭買去航。明日想思望南斗，江流不盡楚天長。』又云：『太平身退更何憂，歸老南山問故丘。一色梅花三萬樹，夜和明月醉羅浮。』又云：『聞說商侯膽氣強，校詩多向白雲窗。

〔註178〕宋濂：《文憲集》卷七，《四庫全書》本。
〔註179〕來復：《蒲菴集》卷五。
〔註180〕來復：《蒲菴集》卷二。

秋來椰子甘如蜜，寄我書緘五百雙。』又云：『鸚鵡杯深泛紫霞，風涼渾訝謫
仙家。錦袍留客催春燕，開遍東園荳蔻花。』其詩濃灑而演迤，整暇而森嚴。」
〔註181〕朱彝尊《明詩綜》引顧玄言云來復詩文「富於題詠，並多感慨，所乏
幽淨」〔註182〕，似乎亦是「多感慨」之意。從《蒲菴集》來看，來復的詩文
以及梁億所引幾首詩歌，確實「富於題詠，並多感慨」，或許是由於感慨過多
而致使「所乏幽淨」。

來復非常注重詩歌的寫作，在創作上頗傾注心力，如《三用前韻答東軒》
詩之三中以「豪來吟獨苦，詩思雪山清」、之四中「詩嚴鍛鍊余」等句來表達
自己的詩歌創作，詩中表示其寫作有苦吟之意。詩的前部分為：「樹梢微風
動，落池花片輕。急湍翻雨驟，高巘截雲平」四句，是對居住山景的描寫，
這樣的山景其實並不是很奇特，來復卻用有些拗口的字詞將山景描寫得有些
奇特，確實有些苦吟之意。後兩句「有道知忘世，無心問治生」〔註183〕有些
不倫不類，既不與前文之意相接，又不引起下文之意，應該是對自己住山林
者心境的描述，即對有道者來說，住在這樣的環境裏可以忘掉世間；這兩句
又可以看作是作者在描寫自己的心懷，看上去與前後皆不接，卻是作者對自
己內心中懷有的觀念的脫口而出，表明來復的詩歌又具有擺脫苦吟而直抒胸
臆的風格。再如《晚泊九江》絕句之四云「暝色滄州回，秋聲玉峽長，只因
江上月，不覺過潯陽」〔註184〕，詩句是自然從胸次間流出而無掛礙，絲毫無
苦吟之感。

上文提到詩文創作與相通是來復與文人士大夫們交遊的重要基礎與媒
介，來復與交遊的文人士大夫頻頻談論詩文的寫作，如《寄龍子高都事》詩
「每邀賓客談詩飲」〔註185〕就是與龍子高宴坐時談論詩歌創作，楊彝《雙峰
天香室雅集詩序》提到來復與龍子高分韻賦詩事：「見心者乃相與來遊，先是
廣東帥府都事龍君子高闢地山中，因胥會於寺天香之室，劉君以時事多虞，吾
屬幸以致理之暇，獲追跡山林，以從容於文字之樂……於是相率分韻賦詩歌以
紀一時之勝。而氣味既同，談笑相得，留連詠歌，竟夕達曙，至以忘寢，其為
樂可知矣。」這樣的「竟夕達曙，至以忘寢」且「克萃儒釋之宏彥，擷華髮藻

〔註181〕梁億：《遵聞錄》，《國朝典故》本。
〔註182〕朱彝尊：《明詩綜》卷九十，第 4275 頁。
〔註183〕來復：《蒲菴集》卷一。
〔註184〕來復：《蒲菴集》卷一。
〔註185〕來復：《蒲菴集》卷三。

以輝飾山林」的詩會，確如文中所言「為樂可知」。詩會結束後，來復並「合所賦詩如（若）干篇，將刻石以傳」〔註186〕。《寄簡顧玉山避兵從釋子於白雲寺》詩「應共龍門採樵者，詩筒來往寄閒情」〔註187〕是與顧玉山在白雲寺躲避兵亂時的詩歌往來。來復認為詩禪是相通的，《寄用章禪師兼柬寶林別峰講主》詩「搜來經論惟談妙，悟入詩禪不釣名」〔註188〕，是說詩和禪都是靠悟入，詩禪是聯結在一起的一家。來復有大量直接描寫佛教的詩作，如《過海羅漢應供圖》云：「大士受齋龍伯宮，長驅蛟鱷爭先雄。舳艫蔽天不敢渡，冰夷伐鼓洪濤春。騰身何來歷汗漫，無乃變幻多神通。兩僧後顧冰雪容，浮蕉近隨赤鯇公。雲端噓氣作樓開，赤日照耀清芙蓉。中有四鬼昇一箱，雪眉垂領衣露胸。海神候謁旌旗從，赤珠吐焰流星虹。跨鰲之叟獷而窿，手持七尺邛節笻。是誰彈舌咒老龍，火髻電鬚燒雲紅。五輪舒光迸五色，一葦直渡猶行空。前登顛枝定初起，欠伸展臂來清氣。踏黿騎魚走百怪，擔登負笈趨群童。入山咫尺見臺殿，彷彿徹聰青林鍾。開圖對我若舊識，便欲巢我雲門松。世間浮榮日萬態，過眼聚散空花同。誰知神變亦虛幻，徒逞狡獪警盲聾。何如乘願降跡閻浮中，法雷大震開群蒙。王城分衛飽香積，坐令四海歌時雍。」〔註189〕本詩描述的是一幅羅漢圖，描寫中有對神通的宏大壯觀的敘述，有對義理的闡發，有對佛教歷史與傳說渲染，有對佛教對世用的期盼。整首詩的風格，的確如宋濂所說「濃灑而演迤，整暇而森嚴」的評價。來復的詩歌中除了直接闡發佛教義理之外，還頻頻使用佛教的典故，如《南澗》詩「金色湧沙清出地，水光浮黛碧涵天」〔註190〕採用《法華經》「從地中湧出」的典故。來復熟讀大藏經，對佛教典故的運用自然是信手拈來。

　　來復喜愛唐代詩歌，如《寄子山陳中丞》云「書傳定武誇神妙，詩入開元喜混成」〔註191〕就是對肯定唐人詩風的喜愛。同時也特別喜愛宋代詩歌，大量引用宋代詩歌中的典故，如《南澗》詩接著的「浣衣流到花間石，洗缽添來竹裏泉，欲問山龍乞涓滴，需為霖雨作豐年」〔註192〕之語，引用的是宋代王安石的典故。王安石有詠泉與霖雨之詩，《龍泉寺石井二首》之一詩云：「山腰

〔註186〕來復：《澹游集》卷下。
〔註187〕來復：《蒲菴集》卷三。
〔註188〕來復：《蒲菴集》卷三。
〔註189〕錢謙益：《列朝詩集》閏集卷一，第264頁。
〔註190〕來復：《蒲菴集》卷三。
〔註191〕來復：《蒲菴集》卷三。
〔註192〕來復：《蒲菴集》卷三。

石有千年潤，海眼泉無一日乾。天下蒼生待霖雨，不知龍向此中蟠。」〔註193〕又如《雨過偶書》詩中云「誰似浮雲知進退，才成霖雨便歸山」〔註194〕，范仲淹《天平山白雲泉》有同樣詩意：「靈泉在天半，狂波不能侵。神蛟穴其中，渴虎不敢臨。隱照涵秋碧，泓然一勺深。游潤騰龍飛，散作三日霖。」〔註195〕來復的詩句顯然有化自於王安石、范仲淹這些詩句的痕跡。

來復論詩本於性情，《翰林李叔荊詩集序》中云：「詩本乎性情，而議論末也。蓋詩於天地間，其聲與教往往有關乎世運之盛衰，治道之通塞，恒由得乎性情之正，渾然天成，殆非執筆忖度模仿而為之也。故其哀樂怨刺，言出乎口，聲入乎耳，使讀者感厲奮發，沛然不能自己。此無他，聲與氣有以動之也。古之作者豈獨騷人才子為然，下至小夫賤隸、出妻怨女皆能賦之。觀其詞達情暢，初何較格律之工拙為哉。」〔註196〕詩若本乎性情，一則人人可以為之，且所作皆渾然天成；二則不必計較格律的工拙。從這兩個方面來看，來復的詩學觀念是相當值得讚揚和肯定的。文中的詩歌是關乎世運盛衰的聲教同樣是值得注意的，上文提到來復受到元末明初道學家的肯定和讚揚，創作關於世運的觀念與道學家們的觀念是息息相通的，本文中所陳述的觀念一定是為道學家所肯定的，檢閱上述道學家們的著述，這樣的言論俯拾皆是。《潞國公張蛻菴詩序》中，來復又提出詩歌是用來陶冶性靈的：「詩豈易言也哉。大雅希聲，宮徵相應，與三光五嶽之氣並行天地間，一歌一詠，陶冶性靈，而感召休徵，其有關於治教，功亦大焉。」〔註197〕可以看到的是，來復對詩歌陶冶性靈之說，同樣是從「關於治教」入眼的。《靖江詩集序》文中，來復再次強調詩歌要自胸襟流出，詩學之妙卻仍在與「與時降陞」：「古之宗王以詩文著名當代者，世不多見，歷漢魏晉唐以來，間有一二皆遺編斷簡，不得集其大全而讀之，殆或為詩家精選者刪而略之歟。是故，往往為作者所深惜也。今觀靖江是集，竊有感焉。靖江乃宗藩之俊敏者，聰睿生知，眉宇清秀，望之偉然，若神仙中人，故其發言為詩，長篇巨帙，璧貫珠聯，音律之和雅，辭調之雄麗，皆自胸襟流出，殊無雕刻之病，可謂宗藩一代之詩豪者矣……然而機政之暇，不廢吟事，或寫情於月夕，或賦景於風晨，陶冶性靈而託諸嘯詠，是又得其涵

〔註193〕《王荊文公詩箋注》卷四十七，中華書局2010年版，第1272頁。
〔註194〕《王荊文公詩箋注》卷三十一，第773頁。
〔註195〕《范仲淹全集》卷三，鳳凰出版社2004年版，第46頁。
〔註196〕來復：《蒲菴集》卷四。
〔註197〕來復：《蒲菴集》卷四。

養之清和者矣……詩學之妙，與時降陞，故詩所以為心聲者也。觀於聲之和怨，可以知時之治與不治矣。」〔註198〕觀察這些言論，來復雖然作為一個佛教僧徒，其詩學觀念卻更關注於詩歌的教化作用。

　　綜上來看，來復的詩歌受到上至皇帝朱元璋，下至諸位大臣、道學家與佛教僧徒同侶的褒揚，表明其詩歌創作存在多樣性。首先，詩歌的佛教描寫，包括對佛教義理的宣揚、詩禪生活的抒寫，得到僧徒同侶、文人的贊同；其次，對皇帝、親王、朝廷的頌揚的詩歌作品，其水平絲毫不亞於朝廷大臣們之所作，而且從佛教入手的切入視角，更能得到不同的效果；第三，來復詩文中對儒家觀念、詩教的注重，與道學家們的觀念息息相通，故道學家對之大加褒揚。來復詩歌的全面性，確如釋妙聲《次韻奉和見心和尚遊石湖詩》之五中說的「豫章禪伯最能詩」。

〔註198〕來復：《蒲菴集》卷四。

第十章 「詩聲尤著江湖間」：良琦在玉山雅集中的詩文寫作

　　通過前文的敘述，已知曉良琦在元末明初相當活躍於文人與僧徒之間。良琦，字完璞，吳郡人，「自幼讀書，性操溫雅，學禪白雲山中，後住天平山之龍門」〔註1〕，因此被稱作龍門良琦。生年不詳，卒年亦不詳，良琦在《元趙孟頫二羊圖》題識署時間為「洪武十有七年秋七月十九日」、《天台李至剛》題識署時間為「洪武十七年八月」，可知其卒於洪武十七年八月之後。《御選明詩》又稱其字符璞，「住天平山之龍門，又主檇李興聖寺，洪武中召對稱旨，授以印章，為僧會掌崇明僧教」〔註2〕，「洪武中」與洪武十七年相符。元代文人楊維楨稱其明禪理、通儒學、能詩：「良琦既究禪理，兼通儒學，能詩特其餘技耳。」〔註3〕根據楊維楨的評價，良琦通禪學明儒學又能詩，是一位典型的遊於文人士大夫之間的詩僧。

　　元代的僧詩創作十分興盛，鄧紹基《元代僧詩現象平議》（《中國社會科學院研究生院學報》2005 年第 3 期）指出元代的僧人非常活躍，創作了大量的詩歌；元代重要的理學人物幾乎沒有發出如唐宋時代排佛的巨大聲音，且與僧人交往特別密切。根據楊鐮編錄的《元代僧詩全編》，鄧紹基指出每 35 首詩歌中就有一首僧詩，由此可見元代僧人創作之活躍、僧詩數量之大。鄧紹基在文中論述到良琦參與到顧瑛玉山雅會中的活動，指出元代著名文士普遍與詩僧

〔註1〕《江南通志》卷一百七十四，《四庫全書》本。
〔註2〕《御選明詩》姓名爵里八。
〔註3〕轉引自《江南通志》卷一百七十四、朱彝尊《明詩綜》卷九十，第 4287 頁。

們交往結緣，與在這以前堅守儒家門戶、力排佛老的唐宋文學大家有明顯差異。李舜臣《釋良琦與玉山雅集考論》（《江西社會科學》2014 年第 8 期）中指出良琦是三十多名參與玉山雅集僧侶中聲名最為顯著的，詩風清麗，成為玉山雅集的核心之一。左東嶺《玉山雅集與元明之際文人生命方式及其詩學意義》（《文學遺產》2009 年第 3 期）、谷春俠《袁華與元明之際名士交遊考》（《廈門教育學院學報》2010 年第 4 期）與《袁華與「鐵崖體」的傳播》（《文學遺產》2011 年第 2 期）、展龍《元末士大夫雅集交遊述論》（《甘肅社會科學》2012 年第 5 期）、韋德強《元代中後期詩僧創作題材論》（《長江大學學報》2012 年第 1 期）、李舜臣與歐陽江琳《元代詩僧的地域分布、宗派構成及其對僧詩創作之影響》（《武漢大學學報》2010 年第 5 期）等論文中，不同程度地提及到良琦參與玉山雅集的活動以及詩歌創作。日本學者吉川幸次郎《元明詩概說》、鄧紹基主編《元代文學史》、楊鐮《元詩史》等著作對玉山雅集的詩歌創作活動都有論述。

良琦詩歌創作頗多，卻沒有專集存世，作品大多保存在顧瑛編的《玉山名勝集》《玉山璞稿》《草堂雅集》，袁華編《玉山紀遊》，顧嗣立編《元詩選》，沈季友編《欈李詩繫》、釋正勉等輯《古今禪藻集》等，以及參與玉山雅集者所編集的文獻中。《元代書札選萃》（天津人民美術出版社 2000 年版）收錄有良琦的部分書法作品。

一

玉山雅集是平江崑山人顧瑛，在其所築玉山草堂以及其他園景三十六處，經常聚集四方名士、詩酒唱和的活動。參與雅集的十之八九都是當時的頗有聲望者，雅集活動在當時名聞東南。顧瑛與袁華將歷次唱和與寄贈的詩歌三千餘首、以及少量的散文和賦、詞，彙編成上述提到的《玉山名勝集》《玉山名勝外集》《玉山記遊》《草堂雅集》四種。玉山雅集在元末的文學活動中佔有相當重要的地位，《四庫全書總目》在《草堂雅集》提要中說：「元季詩家，此數十餘卷具其梗概，一代精華，略備於上。」良琦能夠頻繁參與玉山雅集，表明他是當時詩歌創作活躍者之一，詩作受到當時楊維楨等文人名士們的認可。

被視為參與玉山雅集中最為重要的佛教僧人，與當時的文人士大夫交往密切、創作異常活躍、在佛教界與文人中皆享有聲譽的良琦，除《御選明詩》《草堂雅集》中簡單的記述外，卻再沒有留下任何的傳記文獻，甚至在佛教文

獻中都沒有關於良琦生平傳記的資料，這是非常奇怪的事情。良琦沒有在佛教佛經文獻中留下隻言片語，表明其聲譽主要是以詩而得，並非是在元末明初乃至整個佛教禪學傳承中具有一定的貢獻而得，其在當時的佛教傳承中並不佔據重要的地位。現在能見到稍微詳細一些與良琦生平傳記相關的文獻，就是楊維楨作於至正八年（1348）的《琦上人孝養序》。楊維楨在《序》中提到「宗浮屠之教」的良琦，「一旦幡然自外其說，以還吾道君臣、父子之懿」，並說「嘗以儒行為余友者」，這是《江南通志》與朱彝尊《明詩綜》中援引楊維楨論良琦「兼通儒學」的來源。《序》中敘及良琦的簡要生平：「琦上人，吳之儒氏也，自幼落髮，為浮屠天平山中，壯遊四明雪竇，見石室禪師，深器之，俾職記室。後浮遊淮湘間，以肆其輕世之志，未幾，丞相府以東土名宿所推，俾主毗陵龍興禪寺。」主禪寺不期月，良琦自歎曰「出家以能脫俗而去，使俗高而慕之，以為不可及也」，而「掛名官府」「送迎道路」又為世俗所厭，遂歸家「築屋一區以養其母而終其天年」〔註4〕。這是解釋為什麼說良琦幡然自悟而還君臣父子人倫的原因。楊維楨在《碧梧翠竹堂題句記》中提到顧瑛「有學而不屑於仕」，建玉山草堂「日與賢者處」，與參加雅集的賢者「談道德禮義以益固其守業」〔註5〕。儒學可能是良琦與顧瑛之間交往，除佛教之外的共同基礎。「談道德禮義以益固其守業」之說，應該是楊維楨有些過度注重參與雅集者身上所體現出來的儒學成份（即「以儒行為余友」），良琦等僧徒道徒，能夠參與到當時眾多著名文士參加的玉山雅集，一方面因文士們學通釋道並有釋道信仰傾向，一方面因其能詩。

良琦被丞相府譽為「東土名宿」，應該是在石室禪師門下時獲得的聲譽，元末名僧大訢有《次韻石室贈琦上人》詩：「啄木驚我夢，丁丁伐平林。書來敘別久，長憶倚梧吟。重江蛟鼉橫，感子遠訪尋。氣肅蟄聲閉，天高鳥遺音。風林生野吹，河漢蕩秋陰。相期如古人，庶以展我心。令躬崇道德，不貴玉與金。」〔註6〕大訢對良琦充滿讚揚之意，石室禪師門下做弟子時的良琦已經被大訢稱讚為「相期如古人」了。吳克恭《玉山草堂題句記》中評論參與顧瑛玉山雅集者云：「仲瑛好古博學，今之名卿大夫、高人韻士、與夫仙人釋氏之流，盡一時之選者，莫不與之遊，從雅歌投壺、觴酒賦詩無虛日，由是仲瑛名聞湖

〔註4〕楊維楨：《東維子集》卷十，《四庫全書》本。
〔註5〕顧瑛編：《玉山雅集》卷三。
〔註6〕大訢：《蒲室集》卷一，《四庫全書》本。

海間。」〔註7〕所謂「盡一時之選者」，即是說參與顧瑛玉山雅集者皆是當時時分著名的人士，《玉山名勝集》提要云「元季知名之士，列其間者十之八九」，如前文引《明史》列舉這些「一時之選者」如楊維楨、張翥等，皆為能詩者。著名的楊維楨自不必說，再如袁華，四庫館臣在《可傳集》提要中評論其創作云「今觀其詩，大都典雅有法，一掃元季穠纖之習，而開明初春容之派」〔註8〕；其他諸人的創作水平，從《玉山名勝集》等中存錄的詩作中便可知，詩作水平皆與顧瑛相當之論一點也不誇張。《玉山名勝集》提要言雅集中的作品「雖遭逢衰世，有託而逃，而文采風流，照映一世，數百年後，猶想見之錄，存其書亦千載藝林之佳話也」〔註9〕之論，亦是事實。參與佛教僧徒如良琦、道教徒如張雨、於彥成等，亦皆為能詩者，可以說，不能敏於詩，根本無法參與到玉山雅集中去。

顧瑛本身就有佛教信仰傾向，其《自贊》詩云：「儒衣僧帽道人鞋，到處青山骨可埋。還憶少年豪俠興，五陵裘馬洛陽街。」「儒衣僧帽道人鞋」表明顧瑛出入儒釋道三者之間，四庫館臣言此詩乃「紀其實也」〔註10〕。對佛教，顧瑛有多首詩歌表明其與佛教之關係，《和繆叔正燈字韻》詩云：「白雲開處見山棱，我欲躋攀力未勝。晚歲不為干祿士，前身應是小乘僧。竹林載酒邀山簡，草閣裁詩愧薛能。結習未除閒未盡，焚香且對佛前燈。」〔註11〕《生公臺》詩云：「生公聚白石，塵拂天花墜。可憐塵中人，不解點頭意。」〔註12〕《夜宿三塔次陳元朗韻》詩云：「水落南湖不露沙，又牽舫子到僧家。春浮大斗涓涓酒，寒隔虛櫺薄薄紗。半夜塔鈴傳梵語，一林江月照梅花。坐來詩句生枯吻，指點銀瓶索煮茶。」〔註13〕其中的「前身應是小乘僧」等語，言明了其對於佛教浸入之深。

作為顧瑛結交的佛教僧徒中的「一時之選者」，良琦在玉山雅集中非常活躍，據此稱良琦為「東土名宿」未嘗不可。但如上所言，文獻中保存下來極其稀少的生平傳記資料，表明所謂的「東土名宿」「相期如古人」「盡一時之選者」

〔註 7〕顧瑛編：《玉山名勝集》卷一，《四庫全書》本。
〔註 8〕袁華：《可傳集》卷首，《四庫全書》本。
〔註 9〕顧瑛編：《玉山名勝集》卷末。
〔註10〕顧瑛編：《玉山璞稿》，《四庫全書》本。
〔註11〕顧瑛編：《玉山璞稿》。
〔註12〕顧瑛編：《玉山璞稿》。
〔註13〕以上詩皆見顧瑛《玉山璞稿》。

等讚譽可能是有所誇飾；從辭去「掛名官府」的舉動來看，「躬崇道德，不貴玉與金」的讚譽則是合乎事實的。良琦是參與雅集最為活躍的僧人，但也不是每次集會都參加，如袁華主導的至正乙未秋閏九月的雅集上，良琦就沒有參與，這次參與的僧人是釋自恢。這次雅集是為寧海君遠別送行，袁華記中言寧海君「居重慶之下，奉溫清之養，可謂上不負聖天子，下不負所學」，釋自恢詩因云：「將軍駕舶來東海，喜見升堂奉起居。自是經年趨畫省，已膺三品佩金魚。鐃歌載道從軍樂，忠孝傳家教子書。此夕稱觴恣歡樂，烽煙莫問近何如。」〔註14〕與雅集設定的主題相當契合。

《江南通志》與朱彝尊《明詩綜》中援引楊維楨論良琦能詩，對此無更多的文獻可以進一步加以說明。良琦的「能詩」，一方面可以從其作品來加以說明，另一方則可以從顧瑛的創作來加以說明。《明史》顧瑛（德輝）傳中有「德輝才情妙麗，與諸名士亦略相當」之語，則良琦才情、詩作與顧瑛等名士相當。顧瑛詩作之水準，四庫館臣引有楊循吉《蘇談》語，顧瑛「好事而能文」，作品雖「不逮諸客」，則以「詞語流麗」而動人，故能在當時「得以周旋騷壇之上」。四庫館臣在《玉山璞稿》提要中認同顧瑛詩歌「詞語流麗」的看法：「今觀所作，雖生當元季，正詩格綺靡之時，未能自拔於流俗，而清麗芊綿，出入於溫岐李賀間，亦復自饒高韻，未可概以詩餘斥之。」〔註15〕元末大動盪的社會背景之下，顧瑛逃避世事，委身在營造的似乎與世相隔的娛山樂水的小環境裏，吟唱著「清麗芊綿」的詩作。《玉山草堂》詩之一：「爽氣高秋滿玉山，翠煙如海浸螺鬟。芙蓉城裏黃金鏡，照見雙雙駕鳳還。」之二：「臨池醉吸杯中月，隔屋香傳蕊上花。狂煞會稽迂外史，秋風吹墮小烏紗。」〔註16〕玉山草堂是顧瑛力辭會稽教諭之後避隱之地，「園池亭榭、餼館聲伎之盛甲於天下」，日夜與高人雅士置酒賦詩。張士誠據吳，顧瑛避隱嘉興之合溪，母喪歸綽溪，張氏再辟之，顧瑛「斷發廬墓，翻閱釋典，自稱金粟道人」，直到去世前，顧瑛每日又「補釋典，寫道經」〔註17〕，完全逃離於世事之外。兩首《玉山草堂》詩，完全就是書寫草堂之景致與文人雅士置酒詩賦的風流之狀，與烽火連天元末社會狀況絲毫不加交涉。玉山雅集是良琦與顧瑛相同的創作環境，顧瑛的避世與創作風格，良琦基本與之相類。

〔註14〕顧瑛編：《玉山名勝集》卷四。
〔註15〕顧瑛：《玉山璞稿》卷首。
〔註16〕顧瑛：《玉山璞稿》。
〔註17〕錢謙益：《列朝詩集》甲集前編卷八，續修四庫全書第 1622 冊，第 398 頁。

顧瑛出身於崑山顧氏世族，雄厚的財力是他能夠營造置身於塵世之外的玉山草堂、并與當時眾多名士「日夜置酒賦詩」的原因。顧瑛延請四方名士至玉山草堂，「仿段成式《漢上題雜集》例」，將相互唱和之作編為《草堂雅集》等。顧瑛在雅集中的創作，應該是其詩歌創作的高峰時期，可能也是許多參與雅集文人創作的高峰時期。良琦在詠玉山草堂詩中說到「閣老文章全盛日，釣竿磐石慰幽棲」[註18]，應該就是對參與者在雅集上創作的評價。四庫館臣在《草堂雅集》提要中云「一代精華略備於是」是與良琦同樣的評價，「一代精華略備於是」之語說明了玉山雅集的詩作在元代詩歌史上的重要位置。

玉山雅集之盛，很多評論者將其比之為西園、蘭亭，但據提要之言，玉山雅集「草堂之會有其人，人有其詩，而詩皆可誦」、作品「高者跌宕夷曠，上追古人，下者亦不失清麗灑脫，遠去流俗，琅琅炳炳，無不可愛」[註19]方面甚至盛於西園與蘭亭等歷史上那些著名的聚會。參與雅集者，袁華於《玉山宴集分韻得相字》中言是「學道攻文章」的同道者和「仙釋侶」。顧瑛將參與者在雅集期間的創作，編錄「自陳基至釋自恢凡七十人」[註20]之作品入集。如上述所言，參與玉山雅會的佛教僧徒都是能詩者，如元瀞禪師《碧梧翠竹堂題句》云：「君家子弟彬彬盛，碧梧翠竹森相映。聲諧琴瑟動瑤窗，秀峙鵁鶬開寶鏡。高堂新暑泉石深，綠陰清晝門階淨。鼎彝圖史規漢章，麒麟鳳皇祖虞詠。人間妙絕虎頭癡，文采風流至今稱。浣花潭前雙鶴翎，金粟池中萬魚泳。翰林學士天上來，大宴玉山舉觴政。金杯行酒涼雲浮，冰盤薦鮮寒雪凝。清歌妙舞意氣揚，紫燕黃鸝語音競。」這是對顧瑛與玉山雅集風采的讚譽，「麗句江海傳」與「高名巖壑應」是對玉山雅集影響力的稱讚，「蕭散要遂麋鹿性」強調隨順自然，作者要各抒自己的性情。有言「蒲柳秀且脆」，有言「松柏獨也正」，這是作者個人的見解，相互沒有必要加以「疑諍」，因為「秀且脆」的蒲柳與「獨也正」的松柏「元元生意本不殊」[註21]。詞人之間在雅集上的「疑諍」，反映出文人名士們在雅集上相當地活躍，且創作能各抒己見，即如黃溍《玉山名勝集原序》中所云：「中吳多遊宴之勝，而顧君仲瑛之玉山佳處其一也。顧氏自闢疆以來，好治園池，而仲瑛又以能詩好禮樂，與四方賢士夫遊，

〔註18〕顧瑛編：《玉山名勝集》卷一。
〔註19〕顧瑛編：《玉山名勝集》卷首。
〔註20〕《草堂雅集》提要，載《草堂雅集》卷首。
〔註21〕顧瑛編：《玉山名勝集》卷三。

其涼臺燠館、華軒美樹、卉木秀而雲日幽，皆足以發人之才趣，故其大篇小章曰文曰詩，間見層出，而凡氣序之推遷，品彙之回薄，陰晴晦明之變幻叵測，悉牢籠摹狀於賡唱迭和之頃。雖復體制不同，風格異致，然皆如文繒貝錦，各出機杼，無不純麗縈縟酷令人愛。」〔註22〕黃溍的序指出了玉山雅集三個方面：一，指出了玉山雅集是當時備受矚目的集會活動，吸引到四方賢士前來參與；二，參與者創作的中心是圍繞著自然景色進行的，詠歎自然景色與氣序的變遷是創作的主要內容；三，創作圍繞的主題與內容相同，各人的風格與體制卻不同，各作者的作品都能各出機杼。

元瀞又有《賦生公講堂》云：「生公說法地，乃在虎丘山。磊磊點頭石，尚帶春蘚斑。高風不可振，空堂桂團團。」詩作賦竺道生在虎丘說法之事，詩中不帶有佛教的意蘊，詩者關注的是虎丘的景致，最後兩句描寫的似乎是在「月色秦淮寒」〔註23〕的景致中為遠行的朋友餞行。一如元瀞的《賦生公講堂》詩，參與雅集的詩僧們在雅集中似乎並不在意闡發佛教義理，詩作基本上沒有佛教意味。至正十年秋仲十九日，良琦與張翥等聚集於玉山，即席以玉山亭館分題。參與這次雅集的有兩位佛教僧徒，釋福初題漁莊：「君家漁莊在何處，江波迢迢隔煙霧。清秋獨釣蘆花風，明月長歌白蘋渡。高堂絲管延佳賓，舉網得魚皆錦鱗。小奴鸞刀出素手，金盤斫鱠如飛銀。走也山林老釋子，拄杖行吟嗟未已。平生雅有濠上游，相思彌彌東流水。」〔註24〕福初雖以「老釋子」自居，詩作中卻無一點佛教意味，有的只是對山林與雅集時情狀的描寫。良琦題碧梧翠竹堂：「碧梧翠竹之高堂，乃在玉山西石岡。濃陰晝護白日靜，翠影夜合清秋涼。堂中美人雙鳴璫，不獨癡絕能文章。北海李生共放曠，東林惠遠同徜徉。張騫乘槎下銀漢，奉詔遠降天妃香。帷中靈風神欲語，壇上五色星垂光。舟回鯨濤溯長江，故人宛在水中央。入門相見各青眼，花間促席飛霞觴。清歌遏雲錦瑟張，亦有眾賓相頡頏。禰衡賦就驚滿座，寬饒酒深真醉狂。黃河東流雁南翔，軺車明朝歸帝鄉。玉堂披垣梧竹長，題詩寄遠母相忘。」〔註25〕詩中雖也提到惠遠之名，卻並無說明任何佛教意蘊的意味，整首詩描寫的是聚會上的「花間促席飛霞觴」「清歌遏雲錦瑟張」，以及參與者創作時相頡頏的情

〔註22〕載顧瑛編：《玉山名勝集》卷首。
〔註23〕顧瑛編：《玉山名勝集》卷四。
〔註24〕顧瑛編：《玉山名勝集》卷二。
〔註25〕顧瑛編：《玉山名勝集》卷二。

景。作為名著一時的佛教僧徒們，關注的層面卻與文人們一樣，重在描寫景致與描述雅集盛會的風采，展示雅集文人名士「彬彬盛」的盛事。在某次雅集上，良琦分韻賦詩得「芳」字：「芝草生香秋雨涼，風流賓客滿高堂。禰衡彩筆題鸚鵡，子晉瑤笙吹鳳皇。玉洞暗泉流決決，青林微月散蒼蒼。偏憐杖策來何晚，落盡芙蓉菊已芳。」〔註26〕典型描繪出了文人與詩僧道徒們雅集時詩歌創作時的情狀，參與者都是「風流賓客」，詩歌的寫作都是「禰衡彩筆」。一次以「綠波亭尋句」為主題的雅集，似乎是參與僧人們留下詩歌最多的一次，雲門僧法堅詩云：「雪消春色滿江沱，芳草纖纖覆綠波。最是高陽池上客，狂歌無奈醉時何。亭前修竹淨猗猗，煙暖沙頭杜若肥。一夜雨餘春水漲，白鷗日日到柴扉。」天台釋至奐詩云：「為愛幽居好，清池近草堂。雨晴春淡泊，月白夜光芒。憶弟情何極，題詩興不忘。秖應無俗事，濯足向滄浪。」當然也少不了良琦的詩：「桃溪綠水接深池，芳草如雲護石磯。色映湘簾春雨細，波明畫舫夕陽微。最憐才子新成句，因憶王孫久未歸。況有高亭更蕭爽，日長留客看清暉。」〔註27〕這些詩歌同樣不關涉佛教禪學之理，沒有佛教禪學的色彩與意蘊，純粹是描寫綠波亭之景。

雅集的序或記中，經常可以看到「不能成詩者各罰酒一觥」「不能詩者罰酒二觥」等的記述，有些參加雅集的僧人確實只見其名而不見其詩歌，他們是否每次都被罰酒一觥或二觥不得而知。良琦是雅集中極為活躍或者最為主要的僧人，錢謙益《列朝詩集小傳》的甲前集列有「玉山草堂留別寄贈諸詩人」的名單，共列三十七人，其中佛教僧徒只列良琦一人，良琦確實是雅集中的最活躍與被認可的程度最高的僧人。應該有兩個原因，一在於良琦是參與雅集次數最多的僧人，二在於良琦是在雅集中留下作品最多的僧人。良琦在玉山雅集中創作了眾多的詩歌作品，應該不會被罰酒一觥或二觥了。四庫館臣《玉山紀遊》提要云：「所遊自崑山以外，如天平山、靈巖山、虎邱、西湖、吳江、錫山、上方山、觀音山，或有在數百里外者，總題曰玉山。遊非一人，而瑛為之主，遊非一地，而往來聚會悉歸玉山堂也。每遊必有詩，每詩必有小序以志歲月所與遊者。自華以外，為會稽楊維楨、遂昌鄭元祐、吳興鄒韶、沈明遠、南康於立、天台陳基、淮南張渥、嘉典瞿智、吳中周砥、釋良琦、崑山陸仁，皆一時風雅勝流。」本書收錄參與遊會的僧人只有良琦，其與楊維楨、顧瑛等文

〔註26〕顧瑛編：《玉山名勝集》卷二。

〔註27〕顧瑛編：《王山名勝集》卷五。

人一樣被視為「風雅勝流」；遊會中，良琦的確是「每遊必有詩」。《草堂雅集》記良琦小傳云：「自幼讀書學禪白雲山中，性操溫良，澹然無塵想，詩聲尤著江湖間。與楊鐵崖、郯九成累過餘草堂，超然物外人也。」〔註28〕《草堂雅集》能收錄良琦小傳，是由該書體例決定的，該書仿元好問《中州集》例為作者「各為小傳」，小傳相當簡略，「亦有僅載字號里居不及文章行誼者，蓋各據其實不虛標榜，猶前輩篤實之遺也」。玉山雅集是個文人詩文活動，「詩聲尤著江湖間」表明良琦詩作被接受和認可的程度。《草堂雅集》收錄良琦詩歌 50首，應該遠非良琦作品的全部，只是良琦在雅集中所作的精華。

二

　　《草堂雅集》中「詩聲尤著江湖間」的評論，是對良琦創作的認可。作為與顧瑛詩歌水平相當的良琦，根據現存下來的詩歌，可以瞭解到他詩歌創作的水平。

　　雅集時，參與者往往針對一個主題分韻而作，每次有一人為序以記之。如至正十年七月初五日顧瑛、于匡山、良琦的雅集，在「輕風吹衣，爽氣浮動，纖月既出」的環境下，「時瑤笙與琴聲、歌聲齊發，泠泠天表，如霓裳羽衣落我清夢」的情景中，三人分題賦詩，顧瑛得「危」字：「樓上笙歌合奏時，湖山當席最相宜。風吹輕袂身疑舉，人立飛橋意不危。蜃氣欲浮河漢動，秋光已近女牛期。潘郎容易頭如雪，且醉花前雙玉巵。」釋良琦得「高」字：「何處最堪聽鳳簫，夜涼閣道踏金鼇。風生高士飛霞佩，月照謫仙宮錦袍。豈畏秋聲催鬢改，且憑春酒助詩豪。清酣欲散涼如水，河漢西流北斗高。」〔註29〕顧瑛詩中的「潘郎容易頭如雪」用的是潘岳的典故。孫秀誣潘岳、石崇等奉淮南王允、齊王冏為亂而被收，《晉書》云：「初被收，俱不相知，石崇已送在市，岳後至，崇謂之曰『安仁，卿亦復爾邪』，岳曰『可謂白首同所歸』。岳《金谷詩》云：『投分寄石友，白首同所歸。』乃成其讖。」〔註30〕《世說新語》引《語林》注釋「可謂白首同所歸」云：「潘、石同刑東市，石謂潘曰『天下殺英雄，卿復何為』，潘曰：『俊士填溝壑餘波來及人。』」顧瑛所引潘岳的典故，頗為切合分到的「危」字。詩的前半段有描寫仙人之意，後半部分所引潘岳之危，

〔註28〕顧瑛：《草堂雅集》卷十四。
〔註29〕顧瑛編：《玉山名勝集》卷三。
〔註30〕《晉書》卷五十五，第 1506 頁。

更襯托出對仙人與仙人之境的追求的可貴：仙人與仙人之境「不危」，人世則危險之境處處存在，二者是非常強烈的對比。這首詩無論是情景、內容與意義緊密聯結在一起，可謂是神來之筆。良琦的詩同樣是描寫仙人與仙境，仙人與仙境在高處，突出了「高」字，從內容來說，二者之詩可謂是「亦略相當」。但良琦「豈畏秋聲催鬢改」又似乎是對時光流逝與人世之危的輕蔑，無論時光如何流逝與人世之危如何遍存，河漢依舊西流北斗依舊高居北方。「豈畏秋聲催鬢改」的氣概與「河漢西流北斗高」的篤定，並不符合佛教遷流之意，詩意卻是要高出顧瑛「潘郎容易頭如雪」不少。從這個角度來說，良琦詩作的水平要高於顧瑛。僅就這兩首詩的對比來看，說良琦詩作與顧瑛「亦略相當」或者「詩聲尤著江湖間」，一點也不過分。

如「高」字詩所描寫的仙人與仙人之境，良琦詩作中屢屢出現。至正庚寅（十年，1350）臘月「大雪彌旬日」，良琦與郯九成、吳國良寓玉山，對著「坐雪巢聽箭，酌酒煮茗」「乘夜泛舟，泊楓橋下」之景而賦詩，良琦賦詩兩首，之一描述身處之景物：「雪霽春水動，初回賀監舟。青山天際斷，白月鏡中流。竹杖隨行鹿，烏巾照野鷗。蘭亭花盛日，載酒一同遊。」之二描述到仙人之生活：「會稽佳山水，羨子一歸舟。步入萬峰裏，坐聽雙澗流。鳴琴對白鶴，蹻舄侶輕鷗。東去蓬萊近，安期待爾遊。」〔註31〕應該並非良琦沉迷於道教與神仙生活，而是在這樣的環境中很容易聯想到仙人。良琦與沈自誠會於玉山時，「握手入西園」，歷覽「月魄既滿，涼空一碧，天香水影，交映上下」之清勝，沁人之景致「殆非人間」之有。在「殆非人間」之清勝下，良琦的詩歌自然不具塵俗之氣，致力描寫的似乎是仙人之境。良琦又有《暮春雍熙寺訪沈自誠不遇》詩云：「暇日遠相問，古寺幽且深。青苔余華落，雙樹一鶯啼。」〔註32〕本詩看上去是在極力模仿王維的詩風，對空靈之境的描繪確如「殆非人間」之有。至正庚寅八月二十有二日，良琦與顧瑛等遊天平山，作的《天池》詩同樣如此：「蓮花峰頂一池開，仙源直從天上來。水光百尺涵坤軸，石骨千年化劫灰。靈物有時移窟宅，神龍當晝挾風雷。便須蹻屩頻登眺，日日臨流坐石苔。」〔註33〕至正辛卯（十一年，1351）正月八日，良琦與顧瑛、郯九成、陳惟允遊虎丘，夜宿賢上人竹所，依然是「取水煮茗，圖景賦詩」，相互之間「對坐談

〔註31〕顧瑛編：《玉山名勝集》卷四。
〔註32〕錢謙益：《列朝詩集》閏集卷二，第305頁。
〔註33〕袁華編：《玉山紀遊》，《四庫全書》本。

詩不絕」。良琦賦詩兩首，一首《次韻柬於匡山》云：「開士遍遊梁楚間，歸來雙鬢未全斑。寺前雪落長松在，洞口雲閑獨鶴還。石刻秦銘光燭漢，書藏禹穴氣浮山。風流賀監應相見，醉岸烏紗一解顏。」一首《賦放鶴亭》云：「道林昔隱支硎山，日惟與鶴相對閒。六翮幾年初長就，三山歸路忽飛還。丹崖霞發神芝紫，白石苔深細雨斑。落澗寒泉應可濯，盤空風礎尚堪攀。客離吳會三山上，忻渡秦淮一水間。臼下風雲消王氣，烏啼霜月慘離顏。蕭蕭岸柳搖征旆，黯黯江花送別殷。盛世簡書知有暇，寄來詩句莫教刪。」〔註34〕這次一起雅集的有賢上人、庭堅上人等僧人，即使面對著是佛門中人，良琦之作仍然充滿著仙人之風。其他僧人的作品，同樣充滿仙人之氣味，如甬東釋照覺元詩云：「玉山青青青若蓮，山中樓閣白雲連。採藥相從赤松子，吹簫時約紫霞仙。」〔註35〕天台釋　愚了賢詩云：「玉峰住地小徘徊，霞氣丹光接上臺。白日山移蓬島去，紫宮花繞藥珠開。雲邊青鳥迎人語，溪上黃童採藥回。昭代衣冠非隱世，憑軒志筆寫仙才。」〔註36〕清真余善詩中有「醉中記得蓬萊宴，笑折瓊花索酒嘗」〔註37〕之句。從這些詩意來看，確實是當時的環境使得處於其中的詩者有仙人之境的錯覺，如在《種玉亭題句》中說「安知此地非蓬島，月下鸞笙夜夜傳」〔註38〕，就是把「殆非人間世」的聚會之地看作仙地。再如至正十年（1350）良琦與于立等人聯句時，面對著「清風交至，竹聲荷氣，清思翛然」這樣的「殆非人間世」，與會者的詩作皆具有仙人氣味。良琦在這次集會分韻作詩中分得「涵」字，詩中云：「竹外瑤笙時一聽，風前玉麈正多談。瀛洲咫尺群仙在，老客滄洲獨我慚。」〔註39〕良琦把參與雅集者稱之為「群仙」，集會時相互之間「正多談」，表明眾人參與詩酒的興致十分濃鬱。

　　所謂的玉山雅集，實際上就是眾多文人相聚、遊樂山水、置酒賦詩的活動。雅集中，往往有樂伎參與，多次雅集的記載中都提到顧瑛「聲伎之盛甲於天下」，顧瑛有小橘花、南枝秀二妓，「每遇宴會，輒命侑觴」。一般來說，整場雅集往往是「與子各盡醉」的狀態，參與者在詩酒與歌樂中「憂樂兩相忘」。「憂樂兩相忘」的雅集中，有時也有變調之音。沈自誠記良琦參與的一次雅集

〔註34〕顧瑛編：《玉山名勝集》卷四。
〔註35〕顧瑛編：《玉山名勝集》卷二。
〔註36〕顧瑛編：《玉山名勝集》卷二。
〔註37〕顧瑛編：《玉山名勝集》卷二。
〔註38〕顧瑛編：《玉山名勝集》卷三。
〔註39〕顧瑛編：《玉山名勝集》卷二。

中，聲妓小瓊華調箏，南枝秀倚曲舉杯，屬客曰「人生會合不可常，今夕之飲，可不盡歡耶」，不僅形態上完全是一幅文人雅士的風采，「人生會合不可常」之語更具有能引起文人同感的人生感悟，配合著「去年茲集，如山陰道士於彥成輩，今皆在天外，雖欲同此樂，邈不可得」的「人生會合不可常」，極能引起與會者文士們的同感。良琦在賦「銀」字詩中很好地契合南枝秀「人生會合不可常」之意，詩中的「今宵白月滿孤輪，大地山河無一塵」之句展現出無塵的清明之境，「天上分明呈玉兔，水中清切見冰鱗」之句將仙境展露無遺，整首詩將銀白、清淨之意躍然在面前。最後兩句「卻憶當時同會者，相思直欲鬢如銀」〔註40〕，將與友人之間的情誼與月光之銀白契合起來；「卻憶當時同會者」一句則直接貼切地回應了南枝秀的「人生會合不可常」。良琦參與聲妓參加的雅集，顯示他任運隨緣的禪學之風，對清淨之景致的描繪並沉浸其中，如果忽視「卻憶當時同會者」之語的話，似乎真的是有「憂樂兩相忘」之心境。

　　僧人參與有聲妓參加的雅集似乎不十分妥當，但在任運隨緣的高僧看來似乎也無不妥，在至正戊子三月由良琦主導的雅集中，良琦詩云：「玉山窈窕集瓊筵，手撥鵾雞十二弦。巢樹老僧狂破戒，散花天女醉談禪。鵝兒色重酴醾酒，桂葉香深翡翠煙。最愛碧桃歌扇靜，長瓶自煮白雲泉。」散花天女引用的是《維摩詰經》中的典故，卷六《觀眾生品》中云：「時維摩詰室有一天女，見諸大人，聞所說法，便現其身，即以天華散諸菩薩、大弟子上。」天女為維摩詰的講法所打動，散下美麗的天花。良琦引用散花天女的典故卻是用來說明如天女般美麗的女子醉酒談禪，與老僧的狂破戒相映照，意在說明悟禪的任運隨緣。破戒和醉裏談禪，在禪者那裏都是領悟禪理的方式，並非置佛教戒律之不顧；詩中看出良琦對禪理真實地領悟。良琦在記中的「人誰非寓」之言，與南枝秀「人生會合不可常」之語寓意完全相同，在「置酒清歌雅論」「人言不減楊侯雅集時」飲酒「既酣暢」〔註41〕之時，發出「人誰非寓」之歎，是對人生的深重體悟。

　　良琦的「銀」字，是在聚會上以「銀漢無聲轉玉盤」一句分韻賦詩而得，這是雅集中賦詩時使用非常多的一種方式。再如至正辛卯夏五月，良琦與顧瑛、楊維楨等遊泛舟西湖上，「置酒張樂，以娛山水之勝」，以「山色空蒙雨亦

〔註40〕顧瑛編：《玉山名勝集》卷五。
〔註41〕顧瑛編：《玉山名勝集》卷二。

奇」分韻，良琦分得「雨」字，並作《遊西湖分韻賦詩並序》以紀之。良琦詩
云：「五月西湖湖上路，雲薄天開霽初雨。綠陰十里映朱橋，紅白荷花照清渚。
故人客裏忽相見，呼船載酒攜詩侶。銀箏調促金粟柱，玉壺光動清絲縷。開簾
水面度飛燕，高歌柁尾輕鷗舉。一時雅思劇幽事，半日閒情謝塵土。東南佳麗
地空在，前代衣冠在何許。黃金買醉日紛紛，感古興懷有誰語。人生行樂戒蚤
返，落日涼風吹白苧。他年有約與重來，湖外青山可為主。」〔註42〕詩中描寫
眾人在西湖上「置酒張樂」，良琦同時又有《和西湖竹枝詞》云：「西湖游子那
得愁，美人日日狎春遊。為人歌舞勸人酒，不信春風能白頭。」〔註43〕竹枝詞
中淋漓描寫眾人是如何「置酒張樂」的。兩首詩中「東南佳麗地空在，前代衣
冠在何許」「黃金買醉日紛紛，感古興懷有誰語」「游子不知愁」而挾美人沉迷
歌舞等詞句，卻有無限悲哀之意。可以想像的是，良琦在寫這首詞時，一定是
想到並模仿了宋代詩人林升的《題臨安邸》詩：「山外青山樓外樓，西湖歌舞
幾時休。暖風薰得遊人醉，直把杭州作汴州。」面對西湖而想及與西湖相關的
過往種種情事，良琦心裏一定充滿了對歷史與現實的慨歎。

　　「雨」字詩中「置酒張樂」之樂與「東南佳麗地空在，前代衣冠在何許」
之感慨的對比，由歡娛引起發自心底的感傷情緒，可能是西湖曾經繁盛的歷史
與文物帶給良琦的「感古興懷」。與這首詩「黃金買醉日紛紛」之句相同的，
還有隨後作的《是日湖中口占》詩四首之二中的「多少黃金買歌舞，秋風白髮
不思家」，這一句雖是描寫風流公子、或者是羈於旅途之中的行人沉醉於西湖
歌舞樂不思歸，然與「東南佳麗地空在，前代衣冠在何許」一句相聯，就有了
「感古興懷」之意。風流公子揮金買歌舞「醉立船頭看晚霞」之樂的時刻，良
琦忽然生發出「行樂何如歸白社，君看三笑寫成圖」〔註44〕的慨歎。這首詩是
良琦為數極少顯露佛教觀念的作品，「三笑寫成圖」自然是慧遠的典故了。良
琦《虎溪三笑圖》詩，闡述了他所說的「樂」，云：「境緣心妄起，心悟境自
忘。三老同一笑，物我兩茫茫。月照青溪水，風散白蓮香。無端一笑已，千古
笑何長。」〔註45〕良琦的「行樂」不是放縱情慾之樂，而是領悟佛教之理破除
執著之樂。與元璞「交遊三十年」的張天英有《題三笑圖》詩云：「我思廬山

〔註42〕袁華編：《玉山記遊》。
〔註43〕《御選明詩》卷十五。
〔註44〕袁華編：《玉山記遊》。
〔註45〕錢謙益：《列朝詩集》閏集卷二，第305頁。

三十載，喜見虎溪三笑圖。遠公愛客不愛酒，陶令愛酒無錢沽。黃冠道人愛譚道，握手顧盼成盧胡。乃知古來賢達士，出處自與常人殊。君不聞東晉英雄數周顗，對語新亭泣新鬼。」〔註46〕張天英「性剛方，不事趨謁，再調皆不就」，因大部分時間居吳下，故與良琦交遊密切。張天英「放肆為詩章」，寫作基本上是隨興所至而不拘泥。「隨興所至」其實就是玉山雅集創作的方式，如李祁《玉山名勝集序》云：「四方之來，與朝士之能為文詞者，凡過蘇必之焉，之則歡意濃浹，隨興所至，羅樽俎陳，硯席列坐而賦，分題布韻，無間賓主，仙翁釋子亦往往而在。歌行比興，長短雜體，靡所不有。」〔註47〕《題三笑圖》中表達的對佛教的趨向，應該是受到良琦等僧人的影響，詩意與良琦「雨」字詩中「東南佳麗地空在，前代衣冠在何許」頗為相像；良琦的詩歌寫作應該也會受到「交遊三十年」張天英「放肆為詩章」寫作方式的影響。良琦遊樂山水、參與聲妓在席的雅集，是一種「放肆為詩章」，更應該是由於對真實世界的認識而達到的「心悟」。

雅集的詩歌創作還有一種形式，就是聯句詩。至正壬辰（1352）二月，良琦與來復等遊玉山時，聯句為詩：「絕巘曾空外，高崖北斗邊。巨靈開積穀（琦），險竇落寒泉。逃石珠簾掛（復），當風玉練縣。霞明光粲爛（琦），澗折勢洄沿。渴虎朝還飲（復），饑龍夜不眠。穿林聲決決（琦），涵月淨涓涓。僧汲香凝缽（復），人窺影墮淵。中泠差可擬（琦），康谷孰能先。牛乳元同味（復），鮫珠得並圓。道林嘗卓錫（琦），陸羽盍留編。昔者三高士（復），來遊八月天。雨苔凌蠟屐（琦），秋竹係溪船。煮茗過松下（復），哦詩繞桂前。衣襟灑冰雪（琦），詞藻麗雲煙。洗硯文魚動（復），浮杯翠荇牽。清童浣素手（琦），舞妓照金鈿（復）。相憶勞垂念，因風辱寄箋。歸期欲西上，盡興已東還（琦）。往事成塵夢，流光隔歲年（復）。君今春滿屋，我漸雪盈顛。賴有同心侶（琦），重臨勝境偏。舊題空翠濕（復），大字老蛟纏。貴比南金重（琦），深期琬琰鐫。翻愁泣神鬼（復），亦足鎮山川。積雨晴初好（琦），平原景正妍。掃花聊憩息（復），倚樹漫遲延。極眺匡廬遠，回瞻玉阜連。華堂列賓客（琦），綺席會神仙。梧井應鳴鳳，經帷或下鱣（復）。繁梅欹坐榻，細柳拂歌筵。昭代多才彥，冥棲獨爾賢（琦）。昌承野王裔，高拍赤松肩（復）。欲泛扁舟去，還談一味禪。何顧名不忝（琦），于鵠德仍全。空復臨流詠（復），誰將

〔註46〕顧瑛：《草堂雅集》卷三。
〔註47〕顧瑛編：《玉山名勝集》卷首。

此意傳。數聲亭上鶴，落日在山巔（琦）。」〔註48〕這首聯句詩相當長，每人所聯句數不一，表明聯句沒有做硬性的規定，而是隨著每個人的興致與反應的靈敏程度，隨興而作。良琦有時候也並不參與聯句，如至正十年七月十五日，良琦與高起文等人去拜訪顧瑛，眾人坐湖山樓上，「悵然有懷」，即目力所見聯句成律云：「樓倚清秋爽氣高（高），眼明百里見纖毫。風行綠野翻清浪（於），雨到青林起暮濤。幾樹好花開別岸（顧），一雙飛鳥趁輕舠。龍門今日婺江去（高），會有新詩寄我曹（于）。」〔註49〕

良琦作為參加雅集僧徒中的「一時之選者」，詩作受到明後期文人文徵明的稱讚，在《題沈潤卿所藏閻次平畫》中說：「元季崑山顧仲瑛氏好文重士，家有玉山草堂，多客四方名流，所蓄書畫悉經品題。此畫仲瑛物也，自題其後，目為閻次平筆，詩之者四人於立彥成、錢惟善思復、袁華子英、釋良琦元璞。彥成，仲瑛特厚之，為設行窩於家，彥成至如歸焉。思復，錢塘人，號心白道人，嘗領鄉解，以所賦羅剎江有名，稱錢曲江。子英，崑山人，雋敏，長於歌詩，楊鐵崖稱為才子，洪武中被累，卒於京。元璞，吳僧，住浙之龍門寺，有禪學，詩筆尤俊。」〔註50〕文徵明「詩筆尤俊」的評斷並不過分，至正十年五月十八日，良琦與顧瑛、于立等湖山樓，口占詩四首，之一：「斷雲將雨過瑤山，極浦煙開白鳥還。隔水漁郎驚客意，笛聲嗚咽起空灣。」之二：「回溪斷岸柳陰疏，酒舍漁家竹徑迂。一片湖光暮雲隔，荷花荷葉滿平蕪。」之三：「仙人自是好居樓，江氣生寒雨作秋。赤日長安塵沒馬，幾人回首憶滄洲。」之四：「重重樓戶燕穿風，曲曲紅橋綠水通。薄暮鉤簾對涼雨，一時秋思在梧桐。」〔註51〕四首詩主要是寫景，特別是前兩首完全是寫景，詩中的景色清致；景中又有情，第三首中的「幾人回首憶滄洲」和第四首中的「一時秋思在梧桐」兩句，不著意地將景中之情透露出來。就這四首口占詩來說，良琦完全承當得起「詩筆尤俊」這個評判。

題品書畫是文人雅集時寫作的內容之一，文徵明提到的四人題畫詩沒有查到，良琦確實作有不少題畫詩。如至正丁亥（1347）秋八月作《趙仲穆臨李伯時鳳頭驄》詩云：「王孫昨在水晶宮，貌得龍眠八尺驄。為言持寄玉山去，

〔註48〕袁華編：《玉山紀遊》。
〔註49〕顧瑛編：《玉山名勝集》卷三。
〔註50〕文徵明：《文徵明集》卷二十一，上海古籍出版社1987年版，第529～530頁。
〔註51〕顧瑛編：《玉山名勝集》卷三。

當與桃源五馬同。」〔註52〕《題黃氏林屋山圖》詩云:「黃公先塋何所在,七十二峰碧參差。佳氣上天雲作蓋,秋陰接地樹成帷。海鄉西望空愁絕,江水東流寄孝思。好在讀書光禰考,楊侯深意為君期。」〔註53〕《題馬公振畫竹》詩云:「馬氏白眉者,隱居婁水湍。閒將筆五色,醉掃玉千竿。露重鳳毛碧,月明龍氣寒。春山歸正好,稚子喜相看。」〔註54〕《題士元雙樹圖(時吳寅甫來自梁溪同題)》詩云:「梁溪溪上曉揚舲,吳人竹枝自可聽。不得回船繫厓石,寺門松樹為誰青。」〔註55〕《題張元傑草堂讀書圖》詩云:「昨日雨晴歸碧山,桃花滿澗水潺潺。嵐光入壁圖書潤,草色侵帷枕席閒。莫問山靈嫌客至,偏憐松月待人還。張郎有志能遺世,白髮相期水竹間。」〔註56〕《題蕙蘭圖》詩云:「蕙蘭生深林,結根同芬芳。綠葉緣風轉,群葩耀春陽。飄飄青霞袂,粲粲雕玉璫。貞哉不自獻,宜為王者香。念彼君子德,比之惟允常。持以遺所思,交好勿相忘。」〔註57〕《題錢伯珍所藏草堂圖》詩云:「錢郎讀書性閒雅,草堂隨處卜雲林。周顒不遂山居志,梅福仍兼吏隱心。玉洞桃花春霧溟,石田芝草暖雲陰。磵西一徑通深竹,還許支公日見尋。」〔註58〕這些詩歌純粹描寫畫中的內容,有些詩句中提到佛教中的人物。

在題畫詩中,參與雅集的眾人留下了不少題倪瓚畫作的詩歌。姚廣孝(即僧人道衍)與倪瓚相交二十餘年,於洪武二十一年作有《題云林墨竹》詩云:「開元寺里長同宿,笠澤湖邊每共過。誰說江南君去後,更無人聽竹枝歌。」並於詩下有《題云林墨竹詩卷》跋,跋語基本就是倪瓚的小傳。倪瓚,字符鎮,號雲林,「性迂疏而雅潔,酷嗜詩畫」,其詩畫「綽然有宋米南宮之風」,名動湖海。元末社會大亂後,「至正甲午避亂寓於笠澤」,與佛教僧徒交遊頗密,往來山林「多託宿於仙佛之廬」。倪瓚亦能詩,嘗作竹枝與姚廣孝,曰:「秋水汀

〔註52〕《趙氏鐵網珊瑚》卷十二。
〔註53〕《趙氏鐵網珊瑚》卷十五。《吳都文粹續集》卷二十五也收錄本詩,題為「《題黃雲卿林屋先塋圖(雲卿祖居洞庭,後遷婁東,懷其祖父,寫圖以自慰,揚鐵崖曾題其卷雲)》」,云:「江夏先塋林屋洞,七十二峰碧參差。窺道冥冥雲作蓋,秋風颯颯樹成帷。海鄉西望空情事,江水東流永孝思。好在詩書光祖禰,楊侯佳句有深期。」
〔註54〕《吳都文粹續集》卷二十五,《四庫全書》本。
〔註55〕《吳都文粹續集》卷二十五,又載《御定歷代題畫詩類》卷七十三。
〔註56〕《御定歷代題畫詩類》卷四十八。
〔註57〕《御定歷代題畫詩類》卷七十五。
〔註58〕《御定歷代題畫詩類》卷一百十五。

洲飛鸂鶒，湯休倚棹一題詩。問師唱得誰家曲，嫋嫋西風動竹枝。」〔註59〕良琦有題《雲林水竹居圖》詩云：「好在雲林一老迂，畫圖寄到玉山居。自來王謝原同調，宜向城東共讀書。」〔註60〕良琦視倪瓚為玉山雅集中的「同調」，應該是指二人在書法、詩作與佛教等方面的相互欣賞與影響。良琦又有《題倪雲林為韓復陽寫空山芝秀圖》詩云：「每憶雲林子，隱居清且閒。褰裳採芝秀，倚仗看秋山。微雪松蔭暝，青苔石上斑。韓康偏有意，時復到柴關。」〔註61〕詩句中倪雲林的「清且閒」指的是心閒，《題松溪漁隱圖》詩云：「我昔楚江上，釣船時往還。長歌送落日，濯足對青山。魚遊春草裏，鳥去白雲間。此意孰能解，忘言心自閒。」〔註62〕清淨的精緻，帶來的就是「忘言」的心閒，彼此心意的相通與相互瞭解，可謂是名副其實的「同調」。元末明初僧人來復《題云林所畫竹石圖》詩云：「雲林筆有千鈞力，圖來竹樹摩霄直。陰崖火燒霹靂痕，空江石露蜿蜒脊。珊瑚交錯枯枝蟠，春雨不洗苔花斑。誰知中有烈士操，傲世直壓冰霜寒。我昔蘇臺識君面，白苧烏紗目如電。酒船每繫芙蓉灣，蘸碧吳江寫秋練。別來零落歸青丘，荒煙野水情悠悠。開圖彷彿見顏色，孤猿啼斷三山秋。何郎作官重高潔，愛此幽芳兩奇絕。虛心能使淡無營，廊廟何曾異巖穴。此竹此樹人所憐，古意颯爽疑通仙。只恐風雲起平陸，白日化龍飛上天。」〔註63〕對倪瓚畫作與品格的描述，與良琦、姚廣孝對倪瓚的描述完全一致。

題書畫詩，更多的是文人們的創作遊戲，良琦眾多的題書畫時，表明他受到文人之風深刻的影響。良琦與諸文人們的雅集，詩作中被烙上了文人式情懷的烙印，如「分題震澤」云：「具區開萬頃，波浪入三江。光怪浮神鼎，憑陵跨石矼。風高帆影亂，天碧鳥飛雙。久客瞻南斗，歸心未易降。」〔註64〕最後兩句「久客瞻南斗，歸心未易降」是典型的文人式羈旅行役的慨歎與深深浸入到內心之中的孤落的情懷。對往日之情的思念，是良琦之作具有文人式烙印的第二個表現，《秋日歸虎丘》詩云：「虎寺共作五年留，幾度相攜上小舟。楊柳春橋半塘寺，芙蓉夜月百花洲。長林放鶴閒支遁，一室編蒲老睦州。」詩做到這裡完全是回憶留居虎丘時的情況，最後的「此日獨歸懷往事，空山草色不

〔註59〕倪瓚：《清閟閣全集》卷十二《外紀下》，《四庫全書》本。
〔註60〕《清河書畫舫》卷十一下。
〔註61〕錢謙益：《列朝詩集》閏集卷二，第305頁。
〔註62〕錢謙益：《列朝詩集》閏集卷二，第305頁。
〔註63〕倪瓚：《清閟閣全集》卷十二《外紀下》
〔註64〕顧瑛編：《玉山名勝集》卷四。

勝秋」〔註65〕則是對往日情事的無限思念與感慨。《夏日招張師聖文學》之二
的「觀理閒慮遣，懷君苦情役」〔註66〕，是對往日友情的懷念。良琦之作具有
文人式烙印的第三個表現，是如文人般對一生為身忙的反思，《招復見心書記
（見心，豫章人，時留山中遠公）》詩云：「坐對芭蕉樹，題詩憶豫章。高秋居
石室，落日臥藤床。衣薄雲霞濕，心清草木涼。亮公名不忝，遠老約難忘。柏
子香煙細，蓮花漏刻長。了知無罪懺，底為有身忙。苔色青當檻，桐陰綠覆岡。
能來一談笑，共待月流光。」〔註67〕詩中陳述了與見心的交往，以及對相約相
見的期待；同時表現儘管明瞭「無罪懺」，卻碌碌「底為有身忙」的反思、愧
歉與無奈。從這些方面以及上述對良琦詩歌的徵引來看，文徵明對良琦「詩筆
尤俊」的評價算是名副其實。顧瑛指良琦的創作與其相當，也是符合實際的。

　　作為元末明初聲譽顯著的僧人之一，良琦在詩作中表達最多的是對山水
與山林生活的喜樂，對於禪理的表達反而不多。上引良琦《是日湖中口占》詩
四首之二中的「行樂何如歸白社，君看三笑寫成圖」、《虎溪三笑圖》詩「境緣
心妄起，心悟境自忘」「無端一笑已，千古笑何長」等詩句，體現出良琦以佛
教觀念對世界與社會的認識。良琦年輕時曾在雪竇寺參學，張天英《送琦元璞
參雪竇》詩有「客鄉送子上吳船，歸心直上鄞江邊」之句，良琦後作有《題春
山飛瀑圖》詩云：「憶昔東留雪竇寺，寺門瀑布兩峰懸。銀漢翻濤迸落地，玉
龍破山飛上天。洗盞每臨春潤曲，翻經時坐古松前。披圖不覺塵夢醒，日暮空
堂生海煙。」〔註68〕參學雪竇時期應該是良琦深入體悟禪學的重要階段，並有
「塵夢醒」之悟。《趙仲穆畫看雲圖》詩云：「舊遊清苕上，愛看弁峰雲。稍將
春雨度，始見遠林分。起滅悟真理，逍遙遺世紛。於焉自怡悅，永懷陶隱君。」
〔註69〕這首雖是題畫詩，所寫的內容又基本上就是良琦日常以及參與的雅集
生活，所謂的「起滅悟真理」，表明了良琦看上去過著不拘泥的生活，實際上
一直在日常的生活中體悟佛教之理。又如《夏夜山中》詩云：「山空素月出，
天淨涼雨住。群蟬鳴已息，靈籟稍微度。筧竹咽遠水，鄰燈映深樹。念茲棲
棲者，何由了玄悟。」〔註70〕「何由了玄悟」一句之意完全與「起滅悟真理」

〔註65〕《古今禪藻集》卷二十四。
〔註66〕錢謙益：《列朝詩集》閏集卷二，第 305 頁。
〔註67〕錢謙益：《列朝詩集》閏集卷二，第 306 頁。
〔註68〕《御定歷代題畫詩類》卷八。
〔註69〕《趙氏鐵網珊瑚》卷十二。
〔註70〕錢謙益：《列朝詩集》閏集卷二，第 306 頁。

之意相同。面對著山林中的景致與生機，處於其中的良琦，內心深處應該是時刻在體悟著玄悟，如袁華《寄興聖琦原璞》詩言良琦「猊床花妥揮談麈，龍缽珠明護賜經」〔註71〕之語。

良琦從自然中獲得的體悟或者領悟到的真理，滿含著道家之風，至正辛卯（十一年，1350）冬十月，在趙奕作題記的一次雅集上，良琦分韻得「以」字，詩中提到「人生所貴適意耳，丹砂豈能留迅暑」〔註72〕，具有很深的道家意蘊。《夏日招張師聖文學》之一中的「高士一來此，忘言道愈真」〔註73〕，同樣具有很深的道家意蘊。《魚虎子圖》詩體現出與莊子相同的觀念，云：「翠羽畫殊絕，窺魚秋水深。忽來知險意，靜立見機心。沙白霜初落，溪寒日易陰。何當隨啄木，除蠹向高林。」〔註74〕浸潤自然之中，並從自然中所得到的體悟，就是「逍遙遺世紛」，或者是「適意」；「遺世紛」與「適意」顯然不僅包含著對自然的體悟，同時包含著對人世與社會的體悟。

在雅集詩作的寫作中，良琦卻又極力營造著佛教的氛圍，如《雍熙寺訪友不遇》詩云：「暇日遠相問，古寺幽且深。青苔余花落，雙樹一鶯吟。爐存散微篆，茗熟成孤斟。」〔註75〕這是極力渲染「幽且深」的生活環境，充滿著佛教的氣息。《春日有懷郊九成》詩云：「春雨晝連夕，閒愁鬢欲蒼。鶯聲在官柳，草色映書床。每念庭闈遠，仍憐簡帙荒。卻思摩詰室，清坐只焚香。」〔註76〕這是嚮往維摩詰屋室的清淨。《次韻答見心和尚》詩云：「龍門茅屋澗之隈，亂後山花只自開。數片白雲同散去，十年金錫不歸來。月明老鶴啼春澗，日落饑烏集古臺。歲晚相期仍結社，西湖剩覓白蓮栽。」〔註77〕陳基《待琦上人不至》詩云：「羨君方外邁詩流，飛錫相從海上游。白鶴一聲寥廓曉，滄波千頃洞庭秋。鹿門未遂龐公隱，蓮社欣逢慧老留。望望佳人何不至，碧雲迢遞迥添愁。」〔註78〕這是極力營造著與僧徒同調、文人同調等的修行活動。這種對佛教氛圍的書寫，其實與一般的文人也沒有什麼區別。

從這些詩作來看，良琦儘管並沒有在詩歌中刻意表露禪理，但楊維楨對良

〔註71〕袁華：《耕學齋詩集》卷十一，《四庫全書》本。
〔註72〕顧瑛編：《玉山名勝集》卷二。
〔註73〕錢謙益：《列朝詩集》閏集卷二，第305頁。
〔註74〕錢謙益：《列朝詩集》閏集卷二，第306頁。
〔註75〕《吳都文粹續集》卷三十一。
〔註76〕錢謙益：《列朝詩集》閏集卷二，第306頁。
〔註77〕《古今禪藻集》卷二十四。
〔註78〕陳基：《夷白齋稿》卷七，《四庫全書》本。

琦「究禪理」的評價也許並不錯。《春夜宿海雲寺》詩云:「喧靜同一致,大隱即山居。乃知道者流,所止恒宴如。煌煌舊吳會,鬱鬱高人廬。山閣花霧暝,池館綠蔭初。復此良夜月,禪影流碧疏。素友愜清會,境寂鍾磬餘。離坐忘言笑,超然悟玄虛。不臥如有愧,塵路何馳驅。」〔註79〕這首詩確實能體現出良琦「超然悟玄虛」的狀態,楊維楨與良琦頻繁共同參與雅集,對良琦的禪學水平應該是極為瞭解的,否則就不會做出「究禪理」的評價。只是良琦的詩作沒有過多闡釋禪理,現存詩作中也沒有充分展示出他的「究禪理」,過多的山水詩酒詩與沉入聲妓之樂的行為掩蓋了他對禪理的闡發。

三

顧瑛有明顯的佛教信仰,參加雅集的其他文人亦多有佛教信仰傾向,如張天英等便有著相當虔誠的佛教信仰,這是良琦與眾多佛教僧徒能參與雅集最為重要的原因之一。文人們願意結交佛教僧徒,並有許多寫給僧徒的詩作。顧瑛《海上留別復初長老》詩云:「通玄寺裏遊三日,剪剪輕風逗薄寒。一樹山茶開朵朵,五更百舌語般般。看山且喜秦川近,把酒休歌蜀道難。不得攜筇上金粟,摩挲天冊舊碑看。」〔註80〕陳基有《寄衍上人》詩云:「屏跡江湖懶曳裾,縱觀物理愛逃虛。清明已過百花盡,穀雨又逢三月初。豈有拾遺盰句癖,漫慚中散絕交書。只應為結廬山伴,蓮社相從意有餘。」〔註81〕張雨有《次韻虞公和斷江和尚松詩》詩云:「松下微吟怯病惊,支離潦倒似支公。頂因巢鶴翻成結,心為依禪畢竟空。陸子壇前春古澹,葛翁井上雨青蔥。」〔註82〕這兩首詩中,陳基表達與衍上人「結廬山伴」「蓮社相從」之意,張雨表達依禪領悟「畢竟空」之意,二者表現出對禪學與僧徒的依賴,逃於禪中尋找慰藉。這樣就出現了很有意思的景象,詩僧們不談禪,文人名士卻津津樂道於談禪。張雨有多首寫給僧徒的詩歌,《用韻送淨月上人》寫淨月上人云:「陰崖顛風無時興,篁竹偃地虎晝行。層冰積雪臥空谷,春至唯聞禽鳥鳴。華陽南便洞窗小,香煙西放峨眉道。神僧問訊破孤寂,把臂入林一傾倒。帕頭蒙寒驢背馱,泥滑穩於杯渡波。寄謝少年王敬和,獨行其如法汰何。」〔註83〕《贈別休休菴了堂

〔註79〕錢謙益:《列朝詩集》閏集卷二,第 305 頁。
〔註80〕顧瑛:《玉山璞稿》。
〔註81〕顧瑛:《草堂雅集》卷一。
〔註82〕顧瑛:《草堂雅集》卷五。
〔註83〕顧瑛:《草堂雅集》卷五。

上人》寫了堂上人云：「老僧廿年不出戶，袈裟搭架風披披。祖衣留在阿蘭若，佛法傳過高句麗。客床雪煉一甌茗，經藏苔昏三尺碑。不向鄰房看傴蓋，絕中原有古松枝。」〔註84〕《僧擇中送龍翔遺書浙東回求詩》寫擇中云：「大夫公有遺書札，送得元沙白紙來。飛錫應真攜眾接，燒香侍者拆封開。繞渠薜荔床三匝，進我胡麻飯一杯。已是人間觀小劫，麒麟高冢盡莓苔。」〔註85〕這些詩歌中表達了張雨與僧徒之間的密切關係。其他如陸德源《送子庭栢上人東歸》寫庭柏上人、倪瓚《悼頂山寺清上人》寫清上人、倪瓚《贈天寧寺福上人》《為方厓上人畫山就題》分別寫福上人與方厓上人、張渥《春初奉寄海虞山北聲九皋上人》寫九皋上人等，這些詩歌一般都是寫與僧人的交往，及與僧人之間的情意。倪瓚《悼頂山寺清上人》之二「倏然我已忘言說，翠竹黃花自滿園」帶有「青青翠竹，盡是真如，鬱鬱黃花，無非般若」的禪學意蘊。周砥在一次與良琦等人的集會中分韻得「並」字，詩云：「東住有高塔，名與福城並。九日陪諸賢，登臨期絕頂。秋深木葉落，不覺天地迥。涼飆灑林霏，咫尺衣裳冷。玉田好開懷，何止供香茗。幽軒賞佳菊，竟夕忘酩酊。昔人畫遊此，衣飾率尚裘。寥寥千載間，視若空華等。清境素情愜，塵心未全屏。」〔註86〕本詩可能是雅集文人詩作中佛教意蘊最濃厚的作品。

雅集時，談論佛教應該是集會中的內容之一，如至正十年秋七月二十一，吳僧宣無言訪玉山，分韻作詩時得「秋」字，廣宣詩云：「故人一別知幾秋，相逢談笑便登樓。圍碁細說生公法，酌酒應為靖節留。」〔註87〕其中的「圍碁細說生公法」，應該就是與會者討論佛教之理。至正十一年冬十月，以弋陽山樵李繢為記的集會中，僧人寶月分韻得「闌」字，詩云：「玉醴徐洞酌，銀燈消薄寒。清談方欲洽，高宴殊未闌。孰如契闊餘，盡此平生歡。」〔註88〕天氣雖清冷，卻並不影響眾人飲著酒、以融洽的氣氛談論佛教。成廷珪有《寄興聖寺琦元璞長老兼簡黃庭英知事》詩云「上堂也趁闍黎飯，入閤仍分般若湯」〔註89〕，似乎是在說良琦的上堂以及為來訪者講法。

雅集中也會舉行一些佛教活動，己丑六月，良琦與吳克恭、於立、郯韶、

〔註84〕顧瑛編：《草堂雅集》卷五。
〔註85〕顧瑛編：《草堂雅集》卷五。
〔註86〕《元詩選》三集卷十四。
〔註87〕顧瑛編：《玉山名勝集》卷二。
〔註88〕顧瑛編：《玉山名勝集卷二。
〔註89〕成廷珪：《居竹軒詩集》卷二。

顧瑛父子等十餘人聚集一起，「以杜甫氏『暗水流花徑，春星帶草堂』之韻分韻，各詠言紀實，不能詩者罰酒二觥」。這次聚會有琴姬小璚英、翠屏、素真三人侍坐，參與者興致極高，「人不知暑，坐無雜言」，所作「俱雅音」。良琦得「花」字：「今夕復何夕，宴此玉山家。桐陰深繡戶，涼陰覆碧紗。朱弦度法曲，香炱貯流霞。念昔空山陰，在今猶浣花。風流維子所，滄海近仙槎。」〔註90〕詩中的「朱弦度法曲」，應該是三位歌姬在雅集時演奏佛教樂曲，或者也可能是雅集過程中舉行與佛教有關的一些活動、儀式。

值得注意的是，無論是文人們還是詩僧們的詩作中，儘管有些作品體現出佛教意蘊，但從整體上來看，雅集中的詩作的佛教色彩並不濃厚，參與者們也沒有致力於在詩歌中闡釋、運用深刻的佛禪之理，即使稍帶有佛教禪學之理作品的數量都十分有限。而且還有一個有趣的現象，就是文人們創作的有些詩歌中，出現了將佛教僧徒道教化的傾向，確切地說是仙化，張雨《次韻虞公和斷江和尚松詩》中的陸子是指陸修靜，葛翁是指葛洪。另一首《和僧遊西山》詩云：「我愛飛來與靈鷲，古洞嵌空爭穴穿。壞衲深依蕭寺住，老猿寒抱白雲眠。百年山中皆樂土，二月江南唯雨天。遲晴一過翻經室，肯為挈壺從幻仙。」〔註91〕詩中的「陸子壇前春古澹，葛翁井上雨青蔥」與「肯為挈壺從幻仙」顯示了張雨佛教詩歌的道教化。一方面可能與張雨長期隱居茅山、對道教過於洞悉有關，《玉堂雅集》記其小傳云：「博覽群書，故其詩清曠俊逸，時輩不能及。始隱茅山，後徙杭之靈石洞，與趙魏公、虞翰林友善，詩名震京師，自號句曲外史。」一方面可能是元末兵荒馬亂的動盪社會環境下，文人們對安定、美麗仙境的期盼與嚮往。

對山水的流連、對仙化之境的嚮往、對聲妓與詩酒的寄託，顯示出雅集參與者面對社會大動盪背景下，對社會動盪的憂慮與社會安定的期盼。顧瑛構築玉山草堂以及張士誠徵召不出的本意，應該就是躲避社會的動盪。在一次規模比較小的雅集中，良琦有詩云：「避地去年因共難，臨池今日喜同間。晴沙草接春簾外，落日鳥鳴芳渚間。詩卷一朝歸趙璧，野亭百里見吳山。已知金粟真成隱，約我釣船長往還。」詩中明確提出他們是在山中避難，「真成隱」意味著他們確實過著不問世事的隱居生活。良琦在詩後有跋云：「去年春，予與玉山主者避難於雪上，家之舊藏書畫多失去，今年（應該是至正十年）二月，予

〔註90〕顧瑛編：《玉山名勝集》卷三。
〔註91〕顧瑛編：《草堂雅集》卷五。

自松陵放舟過玉山中，時芙蓉渚之軒新成主人，與予登眺其上，洗人心目，不覺人情暢然，與去年難中不同也，及觀所補詩卷，因漫制云。」〔註92〕明麗「洗人心目」的山水之境，令隱居者有與難中不同的暢然的心情。顧瑛同時作《次琦元璞韻》，在引良琦的上跋語之後，云：「去歲一春同作客，今春相見卻身閒。亭開翠柳紅桃外，魚躍綠波春草間。自笑淵明居栗里，也隨惠遠入盧山。何當共下吳江釣，坐向船頭語八還。」最後一句有注釋云「時余捨俗，元璞住吳江之無礙寺，故云」〔註93〕，所謂的「捨俗」不一定是指顧瑛出家，有可能是顧瑛隨著良琦在寺院里居住過一段時間。顧瑛又以陶淵明和慧遠的典故，比喻自己隨著良琦融入佛教之中。

詩酒自然成為他們隱居生活的主題之一，陳基有雅集（應該是在至正十年）序云：「予於玉山隱君別三四年間，其與會稽楊鐵崖、遂昌鄭有道、匡盧於煉師、苕溪郯九成、吳僧琦元璞日有詩酒之娛，而其更唱迭和之見於篇什者往往傳誦於人。」序中表明詩酒是他們的日常娛樂，顧瑛在這次雅集中分得「梧」，詩中亦是明確指出創作不過是文字之娛：「流雲拂綺席，晴光在高梧。當軒酌春酒，清蔭何扶疏。豈無歌鐘樂，乃爾文字娛。逍遙以終夕，聊復遂吾初。」〔註94〕至正十年七月六日，良琦偕《隴西李雲山乘潮下婁江過界溪》詩問訊顧瑛，「時露氣已下，微月在林樹間」，以「風林纖月落」分韻，良琦得「林」字：「金氣生涼清夜靜，銀河垂地綠煙沉。庾公月下興不淺，宋玉秋來愁已深。自愛芙蓉當席好，可憐蟋蟀近人吟。東行萬里題詩，遍遮莫霜凋楓樹林。」詩中指出他們的愁不過是文人式的悲秋之愁，顧瑛賦得「纖」字：「空堂清飲夜厭厭，坐久情深酒屢添。龍氣當天河鼓濕，翠痕浮樹月鉤纖。梧桐葉落鳴金井，絡緯聲多近繡簾。我欲分題紀良集，詩成還慰老夫潛。」〔註95〕詩作成之後是相互之間的慰藉，這種慰藉也應該是悲愁之愁緒的慰藉。

良琦與顧瑛一來一往地表達著伴隨詩酒的文字之娛，實際上在文字之娛的背後，他們也在無奈中表達著對動盪社會的憂慮。顧瑛有《次龍門琦公見寄韻》組詩，其三云：「扁舟遠適越溪濱，雙槳驚飛白鷺群。要趁秋江三尺水，去看山寺九峰雲。西風網罟沿村集，落日鐘聲隔水聞。好對黃花同一醉，故園

〔註92〕顧瑛編：《玉山名勝集》卷五。
〔註93〕《元詩選》初集卷六十四。
〔註94〕顧瑛編：《玉山名勝集》卷三。
〔註95〕顧瑛編：《玉山名勝集》卷八。

晴色晚如薰。」其四：「秋花楓葉暗江濱，萬里西風雁叫群。謾是覊情濃似酒，
獨憐世事薄於雲。九龍山色船頭看，半夜鐘聲枕上聞。料得高僧禪定處，松窗
栢子起濃薰。」〔註96〕第三首「好對黃花同一醉」似乎仍是對世事的迴避，第
四首「獨憐世事薄於雲」則是對世事的歎息，「萬里西風雁叫群」似乎暗示動
盪的社會如深秋之後即將到來的寒冬，處於社會動盪中的個人如失群之雁。

　　上引顧瑛《玉山草堂》詩第二首中的「秋風吹墮小烏紗」之語，應該就是
顧瑛在隱隱表露著關於內心深處對時局的憂慮，畢竟身處這樣的社會狀況中，
儘管努力去超然於世外（避世）卻很難將世事完全置之身外。良琦同樣是如
此，作為僧人，他對社會的憂慮和期盼之感超過了顧瑛。至正十一年，良琦聞
顧瑛有維揚之行，「中途興盡而返」，遂為詩三首，其一：「一月不聞鴻雁音，
東流江水憶君心。已知塵事少經意，況與友生同放吟。千秋觀中招道士，九龍
山裏問雲林。恰喜歸來酒初熟，草堂日日對秋陰。」其二：「飆車東下大江濱，
驚喜青山野鶴群。老眼仍看吳沼月，秋衣新剪鏡湖雲。燈前軟語親知在，酒罷
狂歌里巷聞。想得西園無一事，芭蕉花下對爐薰。」其三：「秋藤雨竹掩衡門，
時事何當細與論。政望中原通驛使，已傳南寇拜天恩。春回公子瓊花夢，月滿
山人白酒盆。不把芙蓉寄相憶，蘭舟早晚過西園。」顧瑛同題詩中有「他日山
中同結社，白蓮池上坐秋陰」〔註97〕之句，良琦詩中則多有關心世事之意，
「已知塵事少經意」「想得西園無一事」似乎仍是對世事的迴避，「時事何當細
與論」「政望中原通驛使」則顯露他對世事無限的係懷。

　　作為僧人，良琦沒有如後來的道衍（姚廣孝）那樣的魄力和機遇輔佐有力
之君去平定社會，他有的只是對動盪社會的無力和無奈，以及對有力者的期
盼。《許墅道中》詩云「閶闔門西煙水程，客行此日倍多情。一封丹詔金雞下，
八月黃河鐵騎鳴。畫壁虎頭遺舊族，悲秋宋玉擅時名。如子有才當世用，定虛
前席問蒼生。」〔註98〕本詩是與顧瑛等人同作的同題詩，顧瑛詩為第一首，詩
下注「是日風雨中達實司農馬上過此往海上」，良琦詩中的「子」，就是指達實
司農，寬慰其真才實能會得到皇帝「虛前席問蒼生」，用的是李商隱《賈生》
詩中「賈生才調更無倫」「不問蒼生問鬼神」的典故。良琦期望的，是有才能
之士都能得到發揮才能的機會和途徑。良琦之意為同載雅集中的沈明遠會意，

〔註96〕袁華編：《玉山記遊》。
〔註97〕袁華編：《玉山記遊》。
〔註98〕袁華編：《玉山記遊》。

故在同題詩云：「風雨瀟瀟滯客程，陸梁群盜若為情。中原更覺人煙少，盡日不聞雞犬鳴。祖逖澄清空有志，謝安高臥竟虛名。只今前席誰籌策，早晚南來召賈生。」沈明遠之詩與良琦之詩意義相同，詩中援引到祖逖與良琦援引賈誼用意相同。沈明遠詩中云謝安的高臥是為得虛名，良琦對此卻有另外的說法，《松下淵明圖》詩中看到不一樣的謝安，云：「謝安卻為蒼生起，陶令何辭印綬回。若使生逢聖明世，青松老盡不歸來。」〔註99〕與辭官的陶淵明相比，良琦更讚歎能為蒼生而起的謝安，以及對「生逢聖明世」的期盼。

對陶淵明，良琦有著矛盾的心態，《松下淵明圖》詩中言陶淵明不應辭官，《趙仲穆畫看雲圖》詩中「永懷陶隱君」之句又是對陶淵明的極其嚮往。良琦的矛盾心態，更顯示了他對動盪社會的無力與無奈，以及對安定社會的期盼。內心的無力與無奈，一方面期望有謝安之類的人物「為蒼生起」，一方面則無奈耽於山水詩酒、沉入對聲妓的迷戀之中。看上去是「放肆為詞章」，實際上是由於無力去改變社會狀態而做出的逃避行為。良琦《湖光山色樓題句》詩云：「新樓一登眺，不爾見湖山。興落滄洲遠，心超雲物間。漁歌方互起，鳥倦忽飛還。牽舟成獨去，清月滿虛灣。」〔註100〕良琦詩中大量對山水之景與之境的描述，是在極力表達著自己對世事的超脫，而詩中存在並顯露出的矛盾心態，與普通的士人一般無二，並沒有表現出一個有修為禪僧的超然。

〔註99〕《御定歷代題畫詩類》卷三十七。
〔註100〕顧瑛編：《玉山名勝集》卷三。

第十一章　蘭江、溥洽、克新、懷渭、文琇的詩文寫作

　　元末明初凡有影響諸僧，基本上皆被朱元璋以「通儒學僧」之名徵召至南京，為朝廷服務。溥洽、蘭江、克新、懷渭都是被徵召的重要僧人；文琇被朱元璋徵召的時間要稍晚於四人，且為朝廷服務更多的是在永樂時期。五人在明前期的經歷雖不同，卻基本上都是文辭與佛事同兼，並「以文辭為佛事」而為朝廷服務。

一

　　清楚（又作「清濋」）蘭江受朱元璋徵召，應對稱職，朱元璋親製《清楚說》賜之，《千頃堂書目》卷二十八云「清楚蘭江《望雲集》二卷」，下有注云「字蘭江，天台人，常說法吳中，太祖召對稱旨，御製《清楚歌》賜之」。《明史》卷九十九載「清濋蘭江《望雲集》二卷」，《列朝詩集》載其著述云「有《望雲集》及《語錄》《毗盧正印》行世，學士宋濂為序」。錢謙益所載稍有誤，曾為朱文正參贊的郭奎亦有《望雲集》五卷，趙汸與宋濂為之序，故宋濂所作序乃為郭奎《望雲集》五卷所作之序，而非為清楚蘭江《望雲集》二卷所作之序。《明詩綜》卷九十載「清濋字蘭江，天台人，居天界寺，晚主松江東禪寺，有《望雲集》」，亦相當簡略。《明詩綜》摘錄其《西湖曉行》詩，云：「海角曈曨日欲生，山南山北淡煙橫。春風吹斷沙禽夢，人在綠楊堤上行。」詩中描寫的西湖景色極具有畫面感。

　　《語錄》雖已不見，《增集續傳燈錄》中所載《崑山薦嚴蘭江清濋禪師》

可稍見其一二。蘭江，姓鎦，天台人，一旦行護龍河上脫然有省。偶過湖州菁山市中，「俯仰之間頓忘移步，始知無佛可成，無眾生可度，呵呵大笑」。後居崑山薦嚴寺，僧問「世尊拈華迦葉微笑意旨如何」，蘭江云「世尊手裏一花紅，迦葉面門雙眼碧」；僧云「鼻祖面壁、神光斷臂又且如何」，蘭江云「當年用毒流支有，今日安心慧可無」；僧云「只如分皮分髓又作麼生」，蘭江云「機先領旨猶成滯，言下知歸亦是迷」。又錄四段上堂語云：「即心即佛，非心非佛，不是心，不是佛，不是物，石女肝腸錦繡纏，波斯鼻孔黃金突，突出虛空，驀拶相逢。」「舉百丈野狐話畢，作野狐叫，云號狐。」「感之所召越山河而非遙，緣之所乖附耳目而有間，當求於己莫讓於人，用黑豆法吞栗棘蓬。」「清淨行者不入涅槃，破戒比丘不入地獄，十二闌干倚遍時，海門一點遠山綠。」又載偈三首，之一《偶成偈》：「略無世事可思量，只恨人間夜不長。一覺起來天大亮，西風滿院桂花香。」之二《化渡船偈》云：「岸南岸北聲相接，活路不通千里賒。全藉個中人著力，船頭撥轉便歸家。」之三《不求人偈》云：「尋常柄杷在吾手，二六時中受用多。癢處驀然抓得著，通身無奈喜歡何。」〔註1〕可知蘭江在講法時很重視使用詩偈。

《列朝詩集》錄蘭江詩二十首，一方面表明蘭江的詩作是頗多的，另一方面表明蘭江詩作的水平是不錯的。通觀二十首詩歌，包含的內容有多個方面：首先是寫景手法多致，《夜坐》對景致的描寫相當清麗，詩云：「寂寂虛堂獨坐時，小窗推起更思惟。江城萬井煙花白，月到松頭鶴未知。」有時以輕快的筆調，通過書寫村落景致寫出村民日常生活，如《過許村》詩云：「小徑無媒生土花，一橋一水一人家。隔籬話道今年好，婆子引孫來看麻。」更多的寫景詩，則是具有相當的氣勢，展示出頗為相反的一面。如《登鍾山唯秀亭》詩云：「浥裌秀色時蒼蒼，馮陵八荒隘九陽。裂地長江走腳下，巡簷赫日當吾旁。楚天吳天雲海寬，千山萬山蛟龍蟠。採石沙頭人喚渡，大茅峰頂仙騎鸞。眼底山川不盡識，蘚花石路空輦跡。憶昔玄島看波時，六氣不動乾坤寂。」詩人的視界與使用的語句大開大合，頗有縱橫於天地間之感。這樣的詩作頗多，《登車行》詩云：「擎書使者來海涯，躐曉迫趣登輪車。高岡碾斷赤石骨，長空拂碎紅雲花。大聲坎坎打天鼓，小聲鳴鳴煎春茶。羲生馭日信可並，阿香撒雨何足誇。直入九重紫金殿，玉皇對坐傾流霞。霓裳羽衣萬變態，龍笙鳳管相喧嘩。從容握手問至道，掀髯一笑吾還家。」《多景樓》詩云：「偶來古潤峰頭行，

〔註1〕《增集續傳燈錄》卷第六，續藏第83冊，第347頁。

峰頭傑閣凌空橫。幬壓圓天若個笠，循簷萬國如輕萍。分昏割曉泰華聳，沖淮突漢黃河清。浮玉仙壇劍氣赤，紫金佛域龍珠明。歸墟宏泄碧海立，大江直下銀潢傾。楊子渡頭帆腳正，瞿塘峽口雷霆鳴。玄鬣長鯨舞北極，朱翎健鳥翔南溟。龜臺霜寒月皎皎，桃都露濕花冥冥。狠石曾知已化土，甕城始信空留名。英雄紛紛何足數，天語察察當心銘。張騫乘槎實可意，豎亥按步徒勞形。伸手便堪扶日轂，脫塵底用登蓬瀛。六氣入口凡骨換，回眸一笑清風生。」《吞碧樓（在日本九州）》詩云：「九州城曲樓三層，披襟御氣歡吾登。窗開曉色拂桑樹，簾卷夜光橫玉繩。上頭端堪謁紫府，下面更可窺玄廷。天帝垂衣日杲杲，海龍穩臥雲冥冥。方壺三神指顧裏，渤澥百穀琉璃明。樓身飲露老亦足，理亂黜陟無關情，時聽玉管鸞凰鳴。」《靈巖集涵空閣分題予得靈巖山時至正壬寅臘月十八日也》詩云：「鷲峰攙斗牛，飛車登上頭。左拂扶桑樹，右揖崑崙丘。太湖蕩四極，白波銀如流。向時泊吳艓，泛泛揚蘭舟。回首日在地，一笑雲悠悠。」這些詩作讀起來，無不有氣勢如虹之慨，這樣風格的詩作在僧詩中頗不多見。諸詩的詩尾，如「掀髯一笑吾還家」「回眸一笑清風生」「時聽玉管鸞凰鳴」「一笑雲悠悠」等，又是以超脫的禪意之句結句、收結，體現了蘭江對禪理的真實體悟。

其次，對功業的辯證態度。蘭江一方面頌揚文武功業，如有《悼李公奇》詩，之一云：「自從繡帽離京國，平克山東又海東。決策但期千里勝，回頭俄見一星紅。雲橫古汴神兵寂，月滿長淮虎帳空。最憶張巡齒牙落，唐家青史有奇功。」詩下注云「應是悼李忠襄之作，不知可以云李公奇也」，可知本詩是悼念李忠襄的事功。之二：「萬里關山雙虎節，十年寒暑一綸巾。憂民憂國又憂主，盡孝盡忠還盡身。厚地血凝為琥珀，高天魂聚作星辰。功成但在凌煙閣，如此兩全能幾人。」李忠襄指的應該是南宋李顯忠，是當時的抗金名將，數次抵禦金軍入侵。對李顯忠事功的頌揚，顯示蘭江有恢復漢族統治的強烈意願，及對李顯忠不能忠孝兩全的感慨，體現出儒家士人的典型情懷。另一方面卻又輕視富貴，如《漫興》詩云：「困來高枕臥崑崙，覺後凌風到海門。信手攙回推日轂，轉身挨倒洗頭盆。山川也作紅塵化，富貴徒留青冢存。好在黃眉脫牙叟，且同花下醉芳尊。」《寄仙巖翁》詩云：「巾峰高插牛斗旁，高人一出草木黃。碧雲縹渺下溟漳，直來竺國吳山陽。吳山竺國山水重，丹灶煙鎖蓮花峰。一聲兩聲猿嘯月，十里五里松號風。高人放浪得真趣，半紙功名何足貴。白頭黃卷對青岑，金鳥飛上裟羅樹。」頌揚功業又輕視富貴，並不是說明蘭江

的矛盾心理，恰好表明他對功業與富貴的辯證看法。對李顯忠事功的頌揚應該是出於欲推翻蒙古族統治的期待，反映了蘭江的民族意識；對富貴的輕視是強調不要有追求功名富貴之心，與追求功名富貴相比，蘭江更想得到的是放浪真趣。《小吳軒》詩反思霸業云：「層軒拔地臨四極，虛窗去天不盈尺。坐久紗帽觸雄風，身在機衡少微側。昆丘免入霜陰寒，暘谷烏升海水赤。坳堂一勺范蠡湖，浮萍數點夫差國。英雄霸業夫如何，腐骨玲瓏掩窀穸。仙翁笑指白藤花，拂拂清香滿瑤席。」詩中處處從無常存的角度反思英雄霸業。《寄聰聞復》詩體現了蘭江對於功業與放浪真趣的取捨，云：「豺虎縱橫千百里，陰陽錯亂十三年。何時草木能同化，咫尺山河不共天。夸父但追紅日走，陳摶偏占白雲眠。公須力展扶危策，老我無成雪滿顛。」

第三，正是「英雄霸業夫如何」的看法，蘭江嚮往的是「陳摶偏占白雲眠」「老我無成雪滿顛」之境地。蘭江的嚮往，既有對平常生活的沉浸，如《牛圖》詩云：「春光寂寂煙暈晴，春風水水波痕明，溪南溪北小坡平。我卻騎牛向溪曲，溪曲嫩草嫩如玉。記得當時農事足，倒指數來三十年。今觀此圖猶宛然，只多舐犢雙崖邊。」又有如《遊洞庭》淋漓盡致寫出放浪天地以得真趣的氣魄，詩云：「我有山水癖，周遊訪遺跡。春宵宮畔住多時，對面翠峰參天直。偶乘飛雲到上頭，上頭佛屋依雲陬。庭前老樹作僧立，井中神物為人遊。湖吞八極天倒開，赤烏半濕東飛來。櫓聲驚裂馮夷窟，沙漚點破銀濤堆。扶桑枝枝手可掇，龍伯鉤頭鼇欲脫。影壓錢塘天目低，雲盡崑崙月支闊。身棲在仙鄉，仙鄉時節長。仙人共語紫霞裏，霜橘顆顆黃金香。青鞋布襪真快意，玉馬金鞍又何貴。回首人間一窖塵，明朝弄月羅浮去。」詩中「翠峰參天直」「湖吞八極天倒開」等句雖表現出高弘的氣勢、縱橫的氣魄，不過是寫出在放浪天地時之所見，詩之中心是「回首人間一窖塵，明朝弄月羅浮去」，抒寫人生之真趣；詩中將中國各種典故、傳說、故事述列在一起，體現了蘭江毫不拘束、且縱橫自如追求自由自在真趣的心懷。

第四，詩中有自然的情感流露。《淵明採菊圖》詩「泛觴黃菊終非鴆，在眼青山殊有情」體現了蘭江多情的心態，滿眼遍是有情之物。以多情之眼之心視萬物，萬物皆為有情之物。滿眼皆為有情之物，更在一般的「空」的視角之上，比之「鬱鬱黃花無非般若，青青翠竹盡是法身」要更進一層，如宋代僧徒智圓之詩云「庶得無生旨，無聲更可傷」之意。《懷故人待一翁》詩云：「吳中夜半北風惡，自起開窗望天角。東湖西湖作銀流，大星小星如雨落。道不同兮

不為謀，寥寥天地誰同儔。彼美人兮在何處，霜月冷浸青海頭。」《思鄉》詩云：「生涯霜鬢裏，舊宅閶溪旁。瑤草為誰綠，辟邪應自香。大車聲檻檻，君子志陽陽。何日騎魚去，攜孫看海桑。」〔註2〕一是懷人之情，一是思鄉之情，不管哪種情，兩詩在思鄉懷鄉之情中，敘寫對「作銀流」的東湖西湖、「如雨落」的大星小星等所見景物的滿眼情意，滿眼皆為有情之物都是其內心的自然流露與抒寫。

　　詩作中沒有刻意談禪理，禪理卻處處體現出來，如文琇禪師《次薦嚴蘭江和尚韻送夏正因東歸》詩云：「一念生時一佛成，恒沙煩惱等閒傾。頭頭盡是毗盧藏，在在皆為極樂城。抹過五時兼五味，掃空三慧及三明。風前唱起還鄉曲，竹杖芒鞋側耳聽。」〔註3〕確實是對蘭江詩作與思想的中肯評論。

二

　　與道衍有關係的，有歷時洪武、建文、永樂、仁宗、宣宗等朝的溥洽。《補續高僧傳》卷第二十五有《南洲溥洽法師傳》，《列朝詩集小傳》為之所作的傳，皆依據楊士奇《僧錄司右善世南洲法師塔銘》所撰寫，《列朝詩集小傳》並對溥洽事蹟有所考證。鄭曉《今言》錄溥洽事云：「溥洽字南洲，浙江山陰人。洪武初，薦高僧入京，歷升左善世。靖難兵起，為建文君設藥師燈懺詛長陵。金川門開，又為建文君削髮。長陵即位，微聞其事，囚南洲十餘年。榮國公疾革，長陵遣人問所欲言，言願釋溥洽。長陵從之。釋出獄時，白髮長數寸覆額矣。走大興隆寺，拜榮國公床下，曰『吾餘生少師賜也』。仁宗復其官。」〔註4〕對比楊士奇《僧錄司右善世南洲法師塔銘》與鄭曉《今言》，錢謙益云：「文貞於洽公繫獄即設懺削髮之疑，皆沒而不書，但云遭讒左遷，又云衍公將化，獨舉師為對，則有隱概其事，使讀者晳而問之，此所謂不沒其實、史臣紀事之體也。正統三年，廬陵周文襄公忱撰《鳳嶺講寺記》，云公當永樂間嘗為同列所間，太宗皇帝欲試其戒行，幽之於禁衛者十有餘載。其記洽公下獄與文貞《塔銘》互相證明，是事益有徵矣。壬午遜國之事，國史、實錄削而不書，無可考據。觀洽公十載下獄，考其所以被讒之故，則金川夜遁之際，於是乎益彰明較著無可矣。文貞文襄身事長陵，服官史館，其所記載非稗官野史可比；

〔註2〕　上引蘭江詩歌皆載《列朝詩集》閏集卷一，第274～275頁。
〔註3〕　《南石文琇禪師語錄》卷三，《續藏經》第71冊，第721頁。
〔註4〕　《今言》卷之三，中華書局1984年版，第129頁。

鄭氏記遜國事多流聞失真，比其最為可信者。」〔註5〕

其中提到溥洽任右善世事，《釋氏稽古略續集》錄「御製授了達德瑄溥洽僧錄司」上諭，言其事之始末：

> 邇來僧錄司首僧闕員，召見任者，命詢問其人。各首僧承命而還，不數日來告，曰：「臣弘道等若干人，前奉勅詢高僧於諸山，即會叢林大眾，僉曰：『惟浙右上天竺僧溥洽、京師雞鳴寺僧德瑄、能仁寺僧了達，東魯之書頗通，西來之意博備，若以斯人備員僧錄司，實為允當。』」嗚呼，昔人有云世不絕聖國不絕賢，近者僧錄司闕員，朕將以為無人矣，及其詢問乃有人焉。今朕域之內慕清淨而欲出三界者，有其名而無其實，其泛泛者不下五七萬，爾今三人不屈五七萬之下，伸於五七萬之上，可謂志矣，可謂道矣。然昔如來道備於雪嶺，歸演五天，妙音無量靈通上下，天人會聽。若斯之演聽四十九秋，自是之後五百餘年流傳東土，雖九夷八蠻，一聞斯道無不欽崇頂禮。何況中國文物禮樂之邦，人心慈善易為教化。若僧善達祖風者，演大乘以覺聰，談因緣以化愚，啟聰愚為善於反掌之間，雖有國法何制乎？縲絏刑具亦何以施？豈不合乎柳生之言「陰翊王度」？豈小小哉。今爾僧了達、德瑄、溥洽達祖風，遵朕命則法輪常轉，佛日增輝，名僧於吾世足矣。〔註6〕

能被眾僧推選至僧錄司，說明溥洽在元末明初頗有名望。建文朝時亦為建文帝身邊之親近僧，卻因此而繫獄十年。錢謙益所考溥洽下獄史實並不完全準確，溥洽的下獄並非是僅僅受到讒言，實際上是因其為建文帝之最為親近僧徒之一。明河在撰《補續高僧傳》時，對此亦有說明，《南洲溥洽法師傳》云「洽公當永樂間，嘗為同列所間，太宗皇帝欲試其戒行，繫之於錦衣獄。一時門弟子多雲鳥散去，獨霆公焦心苦骨，從其師於患難，服薪水之勞，未嘗一日去左右，卒使其獲全行業，蒙被國恩，大昌其教於晚節。觀其盡心所事，不以死生窮達而有所改易，此蓋士大夫之所難能，而霆公能之。」此段即錢謙益所記之出處，明河又援引他人之言云：「靖難兵起，師為建文君，設藥師燈懺詛長陵。金川門開，又為建文君削髮。長陵即位，微聞其事，囚師十餘年。榮國公疾革，長陵遣人問所欲言，言願釋溥洽。長陵從之釋其獄，時白髮長數寸覆額

〔註5〕錢謙益：《列朝詩集》閏集卷一，第273頁。
〔註6〕《釋氏稽古略續集》二，《大正藏》第49冊，第929頁。

矣。」〔註7〕此處所載應是溥洽下獄之實因。

　　《南洲溥洽法師傳》提到的道衍請求朱棣釋放溥洽事，在關於道衍的一章將提到，《明史》姚廣孝本傳實際上對溥洽下獄事說明得相當清楚，云：「十六年三月，入覲，年八十有四矣，病甚，不能朝，仍居慶壽寺。車駕臨視者再，語甚歡，賜以金睡壺。問所欲言，廣孝曰『僧溥洽繫久，願赦之』。溥洽者，建文帝主錄僧也。初，帝入南京，有言建文帝為僧遁去，溥洽知狀，或言匿溥洽所。帝乃以他事禁溥洽。而命給事中胡濙等遍物色建文帝，久之不可得。溥洽坐繫十餘年。至是，帝以廣孝言，即命出之。」〔註8〕溥洽為建文帝剃髮、夜遁等事，亦皆為傳說，不足為據。由於建文帝遜國史實多被刪掉、篡改，後世之人對這段史實往往進行猜測和想像，故而生出眾多的野史流言，這些野史流言也被寫入小說之中，如《西湖二集》「第二十五卷吳山頂上神仙」；靖難之役中，朱棣攻破南京城門之際，「當下有個鐵錚錚不怕死的內臣，情願以身代建文爺之死，穿戴了建文爺冠服，將身躍入火中而死。程濟急召主錄僧溥洽為建文爺剃髮，程濟自扮作道人，從隧道逃難而出。」《型世言》第八回「矢智終成智　盟忠自得忠」中以程濟為主線，描寫其與建文帝夜遁時云：「程編修竟奔入宮，只見這些內侍多已逃散，沒人攔擋，直入大內。恰是建文君斜倚宮中柱上，長籲浩歎道：『事由汝輩作，今日俱棄我去，叫我如何。』望見程編修道『程卿何以策我』，編修道：『燕兵已入金川門，徐常二國公雖率兵巷戰，料也無濟於事了。陛下宜自為計。』建文君道『有死而已』。只見裏面馬皇后出來道：『京城雖破，人心未必附他，況且各處都差有募兵官員，又有勤王將士，可走往就之，以圖興復，豈可束手待斃。』建文君道『朕孤身如何能去』，程編修道『陛下如決計出遁，臣當從行』。馬後便叫宮人，裏邊取些金珠以備盤費。建文君便將身上龍袞脫去，早有宮人已拿一匣來至，打開一看，卻是楊應能度牒一張，剃刀一把。建文君見了道：『這正是祖爺所傳，誠意伯所留。道後人有大變開此，想端為今日。朕當為僧了，急切得何人披剃？』程編修道『臣去召來』。這邊馬後另取金珠，那邊程編修竟奔到興隆寺，尋了主僧溥洽，叫他帶了幾件僧行衣服，同入大內，與建文君落了髮，更了衣。建文君對溥洽道『卿慎勿泄』，溥洽叩首道『臣至死不言』。」這些文學描述或者野史所記，雖基本上是想像推測或者虛構、故意編造，卻說明了溥洽下獄之由。

〔註7〕釋明河：《補續高僧傳》卷第二十五，《續藏經》第77冊，第528頁。
〔註8〕《明史》列傳卷一百四十五，第4081頁。

關於溥洽事蹟，楊士奇《僧錄司右善世南洲法師塔銘》記載比較詳細，可知其生平大概。據《塔銘》，溥洽字南洲，晚號迂叟，又稱一雨翁者，為陸游後裔。生於至正丙戌，元末亂時已有出世之志。其明前事蹟云：「有老長戲之，曰『仙人本是山人作』，師應聲對曰『鳳鳥終非凡鳥為』，眾驚異之。每入招提，瞻佛像輒敬禮膜拜，父母知不可遏，命於郡之普濟寺，禮雪庭祥公為師。既受具戒，上天竺謁東明日公，一見器重之，命典賓客，其儀矩從容秩然，叢林老宿多推服，以為難能。而博究教典，雖寒暑夙夜不懈，已而從具菴玘公於普福，講求要旨，凡諸經範精粗小大之義靡不貫串。而旁通儒書，間以餘力為詩文，多有造詣，玘公命首懺事行三昧法，而自是進於止觀明淨之道，及玘公還演福，廣陶鑄來學，師偕同志二三輩奮進其中，沛然有所自得。」入明後，溥洽受朱元璋徵召，其事蹟云：「洪武辛亥，出世，主孤山瑪瑙講寺。戊午，全室泐公等奉詔注《楞伽》《金剛》《心經》，師時侍玘公在焉，訓釋考訂多所助益。癸亥，住蘇州北禪寺，學徒雲集，師為開演五時八教、如來一代施化之儀，郡之樂善者咸心悅誠服，率其子弟日詣講下，請受法華經旨，師敷析要義，無智愚高下，人人滿所欲而退。一時宗門耆碩，如九皋聲公、啟宗佑公咸共嗟賞，謂吳中法席由宋迄今可為盛矣。又六年，主杭之天竺，蘇之學徒從往者甚眾，乃循慈雲故事，建金光明護國期懺，七晝夜為眾講貫無虛日。歲餘，太祖皇帝聞其賢，召為僧錄司右講經，玉音褒諭，有『通東魯之書，博西來之意』之語，蓋知之為深。居長干西文室三年，時夢觀主天禧，其徒由高者，夜夢詣師室，及門有二神人兜鍪金甲，護衛甚嚴，叱止高曰『寺主在是』。既覺，詣師告所夢，且曰『公其代吾師乎』。逾月，夢觀卒，有旨命師兼主天禧，而四方學者歸向益盛，法益振，教益流，譽望益隆，勳尊貴戚趨走敬禮者接踵戶外。又三年，陞右闡教，遂陞左善世，太宗皇帝舉義師，道衍公有輔翼居守功，上即位，召衍至自北京，命主教事，師以左善世遜衍，而已居右，上嘉從之。永樂四年，詔修天禧寺，浮圖落成之日，車駕臨幸，命師慶贊，祥光煜煜，萬眾聚觀，天顏愉懌。時有任覺義者，忌師之寵，構詞間之，左遷右覺義。疏斥，師不辯，自處裕如，既而上察其心，復右善世。仁宗皇帝臨御，以老宿數被召問，禮遇特厚，命居慶壽寺松陰精舍，以自佚而賜賚屢加。蓋師歷事列聖，一以至誠，而言動必祇禮度，處物以和，馭眾以寬，接引來學隨材具深淺而開悟之，咸有成而去。」之後便是靖難之役、建文遜國等事。

楊士奇《塔銘》中言其「餘力為文」，並云「三四十年間，鉅緇老衲有文

聲者，師與衍公為首」，即其文學創作乃佛教僧徒中之有聲譽者。溥洽之著述，《明史》載「溥洽《雨軒語錄》五卷」「溥洽《雨軒外集》八卷」，《千頃堂書目》卷十六載「溥洽《金剛經注解》附錄二卷」，楊士奇《僧錄司右善世南洲法師塔銘》云：「所著有《金剛經注解》附錄二卷，應制及與名人倡和詩若干卷，國家建法會一切科儀文字皆師所定，以貽範於後。」〔註9〕按照這些載錄，溥洽著述應該有《金剛經注解》附錄二卷、《雨軒語錄》五卷、《雨軒外集》八卷，惜皆不傳。現僅能從《列朝詩集》《古今禪藻集》《御選宋金元明》等書中，見到所錄部分詩歌。

　　《列朝詩集》錄溥洽詩歌二十一首，《古今禪藻集》錄三首，《御選宋金元明》錄十三首，其中多有重複者，《列朝詩集》《古今禪藻集》《御選宋金元明》實際共錄溥洽詩歌二十三首，《古今禪藻集》有兩首《列朝詩集》不載，即《應制題江東橋》詩云：「西出都門見石橋，虎城千雉共岧嶢。浮黿曉渡江流穩，役鵲晴瞻漢影遙。華表月明清露濕，闌干日近彩雲飄。四方車騎多如雨，舉目應思答聖朝。」〔註10〕《題山深草堂次王適齋韻》詩云：「聞說平夷堡，高居絕徼山。牽蘿秋補屋，伐竹曉開關。款塞烽煙靜，歸田士卒間。都門回首處，頻喜寄書還。」〔註11〕《補續高僧傳》卷之十四《南石文琇禪師傳》，援引南州溥洽贈文琇禪師詩云：「緇袍如水赴瑤京，愛子相過雙眼明。豈有文章追李杜，敢言傳習到臺衡。青燈夜雨寒窗約，黃葉秋風故國情。見說生公還聚石，扁舟早繫閶闔城。」本詩作於洪武初年，至少是在洪武十一年之前。即，目前可見溥洽詩共計24首。

　　此24首詩歌多為寫景詩、送行詩。對景致的描寫，頗見溥洽寫景之功底，如《送謙選中住花涇寺》詩云：「秋風一棹入花涇，楊柳芙蓉接水亭。野老尚能談故事，鄉僧爭請說新經。楸梧雨外聞啼鳥，樓閣煙中見濕螢。欲寫別離無限意，孤鴻遙沒越山青。」〔註12〕《金園草堂》詩云：「草堂簷拂水雲低，花木叢叢繞碧溪。卷幔躍魚搖倒影，擁書巢燕落晴泥。藥苗教子春前種，蕉葉逢僧雨後題。幾度畫船移晚棹，旁人錯比瀼東西。」〔註13〕送行詩中，溥洽輕輕表述著自己的情感，如《送匯木菴歸姑蘇》詩云：「幾年漫浪閶闔城，與子追

〔註9〕楊士奇：《東里文集》卷二十五，第373～375頁。
〔註10〕《古今禪藻集》卷二十四。
〔註11〕《古今禪藻集》卷六十六。
〔註12〕錢謙益：《列朝詩集》閏集卷一，第274頁。
〔註13〕錢謙益：《列朝詩集》閏集卷一，第274頁。

遊杖履輕。煙草鹿臺尋古蹟，水雲鷗渚結閒盟。江山已入韋郎句，齒髮徒傷白傅情。相送長洲天際路，畫船茶灶憶春行。」〔註14〕《湯時仲小林居》詩云：「昔年曾過小林居，門下蕭蕭古木疏。床雨獨看先世笏，帳煙還讀外家書。杏花紅褪春猶在，菜甲青稀曉自鉏。回首長洲多茂草，幾時清嘯落樵漁。」〔註15〕《送會天元住紹興能仁寺》詩云：「許詢故宅祇園寺，童穉嬉遊不記年。樓閣參差霄漢上，山川迢遞斗牛邊。縈池晝引芙蓉水，負郭秋登穤稏田。今日送君迷舊跡，都門回首一淒然。」〔註16〕《次韻王起東夜宿琵琶洲》詩云：「倚棹寒江照白頭，看山不盡且遲留。無人為寫琵琶恨，自撥鵾弦傍小洲。」〔註17〕《次韻寄答一初因懷南竺具菴老人》詩云：「自笑還鄉野性慵，有懷多為白頭翁。山樓半照崦嵫日，海郭孤吟舶趠風。賀監祇應歸鏡曲，征西也復念醮東。淒涼莫話平生事，容易魂消蒼莽中。」〔註18〕詩作中對情感的表達都不強烈，詩者似乎是以超越、無掛礙的胸懷述說內心之情感。《贈鞋生》詩顯示了詩者對世事超越的認識，詩云：「父子相傳履制奇，青絲細軟合時宜。聲隨鳴佩君王識，影落飛梟太史知。泥滓乍離歸隱計，香雲才振上升期。年來敝屣無心棄，卻笑干將補較遲。」〔註19〕詩歌確實具有繫獄十年而淡然一切的心境。

　　溥洽有敘寫洞悟禪理之作，如《南翔寺次追和葛天民韻》詩云：「白鶴南翔何日返，香雲不斷春風轉。屋為鱗次枕江安，江作蛇行到門遠。的的明燈金殿寒，沉沉複道長廊晚。老翁鬘鑠皎鬚眉，愛客將迎笑盈面。自言天監拓基來，食指數千猶共飯。斷碑壁下試摩挲，龜趺剝落生苔蘚。茫茫往事比寒潮，蒼煙落日愁難遣。就中何處愜深遊，玉甃清池開別院。二齊已去老堪徂，故壘空來舊巢燕。吾宗有弟知此懷，炊黍功名豈榮願。便呼阿買寫新詩，硯池澀擁清冰片。」〔註20〕通過敘寫無常表述對自在之境的嚮往，本詩應寫於明之前。入明後，溥洽作有頌揚明朝之作，如上引《應制題江東橋》詩，再如《應詔放水燈因賦》云：「持節馮夷向夕過，遠分燈火出官河。斗牛光動天垂野，風露聲沉水息波。海族樓臺休罷市，鮫人機杼不停梭。九泉無復悲長夜，莫問南山白石

〔註14〕錢謙益：《列朝詩集》閏集卷一，第 274 頁。
〔註15〕錢謙益：《列朝詩集》閏集卷一，第 274 頁。
〔註16〕錢謙益：《列朝詩集》閏集卷一，第 274 頁。
〔註17〕錢謙益：《列朝詩集》閏集卷一，第 274 頁。
〔註18〕錢謙益：《列朝詩集》閏集卷一，第 274 頁。
〔註19〕錢謙益：《列朝詩集》閏集卷一，第 274 頁。
〔註20〕錢謙益：《列朝詩集》閏集卷一，第 273 頁。

歌。」〔註21〕兩首詩都是直接頌揚明朝廷，應是作於明建國之初、受朱元璋徵召之時。

三

　　笑隱大訢門人中有克新者，《嘉興資聖克新仲銘禪師》載其事云「鄱陽盧里余氏子，久依笑隱欣於大龍翔，掌內記」〔註22〕，並云著有《雪廬稿》，《橋李詩繫》云「初著《南詢稿》，毀於兵，今惟《雪廬集》行世」〔註23〕。現存有從《雪廬稿》中摘錄出六十餘首詩組成的《元釋集》一卷，四庫館臣為本書作提要云：「明釋克新撰。克新姓余氏，字仲銘，自號江左外史，又稱為雪廬和尚，鄱陽人。元末住嘉興水西寺。洪武初召至南京，嘗奉詔往西域招諭吐蕃。所著有《雪廬南詢稿》。此本別題《元釋集》，僅古今體詩六十餘首。考賴良《大雅集》載有克新詩四首，而此本皆無之。蓋後人於《雪廬集》中摘錄抄存，非其全稿也。」〔註24〕北京圖書館現收藏有《元釋集》一卷的清抄本，仔細比對這個抄本與《古今禪藻集》中收錄的克新的詩歌，其中只有《次韻方推官感興》詩《古今禪藻集》中沒有收錄，其他的詩歌不僅完全相同，而且連排列的順序都是完全一致的，因此不得不懷疑《元釋集》可能並不是從《雪廬稿》摘錄出來的，而是將《古今禪藻集》中收錄的克新的詩歌抄錄在一起而已。

　　克新的著述實際上遠不止《元釋集》中保存下來的作品，很多作品佚失了，《嘉興資聖克新仲銘禪師》云：「元至正間，住嘉禾資聖，時了菴退居南堂，與師雅相契合。洎菴示寂，師為文祭之。略曰：『哲人云亡，宗教凌替。余來醉李，惟師宿契。或住或來，於今五歲。論核道真，窮根極底。』又曰：『矧彼妄庸，傲然高位。利鬻豪爭，善類喪氣。老成雖萎，弛焉何恃。』師嘗卻宣讓王之命。有偈曰：『數椽茅屋萬株松，蒲榻高眠海日紅。不是賢王招不起，山人只合住山中。』」〔註25〕其中所引作品皆不在《元釋集》中，《曇芳守忠禪師語錄》後附有克新作《有元大中大夫佛海普印廣慈圓悟大禪師忠公行業記》，由此可見克新的大多數作品並沒有保存下來。

　　克新對文學與文學創作非常看重，《次韻答蘇太史》詩云：「防雨作春寒，

〔註21〕錢謙益：《列朝詩集》閏集卷一，第 273 頁。

〔註22〕《五燈全書》卷之五十六，《續藏經》第 82 冊，第 213 頁。

〔註23〕《橋李詩繫》卷三十。

〔註24〕《四庫全書總目》卷一百七十五。

〔註25〕《五燈全書》卷之五十六，《續藏經》第 82 冊，第 213 頁。

兵戈道路難。百年嗟遠別,千里愧相看。把酒花聯席,揚舲雲滿灘。水西官閣靜,文字足盤桓。」〔註26〕詩中表達對文字的肯定,《奉寄崇報仁禪師》序中讚揚行中禪師的詩文云:「行中禪師與予同生番易,而長予十三歲,早以徑山書記主蘄之德章,道化盛行於江淮間。嘗為《蘇長公祠堂記》,虞侍講極稱其文有史筆,以關難來江浙,未幾主餘姚雲頂,近又聞遷紹興崇報,予以暌違之久,而喜其屢鎮名山,為吾宗砥柱,於是詩以慶之且求教也。」詩中進一步讚揚其詩文為今代之文章,云:「故園人物久相知,今代文章真一夔。千里江山春草夢,十年兵甲暮雲詩。著書芸閣虹穿屋,行道松林月照池。聞說高居鄰栢府,豸冠驄馬共襟期。」〔註27〕正是因為對於文字與詩文的讚揚和肯定,克新方不廢棄創作,對能詩文者亦向之虛心請教。

　　《四庫全書總目》中的《元釋集》提要中,沒有對克新的詩歌風格進行評論,克新與元末楊維楨、顧仲瑛、丁仲容、程文、張羽等人交往密切,《檇李詩繫》云:「宋尚書左丞余襄公九世孫。始業科舉,朝廷罷進士,乃更為佛學。益博通外典,務為古文。元末住秀州資聖寺,即水西寺也,與楊廉夫、顧仲瑛遊。明初,召至京,命克新等三僧往西域招諭吐蕃,圖其山川地形以歸。陳基贈詩云:『我愛水西新仲銘,道空諸友說無生。出城看客意最古,把筆賦詩才更清。杜若洲邊春欲莫,鴛鴦湖上雨初晴。十載間關重相見,深杯寧惜為君傾。』又張羽答詩云:『吳楓初冷雁連天,夢在江南野水邊。詞客欲歸嗟老大,美人不嫁惜嬋娟。豺狼正爾當官道,龍象於今護法筵。我識新公老禪衲,一燈蒲室是真傳。』」〔註28〕克新詩作中因此保留元末詩風的一些特徵。如《題畫》詩之三云:「人生只合江南住,一曲溪山二頃田。紅稻吹香蕈米美,春花秋月是年年。」〔註29〕詩中的「人生只合江南住」明顯來自於元末詩人鄭真《題便面贈葉子中先生歸慈谿》,詩云:「重重喬木與雲參,黃鳥啼春晝日酣。歸取山中圖畫看,人生祇合住江南。」〔註30〕楊維楨《寄沈秋淵四絕句》之一云:「大將軍酒誥入市,貴公主鏡落田家。不知有客琅玕所,獨自吹笙醉碧霞。」〔註31〕琅玕所可能是克新與楊維楨等人聚會之所,克新《茅山沈道士琅玕所》詩

〔註26〕《元釋集》,北京圖書館藏本;本詩《檇李詩繫》卷三十題為《答蘇太史昌齡》。
〔註27〕《元釋集》。
〔註28〕《檇李詩繫》卷三十。
〔註29〕《元釋集》。
〔註30〕鄭真:《滎陽外史集》卷八十九,《四庫全書》本。
〔註31〕楊維楨:《東維子集》卷二十九,《四庫全書》本。

云：「仙人種玉茅君山，春風抽出青琅玕。萬個森森翳雲日，下有芝草長闌干。九秋瓊露墮瑤海，鳳凰夜棲毛羽寒。仙人時來琅玕下，採芝斷玉和神丹。丹成白晝上天去，風鳴環佩聲珊珊。」〔註32〕又有《送茅山王道士》詩云：「緱氏山頭醉碧桃，茅君洞裏奏璚簫。林間放鶴歸蓬島，月下騎鯨渡海潮。石室雲寒珠樹老，丹田春暖玉芝饒。列仙琳館成灰劫，萬里江湖酒一瓢。」〔註33〕兩首詩描寫與道士們的交遊、雅集，詩中描寫了仙人生活以及對仙人的嚮往，是克新與楊維楨共同的嚮往與追求。作為佛教僧徒，與道士交往且有著對仙人的追求，或許實際上是克新對超脫之境的期望。

克新的詩歌具有唐人之風，如《留月軒》詩云：「我欲留明月，月行那可留。金波流錦席，桂影散瓊樓。斜隱藤蘿石，遠臨蘆荻洲。長歌興無極，門外露華秋。」〔註34〕克新有不少近於唐代邊塞詩之作，這種近於邊塞之風的詩作來源有兩個：其一克新處於元末動亂時期，親眼看到社會的動盪，應對其產生了深深的影響。在元末動亂中，克新主要傾向於張士誠一邊，《檇李詩繫》云「如《送總管側失總管還朝序》則徵糧於張氏，由海道還朝者也，《蘇院判招防詩序》則張氏之蘇同僉攻江陰而旋師也，大率望庚申之中興、美張氏之內附，而於明多指斥之詞焉」，可見其在一定程度上是參與元末戰事之中，故對戰事有所瞭解。其二，克新受奉朱元璋詔前去招諭吐蕃。關於奉詔招諭吐蕃事，《宗統編年》云「庚戌二年，克新奉詔招諭吐蕃……上詔往西域招諭吐蕃，不得辭，乃行」〔註35〕。這兩段與戰事、邊關的經歷，在其詩歌中體現了出來，如《次韻茅經歷聽雨》詩云：「秋來客裏易愁生，夜半燈前風雨聲。常恐浸淫禾耳出，豈宜滂沛馬頭傾。十年郡邑疲徵賦，千里關河苦用兵。端是長官憂國計，天時人事總關情。」《隱居圖》詩云：「戰馬多羸戰士肥，總拋逢掖著征衣。首陽商嶺無人到，幾度春風老蕨薇。」本詩寫棄徵而歸隱，前兩句卻具有錚錚邊疆戰場之音。再如《登姑蘇城》詩云：「城上旌旗煙霧重，樹頭初日出雲紅。一溪鷗散桃花雨，兩岸鶯啼楊柳風。邊塞鼓鞞終日振，鄉關道路幾時通。江南春色渾依舊，桑柘青青門巷空。」〔註36〕姑蘇乃江南之鄉，克新卻寫到「邊塞鼓鞞終日振」，使得本詩缺少江南旖旎之色，多了邊塞鏗鏘之鼓音。

〔註32〕《元釋集》。

〔註33〕《元釋集》。

〔註34〕《元釋集》。

〔註35〕《宗統編年》卷之二十八，《續藏經》第 86 冊，第 271 頁。

〔註36〕《元釋集》。

　　克新經歷了元末亂世，對由戰爭造成的社會動盪與生靈塗炭，心裏一定有著強烈地感受，《題山陰圖送別》詩寫到元末之戰亂，云：「杖藜何處訪幽居，萬壑千巖一草廬。花發湖頭兵散後，船回溪上雪飛初。風流遠挹蘭亭會，靈秘深探禹穴書。歌罷陽關仍進酒，隔江鼙鼓正愁予。」〔註37〕克新如良琦等僧徒一樣，亦愛參與元末的文人雅集，良琦頻繁參與顧瑛的雅集，克新亦如顧瑛有交遊，如《次韻顧仲瑛遷居》詩云：「畫舸載書隨早春，平湖雪消楊柳新。黃鵠九霄不可致，白鷗萬里誰能馴。謝安自是廟堂器，元亮本非丘壑人。聖主徵賢圖治急，未容便作耕桑民。」〔註38〕詩歌通過顧瑛寫出了元末文人政治上進退的心境。至正庚子（1360），繆思恭召集雅聚，鬱遵云：「至正己亥兵後，明年庚子八月之望，同守繆公招同諸彥小集南湖，以杜甫『不可久留豺虎地，南方猶有未招魂』為韻，人得一字，即席而成，亦足以紀一時之變，且幸此會為不易得云爾。」克新參與了此次雅集，分得豺，《得豺字》詩云：「大千一塵劫，刀兵動三災。修羅搏日月，兩間塞風霾。舉目何所見，莫非狼與豺。生民飽湯火，像教淪灰埃。世道既交喪，大塊何為哉。非仗威德尊，誰闢乾坤開。南天掃一隅，清光濯人懷。雖見舊時月，風波尚喧豗。諸公賴經世，好為蒼黎哀。我將從此去，杖錫尋黃梅。」周伯琦《至正庚辛唱和詩》序中此次詩會，有「卜時之治亂」之意，云：「人情莫大乎歡戚，而情之歡戚則又繫乎時之治亂，何者？當其亂也，雨覆雲翻，天地否閉，對此茫茫無復生理，雖有花晨月夕適足動我之感愴欷歔；及其治也，上清下寧，日月開朗，耳目所遭無非佳境，雖當淒風苦雨皆足助我之酒腸。吟思此二者，無他，當由情以時，證時從情，得如知情之歡戚，可以卜時之治亂矣。」〔註39〕克新《得豺字》詩中能強烈感受到其對元末戰亂世道交喪的憤歎，以及對亂世中佛教衰落的惋惜；既悟佛教之理，又能體民生之艱，克新可謂是真悟佛教之道者。

　　親身感受到元末的動亂，詩作中對消弭戰事與和平的渴望，如《壯丁行》詩云：「去年差壯丁，駕船下海討狂賊。今年差壯丁，荷戈遠戍河南北。去年行者秋已還，今年去者無消息。去年壯丁初發時，姑蘇驛前江水湄。長槍巨戟各在手，椎鼓鳴鉦揚大旗。爺娘頓足妻招手，號哭向天淚如雨。陰風蕭蕭黃塵飛，日落哭聲猶未已。近聞河北新戰平，血流如海屍如城。」戰爭的殘酷，致

〔註37〕《元釋集》。
〔註38〕《元釋集》。
〔註39〕《檇李詩繫》卷六。

使「血流如海屍如城」、家破子亡，克新於是渴望「安得盡銷天下之甲兵，鑄作農器驅民耕」〔註40〕的出現。平定天下亂局，需要有勇猛的英雄，才能實現，克新頌揚著南宋著名將領岳飛，如《岳飛墓次劉治中韻》詩云：「西湖水色映陽阿，偃月堂連瑪瑙坡。方擁貔貅驅敵眾，豈期鷹隼被虞羅。兩宮天遠嗟何及，中土溝分恨轉多。異代英雄同感慨，酒酣彈劍一悲歌。」〔註41〕詩中將岳飛與劉治中稱為異代英雄，顯示了元末戰亂時局中對英雄的渴望，又《岳飛墓次吳府判韻》云：「湖上孤墳青草生，一門忠孝擅嘉名。力扶社稷還歸正，誓取山河不用盟。先帝終天讎未復，大臣欺國志中傾。丈夫自昔皆如此，感激英雄萬古情。」〔註42〕再次表達克新對能匡扶社稷、忠孝將領的仰慕，英雄已逝，克新的仰慕之情仍在。《送蘭宣使還閩省》詩中表達著對於報國的願望，云：「度浙春雲盡，還閩歲已闌。戀親雙鬢白，報國寸心丹。使節雲千里，官船月一灘。人生忠孝大，來往莫辭難。」〔註43〕《贈夏君美同知》詩讚揚夏君美的征戰功績云：「十載中吳戰伐多，使君談笑罷干戈。漢廷封拜論功爵，羞殺征南馬伏波。」〔註44〕上述詩歌中應該主要是作於明之前，如果是入明之後所作，可能就直接頌揚朱元璋的功績了。

雖然有報國且平定天下的願望，克新亦述懷著志意不得實現的鬱悶，如《題馬》詩云：「伯樂不復作，世間有馬無人識。騄駬服鹽車，垂首太行饑。且驅駑駘居天廄，身被文繡餘菽豆。吁，嗟乎！駑駘飽，騄駬饑，雖有千里將奚為。」〔註45〕世上已無伯樂，致使良馬無人識，從而不能伸展志意與抱負，詩中透露出滿滿的文人式無奈。克新對此卻並不完全沮喪，相反卻鼓勵有才能者努力去實現懷有的抱負，如《贈劉秀才》詩云：「山之虎兮有爪如鐵，馮婦搏之飲其血，水之蛟兮有牙如鉞，周處斬之服其骨。君既有才復有藝，如何落魄風塵際。方今天子圖治惟賢求，閭閻談笑皆封侯，何不攜書奏之蓬萊宮，佩取金印如斗歸山東。」〔註46〕詩中的「今天子」顯然寄託了克新「伯樂」的期望，本詩似乎是頌揚新朝之作。

〔註40〕《元釋集》。
〔註41〕《元釋集》。
〔註42〕《元釋集》。
〔註43〕《元釋集》。
〔註44〕《元釋集》。
〔註45〕《元釋集》。
〔註46〕《元釋集》。

　　上述詩歌，似乎一點也不符合克新作為佛教僧徒的身份與觀念，似乎是一個具有遠大抱負的士人在表述著自己志意與志意不得伸的失意。對克新來說，這當然不是他的全部，克新在詩作中亦闡述著事功與虛名的不可貴，《送石仲德司丞》詩云：「戎馬生四郊，避難去鄉國。鄉國豺虎多，十年歸不得。旅食大江南，田野亦荊棘。遊魚潛舊淵，飛鳥棲故林。天地物尚爾，我獨何為心。驅車戒遠道，歲寒冰雪深。兵革方去息，長淮渺煙草。況有簡書縈，豈止還家好。政余事耕桑，虛名奚足道。」《會陳彥博編修》詩云：「自昔合併難，況乃干戈際。陳君去京國，一別彌年歲。耿耿在中懷，烽煙邈迢遞。忽復乘海槎，銜命自天帝。四牡稅中林，徒步屏奴隸。入門坐我床，驚呼喜欲蹶。劉君吳門來，邂逅成夙契。為予信宿留，諧笑忘形勢。官市沽春醪，暮雨劙寒薺。勸君各盡觴，與君聊玩世。雲端皓月升，城外終風曀。且勿疾其驅，茲會良可繼。」〔註47〕詩中先敘述事功，最後則點出事功與虛名都不足道，克新這是由追求事功到堪破虛名的轉變。《次韻答劉鎮撫》詩敘劉鎮撫由戰場上征伐到轉向平淡生活，云：「茂陵舊公子，氣壓陣雲低。一節臨軍幕，三邊息戰鞞。賦詩朝倚馬，起舞夜聞雞。為愛溪樓靜，重尋水郭西。」〔註48〕《奉答宣讓王太子》之一敘及功業：「世皇枝葉茂千秋，為國藩垣淮水頭。聞說府中賓客盛，小山叢桂碧雲稠。」之二則轉向對平靜生活的嚮往云：「數椽茅屋數株松，蒲榻高眠海日紅。不是賢王招不起，山人只合住山中。」〔註49〕上述詩歌再次說明克新既悟佛教之理，又明世俗之為，顯示出其確實是真正的體悟者。

　　正是由於這樣的轉變，克新寫景色的詩歌以平靜的筆調描寫平寂自然之景，如《題杭上人芭蕉》詩云：「山寺春深積雨餘，坐看花影上階除。新詩吟罷無人到，只向芭蕉葉上書。」《寄三塔雲海和尚》詩云：「雨後龍孫過屋長，半池疏影月微茫。鳳凰巢在雲深處，日日銜花到上方。」克新通過景物描寫，顯示出擺脫虛名與事功之後的自在心境，如《題畫》詩之五云：「山中宰相鬢毛斑，兩個青松屋一間。草滿空庭春晝永，看雲飛去看雲還。」〔註50〕《西湖景》之一寫到西湖勝景中蘊含的歷史變遷，云：「蘇子堤邊楊柳春，湖中簫鼓畫船新。誰知歌舞繁華地，回首東風吹戰塵。」之二則是超越塵俗與遷變的心境，云：「山色湖光雨後天，兩邊樓閣麗蒼煙。酒船歌管隨烽火，花落花開啼

〔註47〕　《元釋集》。
〔註48〕　《元釋集》。
〔註49〕　《元釋集》。
〔註50〕　《元釋集》。

杜鵑。」〔註51〕心境的轉變，克新通過頌詠平常的生活中展現著徹悟的心態，如《蘿甕》詩云：「先生食蘿如食肉，一日不食心不足。淡然中有至味存，鳳髓龍肝何足論。昔者韓公有高識，五年太學朝朝吃。後來易簡雖復知，酒醋夜半一咀之。長安少年那解此，羊肉如林酒如水。酒瓶羊柵須防壞，先生蘿甕長年在。」〔註52〕蘿菜淡然中有至味，若能品嘗出其中之至味，食蘿則勝於每天「羊肉如林酒如水」。食蘿與「羊肉如林酒如水」實際上是平淡而超脫生活與世俗生活的對比，「酒瓶羊柵須防壞」寓含世俗不長久之意，「先生蘿甕長年在」則寓含平淡而真實悠長之味。

《檇李詩繫》中有五首詩不載於《元釋集》與《古今禪藻集》，分別是《為恢復初題畫》詩云：「山上青松山下泉，別來清夢隔烽煙。霜紅柿葉秋鸑樹，波冷芙蓉月一川。土室靜燒蒼術火，茅齋閒賦白雲篇。披圖總是思歸客，腸斷匡廬落照邊。」《答蘇昌齡學士見寄》詩云：「端居久佩息心銘，坐對中庭春草青。身後文章歸哲匠，世間功業付英靈。飯餘倚竹雲千畝，定起焚香月一亭。珍重玉堂蘇太史，虯書如醉幾時醒。」《次鐵崖送沈道士》詩云：「會稽山前賀狂宅，句曲洞口陶仙家。參差樓閣五雲裏，飛佩時時凌紫霞」《達丞相承防詞》詩云：「金壺玉露逐皇華，黃土重封識內家。宴罷省門扶上馬，防風吹側防簷花。」《酬黃伯成見寄》詩云：「金華仙伯頭如雪，亂後殷勤遠寄詩。白石洞中題壁防，人煙今不似當時。」〔註53〕通過這些詩歌，能夠更多暸解一些克新的詩歌寫作。

四

笑隱大訢禪師門人又有清遠懷渭禪師，《南宋元明禪林僧寶傳》云「其（笑隱）禪席之盛，自秀法雲以來未之有也，會中龍象，則有愚菴智及季潭宗泐、清遠懷渭輩激揚旨要」〔註54〕，又載笑隱語云「吾據者床四十餘年，尚遺望也，然不盡之案惟你與宗泐，任之耳」〔註55〕，《佛祖綱目》載笑隱大訢語稍有不同，云：「懷渭，得法大訢，訢瀕沒，呼渭曰『吾據師位者四十餘年，接人非不夥，能弘大慧之道使不墜者，惟汝與宗泐爾』。」〔註56〕虞集《元廣智

〔註51〕《元釋集》。
〔註52〕《元釋集》。
〔註53〕《檇李詩繫》卷三十。
〔註54〕《南宋元明禪林僧寶傳》卷九，《續藏經》第79冊，第624頁。
〔註55〕《南宋元明禪林僧寶傳》卷十三，第642頁。
〔註56〕《佛祖綱目》卷第四十一，《續藏經》第85冊，第802頁。

全悟太禪師太中大夫住太龍翔集慶寺釋教宗主兼領五山寺笑隱訴公行道記》提到懷渭云：「弟子懷渭，本其甥也，清修善學，有舅氏之風，渭之為名，亦所以識也。」〔註57〕

關於懷渭的傳記頗多，實際上皆出自於宋濂《淨慈禪師竹菴懷渭公白塔碑銘》。《碑銘》中，宋濂先是敘述懷渭之傳承，云：「濟北正宗，傳至我大慧普覺禪師，以大乘根器總攝天上人間。諸文字相，化為慈雲遍布索訶世界，鼓以雷風，澍為法雨，有識含靈，咸被沾潤。既而，圓鑒光師為其世適。自時厥後，以次相傳，若光孝簡師，若育王觀師，若佛智熙師，若廣智全悟訴師，後先勃興，荷擔正法，其所以韜斂宗綱，折衝外侮，皆兼用辭章佛事，至今聲聞烜著於霄壤間，爛然如日星之光……今清遠師則全悟俗性之甥，而法門之嗣子也。」這段話一方面陳述懷渭的法脈傳承，一方面亦寓含懷渭如上述禪師一樣「兼用辭章佛事」。作為笑隱的外甥與門人，懷渭不墮笑隱之門風，宋濂記笑隱歿後懷渭事云：「浙江行省亞相康里公重其文行，遣使者具書幣，延主會稽之寶相，未幾，遷杭之報國，轉湖之道場。雖當兵燹相仍之際，為法求人，無少退轉。國朝洪武初，淨慈禪林虛席，四眾一心，復請主持，會儀曹奉詔設無遮大會於鍾山，二浙名浮屠咸集。清遠一至京師，遂退居錢塘之梁渚，梁渚乃全悟藏爪髮之地，問道者接踵而至，不翅住山時。」據此可知，懷渭弘法兢兢業業，雖兵燹相仍亦不廢。懷渭的文行皆被看重，「文」則下文有述，「行」則由宋濂舉其在兵亂中堅定護法事之例可見，云：「元至正末，避地匡廬，悍兵來索金帛，清遠瞋目訶之，曰『浮屠烏有是物耶』，兵怒拔劍欲殺之，清遠引頸就劍，兵歎息而去。清遠偉行甚眾，舉此例知餘不詳載也。」懷渭平生弘法中「舉此例」知「偉行甚眾」。

懷渭字清遠，晚年自號竹菴，如上所云，懷渭辭章與佛事同兼。懷渭自幼便以文顯，宋濂云：「初清遠之生，有靈芝產於庭槐，占者云『芝乃靈秀所凝，是子將以文顯乎』，已而果英發，誦書攻文，不待師授而知解日勝。時全悟以大中大夫住持集慶大龍翔寺，聞之喜曰『此吾宗千里駒也』。」笑隱與元末楊維楨等諸文人交往密切，懷渭因笑隱故，亦得與眾文人相交，云：「集慶為東南都會，而行御史臺蒞焉，四方名薦紳無不翕聚，無不與全悟遊。初科第一人張公起巖來為中丞，尤號最厚，翰林承旨張公翥、中書左丞危公素時尚布衣，亦往來乎其中。四三君子，或發天人性命之秘，或談古今治忽之幾，或論文辭

開合之法，清遠咸得與聞之。」懷渭與劉基有相當的交往，劉基《寄贈懷渭上人》詩云：「老僧懷渭字清遠，胸蟠文史三千卷。雪晴太白玉為峰，月出藍田金作爐。少年挾策走四方，要看蓬萊水清淺。燕山帝京龍象會，璿臺寶林發關鍵。橫空鸇鶚撇高秋，縱轡驊騮逸長畈。龐眉老宿皆震驚，觀者解頤陪者赧。奎章學士虞卲菴，嘖嘖稱誇枯舌本。連床笑語到晨雞，走筆贈言何款悃。轉頭霜雪四十年，萬事茫茫不堪忖。江湖簸浪客舟寒，地爐宿火僧房暖。我來邂逅一見之，憶曾相識嗟成諤。世上如公良所希，方外只今還有限。我如野馬貫藪澤，絡以羈靮知必踠。老來耗耄百事違，況俾三盧宅愁眼。甚欲歸依白蓮宇，其奈素餐非力墾。寄言聊複寫中懷，白石清泉猶未晚。」〔註58〕劉基稱讚懷渭「胸蟠文史三千卷」「世上如公良所希」以及能給他寫信「聊複寫中懷」，可見二人交往不淺。通過與諸文人的交往，懷渭「反覆參求，益探其閫奧，其學於是大進」，而文學亦大進，「形諸篇翰如千葩競放，錦麗霞張而不見春風煦嫗之跡，沉冥盡斂，情明自然，老於文學者爭歆慕之，歎曰『此文中虎也』」。懷渭卻不願以文辭名，恚曰「公等謂吾專攻是業耶，佛法與世法不相違背，故以餘力及之，將光潤其宗教爾」，而更願意認可自己佛教徒的身份。由於文辭能夠「光潤」佛教，懷渭故而又從事之，從本心上是極不願意以文辭名的，笑隱對此頗為理解，云：「一日，全悟警厲諸徒眾，未有對，清遠直前肆言，如俊鶻橫秋，目無留行，全悟振威叱之，眾駭愕，清遠氣不少沮。如是詰難，至於二三，全悟莞爾而笑曰『汝可入吾室矣』，命記室。向之歆慕者，則又曰『清遠所證悟已造殊勝，徒以文誇之，宜其恚也』。」在佛法上，懷渭能與宗泐並肩，並非眾人虛與委蛇的誇飾，確實對佛理禪悟有著深刻的體悟。儘管更願意以佛教徒身份示人，懷渭的文學寫作還是得到虞集等人的認可，云：「全悟既示寂，清遠肆為汗漫遊，見虞文靖公集於臨川，謁大司徒楚國歐陽文公玄於瀏陽，二公聞其雄辯蠭起，文采彰露，僉曰『是無忝於舅氏者也』。」這裡所謂的「無忝於舅氏者」，應該既指禪悟，又指文辭尤其是詩歌寫作。對懷渭的文辭與佛事，宋濂評價云：「濂聞之，世間萬事皆可偽，唯死生之際不可偽。有若清遠，凡夫俗子孰不以文辭僧目之，及其亡也，三事不壞，光明熾盛，驚動當世，非有證入毗盧性海寧有是靈驗哉。大慧以來，累葉相承，蓋亦若斯而已。」〔註59〕這個評價應該是中肯的。

〔註58〕劉基：《誠意伯文集》卷十六。
〔註59〕宋濂：《芝園後集》卷第七，載《宋濂全集》第三冊，第 1435～1436 頁。

關於懷渭的著述，《千頃堂書目》卷二十八載「懷渭《竹菴外集》」，下有注云「字清遠，南昌人，洪武初奉詔至鍾山，退居錢塘」。《竹菴外集》目前不見存本，佚作散見於各書之中。《古今禪藻集》卷二十四收錄《送仁一初上人遊武林》，詩云：「舞鳳飛龍若個邊，天涯送遠獨淒然。江山南渡降王宅，風雨西陵過客船。踏雪馬蹄春買樹，鬥茶龍井夜分泉。落花寂寞東歸日，煙嶼冥冥叫杜鵑。」《御選明詩》卷一百十四收錄《次孟天暐南山雜詠》二首，之一云：「賀監湖邊草色春，秦淮江上柳條新。山川是處堪行樂，晴日風光思殺人。」之二云：「暮春三月風日妍，亂折花枝送酒船。西嶺山光青浸水，南池柳色綠生煙。」《雅頌正音》卷四收錄《畫梅》二首，之一云：「瑤臺夕承月，玉砌曉凝霜。花映含章發，枝橫禁籞長。春風似相識，偏惜壽陽妝。」之二云：「折得江南春，悵望洛陽客。悠悠歲年暮，浩浩風塵隔。道遠勿相思，相思減容色。」《式古堂書畫匯考》卷五十四收錄一首無題詩，云：「曾住潛龍地，逢人話昔緣。行高生俗敬，法勝悟師傳。沙鳥聽朝梵，■奴伴夜禪。未應愁末劫，塵想自成憐。」朱彝尊《明詩綜》卷八十九收錄兩首，一首《送仁一初上人遊武林》，一首為《寫扇贈明上人》，云：「太湖六月暑氣防，龍宮佛屋相因依。蜃噓翠霧作樓閣，鮫織冰綃鳴杼機。鍾磬無時空外發，笙簫幾處月中歸。投閒擬向上方住，共看滄波白鳥飛。」錢謙益《列朝詩集》收錄《畫梅》《次孟天暐南山雜詠》《送仁一初上人遊武林》三首，上皆已抄錄。上述詩作主要是送別詩、題畫寫景詩，送別詩通過景色描寫表達送別之情，情感的表露不明顯但是真摯。題畫寫景詩，對景色描寫反而不重，抒發禪理的意味更濃一些。

　　詩歌之外，懷渭有兩篇佚文，一篇是《題山谷發願文》，文云：「山谷與佛印遊，在黃龍晦堂室中，聞桂薌有省，故其造諸穩密迥出流輩，而文詞翰墨焜耀一世，若不自有。今觀親書《發願文》，精誠真切，誓為眾生代受諸報，深入普賢悲智願海，非宿具大乘根器，孰能爾耶。今時士夫不務已學，惟訾佛毀教為事，視此寧無愧乎。姑蘇無量壽院淨妙上人，家世寶藏幾二百載，蓋亦願力所持哉。前有金章宗瘦書金御書籤題首尾明昌七印鈐識，讀者當求其深心大願難行能行，無徒誇詞翰之美也。洪武甲寅春前淨慈懷渭題。」〔註60〕又有《松隱唯菴然和尚語錄後序》云：「《唯菴和尚語錄》蓋直指單提一心上乘之法，超出古人蹊徑，驚其若銀河瀉天，莫知其極，真所謂能繼千巖之緒而大其家世者也。何其偉哉。覽是編者，又豈無如古塔主之讀雲門語，而契其機者

〔註60〕《趙氏鐵網珊瑚》卷四。

乎。時洪武四年春三月南屏住山懷渭撰。」〔註61〕這兩篇文透露出來抱負，顯示懷渭確實更有以佛教僧徒自任之心。儘管如此，詩文中顯示了懷渭的文辭文采，是值得稱道的。

五

　　與溥洽同樣在講法中重視詩偈的，同時期前後的有曾參學蘭江的南石文琇禪師，《杭州徑山南石文琇禪師》中云文琇禪師「幼從邑之雙江紹隆院智興祝髮，初參蘭江溤公於薦嚴，一見器許」。洪武四年參熙怡翁「觀面果契合」，之後「聲譽靄然」。永樂四年「詔天下儒釋道流之深通文義者纂修《永樂大典》」，文琇奉召至京，留京三年，「書完僧錄司公舉師住杭之徑山，參徒雲集」〔註62〕。

　　道衍於永樂十一年作《徑山南石和尚語錄序》，言文琇乃楚石等人之後振興宗乘者，云：「於是，諸大老道重天下，四方龍象奔走，雲臻而霧集，不異宏智、妙喜、真歇行道於宋紹興間也。余私喜之，曰『像季之世，何幸得見佛日之朗耀，法雨之廣澤如此耶』。不數十年，諸大老相繼入滅，禪林中寥寥然，一無所聞，縱有一人半人號稱善知識者，惟務杜撰僻說，胡喝亂棒，誑嚇里夫巷婦，真野狐種類也。故識者之所哂而不道。祖翁命脈，一發而已……我南石和尚儒釋兼備，宗說俱通，負超卓之才，懷奇偉之器……初住蘇州普門，次靈巖，三遷主萬壽。未幾，退隱吳淞之上，日與山翁野老說無義語為樂，而大忘人世也。」〔註63〕纂修《永樂大典》而居杭州徑山寺之後，「參學者亦肩摩接踵而至」，道衍云「喜祖道復興如雲開睹孤月，四眾歡悅，而讚歎莫及」。道衍參學於愚菴智及，文琇參學於行中仁公，愚菴智及與行中仁公同嗣元叟端禪師，道衍因與文琇「為法門昆季」，故知之深。

　　文琇自入明開始便參與朝廷事，為朝廷服務，如《勉習三經》引云：「洪武十一年，皇上以萬機之暇，愍念吾徒為佛弟子鮮能精通教典、深究禪學，特頒睿旨，俾習《般若心經》《金剛》《楞伽》，晝則講演，夜則坐禪，務期曉達，豈非古佛應化而弘宗教者耶。臣僧文琇，誠慮吾徒不能，仰承聖意，精勤習學，因說七偈以勉焉。」七首詩偈皆言佛教「陰翊王度」之意與之事，之一云：

〔註61〕《松隱唯菴然和尚語錄》附錄，《嘉興藏》第 25 冊，第 41 頁。
〔註62〕《五燈會元續略》卷第二下，《續藏經》第 80 冊。
〔註63〕《南石文琇禪師語錄》卷首，《續藏經》第 71 冊，第 701 頁。

「聖皇親受靈山記，手執金輪御萬方。詔諭僧徒令講習，叢林頓覺有輝光。」之二云：「印心莫讓楞伽妙，蕩相無如般若親。會得三經真的旨，千紅萬紫一般春。」之三云：「了知緣句非緣句，要識真空本不空。轉得身來堪吃棒，卻將消息與君通。」之四云：「佛法淵源豈易窮，直須日夜痛施功。一朝覷破經頭意，鐵壁銀山有路通。」之五云：「得旨須令見莫偏，禪非異教教猶禪。群盲摸象言諸色，究竟何曾得象全。」之六云：「注釋諸師各本宗，同中有異異中同。但當體取如來意，莫墮尋常死語中。」之七云：「窮通教典與參禪，是大因緣非小緣。幸遇聖君能注意，吾徒何事不加鞭。」〔註64〕《江居雜言》之一云：「聖皇不忘靈山記，詔起叢林有道僧。高據大床譚大法，果然續得少林燈。」〔註65〕文琇又與宋濂有交集，《危內翰宋太史送哲用明律師序後》云：「諸宗學者咸以律為先務，弘律之師豈易為哉。法入此土可宗者，北臺南山靈芝數人而已，律之學難能又較然矣。用明解行高，吳越之人尊為宗師，危內翰素宋太史濂序以稱美，殆亦宜乎。太史精於佛理，條陳律學源委尤詳。」宋濂為明初文臣之首，以佛教「陰翊王度」的宗教政策的制定與之有很大的關係，文琇以佛事服務朝廷應該會受到宋濂的影響。在佛教僧徒中，文琇似乎與宗泐交往最多，《次天界全室和尚韻贈來藏主》詩云：「龍河早歲能相從，朝來日出扶桑東。子啐母啄兩時至，須彌粉碎虛空墜。一機超越殊有神，體用既全知見親。出窟於菟嘯林下，乘風俊鶻騰海濱。鷦鷯眼中世界闊，一任橫該並豎抹。四七二三不是祖，半滿偏圓亦非法。終日談玄誰動口，空非空兮有非有。抹過他家向上關，佛面從教自百醜。」〔註66〕《送福維那再參天全室和尚》詩云：「道人法戰龍河後，與奪臨機總自由。猛虎豈曾飡伏肉，神仙何必待封侯。域中日月縱橫掛，塞外英雄叱吒收。卻笑馬師施一喝，無端屋裏販揚州。」〔註67〕《借全室和尚韻悼華嚴瑩中和尚》偈二首，之一云：「見得分明沒點虧。也應只有弟兄知。山塘路上同行處。水竹軒中一笑時。不特泥牛還汗下。直教石女亦心悲。莫言此話無分付。萬象森羅解受持。」之二云：「解無偏僻行無虧。堪受賢王特見知。道猛初為綱領日。拙菴三宿觀堂時。玄風方振天龍悅。佛日俄傾草木悲。大定本無生滅相。顏綱此去孰扶持。」〔註68〕如前所言，宗泐亦

〔註64〕《南石文琇禪師語錄》卷之四，第726頁。
〔註65〕《南石文琇禪師語錄》卷之四，第726頁。
〔註66〕《南石文琇禪師語錄》卷之三，第715頁。
〔註67〕《南石文琇禪師語錄》卷之三，第721頁。
〔註68〕《南石文琇禪師語錄》卷之三，第721頁。

參與朝廷事，文琇與宗泐的交往最多可能是在共同為朝廷服務期間。

文琇喜歡以詩偈表達自己的想法，如《洪武壬子夏予居虎丘記司山中諸名勝咸以偈見賀遂成一首奉答》，偈題即可知是以偈記山中名勝，與同侶唱和亦借用詩偈，即偈中所云「幾多鐵眼銅睛漢，一曲陽春和總難」〔註 69〕。以偈語闡發佛事與佛行，如《題故女居士張氏悼偈卷後》云：「心之靈妙，不可思議，貫三際而包十虛，含百界而攝萬有。頭頭處處，莫不全彰。剎剎塵塵，何曾有間。世出世間之法，離心之外，豈別有一絲毫可得哉。吳門王本道居士，以其室張氏本寧終後、諸方知識悼偈卷，請著語於後。余遂遍觀，若張氏平昔所行，終後光明，發揚亦盡矣。惟其拭經綿現佛像，鐙燄現瑞相，謂是誠信所感，則不然，若是則心外有法矣。」文琇遂「證以小偈」，云「頭頭不間，處處非差，心外無法，綿佛燈花」〔註 70〕。

講法時使用詩偈或偈語的形式多種多樣。有時候上堂，只說一首偈頌，如端午上堂云「是處人家懸艾虎，靈巖但吃菖蒲茶，莫言淡薄無滋味，畢竟風流出當家」。有時候作連續的偈語，如「上堂，『塵說剎說，絕覆藏，無間歇』，橫按杖云『會麼，漠漠水田飛白鷺，陰陰夏木轉黃鸝』」。有時先說偈語，再作自問自答，如「上堂：『今朝七月初一，門外金風淅淅。特地打皷升堂，一字也道不出。露柱禮拜釋迦，燈籠問訊智積。獨有無事衲僧，依然眼橫鼻直。』『敢問大眾，那個是無事衲僧』，良久云『長三尺』。」〔註 71〕

文琇以詩偈言禪理，意在禪悟的自得性與獨立性，《次佛幻法兄和尚韻示、周道祥居士》云：「真佛安有相，大道元無方。可見及可到，了知非吉祥。東平謾說能為善，思邈徒誇書梵典。當頭一著如未明，究竟皆為隨物轉。如今且莫問如何，放下只在一剎那。回斡天關轉地軸，盡皆由我非由他。」〔註 72〕自悟自得則不會隨外物所轉，如《禪床歌》云：「我此禪床，不屬作造，非竹非木，非土非草。了知無短無長，豈云有大有小。又非闊狹並高低，或坐或眠俱恰好。李白七寶奚須誇，魚容象牙安足道。誰能旋繞行一遭，孰敢當陽解掀倒。明珠產蚌兔懷胎，暹公臭口徒勞開。道為何物又誰證，卻言斯是證道媒。歸宗雖則較些子，究竟依然費唇齒。縱饒放下便安穩，未放下時應不是。玉局

〔註 69〕《南石文琇禪師語錄》卷之三，第 721 頁。
〔註 70〕《南石文琇禪師語錄》卷之四，第 732 頁。
〔註 71〕《南石文琇禪師語錄》卷之一，第 703 頁。
〔註 72〕《南石文琇禪師語錄》卷之三，第 721 頁。

仙翁尤更癡，要從人借四大為。佛印剛認大千是，無相之相猶成疑。堪嗟幾多老凍儂，指出與我床非同。非同卻也亦非別，如水合水空合空。禪床禪床奇復異，不堪比況曷思議。千七百祖從此來，三世諸佛從此去。禪床禪床異復奇，人人盡有無少虧。曠大劫來不肯坐，自甘途路長驅馳。我今亦不向此坐，向此坐時誠不可。夜來展腳正酣眠，霹靂一聲驚夢破。」〔註73〕所謂禪床「人人盡有無少虧」，即人人本具與佛一般的心性，不作自己之禪床而「自甘途路長驅馳」，則是隨他人腳跟轉而不能自得本有之心性。

從寫作詩偈的本意來看，文琇似乎是想以文學之語言表達禪理，如《贈虎丘喜藏主》云：「毗盧閣下鬼仙詩，四海禪流切要知。看盡元來惟一句，若言一句早成疑。」〔註74〕以詩偈明禪理，是文琇企望達到的，然而文琇的詩偈基本上沒有文學性，如《病中寄奐天章並諸名勝》云：「身本是空誰受病，病無身受病還空。此時無處存知解，隔岸斜陽映水紅。」〔註75〕以偈書寫名勝，即使如此亦只有最後一句「隔岸斜陽映水紅」，其他仍為闡理之句。《江居雜言》之二云：「閒齋獨掩晝沉沉。碧色浮階蘚暈侵。一住江皋今十載。世間誰識道人心。」之三云：「壁黏祖偈風吹落。簷冒蛛絲雨打開。滿徑綠陰花落盡。門前百鳥不曾來。」〔註76〕寫江居之生活、體悟景勝之致，寫景之語較多些，文學性描述較強一些，在文琇的詩偈中非常少見。《次韻答蘗菴》詩云：「小軒叢竹大江湄，雨足春深筍蕨肥，五彩雲從天外至，一雙鶴向樹頭歸。」〔註77〕四句詩描寫景致並以景表述內心體悟，呈現出極高的文學性，然在其詩偈中是相當罕見的。

〔註73〕 《南石文琇禪師語錄》卷之三，第 716 頁。
〔註74〕 《南石文琇禪師語錄》卷之四，第 725 頁。
〔註75〕 《南石文琇禪師語錄》卷之四，第 725 頁。
〔註76〕 《南石文琇禪師語錄》卷之四，第 726 頁。
〔註77〕 《南石文琇禪師語錄》卷之四，第 726 頁。

第十二章　守仁與德祥的詩文寫作

　　上章引溥洽《次韻寄答一初因懷南竺具菴老人》及懷渭《送仁一初上人遊武林》等詩中提到的一初，即為守仁，守仁與同時期之德祥，皆為元末明初詩文有聲者，「二公當元末，有志於行道，因時危亂，鬱鬱不自得，遂肆力於詩，並有聲於時」。二人雖以詩文名，亦如懷渭、清遠一樣不願以詩文自視，《補續高僧傳》載云：「一初嘗云『我輩從事文墨，非以廢道沽名，蓋有不得已也』，止菴云『詩豈吾事耶，資齗齘焉耳』。觀此可知二公之心矣。」〔註1〕詩文只是二人傳法時不得已所使用之媒介，然卻極受時人稱賞。

一

　　將守仁與德祥放在一章中敘述，還由於二人有共同之處，即同獲罪於朱元璋，《守仁德祥二公傳》云：「一初詩清簡有遠致，楊廉夫極稱賞之；又善書，筆法遒勁。入我朝被徵，為僧錄右善世，時南粵貢翡翠，一初題詩云：『見說炎州進翠衣，網羅一日遍東西。羽毛亦足為身累，那得秋林靜處飛。』太祖見之怒曰『汝不欲仕我，謂我法網密耶』。止菴住徑山唱道，為禪者所宗，風化翕然，亦以西園詩忤上。二公皆以詩賈禍，幾於不免。」二人不同之處，在於德祥守律甚嚴、守仁有所不羈，《守仁德祥二公傳》云：「止菴律已甚嚴，臨眾有法，氣象巍然。一初日暮無聊，頗涉不羈，不得蒙法門矣。從是見二公之優劣。故止菴得稍酬初志，而一初則終於不振。至止菴就化，倚座示眾，若無經意於死生，脫然無繫，景光尤可想而見也。」〔註2〕

〔註1〕《補續高僧傳》卷第二十五，《續藏經》第77冊，第530頁。
〔註2〕《補續高僧傳》卷第二十五，第530頁。

　　錢謙益援引《武林梵刹志》記載，認為德祥因詩得罪事不實，云：「吳之鯨《武林梵刹志》云祥公與夢觀仁公同參，相與肆方於詩。仁公以南粵進翡翠作詩寓諷，云：『見說炎州進翠衣，網羅一日遍東西。羽毛亦足為身累，那得秋林靜處飛。』太祖見怒曰『汝謂我法網密，不欲仕我耶』，止菴亦以《西園》詩忤上，幾不免。《西園》詩今載集中，不知所謂忤上者何語，野史流傳不足信也。」《西園》詩云：「新築西園小草堂，熱時無處可乘涼；池塘六月由來淺，林木三年未得長。欲淨身心頻掃地，愛開窗戶不燒香；晚風只有溪南柳，又畏蟬聲鬧夕陽。」由本詩內容來看，確實如錢謙益所說「不知所謂忤上者何語」，但因此便云此事為野史流傳而不可信亦是值得商榷，明初的朱元璋往往想當然地從詩文、奏疏中挑出一些字句而大興文字獄，是有目可睹的。郎瑛亦載此事，關於德祥得罪事記載較為詳細，「二僧詩累」條云：

> 　元末高僧，四明守仁字一初、錢塘德祥字止菴，皆有志事業者也，遭時不偶，遂猥首而肆力於詩云。故一初嘗云「或從事於文墨，非以廢道沽名，蓋有不得已也」，止菴曰「詩豈吾事耶？資糒散焉耳」。觀此可知矣。入國朝，皆被詔至京，後官僧司。一初《題翡翠》云：「見說炎州進翠衣，網羅一日遍東西；羽毛亦足為身累，那得秋林靜處棲。」止菴有《夏日西園》詩：「新築西園小草堂，熱時無處可乘涼；池塘六月由來淺，林木三年未得長。欲淨身心頻掃地，愛開窗戶不燒香；晚風只有溪南柳，又畏蟬聲鬧夕陽。」皆為太祖見之，謂守仁曰：「汝不欲仕我，謂我法網密耶？」謂德祥曰：「汝詩『熱時無處乘涼』，以我刑法太嚴耶？又謂『六月由淺』，『三年未長』，謂我立國規模小而不能興禮樂耶？『頻掃地』『不燒香』，是言我恐人議而肆殺，卻不肯為善耶？」皆罪之而不善終。〔註3〕

郎瑛的記載，對極為敏感且雞蛋裏挑骨頭的朱元璋來說，是完全有可能的。

　　守仁與德祥因文字而獲罪，實際上與明初同時期其他的文字獄沒有本質的區別。朱元璋對於宗教一方面利用，一方面嚴加管理約束，因此對佛教僧徒冒犯其威嚴與忌諱之處，朱元璋同樣毫不手軟地加以懲處。歸根究底，這些文字獄是由於朱元璋的疑忌造成的，郎瑛論元末明初之僧人云：「元末僧嘗記元僧有詩云：『百丈巖頭掛草鞋，流行坎止任安排；老僧腳底從來闊，未必骷髏就此埋。』又一云：『殘年節禮送紛紛，盡是豪門與富門。惟有老僧階下雪，

始終不見草鞋痕。」予以當時訢笑隱、恩斷江、無無極皆著名，斯時要如二詩落脫高遠，夫豈可到？惜忘其名也。繼而入我天朝，又若衍斯道成莫大功勳，潘天淵超然入道，闓仲猷、勤無逸，一如初皆化夷臣服，其餘類季潭、祥止菴、洽南洲、復見心、仁一初、祿天然、道竺隱、噩夢堂輩，或以詩文名世，或以輔藩有功，十大高僧之說，豈虛語哉？不知亡國之時，何至僧人如此之多。或曰『此輩原非僧流，入天朝，畏法而狻之』，雖然，今之時，亦少若人也。」〔註4〕郎瑛驚歎明初僧人之盛，或許正是朱元璋憂慮之處，這些僧人在元末與元朝廷、官員、士人、文人們有著密切的聯繫，朱元璋對由元入明的士人、官員不放心，對於佛道僧徒同樣不放心。由《明初蔣山法會與僧詩創作》一章中知，朱元璋於洪武一年至五年，頻繁徵召全國各地名僧入京師，一方面使其為朝廷服務，一方面實際上亦是加強監理。更如郎瑛最後說的，「此輩原非僧流，入天朝，畏法而狻之」，即許多朱元璋的反對者為避禍而出家為僧徒，朱元璋對佛道的高壓，實際上也是在清除潛在的反對力量。

　　守仁與德祥因詩得罪，可能正是看上去平常詩句觸發了朱元璋敏感的神經，成為震懾他人的犧牲品。二人的經歷、明教與詩文，明末僧人明河感歎道：「非莊老不行六朝教也，非詩文不大宋元禪也。去古漸遠，餘波末流，自應至是。然道之真偽，與夫說之是非，吾猶得即其言而觀之，至於今則大不然。椎魯不文之人，冒棒喝為禪，以指經問字為諱，何暇於詩文。輕浮躁進之士，執門戶為教，方入室操戈是圖，何有於莊老。愈趣而愈下，覺六朝宋元間，法道雖變古，猶為可觀。因記二師數語，感時之歎莫如今也。」〔註5〕在明河看來，守仁、德祥不僅明教，得佛事與禪悟之真實，同樣不廢詩文者。

<h2 style="text-align:center">二</h2>

　　《守仁德祥二公傳》云「守仁字一初，富春妙智寺闍黎也，詩文友德祥，字止菴，仁和人」，《明詩綜》載云：「守仁字一初，號夢觀，富陽人，四明延慶寺僧，住持靈隱，洪武中徵授僧錄司右講經，升右善世。有《夢觀集》。」《明詩綜》又援引《靜志居詩話》云：「明初，詩僧有二南洲，一溫州人名文藻，一山陰人名博洽。有二無言，一越人名明德，一不知何許人，名至訥。夢觀道人亦有二，一晉江人名大圭，一富陽人名守仁，石倉曹氏乃誤合為一。仁

〔註4〕郎瑛：《七修類稿》卷三十四。
〔註5〕釋明河：《補續高僧傳》卷第二十五，第530頁。

公詩諸體皆合，有云『盡拋身外無窮事，遍讀人間未見書』，可謂有志者也。相傳南粵貢翡翠，仁公進詩云：『見說炎州進翠衣，網羅一日遍東西。羽毛亦足為身累，那得秋林靜處飛。』太祖怒曰『汝謂我法網密，不欲仕我耶』，幾不獲免。按，此詩不載集中，當出好事者附會，使誠有之，必不敢進呈也。」

〔註6〕大圭為元代禪僧，亦著有《夢觀集》五卷，並有《開士傳》，史籍中其留下來的資料頗多。如明末元賢禪師多有記之，如《泉州開元寺志序》中云：「泉南舊稱佛國，名山勝剎碁布星列，然開元一剎實為之冠。蓋創自唐之垂拱，是歷年所為最久也；廣至一百二十院，是聚毳流為最繁也。其禪教律三宗之彥，雀起而鼎立，是毓賢哲為最盛也。有剎若是，則往事之可書者，宜不勝夥，豈可任其湮沒，而莫之紀乎。茲剎自唐以前，未有紀之者，紀之自宋許列始，名曰《紫雲高僧傳》。元夢觀氏譏其剽竊，傳聞附會，穿鑿牾陋，不足觀也，乃作《開士傳》。其學博其識端，其命意奇拔，其鑄辭典雅，允登作者之壇，稱善史矣。過是以至今日，寥寥三百餘載，禪風弗競，日就陵夷，似無可紀者。然其間或興或廢，或因或革，則亦不可無考也。萬曆丙申，止止陳公始為之志，而探考疏略，眾弗以為善。崇禎乙亥冬，溫陵諸縉紳命余開法紫雲，說法之餘，追詢往事，首得《開士傳》《夢觀集》二書閱之，始知紫雲之多賢，實不勝感慕之私。時季殳黃公屢以寺志為言，而余適承二雲曾公之命，方有事於楞嚴，故弗敢諾。迨壬午之春，余自浙歸閩，諸公復召結制，而幼心傅公復以志事請，乃不揣鄙劣，率爾操觚。凡元以前，一以《開士傳》為據，後此則考之舊碑及陳氏志，且傍採他集，而益以耳目所睹聞者，錯而綜之，類以聚之。」

〔註7〕又有《懷夢觀禪師》詩，詩序云：「夢觀，泉人也，為開元佛果之嗣，其學贍博，其文典雅，性狷介寡合。有司辟主承天，辭弗就。所著有《開士傳》《夢觀集》二書，余寓開元時訪得之，首所服膺。蓋有道之士也，自元以至今日，少有能匹其休者。法門下衰，殊可深慨，故私心於夢觀，獨嚮往之切云。」詩中對其極力宏贊，云：「泉南稱佛國，名衲多雀起。夢觀最後出，世能知者幾。積學有淵源，著作追前軌。秉操甚堅貞，辭檄甘自否。一室大如斗，深臥紫雲裏。四壁盡蕭然，圖書卻盈幾。昔賢不可見，得之在故紙。閩粵三百年，誰能嗣其美。時睇彼遺編，淵哉難測底。悠然有遠懷，綣綣不能已。」〔註8〕

〔註6〕《明詩綜》卷九十，第4278～4279頁。
〔註7〕《永覺元賢禪師廣錄》卷第十三，《續藏經》第72冊，第459頁。
〔註8〕《永覺元賢禪師廣錄》卷第二十四，第520頁。

由於二人皆著有《夢觀集》，故後人很容易將二人誤為一人。

　　守仁禪師的資料相對要少得多，不過明初禪僧多有提及與其詩歌往來，如與道衍關係相當密切，當然此時的道衍還尚未輔佐朱棣奪得帝位，只是受到朱元璋徵召的僧人之一。道衍為守仁作《味苦詩為一初賦》詩，云：「甘腴眾所歆，苦毒吾乃喜。味之曾勿厭，八珍同其美。簞瓢能久如，鍾鼎豈常爾。昔賢有遺戒，刀蜜不可舐。願言膏粱人，於斯當染指。」〔註9〕守仁有多首寫與道衍相會及贈給道衍的詩作，如《與衍斯道賦天平白雲泉》詩云：「山君夜移東海水，分得靈泉白雲底。老禪卓錫住泉頭，坐看泉流與雲起。湛湛寒光玉鏡圓，波心照見蒼龍眠。半峰秋色漾晴雪，五丈石影浮青蓮。南嶽枯湫何足數，惠山斷浣侵草莽。幻人跑虎笑寰中，何物品茶誇陸羽。真源下極滄溟深，欲探其委誰能尋。涇清渭濁那復辯，流行坎止俱無心。我求范老讀書處，遂向雲中問歸路。久嗟塵海混凡流，細酌清泠得真趣。臨池載拂焦尾桐，水雲彈徹瀟湘空。會分一滴化甘露，坐令萬國皆清風。」〔註10〕《四月九日與斯道衍公登虎丘》詩云：「紺宮海湧碧崔嵬，曾有秦王駐蹕來。虎石半銷金氣盡，翠崖中斷劍池開。巖僧掃月千峰淨，山鬼吟風萬壑哀。老我登臨春已晚，落花吹遍講經臺。」〔註11〕《送衍斯道之北平》應該是道衍被選為輔佐燕王時作，詩云：「九月黃河水欲水，大船槌鼓發金陵，朝端正選無雙士，殿下親征有道僧。今日鐔津須輔教，他年濟北要傳燈。封書蚤託南來使，莫遣離愁日夜增。」〔註12〕上述往來詩歌看得出二人的情感關係密切。懷渭為之作《送仁一初上人遊武林》詩云：「舞鳳飛龍若個邊，天涯送遠獨淒然。江山南渡降王宅，風雨西陵過客船。踏雪馬塍春買樹，鬥茶龍井夜分泉。落花寂寞東歸日，煙嶼冥冥叫杜鵑。」〔註13〕溥洽為之作《雷峰一初送竹嶼春谷和尚詩有莫念平生下澤車》，詩云：「莫念平生下澤車，新詩傳得自西湖。飛搶不羨培風翼，秣飾徒憐病顙駒。野殿劫灰前古寺，離宮春草舊行都。相望惟有南峰月，照見黃妃塔影孤。」這些詩歌表明了守仁在元末明初佛教界的影響力。

　　與元賢對大圭禪師高度讚揚相比，朱彝尊更為肯定守仁，明初文臣之首的宋濂對守仁亦大為讚揚，宋濂有《夢觀集序》，本文不載於羅月霞主編《宋濂

〔註 9〕《古今禪藻集》卷十八。
〔註10〕《夢觀集》卷之一，《明別集叢刊》第一輯第十五冊收錄清抄本，第 382 頁。
〔註11〕《夢觀集》卷之三，第 410 頁。
〔註12〕《夢觀集》卷之三，第 416 頁。
〔註13〕《古今禪藻集》卷二十四。

全集》（浙江古籍出版社 1999 年版），屬於宋濂的一篇佚文，故全錄於下。文云：「五穀所以療饑，而水所以御渴，人皆知五穀之用重於水也，而不知五穀非水則不能成。生物之功，反有急於五穀者，有水而無穀，則鳥獸之毛血、草木之膚實或可治以養生，未有無水之地能久存而不死者也。惟文與道也亦然。天下皆知道之貴於文也，寧知道非文則無所寓，而文有急於道者乎。周衰以來，老莊諸子發其術著書者以百計，惟佛氏入中國稍後，而其術最奇，其閎詭玄奧，老莊不能及之。然而世之學者常喜觀諸子之書，至於佛氏之說非篤好者多置不省，何哉？豈非諸子之非文足以說人，故人尤好之邪？佛氏之意，蓋亦深遠矣。惜其譯之者不能修其辭也，以其所言之詳，使有能文者譯，其辭命文措制與諸子相準，雖阻遏諸子而行於世可也。其動民（物）誘民，奚止若斯而已哉。蓋知道而不能文，其失蕪昧而道不能章，能文而不知道，其失荒鄙而不足以立教，兼通而並至者，非奇傑之士不能也。余行四方，與學佛者遊頗眾，其以知道自名者，則綴緝俚俗之說以誑誣其徒，污穢煩褻近於俳戲之語，謂道當若是而不必乎文。或病其然，則絕去其教不省，而彫斷麗語曼辭以取容於世，心甚厭而非之。人咸誚余不喜佛氏，亦有以致之耳。今年道錢塘，遇普福大師仁公一初，於具道甚習，出其文若詩，覽之，持論深醇，而不雜以他說。為辭富麗而不流於詭異，吾儒之工於言者殆不能過。余喜與之值，師亦樂與余言，迴然相宜，犁然想諧，歡然忘其所從之殊所居之遠也。夫道固無窮，文亦無窮，能言斯道者，豈特古之人哉。闇乎而非隱也，芚乎而非誕也，杳乎微乎而非昧也。試歸而求之，余有不得焉，則師得之矣。洪武廿有二年歲在己巳春二月望日前翰林學士承旨嘉議大夫制誥兼修國史兼太子贊善大夫金華宋濂序。」〔註 14〕本文最後署時間為「洪武廿有二年」，似乎有誤，宋濂於洪武十四年去世，不可能二十二年再作此文，可能本文在傳抄中抄錯了時間，或許是「洪武二年」；也有可能本文或《夢觀集》在傳抄中出現了錯誤。

　　宋濂給《夢觀集》作序，說明二人有交遊，即序中所云「與學佛者遊頗眾」「遇普福大師仁公一初」等語所言。守仁與元末明初的眾多僧人一樣，參與文人的雅集活動，如《清暉樓歌》序中云：「洪武乙卯六月六日，崇福道源師集客於清暉樓，其徒敏夫以伯修方公所為記，伯貞戴侯所為詩，索余唱和。余以二公品題之妙，不翅〔啻〕崔顥之詠《黃鶴》，無容措語，固舜弗克，勉為長

〔註 14〕《夢觀集》卷首，第 377 頁。

歌一解，以副其勤。」〔註15〕這是洪武八年（1375）參與由道源禪師組織的雅集，守仁作詩云：「樓頭呼酒喜良會，誰共同遊方與戴。戴侯於我情最親，每話舊時情（增）感慨。方公晚遇若平生，氣酣披膽陳交盟。亦有高僧道林輩，索我為作清暉行。」此詩表明在文人與僧徒的雅集中，雅集不僅是文人召集，僧徒亦有召集、主導雅集活動，參與者同樣有文人與僧徒。《題張伯雨初陽臺倡和卷》說明守仁與文人之間的詩歌唱和，云：「笙管聲沈彩鳳飛，朝陽出海散晴暉。一時文物推延祐，五夜丹光起太微。歲月無情詩卷在，山川如故昔人非。秖應湖上梅花月，照見荒臺獨鶴歸。」參與雅集及與文人的密切交往，必然對守仁的創作有推動作用。

　　守仁有寫給宋濂的詩歌，即《次龍門韻並柬宋憲章鍾仲淵》詩云：「雪後龍門步早春，老禪風骨淨無塵。鵾弦白雪吟《山鬼》，繭紙烏絲寫《洛神》。天近可招牛渚客，月明長送虎溪人。鍾繇宋玉工詞翰，來往風流莫厭頻。」〔註16〕詩中揭明二者是禪師與文人的交往，彼此之間的交往一在佛教一在「詞翰」。如詩中所言對「詞翰」的強調，守仁確實高度評價詩文的創作，如《茂清堂歌為何巨淵賦》詩中云：「丈夫出處足有命，眼底寵辱胡相關。昌黎文章在巖宇，聲光千載輝人寰。」〔註17〕通過肯定韓愈文章的流傳與聲譽而肯定詩文創作，《送沈公桓還天台》詩中云：「平生讀書一萬卷，胸中浩氣凌青雲。賦詩不誇章句好，得酒高歌散懷抱。」〔註18〕亦如《題張伯雨初陽臺唱和卷》云「歲月無情詩卷在」〔註19〕，這些詩句都能看出守仁對詩文的重視程度。

　　守仁與元末的文學家交往頗多，尤其與楊維楨交往甚多。《列朝詩集》但言守仁與楊維楨交遊，沒有對守仁的詩歌進行評價，云：「南洲洽公《贊夢觀法師遺像》云：『右街三考左街升，跨朗龍基只一僧。遍界光明藏不得，又分京浙百千燈』又跋《楊鐵厓送夢觀遊方序》云『師少從鐵厓遊，奇才俊氣，師友契合，觀於序文可知』。鐵厓東維子有《送蘭仁二上人歸三竺序》，蘭即古春蘭公，仁即公也。其略云：『余在富春時，得山中兩生曰蘭曰仁，皆用世之才，授之以春秋經史學，兵興，潛於釋。』又云『二子齒甚稚，志甚宿，學甚武，能以宗乘與吾聖典合兩為一，以載諸行事，以俟昭代之太平』。《夢觀集》六

〔註15〕《夢觀集》卷一，第 379 頁。
〔註16〕《夢觀集》卷之三，第 412 頁。
〔註17〕《夢觀集》卷之一，第 356 頁。
〔註18〕《夢觀集》卷之一，第 390 頁。
〔註19〕《夢觀集》卷之三，第 409 頁。

卷，即古春所編定也。」〔註20〕與楊維楨交遊並聽其講經史，守仁必受到楊維楨的影響，從所作的多首關於楊維楨的詩歌中就可以覺察二人關係之切。《雙峰司子首座以楊先生所贈詩卷索和勉為耳》詩云：「憶曾湖閣依晴窗，南北峰高玉髻雙。妙論已知諸相泯，雄詞能使萬天降。秦川日落雲連海，羅剎潮回月滿江。不見豪吟楊太史，疏鐘清夜為誰撞。」〔註21〕楊維楨去世後，守仁作有《鐵厓先生挽詩》，表達對楊維楨的推重，詩云：「玉笙聲斷泣龍君，撼樹蚍蜉謾作群。一代春秋尊正統，兩朝冠冕在斯文。他年有約尋圓澤，後世何人識子云。舊業門生今幾在，下車空拜馬陵墳。」〔註22〕對於此詩的歸屬有不同的說法，亦有云此詩為盧大雅所作，此說應誤。徐伯齡《蟫精雋》中「悼鐵崖」論及此詩，云：「夢觀講師名守仁，字一初，我國初之高僧，洪武間仕為僧錄司右講經。幼學於鐵崖楊先生廉夫，先生卒，講師哭之，詩云：『玉笙聲斷泣龍君，撼樹蚍蜉謾作群。一代春秋尊正統，兩朝冠冕在斯文。他生有約尋圓澤，後世何人識子云。舊業門生今幾在，下車空拜馬陵墳。』所謂情詞兩到，恩義兼盡者也。講師又《宿參寥泉》詩云：『新構層層出翠霞，古泉歷歷走金沙。潛公麗語無人鑒，憔悴西風白藕花。』又《題翡翠圖》云：『見說炎州進翠衣，網羅一日遍東西。羽毛亦足為身累，那得秋林靜處棲。』又《詠雪蘆鶺鴒圖》云：『斷石殘蘆雪半消，悲鳴如念弟兄遙。北風原上重回首，愧殺淮南尺布謠。』皆非徒作，感慨尤深，亦可以觀世道之變矣。」〔註23〕由《鐵厓先生挽詩》來看，守仁對楊維楨確實是「情詞兩到，恩義兼盡」。

儘管徐伯齡說守仁之作「感慨尤深」，然而其詩歌中的感慨的表露是相當輕淡的，即使對「情詞兩到，恩義兼盡」的楊維楨亦是如此。守仁有《寄鐵厓先生》詩，之一云：「蓬萊宮闕五雲東，龍虎山川錦幛中。盡說黃金延郭隗，誰知白璧起申公。春秋袞鉞諸侯懼，南北車書萬國同。卻望鈞天才咫尺，一琴涼月寫松風。」之二云：「先生謝客居東里，使者傳宣拜下床。樂府謾推梁子范，禮經須問魯高堂。酒須桐馬來光祿，賦到龍旗說太常。賜老鑒湖猶有待，山陰茅屋未淒涼。」〔註24〕詩中僅是讚揚楊維楨的遵奉儒家正統，即如《鐵厓先生挽詩》中的「一代春秋尊正統」，情感上的流露是極其輕微的。甚至皆借

〔註20〕《列朝詩集》閏集卷二，第282頁。
〔註21〕《夢觀集》卷之三，第412頁。
〔註22〕《夢觀集》卷之三，第405頁。
〔註23〕《蟫精雋》卷九，《四庫全書》本。
〔註24〕《夢觀集》卷之三，第405頁。

作給楊維楨的詩中頌揚明朝廷，《詔下口占次楊先生韻》詩云：「詔下東南定兩京，疲民何幸見升平。九重雷送千門雨，五嶽風傳萬歲聲。銅柱將軍封馬援，壺山處士起樊英。至今道路歌謠息，已辦歸舟載月行。」〔註25〕本詩顯然是朱元璋建明之後，守仁寫給楊維楨的詩歌，頌揚明朝廷的同時，帶有對楊維楨的勸說之意。再如《悼具菴法師》詩云：「掌教京都荷寵榮，四年禪榻坐忘情。談經北闕天顏喜，送想西方日觀成。猛覺夜堂三跡斷，身定幻海一漚輕。門徒瘞玉南山下，史筆何人為勒銘。」〔註26〕詩中並沒有太多的悲傷，守仁的重點卻在肯定具菴法師成就在史書中的流傳。《次韻沈文舉忽見梅花》詩開篇「看梅曾感故園情，每到開時別恨生」抒發別恨，下句「舊樹已從兵後盡，新枝忽見水邊橫」則是轉向對新生的強調，最後「欲寄西湖早春信，楚天霜冷雁無聲」〔註27〕傳達著一絲輕淡的思念。《寄戴伯貞》詩云：「東望湘雲客思多，故人歸計近如何。江都夜月瓊花夢，海國蠻煙荔子謌。落日麒麟猶草野，滄江鷗鳥亦風波。碧桃窗下聽春雨，誰肯金貂換綠蓑。」〔註28〕詩中能夠看出守仁對戴伯貞真切而深厚的情感，但是語句的表達上卻相當輕淺。由此可見，守仁並不輕易流露自己內心的情感，即使流露亦極為輕淡，或許說明了守仁面對無常遷變時的平靜。

三

守仁受朱元璋徵召，一方面是因其在當時佛教界中的聲譽，一方面亦因為其為「通儒僧」。通儒學使與純粹的儒學之士有相同的文人意識與文人之風，詩歌中對此有著明確的反映，如《東坡遊赤壁圖》詩讚揚蘇軾之正直，云：「大江東流浩無極，神斧何年開赤壁。西風吹盡戰船灰，翠疊嵯峨掃空碧。秋清白露洗銀河，水落空山見危石。何處扁舟載月行，眉山學士黃州客。黃州老客不世才，江漢波瀾深莫測。自說前身盧州〔道〕人，謫向人間了文墨。平生顧義不顧害，往往長遭貴人斥。策題謗息詩案興，不免姓名歸黨籍。何如斗酒魚十頭，鼓棹滄浪散胸臆。目斷天涯望美人，此時此意誰能識。我壞高風不可即，坐對畫圖三歎息。安得江東化鶴來，洞簫吹徹東方白。」〔註29〕守仁對蘇軾的

〔註25〕《夢觀集》卷之三，第 405 頁。
〔註26〕《夢觀集》卷之三，第 423 頁。
〔註27〕《夢觀集》卷之三，第 423 頁。
〔註28〕《御選明詩》卷九十。
〔註29〕《夢觀集》卷之一，第 380 頁。

評價極為中肯,「平生顧義不顧害」極好地總結了蘇軾的性格特徵。

　　守仁對儒家觀念的頌述,主要體現在對忠孝的肯定上。詩歌中頻頻出現對儒家忠孝的頌揚,如《四暢亭詩為潭王作》中云「聖皇垂治四海清」「萬國稱觴歌太平」「吾王以忠孝為屏道德為戶,由仁義之坦途入聖賢之淵府」〔註30〕,《敬題岷峨保障圖》詩中云「敷張不盡左思賦,抽繹謾許相如才」「聖皇封建列寰宇,特選賢士鎮茲土」「忠為藩號孝為屏,五雲日夜瞻瑤京」〔註31〕等。詩句中歌詠孝之處更多,如《瑞石行》引中記楊復初孝感事云「錢塘楊復初治先塋,獲石一方,上有宋孝宗所書詩四句,其詞意懸契,復初與先人治塋之意,事職者以為孝感所致」,對此事,「能言者如大章徐公輩各為詩美之」,守仁亦「同賦」。詩中,守仁指出對先人之「激烈復淒婉」乃是出於人之胸臆,並以「無乃孝感天所賜」肯定儒家之孝,最後以「何當題作岷山碑,留與行人誦遺意」〔註32〕之語詠贊儒家之孝。又有《王孝子行》贊王孝子在家孝親而不赴科考。詩引云其事:「孝子錢塘人哀其親之不可見也,作永思之堂以見意,君子歌詩以美之。」守仁亦為之賦《王孝子行》,在詩中亦流露出真切之情感,詩中以「至今攤書坐長夜,有時謦欬聲若聞,起居食息恒在念,朝斯夕斯忘苦辛」描寫王孝子對去世先人的懷念之情,四句詩對思念之情的表達猶如發自骨髓之中,詩句平實卻感人至深。最後以「白雲在望人在畫,為歌孝子彰澆淳,嗟哉孝子孝且純,傷哉孝思思無垠」〔註33〕讚歎王孝子之孝行。《節老先生周君哀詞》中頌其孝節云「事母汪兮孝已著」「卻莽祿兮節愈固」〔註34〕,《題陳用中三山望雲圖》詩云「誰云忠孝兩難全,給高南還在朝夕」〔註35〕,《題孝子周仲南卷》中云「秋聲颯然來,孝子情更戚……起望東南雲,哀歌楚天碧」〔註36〕,《徐孝子詩》序中得知徐經以袖懷杏遺親事,於是「作詩戒黔首」,希望能將此事蹟「達天朝」,並「史筆傳不休」〔註37〕。

　　守仁亦如宗泐等僧徒一樣,頌揚著節婦之舉,《山陰徐烈婦詩》詩云:「我讀太史書,遂知徐烈婦。英英閨中柔,落落氣如虎。為婦當徇夫,為子當徇

〔註30〕　《夢觀集》卷之一,第 395 頁。
〔註31〕　《夢觀集》卷之一,第 395 頁。
〔註32〕　《夢觀集》卷之一,第 381 頁。
〔註33〕　《夢觀集》卷之一,第 381 頁。
〔註34〕　《夢觀集》卷之一,第 386 頁。
〔註35〕　《夢觀集》卷之一,第 389 頁。
〔註36〕　《夢觀集》卷之二,第 399 頁。
〔註37〕　《夢觀集》卷之二,第 402 頁。

父。生託結髮情，死共一壞土。寸鐵鏤誓詞，全身赴火聚。觀其倉皇際，出處心獨苦。使有健士力，執仇在掌股。既無生夫術，一死真自許。有生孰不死，爾獨得死所。日落青楓雲，天黑巴陵雨。長歌烈婦詩，悲風起林莽。」〔註38〕詩中相當自然地說出「為婦當徇夫，為子當徇父」之語，顯示守仁對此深刻地認同。

這些儒家觀念，正是被朱元璋所認同的地方。受朱元璋徵召之後，守仁確實曾盡力為朝廷服務，所作即是以文字為佛事。詩歌中對此有明顯的體現，如《靈谷寺法會應制》詩云：「寒巖草木正嚴冬，一日春回雨露濃。安石故居遺雪竹，道林新塔倚雲松。木魚聲斷催朝飯，銅鼎香消起暮鐘。千載奎文留秘藏，天光午夜照金容。」〔註39〕《十七日謝恩奉天門》詩云：「金殿重重護采霞，天門賜坐擁袈裟。尚方晨鉢分雲了，中使春杯獻乳花。雉尾風清天咫尺，螭頭香暖霧橫斜。聖恩特許還山蚤，官柳黃時喜到家。」〔註40〕《正月十五鍾山書事並簡陶禮部》詩云：「上念群靈殞劫灰，法筵親向蔣陵開。雲垂五采金仙降，燈擁千官玉輦來。旌旆影寒香旖旎，簫《韶》聲轉月徘徊。清朝盛典誰能記，白髮詞臣漢史才。」〔註41〕這些詩歌說的正是守仁參與朝廷的活動。

頌揚朱元璋與明朝廷，是守仁詩歌的一個重要內容與方面，如《元故鄭泉州挽詩》中云「運移元祚不可支，治安有策終何益」〔註42〕，肯定了明朝取代元朝的合理性。《待旦軒為指揮作》詩中云「東方將軍神且武，一片丹心思報主。主恩未報不遑寧，起坐轅門待天曙」，之後整詩就是書寫如何報主恩，最後云「太平天子尚宵衣，我獨何為自安寢」〔註43〕，有力地讚揚了天子的勤政與為天下。《送祿天然往東山》詩最後云：「晨鐘吼徹寶溪霜，粥魚催上滄溟日。此行何以報君恩，天花吹雨來繽紛。登臨稽首望金闕，晴空靄靄江東雲。」〔註44〕內心中報答君主之恩的真情自詩中自然流露出。《清白軒詩為梅駙馬作》中云：「國家承平四海一，偃武修文當此日。花明玉珮自天回，柳暗金門隨仗入。漢廷貴侯多國親，清白傳家能幾人。接武夔龍揚聖化，

〔註38〕《夢觀集》卷之二，第 397 頁。
〔註39〕《御選明詩》卷九十。
〔註40〕《夢觀集》卷之三，第 406 頁。
〔註41〕《夢觀集》卷之三，第 406 頁。
〔註42〕《夢觀集》卷之一，第 391 頁。
〔註43〕《夢觀集》卷之一，第 392 頁。
〔註44〕《夢觀集》卷之一，第 392 頁。

鳳池永沐恩波新。」〔註45〕《五月廿四日受誥奉天門》詩云:「薰風金殿曉生涼,紫誥新頒出上方。傍日捧來雲欲動,自天題處墨猶香。千年雨露沾華梵,一代文章邁漢唐。報答君恩知有地,函經維祝壽無疆。」〔註46〕《九日早朝次葉夷仲韻》詩云:「阿閣彤樓飄渺間,禁鐘催入紫宸班。九重天上須新曆,五色雲中識聖顏。」〔註47〕這些詩都是對朝廷與朱元璋的頌揚,表達著對朱元璋恩遇的感激之情。

守仁與宗泐有個共同之處,即都曾出使西邊。守仁作了多篇和宗泐的詩歌,如《欽和御製賜全室禪師詩韻》詩云:「落落三界賓,處世如旋輪。報恩當何先,所重惟君親。固應事修礪,旦夜忘勤辛。堆案有經帙,掛壁存屨巾。雨深階草積,風落庭花春。未了死生跡,孰知前後身。人我達無相,大千歸一塵。涼宵坐忘寐,悵望秦淮濱。永懷道中妙,獨慚林下人。白雲與明月,庶得為比鄰。況際聖明主,笑談平楚秦。萬匯遂生恩,一一皆皇仁。願言頌嘉運,浩劫同大均。」〔註48〕又有《欽和御製賜全室季潭泐禪師詩韻》詩云:「坐臥經行總是禪,身閒不出寺門前。諸般放下原無累,一念空來未有緣。天上恩波深似海,夢中塵業散如煙。白頭歸向京城老,荒卻槎峰種芋田。」二人關係的密切,一方面二人同為元末明初有影響有聲譽的佛僧,一方面有都曾出使西邊這個共同語言。如《次韻懷全室禪師》云「詔下都門促遠遊,倉皇不為故人留」,顯然是為宗泐受詔出使西域而寫,「天寒雪嶺鴕鳴隊,月黑流沙鬼嘯儔」〔註49〕是寫西域的自然環境;《送臨洮劉知府並束趙指揮次全室韻》詩中「五馬騑騑出帝京,西戎草木盡知名」〔註50〕亦是應為宗泐出使西域所作。《送康郡馬北征》詩中云:「北望交河紫塞遙,將軍擊鼓撼晴霄。兵臨大漠雲初合,馬度陰山雪盡消。中貴爭隨李驍騎,胡兒警見霍嫖姚。氐羌谷蠡無多梗,收取奇勳答聖情。」〔註51〕或許正是由於有出使吐蕃的經歷,守初才能寫出這樣真切的邊塞詩,並穿插著對朱元璋的頌揚。

守仁為朱元璋和明朝廷服務,主要的事項如同《次韻答蒲菴》詩之一中所

〔註45〕《夢觀集》卷之一,第 391 頁。
〔註46〕《夢觀集》卷之三,第 416 頁。
〔註47〕《夢觀集》卷之三,第 418 頁。
〔註48〕《夢觀集》卷之二,第 400 頁。
〔註49〕《夢觀集》卷之三,第 412 頁。
〔註50〕《夢觀集》卷之三,第 418 頁。
〔註51〕《夢觀集》卷之三,第 421 頁。

云「懸知此外無餘事，一飯跏趺祝帝禧」〔註52〕。頻繁地服務於朝廷，卻受到朱元璋的猜疑，可能使得守仁備感束縛與壓抑。守仁有兩首寓言詩，一首是《埕鶴》，詩云：「埕鶴何翩翩，頗與鶴同類。秦人羅致之，憐愛無不至。固無警露姿，實有乘軒貴。羽毛已鮮澤，習性亦驕恣。秦人既鶴呼，鶴亦鶴自謂。忽逢浮丘伯，借之乘謁帝。長鳴玉陛前，帝怪鶴音異。敕令擊殺之，下充膳夫饋。浮丘報秦人，秦人方自愧。為誡畜禽家，畜禽辯真偽。」〔註53〕另外一首是《偶題》，詩云：「群鵝見白鷺，類己思同嬉。不憚滄州遙，踴躍往值之。駸駸始相近，白鷺忽高飛。群鵝延頸望，直舉無回期。鷺性固如此，餒心徒爾為。非關鷺無情，乃是群鵝癡。」〔註54〕《埕鶴》是說秦人不辨鶴鶴，《偶題》是說鵝不能自我認識，欲與白鷺嬉戲而被白鷺不顧，這兩首詩不應該僅僅是一種感悟，更可能是寓含著守仁的某種寓理，寓含之理或許即是與朱元璋的專制與高壓對其造成的束縛與壓抑相關。

可能是為朝廷服務得到的深刻感受，守仁詩中敘述歷史的盛衰無常，如《過秦檜祠》詩云：「路傍一對新華表，見說昔年官不小。爭知道冷煙，疏雨埋荒草。」〔註55〕這首詩前兩句是七言，後兩句是五言，以這樣自由的形式述說秦檜生前的榮耀與死後的罵名與淒涼，這是對歷史無常的沉重慨歎。《旅軒為陳原秉賦》詩是對人生的慨歎，云：「人生無根蒂，百年成旅遊。濩落江海間，益知身世浮。寒風霸陵曉，明月關山秋。京華悲杜甫，新豐懷馬周。二子不復見，悵惘增煩尤。長歌散旅懷，呼酒澆旅愁。」〔註56〕本詩明顯仿作陶淵明《雜詩》之一的「人生無根蒂」，詩云：「人生無根蒂，飄如陌上塵。分散逐風轉，此已非常身。落地為兄弟，何必骨肉親。得歡當作樂，斗酒聚比鄰。盛年不重來，一日難再晨。及時當勉勵，歲月不待人。」二詩都是以「人生無根蒂」開篇，陶詩感歎人生身不由己之後，一方面以斗酒為及時尋樂，一方面又意識到時光不再復而以勉勵結篇；守仁詩在開篇之後感歎人生之漂泊，以酒澆旅途之愁。守仁詩雖不及陶詩之勉勵，卻也沒有沉溺於感歎哀愁之中而不拔，最終是以酒將旅途之愁緒消解掉。具有陶詩「人生無根蒂」之詩意的，再如《送宗一源還吳中》詩中云：「人生無定蹤，有如行空雲。朝出大江上，暮歸煙外

〔註52〕《夢觀集》卷之三，第421頁。
〔註53〕《夢觀集》卷之二，第399頁。
〔註54〕《夢觀集》卷之二，第399頁。
〔註55〕《禪宗雜毒海》卷四，《續藏經》第65冊，第78頁。
〔註56〕《夢觀集》卷之二，第400頁。

村。因風作散亂,逐霧還氤氳。」詩歌體現的基本上是陶詩「飄如陌上塵」「分散逐風轉」之意。

在朝廷中備感壓抑,表明守仁的內心保持著自己的獨立性,《孤松行》詩中雖云「襃封曾受大夫貴,雨露早沐天恩深」「早沐天恩一何厚,自是靈根培植久」等頌揚朝廷,下句卻是「野客長歌歌激烈,為愛孤松有貞節」「卻笑章臺弱柳枝,一夜西風盡摧折」〔註57〕等,隱諱表達了自己不願意向專制集權屈服低頭而保持內心貞節的心態,以松與隨風搖擺的柳相比較,抒發自己內心追求獨立的願望。內心的獨立性與現實政治與集權必然會有著衝突,這樣的衝突會在詩歌中不自覺地流露出來。相比因題翡翠詩中「見說炎州進翠衣,網羅一日遍東西」而獲罪於朱元璋,守仁《螺山隱士歌》實際上更大膽,詩中云:「我本逍遙人,亦有置網慮。買山每寄沃州書,寥落江鄉歎遲暮。江鄉寥落不可留,便當卜爾山之幽。安得神黿負山去,共踏青螺海上游。」〔註58〕詩中直接挑明朝廷的網羅太密,迫使詩者「海上游」。

守仁無疑是期望擺脫廟堂的網羅,回到無束縛的逍遙世界,其在這方面表現的完全是文人化、而非佛教僧徒的樣貌。如《醉村歌為馮彥升作》詩表達在人皆醒的社會中做一個醉人,前兩句云「生來只作村中人,人間寵辱俱不聞」是倒敘,揭出醒中醉的結果;後兩句云「醒人笑我村且醉,我笑醒人醒如睡」是對自身認識與狀態的描述。醒者醉醉者醒,是守仁對人世的不一樣的認識,這樣的認識歸根到底是從自身的經歷與思想觀念出發的。守仁之所以云醒者醉醉者醒,緣於其對人世的觀察與體驗,詩云「醉人昏處得全生,醒人明處遭隕墜」,這是經歷世事之後對世事之深切體味。又如《適安堂歌為何伯良作》詩中云:「人生快意貴所適,世上厚祿那得干。溪山勝處得真賞,天地何往非清歡。」〔註59〕醉中醒或醒中醉一般是文人的抒發,僧徒抒發的應該是悟透事理的感悟;「人生快意貴所適」亦是文人在人世中建立起灑脫的心境,僧徒應該建立起的是對俗世的超脫。

與期望擺脫網羅、遨遊海上相應,守仁的寫景詩帶有仙化色彩,如《弘上人蓄秋山圖》詩云:「萬峰霜晴翠如洗,峰底行雲度流水。西北高樓爽氣邊,江南落木秋聲裏。蒹葭潮長魚在梁,白鷗飛盡天茫茫。松根丈人讀書處,時有

〔註57〕《夢觀集》卷之一,第 396 頁。
〔註58〕《夢觀集》卷一,第 379~380 頁。
〔註59〕《夢觀集》卷之一,第 385 頁。

疏鐘來上方。仙槎影沒銀漢遠，木末芙蓉為誰剪。何處涼風送客船，歸來似是東曹掾。東曹頗笑未識機，掛帆直待鱸魚肥。山川搖落已如此，不信草露沾人衣。平生畫手不可遇，坐閱新圖得真趣。題詩寄與沃州僧，吾亦買山從此去。」〔註60〕《題方方壺畫》詩云：「方壺老人年九十，醉把金壺傾墨汁。染得蓬萊左股青，煙霧空蒙樹猶濕。危橋過客徐徐行，白石下見溪流清。仙家樓館在何處，雲中彷彿聞雞聲。古苔蒼蒼煙景暮，藥草春深滿山路。招取吹笙兩玉童，我欲凌風從此去。」〔註61〕對仙境仙鄉仙遊的暢想，正是守仁期望擺脫現實束縛的寫照。

　　現實之中終沒有逍遙與仙化世界，所謂現實中的獨立性，或許就是在現實中保持內心的平靜。上面提到對歷史與人生本質的認識，守仁回歸到忘卻功利的平靜境地，《贈杜監令》詩云：「我聞昔者城南杜，居室去天才尺五。爭似中朝供奉郎，夙夜忠勤侍明主。憶曾隨駕征四方，手持櫛鑷心遑遑。南臨街婺北淮海，東下毗陵西武昌。白旄所指無不在，天下承平鬢顏改。聖上從容問舊時，感歎俄驚三十載。朝回館舍即閉門，閒披貝葉忘朝昏。」〔註62〕詩中回憶杜監令曾經的功績，「聖上從容問舊時，感歎俄驚三十載」是寫時間之速，再高的功績與時間的迅速相比，都會使人感到莫名的歎息；「朝回館舍即閉門，閒披貝葉忘朝昏」，是詩者不再關注曾經的功績，而是回歸到平靜的心境之中。有可能是對平靜之境的回歸，守仁對歷史無常並沒有太多太激烈的感歎，如《秋夕病中》詩云：「夕雲斂中天，月出萬象正。九野聲影消，平湖湛寒鏡。驚風著露草，棲熒光不定。新（《古今禪藻集》卷十八為『嘗』）新感時物，金氣颯已應。扶羸卷前幔，銷肌怯虛靜。憂來復就枕，蕭條發孤詠。」一般處於病中者，尤其在吐出「新新感時物，金氣颯已應」之語後，表達的往往是對時序遷變的無常之感歎，守仁卻只以「憂來復就枕，蕭條發孤詠」〔註63〕一句作了平靜的了結。這樣的情感控制，表明守仁似乎處於深入「忘機」的狀態，如《趣上人蘿壁山房》詩云：「我懷雲林居，复在蘿壁下。幽花落窗扉，秋藤覆簷瓦。重巒紫翠深，中有忘機者。壁觀坐來久，風骨更瀟灑。聲沈萬境寂，妄遣百慮舍。何事支道林，區區猶愛馬。」〔註64〕

〔註60〕《夢觀集》卷之一，第 380 頁。
〔註61〕《夢觀集》卷之一，第 386 頁。
〔註62〕《夢觀集》卷之一，第 394 頁。
〔註63〕《夢觀集》卷之二，第 398 頁。
〔註64〕《夢觀集》卷之二，第 398 頁。

　　對平靜的回歸，守仁達到了「心境融」的內心狀態，如《題敷竹疊法華山房》云「說嘿兩俱忘，跏趺坐終夕」〔註65〕就是心境融狀態的體現。《題妙道軒》詩云：「遊心萬物先，一息了諸妄。稽首謝虛皇，中鋒月初上。」〔註66〕「一息了諸妄」是心境高度相融，《愛蓮一首敬為蜀王作》詩中提到心境融云「燕坐心境融，鐘聲隔林起」〔註67〕，《題復思軒》寫到心境融云：「微風入疏樗，寒蛩響秋壁。忽然心境融，月輪掛空碧。」〔註68〕《成趣軒為章上人賦》中寫到心境融的狀態，云：「涉園有真趣，荷鋤恒自娛，歸坐茅簷下，暴日散襟裾。」〔註69〕心境融應該就是忽視了現實，或因對現實有著本質的解悟而達到「俱忘」「了諸妄」的平靜境地。

四

　　明人都穆《南濠詩話》中有對德祥詩歌的評論，云：「國初詩僧稱宗泐、來復，同時有德祥者，亦工於詩。其《送僧東遊》云『與雲秋別寺，同月夜行船』，《詠蟬》云『玉貂名並出，黃雀患相連』，泐、復不能道也。又《卜築》云『草生橋斷處，花落燕來初』，亦佳句。」〔註70〕即德祥亦為明初僧徒中善作詩者。

　　德祥，號止菴，仁和人，田汝成論其人與其詩云：「故宋時為僧，涉元，屬念舊國，其《風雨》詩云：『風雨閉門三十日，年光虛度一分春。淒涼舊國鶯花夢，白髮江南有幾人。』《聽雨》詩云：『半夜思家夢裏愁，雨聲落落屋櫺頭。照泥星出依前黑，淹爛庭花不肯休。』《望月》詩云：『中庭地白樹棲鴉，冷露無聲濕桂花。今夜月明人盡望，不知秋色落誰家。』止菴持戒律，書法擅名一時，詩刻苦，高處逼郊島，所著有《桐嶼集》。」〔註71〕田汝成這裡主要說明德祥的詩歌風格與孟郊、賈島相似；關於生平提到的「宋時為僧，涉元，屬念舊國」則有點不著邊際了，錢謙益《止菴法師祥公》中辨別云：「祥公有《題倪雲林周履道書畫》云『東海東吳兩故人，別來二十四番春』，又有《為王駙馬賦清真軒》詩，則知公生於元季，至永樂中尚在云。有《和御製賜赤腳

〔註65〕《夢觀集》卷之二，第 403 頁。
〔註66〕《夢觀集》卷之二，第 404 頁。
〔註67〕《夢觀集》卷之二，第 404 頁。
〔註68〕《夢觀集》卷之二，第 404 頁。
〔註69〕《夢觀集》卷之二，第 404 頁。
〔註70〕《都穆詩話》，載吳文治主編《明詩話全編》，第 1751 頁。
〔註71〕田汝成：《西湖遊覽志》卷十四。

僧》詩，又《句容道》詩云『十年三度上京華』，則洪武中應召僧也。田汝成《西湖志》⋯⋯其疏繆如此。」〔註72〕

　　德祥被給予如此高的評價，文獻中對其生平的記載卻相當簡單，各種文獻僅記其法號，某地人等；對其禪法情況的記載亦相當少，目前的文獻僅能見到兩個片段，一是《應天府天界止菴德祥禪師》云：「上堂：闊一丈斬新日月，深十尺別是乾坤，東來西來底，南來北來底，總在這裡相見，且道不來不去底向甚麼處相見。拈拄杖卓一下：鶴飛千尺雪，龍臥一潭冰。」〔註73〕二是《杭州止菴德祥禪師》載其涅槃前之狀，云：「與同菴俱為平山嗣，德業風雅，為時賢所重。一日將涅槃，眾請說偈，師忽倚座曰『者一隊嚏酒糟漢，我爭如你何』。竟趨寂。」〔註74〕

　　關於德祥的著述，《千頃堂書目》卷二十八載「德祥《桐嶼詩集》」，下注云：「字麟洲，號止菴，錢塘人，洪武中住持徑山。舊傳其《西園》詩得罪太祖，被刑後，或為據其詩辨其誣言，永樂時猶在。」《明史》卷九十九載「德祥《桐嶼詩》一卷」，《四庫全書總目》載「《桐嶼集》四卷」，提要云：

　　　　洪武中住持徑山，吳之鯨《武林梵剎志》稱德祥以《西園詩》忤上意，今觀集中所載「夏日西園一律有，熱時無處可乘涼」，又有「林木三年未得長」諸句，語意頗近譏諷之，鯨說當有所據。都穆《南濠詩話》曰：「國初詩僧稱宗泐、來復，同時有德祥者，亦工於詩。其《送僧東遊》詩云『與雲秋別寺，同月夜行船』，《詠蟬》云『玉貌名並出，黃雀患相連』，泐、復不能道也云云。」今案《送僧》一聯乃四靈之末派，《詠蟬》一聯尤落滯相，穆之所品殊屬乖方，朱彝尊《明詩綜》與此集雖多所採錄，然氣格薄弱，終不能與泐等並驅也。

提要對德祥以詩獲罪提出新的看法，認為詩句中確實有譏諷之意。提要描述《桐嶼集》云：「卷首有福建布政使富春姚肇序，稱詩集一卷，今本實四卷。又集外詩一首，其為何人所分析，則不可考矣。」〔註75〕《明史》載《桐嶼詩》一卷，應該就是《桐嶼集》中的詩集一卷，其他三卷應為文之類。現《桐嶼集》《桐嶼詩》《桐嶼詩集》等皆不見，《列朝詩集》錄德祥詩歌172首，可能就是

〔註72〕《列朝詩集》閏集卷二，第288頁。
〔註73〕《增集續傳燈錄》卷第六，《續藏經》第83冊，第348頁。
〔註74〕《續指月錄》卷八，《續藏經》第84冊，第85頁。
〔註75〕《四庫全書總目》卷一百七十五。

《桐嶼詩集》或《桐嶼詩》的內容。《古今禪藻集》《御選明詩》等書中亦收錄
德祥部分詩作，可以相互補充。

上文提到德祥的詩風類似孟郊、賈島，似乎這是十分被認可的評論，《御
定佩文齋書畫譜》云「釋德祥⋯⋯書法擅名一時，有鐵畫銀鉤之妙，詩刻苦，
高處逼郊島」〔註76〕，亦對其書法做了評論。《明詩綜》援引《靜志居詩話》
云：「止菴詩原出東野，意主崛奇而能斂，才就格，足與楚石、季潭巾瓶塵拂，
鼎立桑門，蒲菴以下，要非其敵。姚恭靖《祥老草書歌》云：『祥師只今為巨
擘，上與閒素爭巉岏。錢塘山水甲天下，秀氣毓子為靈檀。十年不出筆成冢，
中山老兔愁難安。晴軒小試烏玉玦，雙龍隨手掀波瀾。昨將一紙遠寄我，天孫
機錦千花攢。願師勿置鐵門限，從他需索來熱官。縉紳相與歎莫及，便欲奪去
加巾冠。』然則止菴之草書更妙絕時人矣。」〔註77〕朱彝尊一方面指出德祥詩
風源自孟郊，一方面指出詩文上與宗泐、楚石等並肩。

德祥喜與友者詩歌往答唱和，如《天平圭禪師書至賦答》之二云：「姑蘇
城下別兵前，水北雲南事可憐。一紙書來開不得，傷心猶恐說當年。」〔註78〕
詩中表明二人往來詩歌贈答，「傷心猶恐說當年」言二人情誼之深。與友人相
互寄新詩，如《次韻答香光居士》詩中言「新詩忽寄到，猶勝一相逢」〔註79〕，
《約顧孟時不至》詩云「詩成不得寄，先稿上芭蕉」〔註80〕、《貽息耘隱士》
之二二云「破酒頻邀汝，評詩累過余」〔註81〕等。相互寄詩、詩歌往答的對象，
有禪師有文人，與禪師之間往答的詩歌中往往交流禪理與表達懷思，與文人之
間的寄答詩亦是如此，詩歌成為相互之間交往的極其重要的媒介，因此詩歌創
作就成為如德祥等禪者所必不可少的事。

朱彝尊指出其詩風類孟郊，德祥對孟郊詩歌是非常喜愛的，《夜歸寄東田
隱士》詩中提到對孟郊作品愛不釋手云：「觸熱嫌尋訪，閉門如路窮。手持《東
野集》，思與何人同。侯雨坐櫚樹，聽蟬得晚風。因之過林叟，歸步月明中。」
〔註82〕與孟郊相似之處在「意主崛奇」，德祥詩歌確實有這樣的特點，如《秋

〔註76〕《御定佩文齋書畫譜》卷四十四。
〔註77〕《明詩綜》卷九十，第4296頁。
〔註78〕《古今禪藻集》卷二十七。
〔註79〕《列朝詩集》閏集卷二，第289頁。
〔註80〕《列朝詩集》閏集卷二，第289頁。
〔註81〕《列朝詩集》閏集卷二，第291頁。
〔註82〕《明詩綜》卷九十一，第4299頁。

塘》詩中「蟬聲送風葉，鳥影度涼波」、《新秋有懷》詩中「涼覺水邊早，聲先樹裏聞」、《春雪有懷湛然禪師》詩中「柳藏初活眼，草沒未灰心」等句，給讀者一種出人意料的印象。《剪燭》詩云：「風處搖金蛹，煙時閃墨鴉。寸心終不昧，雙淚欲橫斜。漸過分詩刻，虛開報喜花。剪聲初落指，滿席散春霞。」〔註83〕詩歌寫夜中剪燭，其中如「報喜花」詩平常剪燭的情狀，而無論「搖金蛹」「閃墨鴉」還是「散春霞」，加上「雙淚欲橫斜」所表達的情緒波動，構造出一種奇崛的意象。再如《古懷》詩，《明詩綜》錄云：「思尋海底人，為乞珊瑚樹。持栽此庭前，顏色長不故。」〔註84〕這是將八句簡化成四句，原詩為「思尋海底人，為乞珊瑚樹。持栽此前庭，慰彼歲將暮。上棲孤金禽，下宿單玉兔。四時相併輝，顏色長不故。」〔註85〕將珊瑚樹載到庭院裏的想法，本身就是出奇；庭院裏珊瑚樹，樹上「孤金禽」樹下「單玉兔」，顏色永遠不變化，構建出瑰麗新奇的境象；「孤」「單」與「慰彼歲將暮」，刻畫出詩者滿懷孤緒的落寞，以棲身於所構畫出的瑰奇環境中以慰藉落寞的心緒。與此相類的，有《秋懷》詩云：「露彩發遙林，月華散虛席。花牖一何清，秋衣不知濕。驚鵲起南枝，寒蛩響東壁。寂寞曠幽懷，迢迢楚天碧。」本首所構畫的奇崛意象與所表達的寂寞之幽緒幾乎完全一樣。德祥又將這種意象引入到社會倫常之中，《秋懷》詩之二云：「青天西北傾，豈天為不平。白日難夜照，豈日為不明。天日尚如此，聖賢非命輕。夷齊終身臥，孔孟諸國行。所以沮溺輩，一生事耦耕。」〔註86〕以天傾西北、白日不能照夜引出天日有不足，已經是十分奇特的想像；又以此推論出聖賢「非命輕」，「夷齊終身臥」「孔孟諸國行」與沮溺事耦耕可能是要說明人之不圓滿，這是相當奇特的邏輯推論。

　　德祥詩歌包羅的內容很廣泛，有題景詩，如《夏日西園》詩云：「新築西園小草堂，熟時無處可乘涼。池塘六月由來淺，林木三年未得長。欲淨身心頻掃地，愛開窗戶不燒香。晚風只有溪南柳，又畏蟬聲鬧夕陽。」詠物詩，如《詠螢》詩云：「念爾一身微，秋來處處飛。放光唯獨照，引類欲相輝。白髮嫌催節，青燈妬入幃。老僧無世相，容得繞禪衣。」〔註87〕題畫詩，如《桃花小禽

〔註83〕《明詩綜》卷九十一，第 4299 頁。
〔註84〕《明詩綜》卷九十一，第 4301 頁。
〔註85〕《列朝詩集》閏集卷二，第 288 頁。
〔註86〕《列朝詩集》閏集卷二，第 288 頁。
〔註87〕《御定佩文齋詠物詩選》卷四百八十二。

圖》詩云：「簷外雨初晴，幽禽四五聲。桃花無限思，留客看清明。」〔註88〕等等，每種類型的詩歌都無虛捏之辭，是出於心之所思與所感。表達禪理之外有吟詠儒家內容的詩歌。如《貞母禹淑靜》詩詠贊禹淑靜之貞，詩云：「雙樹不單伐，土中無怨根。雙魚得一網，水中無怨魂。石門水不深，不著無義金。石門墳不高，凜乎三尺刀。」詩前有序載其貞節事云：「禹氏名淑靜，字素靖，吳守正妻，居崇德石門鎮。元季苗獠之亂，亟與夫搽舟以遁，苗及之，叱淑靜止，淑靜度不免，遂抱幼女投水死。」〔註89〕德祥亦受朱元璋徵召，朱元璋徵召的僧徒皆為「通儒學僧」，德祥詩中詠贊儒家之義，同樣是不令人感到驚奇。亦有俗曲寫作，如《車硞硞》云：「車硞硞，上山遲，下山速。前車行，後車促，後車不管前車覆。前車已覆無奈何，後車硞硞何其多。」〔註90〕有《楊柳枝》等曲詩、《烏棲曲》等樂府詩，形式與內容確實豐富、齊全。

作為感受到政治兇險莫測的僧人，德祥的詩中充滿著避俗與避世之意，如《小築》詩云：「日涉東園上，余將卜此居。草生橋斷處，花落燕來初。避俗何求僻，容身不願余。堂成三畝地，祇有一車書。」〔註91〕《寄余復初煉師》詩云：「昆峰峭峭玉叢叢，有意尋仙到此中。流水年華逢甲子，秋風城郭見丁公。門前丹氣無人識，洞裏棋聲有路通。借得古松同鶴住，共看塵世事匆匆。」〔註92〕在遠離塵世中靜看塵世之匆匆。《寄息耘》詩寫避世與避俗的自足云：「顏顏白髮人，窄窄黃茅屋。田園不願多，衣食聊自足。狂來溪上行，長歌飲溪綠。家藏一束書，懶教兒孫讀。此意誰可知，高松與修竹。」〔註93〕《晏起》詩寫避世避俗中的修行云：「宿雨何由歇，春眠不肯醒。燕來猶舊戶，花落自空庭。引水平魚沼，燒香繞硯屏。齋中無別事，閒寫幾行經。」〔註94〕詩中的「衣食聊自足」「此意誰可知」「閒寫幾行經」等語，既寫出了以自足自適避世避俗，又寫出了內心的平靜與閒適，並以此表達內心的寂靜，如《愛閒》詩云：「一生心事只求閒，求得閒來鬢已斑。更欲廢除閒線人，要聽流水要看山。」〔註95〕本詩頗仿南宋陸游《愛閒》詩，云：「愛閒惟與病相宜，壯歲懷歸老可

〔註88〕《御定佩文齋詠物詩選》卷四百二十一。
〔註89〕《御選明詩》卷三十五。
〔註90〕《明詩綜》卷九十一，第 4296 頁。
〔註91〕《明詩綜》卷九十一，第 4298 頁。
〔註92〕《御選明詩》卷九十。
〔註93〕《列朝詩集》閏集卷二，第 288 頁。
〔註94〕《明詩綜》卷九十一，第 4298 頁。
〔註95〕《列朝詩集》閏集卷二，第 294 頁。

知。睡熟素書橫竹架，吟餘犀管閣銅蝸。水芭蕉潤心抽葉，盆石榴殘子壓枝。堪笑放翁頭白盡，坐消長日事兒嬉。」閒適自足似出於塵俗之外，《為常上人題在山圖》詩云：「一塢如山看數日，山山看盡又重看。年來木石同心性，老去煙霞入肺肝。春草潤深流水歇，夕陽鐘早宿禽安。為僧只合於斯住，些子塵中事不干。」〔註96〕《林泉歸隱圖》詩云：「居山豈為山，只愛此中閒。野菜何消種，柴門不要關。飯餘聽澗落，經罷看雲還。恐有寒山句，多題蘚石間。」〔註97〕《南浦春耕》詩云：「索索繰車谷口聞，鳥催農事亦紛紛。新生野水瓜藤繞，舊作田塍井字分。耕雨每憐黃犢健，帶經猶愛小兒勤。晚風獨立溪橋外，流水桃花一隊云。」〔註98〕詩人處在塵俗之中，胸臆卻在塵俗之外，以超於塵俗之心表現出處於塵俗中的平靜之悅。詩人的平靜之心與平靜之悅，更重要的是體現在對歲月流逝而表現出的沉靜不驚，《除夕》詩云：「五十明朝是，茲宵不得眠。杯盤分節序，火炬照村田。春色來何處，梅花在目前。自然添白髮，豈為惜流年。」〔註99〕更甚至是在歲月流逝中表現出坦然的豁達，《寄姚隱居》詩云：「種桑不似種花多，丈八清溝盡種荷。燕子門前三樹柳，桃花溪裏一群鵝。生來不作黃粱夢，老去偏工《白雪歌》。亦欲買山相近住，不論時節要相過。」〔註100〕詩中的避俗避世與平靜相輔相成，或許正是伴君如伴虎的政治兇險，使德祥詩中的平靜之悅更覺體切。

五

　　《列朝詩集》收錄德祥的 172 首詩歌，整體上來看，籠罩著一層淡淡的愁緒，雖不濃烈，卻亦是十分明顯。如上引《除夕》詩中「自然添白髮，豈為惜流年」，雖然是面對著時光的流逝而能保持著心境上的平靜，但詩句中蘊含的淡淡惆悵與息歎是明顯的。《題海雲寺》詩云：「香剎住中流，初疑地若浮。路從沙際入，帆到樹邊收。清磬敲漁夜，新書報橘秋。洞庭西在望，欲去更遲留。」〔註101〕詩中一直寫景物，詩人似乎是立在寺的頂處俯瞰全景，面對著開闊的形勢，抒發著與自然的相融之感；其中的「新書報橘秋」「欲去更遲留」

〔註96〕 《列朝詩集》閏集卷二，第 293 頁。
〔註97〕 《列朝詩集》閏集卷二，第 292 頁。
〔註98〕 《御選明詩》卷九十。
〔註99〕 《列朝詩集》閏集卷二，第 290 頁。
〔註100〕 《列朝詩集》閏集卷二，第 292 頁。
〔註101〕 《明詩綜》卷九十一，第 4300 頁。

等詩句，明顯是對友人的懷思，在與自然融為一體的感觸中籠上了一層淡淡的傷愁。《題鎮海樓》詩云：「斯樓屢易名，一上一傷情。白屋多為戍，青山半作城。雨中春樹出，風裏晚潮生。亦有歸鴉早，閒啼四五聲。」〔註102〕詩句表達登樓時「一上一傷情」情緒，之後寫鎮海樓所處之景勝，絲毫不是詩者傷情之因由。詩者的傷情明顯來自於鎮海樓的屢屢易名，易名寓含的是時光的流逝、榮衰的遷變，詩者從遷變中體覺出傷感；這種傷感不是來自於自身，而是出於對歷史無常的慨歎，因此這種傷感雖出自於內心真切之感悟，卻並不濃烈。在涉及到自己的人生歲月時，德祥在詩歌中的傷感表現得主觀色彩稍微濃重一些，如《白髮吟》詩云：「白髮不早來，早來人莫哀。黃金不早散，早散人莫歎。黃金不散散者多，白髮不來愁奈何。莫將黃金待白髮，白髮不生泉下客。」〔註103〕

詩歌中淡淡的愁緒表現在多個方面，首先表現在送別離別之緒。《送一源藏主行腳》詩云：「之子事行腳，正當年少時。汲瓶尋活水，掛錫選高枝。山向多邊看，雲從幾處期。西湖柳花裏，欲別更遲遲。」〔註104〕《留別吳江老友》詩云：「江湖分得兩平平，九里長塘一片城。紅葉樹邊停舫子，白鷗群裏聽鐘聲。晨星故舊嘗時數，春草詩情觸處生。歲事欲闌言別事，直燒燈燭到天明。」〔註105〕《送僧還義興簡聰聞復》詩云：「別卻銅山三十年，因師長憶舊風煙。今朝忽送東歸客，正是秋江落木前。」〔註106〕這些送別詩表露出來的情感，只在「欲別更遲遲」「直燒燈燭到天明」「因師長憶舊風煙」等句中淡淡地浮現著。

其次是懷人懷友詩，如《懷友》詩云：「三五月明滿，三五月明缺。行人去未遠，忽若三年別。此時道路間，北風何獵獵。局促痯馬悲，蕭條秋草歇。所遇非所歡，中懷安可說。不念故里閭，甘為苦霜雪。」〔註107〕《懷友》詩云：「湖草青青上客舟，辛夷花老麥初秋。一春多少懷人夢，半在鄉山雨外樓。」〔註108〕《田人送桂花有懷同菴法兄》詩云：「上清宮裏花間殿，天竺

〔註102〕《明詩綜》卷九十一，第 4300 頁。
〔註103〕《列朝詩集》閏集卷二，第 289 頁。
〔註104〕《列朝詩集》閏集卷二，第 292 頁。
〔註105〕《列朝詩集》閏集卷二，第 292 頁。
〔註106〕《列朝詩集》閏集卷二，第 294 頁。
〔註107〕《列朝詩集》閏集卷二，第 288 頁。
〔註108〕《御定佩文齋詠物詩選》卷二百五十八。

山中月下臺。兩地舊遊同悵望，田家人送一枝來。」〔註109〕詩中只以「去未遠」與「三年別」相對比，以及「同悵望」等表達對友人的懷念，語句雖然輕淡，表述之意亦輕淡，但卻能感受到內心中懷念之情之深。《訪息耘不遇》詩云：「語聲了了出溪灣，只隔桃波一步間。自愛黃鸝春後至，多愁燕子雨中還。坡晴細草平如剪，花曙閒門半不關。欲覓行蹤雲滿地，人言採藥在他山。」〔註110〕本詩明顯模仿賈島《尋隱者不遇》「松下問童子，言師採藥去」。息耘是德祥交往頗多、關係頗密者，有多首寫給息耘的詩作，如《畫春溪別意圖贈息耘》詩云：「不見別離船，摧殘溪上柳。溪翁白頭毛，夜半起傾酒。雪溜響低簷，月亮度疏牖。忽聞煙際鴻，於焉坐來久。」〔註111〕一首是訪息耘，一首是送別，《貽息耘隱士》則有寄懷之意，云：「三五樹蕭蕭，幽居稱寂寥。去年存菊本，來客問松苗。掛夢寒山寺，留蹤野雪橋。一枝棲息穩，分得與鷦鷯。」〔註112〕「欲覓行蹤雲滿地」、別離船「摧殘溪上柳」表明二人情誼深厚，情誼之深卻仍是以「三五樹蕭蕭，幽居稱寂寥」這樣淺淡的語句表示出來。

　　思鄉是文人寫作中常出現的內容，德祥的詩歌中亦出現不少思鄉之作。《送僧還松蘿山》詩云：「鄉井何曾念，溪山不肯忘。百灘春水色，萬壑古松香。雲影同歸路，鐘聲出上方。松蘿最深處，閒坐閱流光。」〔註113〕《風雨有感》詩云：「風雨閉門三十日，年光虛度一分春。淒涼舊國鶯花夢，白髮江南有幾人。」〔註114〕《聽雨》詩云：「半夜思家夢裏愁，雨聲落落屋櫺頭。照泥星出依前黑，淹爛庭花不肯休。」〔註115〕僧人本應雲遊天下，德祥卻如此懷念其家鄉，「鄉井何曾念，溪山不肯忘」「淒涼舊國鶯花夢，白髮江南有幾人」「半夜思家夢裏愁」等句，將詩者內心中思鄉之情真切表露出來，這些詩作與文人的寫作一般無二，體現了德祥的詩作中典型的文人化。

　　旅途之思同樣是文人詩歌寫作中的重要內容，德祥在這方面的寫作同樣體現出極高的水準。《九月八日旅中夜懷》詩云：「秋徑花爭發，寒燈客自傷。

〔註109〕　《御定佩文齋詠物詩選》卷三百十九。
〔註110〕　《列朝詩集》閏集卷二，第 293 頁。
〔註111〕　《列朝詩集》閏集卷二，第 288 頁。
〔註112〕　《御選明詩》卷六十六。
〔註113〕　《御定佩文齋詠物詩選》卷二百三十四。
〔註114〕　《古今禪藻集》卷二十七。
〔註115〕　《古今禪藻集》卷二十七。

別家將一歲，明日又重陽。鄉俗誰同與，詩情老未忘。涼風舊池沼，蕭瑟芰荷香。」〔註116〕《旅寓》詩云：「九月尚絺衣，故鄉胡不歸。塞鴻聲一到，江樹葉都飛。路晚逢僧少，門寒過客稀。自慚蘧伯玉，又是一年非。」〔註117〕《題一雁圖》詩云：「萬里江湖一葉身，來時逢雪又逢春。天南地北年年客，只有蘆花似故人。」〔註118〕《聞雁》詩云：「八月涼風起，高飛亂入雲。度關成一序，遵渚動千群。菰米沈寒雨，蘆花散夕曛。一聲江上過，獨客最先聞。」〔註119〕《聽雨有懷》詩云：「灑樹聲兼雪，捎簷力借風。每來寒夜後，多在客愁中。草意閒門共，燈情白髮同。之人天一角，的的似高鴻。」〔註120〕德祥肆意表達著旅懷之思，「寒燈客自傷」「故鄉胡不歸」「天南地北年年客」「多在客愁中」作為主題句說明旅途中的寄思，將人在旅途中的愁思直接抒發出來，一個常年奔波於旅途中的羈旅者亦顯現在讀者面前。單首詩來看，羈旅之愁尚屬輕淡，而將這些詩歌放列在一起時，羈旅之愁就相當深沉了。從這一點來看，德祥的詩歌具有情感堆積的力量，將絲絲淡愁堆積成具有相當深厚力量的濃愁；儘管從詩作堆積上能夠表現羈旅之愁的深厚，但從語句的使用、情感的洩露上仍然是相當輕淡的，德祥採用的是平靜的絲絲外泄的方式。

與送別、懷友等詩歌上籠著的淡淡的傷情相比，對去世者的哀悼的詩歌，傷感的情緒要濃厚和沉重的多。如《哭榮竹方》詩云：「簹竹蕭蕭雨建瓴，無由復此對床聽。燈花影落空棋局，墨汁香消冷研屏。春水池塘新舊草，東風楊柳短長亭。傷心一段交期夢，又被寒江鶴喚醒。」〔註121〕詩中的「傷心一段交期夢，又被寒江鶴喚醒」表明詩者的內心深深沉入到逝者的傷痛之中。《哀翁舜卿》詩云：「半日曾閒竹院中，別來今見哭秋風。無能盡說諸餘事，一局殘棋著未終。」〔註122〕《傷翁舜卿》詩云：「去年曾約看臨池，往事如今不可追。正是獨禁惆悵處，芭蕉院裏雨來時。」〔註123〕翁舜卿可能是德祥十分親近的朋友，連作兩篇哀悼詩，「別來今見哭秋風」「往事如今不可追」，通過對

〔註116〕《明詩綜》卷九十一，第 4297 頁。
〔註117〕《明詩綜》卷九十一，第 4297～4298 頁。
〔註118〕《御定佩文齋詠物詩選》卷四百二十六。
〔註119〕《御定佩文齋詠物詩選》卷四百二十六。
〔註120〕《明詩綜》卷九十一，第 4299 頁。
〔註121〕《列朝詩集》閏集卷二，第 293 頁。
〔註122〕《列朝詩集》閏集卷二，第 294 頁。
〔註123〕《列朝詩集》閏集卷二，第 294 頁。

往事的回憶，表達對翁舜卿去世的傷痛。《悼明徹菴》之一云：「同門兄弟最情親，水別雲期四十春。今日獨歸秋院裏，碧梧桐下覓何人。」之二云：「我去兄來住此間，兄今已死我方還。受經寺後同源水，一樣哀聲出兩山。」〔註124〕明徹作為同門兄弟「最情親」，「今日獨歸秋院裏，碧梧桐下覓何人」表達同門情親之友逝去後，自己身單影孤的淒涼，「兄今已死我方還」「一樣哀聲出兩山」表明德祥發自內心的哀痛。有些表達哀悼的詩歌並不是針對具體的對象，如《弔客墓》詩云：「誰謂白日恩，不及黃蒿門。蒿門閉白骨，閉骨不閉魂。薜蕪棘棘草，自結酸楚根。兔絲女蘿花，自結幽魅婚。胡為四方志，守彼三尺墳。豈無南來輈，雙輪日翻翻。豈無北上駒，四蹄日奔奔。魂予何不歸，人各懷故園。故園雖可歸，不如歸本元。」〔註125〕《城西樹》詩云：「城西有山無好樹，有樹盡為人葬地。山中樹多墳亦多，百年那得閒遊處。只今滿眼是傷悲，何堪又作百年期。人間百年不一瞬，山中有墳多沒姓。」〔註126〕這兩首沒有明確的哀悼對象，是一種對逝者的普泛悼念之情，第一首中的「魂予何不歸」是對客死他鄉者的哀悼，第二首「山中樹多墳亦多」「只今滿眼是傷悲」「人間百年不一瞬」是對佛教「死苦」的哀痛，將對個人的悼念上升到對「死苦」的痛惜與無可奈何。需要注意的是，這首詩中對「死苦」，詩者有的只是哀痛與無奈，卻沒有從徹悟「死苦」的角度進行闡發，表明德祥對人世之情的看重，甚至有一些執著。儘管這類詩作中情緒的表達比上述懷友、送別、思鄉等濃墨一些，總體上看透露出來的傷情仍然十分平靜，這是一種表面上十分平靜平淡實質上十分深沉的傷情。

　　上述是對人生、人世等的哀愁，德祥的詩歌中寓含著還有對自然的哀愁。如《月夕看梅》詩云：「梅花夜開香滿溪，溪上月出風淒淒。開門出溪看花去，落花流水無東西。流水東流不復返，落花滿地賤如泥。老夫愁花愁不得，況乃雙雙啼水雞。君不見顏淵盜跖賢與愚，夭壽顛倒不可期。枝間月落且歸去，明日看花還杖藜。」〔註127〕朱彝尊《明詩綜》只截取其中的六句，云：「梅花夜開香滿溪，溪上月出風淒淒。開門出溪看花去，落花流水無東西。枝間月落且歸去，明日看花還杖藜。」〔註128〕朱彝尊對詩歌進行類似編集的情況很多，

〔註124〕《列朝詩集》閏集卷二，第 294 頁。
〔註125〕《列朝詩集》閏集卷二，第 288 頁。
〔註126〕《列朝詩集》閏集卷二，第 289 頁。
〔註127〕《列朝詩集》閏集卷二，第 289 頁。
〔註128〕《明詩綜》卷九十一，第 4297 頁。

由此可見《明詩綜》的編選實際上存在著不少的問題〔註129〕。開篇寫到梅花開放「香滿溪」，接下來的「風淒淒」「賤如泥」使得詩歌籠罩上一層悲涼的氣息，寓意現實中美好之物的「不復返」與「顛倒不可期」的無奈結局。「顛倒不可期」是由自然對於社會的引申，「不復返」則是對自然遷變的低歎，亦帶有無可挽回之意。與此詩純粹的歎息不同，有些詩作中體現出對自然在哀愁中又有著圓融的觀照。如《樹上花》詩云：「昨日樹上紅，今日樹上空。樹空人莫惜，春風有來日。春風為花好，不惜行人老。行人老不再少年，不知花落春風前。」〔註130〕前四句表達時間的遷流，給人以「人莫惜」之莫名的哀愁，「春風有來日」卻是對自然遷變的一種圓融觀照，遷變使人哀怨，自然的遷變則又是循環不已的圓融，流走的又將再次往復。後四句是將自然的遷變引申到人事上，並將自然的循環不已的圓融的遷變與人事不再回復形成強烈的對比，這種對比使詩作在圓融觀照下體現出更為強烈的哀愁。《題劉松年桃花流水小幅》詩云：「杳無雞犬有人家，夾水山高路不賒。劉阮別來頻甲子，年年春雨送桃花。」〔註131〕最後的「年年春雨送桃花」又是對自然循環往復的圓融觀照。

德祥在寫愁思時用盡比喻與比附之能事，如《折楊柳》詩云：「小葉柳，大葉楊，今年折盡明年長。明年今日在何鄉，春風吹斷鐵心腸。葉葉比君眉，條條比君髮。朝如青絲暮如雪，能使離人幾回別。」〔註132〕《柳詞》云：「莫折東風楊柳枝，枝間葉葉是愁眉。遊人不省愁何事，曾向東風笛裏吹。」〔註133〕詩中「葉葉比君眉，條條比君髮」「枝間葉葉是愁眉」可謂是將淡愁寫到了極致。

六

關於《夢觀集》，《明史》卷九十九、《千頃堂書目》卷二十八皆載「守仁《夢觀集》六卷」，現存有清抄本《夢觀集》前三卷，後三卷的內容已不可見。元賢禪師有有《僧兵歎》詩，序中云「元季泉州亂，肉食者鄙，驅僧為兵，夢

〔註129〕對朱彝尊編選《明詩綜》存在的問題，清人潘德輿對其頗有微詞，《養一齋詩話》卷六中舉了多個事例，說明朱彝尊編選《明詩綜》時「選輯之未具苦心矣」。
〔註130〕《御選明詩》卷十五。
〔註131〕《御選明詩》卷一百十四。
〔註132〕《列朝詩集》閏集卷二，第289頁。
〔註133〕《列朝詩集》閏集卷二，第294頁。

觀禪師為作《僧兵歎》」〔註134〕，《僧兵歎》不見於《夢觀集》前三卷，有可能是後三卷的內容。《盛名百家詩》收錄有《夢觀集》中的部分詩文，其中有101首不見於清抄本《夢觀集》前三卷中，應該後三卷的內容。《古今禪藻集》《明詩綜》《列朝詩集》等著述中收錄有部分詩作不見於前三卷，亦應是屬後三卷的內容。

　　《續藏經》中有兩篇文，應該不屬於《夢觀集》內容，其一為《題山菴雜錄後》，云：「《山菴錄》者，錄山菴所聞之事也。其間所紀，或善不善，直書無隱，殆緇門之良史也。夫事有關乎宗教者不可以不書，書而能公合天下之論，尤可嘉也。是書之行，蓋將與林間、草菴諸作並垂於無窮者矣。洪武庚午春二月既望天禧住山守仁題。」〔註135〕其二是《佛法金湯編敘》，文云：「是編何為而作也？東山岱宗禪師慮大法之城失其防而作也。其書十卷，始於周昭，迄於元順。凡若干人，取其言之足以護教者係於其人之下，表而出之，仍題其編曰《佛法金湯》，誠可謂像世釋徒之干城、千載法門之保障者矣。昔者韓歐二公嘗為文以詆佛，其說累千萬言，然其言愈繁而佛法愈盛者，何哉？蓋由吾佛之道大而無外，尊而無對，仰之而不可及，贊之而無能名，帝王崇之，大人宗之，傳之萬世而無能易，詎可以一人之私，愛之而苟存，惡之而苟去者哉。柳子曰『退之好儒未能過揚子』，況歐子好儒又未能過韓子，奈何二子以悻悻之憤、屑屑之詞，而圖攻聖人之教者，何乃自苦如此哉。予嘗論李純甫謂『佛者未嘗為儒者害，儒者嘗為佛者害』，此其言之太過，佛固未嘗為儒者害，則儒亦豈嘗害於佛者哉。特以劉張朱呂輩獵取佛意箋注其書以欺時流，故有是說，殊不知吾佛之教譬之巨家庫藏，珍貝充溢，雖有鑽穴穿窬之失，亦何害於吾富哉。宋明教大師亦嘗著書三編，名曰《輔教》，會儒老之小異，歸釋氏之大同，後學士子賴以為規。予以東山此編，文雖不出其己，其所以命編者亦輔教之遺意也。且予觀編中諸君子憤世疾邪之辯，其論可謂公矣。然如《法華》所謂提婆達多是我善知識者，則毀亦金湯，譽亦金湯，其何損益於吾教哉。然則讀是編者，當於文字之外求之可也。洪武二十四年歲在辛未秋七月初吉僧錄司左講經天禧講寺住持釋守仁。」〔註136〕

　　關於《桐嶼集》，現除《列朝詩集》中所載172首詩歌應該是屬於《桐嶼

〔註134〕 《永覺元賢禪師廣錄》卷第二十四，《續藏經》第72冊，第522頁。
〔註135〕 《山菴雜錄》附錄，《續藏經》第87冊，第134頁。
〔註136〕 《佛法金湯編》卷首，《續藏經》第87冊，第369頁。

詩集》之外，其他內容皆不可知。《淨土指歸集》後附有跋語，應該是其他三卷的內容之一，跋云：「釋迦如來住世說法，三百餘會，諸經皆以結歸淨土。蓋為眾生貪戀世間，以苦為樂，自甘沉湎，不求出離。是故世尊於此法門諄諄垂誨不已，恒沙如來出廣長舌相，說誠實言，同音稱讚。所謂諸三昧中，唯念佛三昧最為直捷。今觀《淨土指歸》一集，乃僧錄右善世啟宗法師所編，分立諸題，若經之要旨、論之發明，洎古今禪講宗師及諸名賢力行實證之言，纖悉具備。使修學之人覽此而開決疑情、發明正信，遨遊於諸佛性海者，莫不由斯集焉。四明翠巖無象原公刊梓流行，為它日蓮池勝集之張本，志可尚矣。洪武二十六年秋九月望日僧錄司右闡教前住徑山萬壽禪寺德祥敬跋。」〔註137〕由此跋語來看，德祥贊成念佛法門。

〔註137〕《淨土指歸集》卷下，《續藏經》第 61 冊，第 410 頁。